ENDLOSES SCHWEIGEN

WEITERE TITEL VON D.K. HOOD

In deutscher Sprache

Detectives-Kane-und-Alton-Serie

Sie sagt kein Sterbenswort

Schenk mir Blumen

Niemand hört dich

Zeit zu sterben

Wo Engel sich fürchten

Ein Flüstern im Dunkeln

Endloses Schweigen

Ihre gebrochene Seele

In englischer Sprache

Detectives-Kane-und-Alton-Serie

Don't Tell A Soul

Bring Me Flowers

Follow Me Home

The Crying Season

Where Angels Fear

Whisper in the Night

Break the Silence

Her Broken Wings

Her Shallow Grave

Promises in the Dark

Be Mine Forever
Cross My Heart
Fallen Angel
Lose Your Breath
Pray for Mercy
Kiss Her Goodnight
Her Bleeding Heart
Chase Her Shadow
Now You See Me
Their Wicked Games

D.K. HOOD
ENDLOSES SCHWEIGEN

Übersetzt von Cornelius Hartz

bookouture

Die Originalausgabe erschien 2019 unter dem Titel
„Break the Silence"
bei Storyfire Ltd. trading als Bookouture.

Deutsche Erstausgabe herausgegeben von Bookouture, 2023
1. Auflage Juni 2023

Ein Imprint von Storyfire Ltd.
Carmelite House
50 Victoria Embankment
London EC4Y 0DZ

deutschland.bookouture.com

Copyright der Originalausgabe © D.K. Hood, 2019
Copyright der deutschsprachigen Ausgabe © Cornelius Hartz, 2023

D.K. Hood hat ihr Recht geltend gemacht,
als Autorin dieses Buches genannt zu werden.

Alle Rechte vorbehalten.
Diese Veröffentlichung darf ohne vorherige schriftliche
Genehmigung der Herausgeber weder ganz noch auszugsweise in irgendeiner
Form oder mit irgendwelchen Mitteln (elektronisch, mechanisch, durch
Fotokopie oder Aufzeichnung oder auf andere Weise) reproduziert, in einem
Datenabrufsystem gespeichert oder weitergegeben werden.

ISBN: 978-1-83790-748-9
eBook ISBN: 978-1-83790-747-2

Dieses Buch ist ein belletristisches Werk. Namen, Charaktere, Unternehmen,
Organisationen, Orte und Ereignisse, die nicht eindeutig zum Gemeingut
gehören, sind entweder frei von der Autorin erfunden oder werden fiktiv
verwendet. Jede Ähnlichkeit mit tatsächlichen lebenden oder toten Personen
oder mit tatsächlichen Ereignissen oder Orten ist völlig zufällig.

Für Zack Smith. Folge deinen Träumen! Du weißt nie, wohin sie dich führen.

PROLOG

SAMSTAG

Die Musik war so laut, dass Chrissie Lowes Zähne vibrierten. Ihre Kommilitonen redeten dermaßen aufgeregt durcheinander, dass sie wie ein Schwarm schnatternder Gänse klangen. Schwindlig und unkoordiniert drängte sie sich zwischen zwei hünenhaften Footballspielern hindurch, um zur Treppe zu gelangen. Das hier hatte ihr Traum-Date mit Seth Lyons sein sollen, dem Star-Quarterback des Colleges, aber jetzt kam ihr das alles gar nicht mehr so traumhaft vor. Der Punsch, den Seth ihr aufgeschwatzt hatte, damit sie »locker« wurde, hatte das Zimmer ganz neblig werden lassen. Dass sie von lauter Leuten umgeben war, die sie gar nicht kannte, half genauso wenig gegen ihre aufkommende Panik wie die Tatsache, dass sie das einzige Mädchen auf der Party war. Das dumpfe Gefühl, dass etwas nicht stimmte, hatte sie in dem Moment erfasst, als Seth sich geweigert hatte, sie zu ihrem Wohnheim zurückzufahren. Er hatte darauf bestanden, dass sie noch blieb, und das beunruhigte sie genauso sehr wie die seltsamen, übermäßig interessierten Blicke seiner Freunde. Plötzlich fühlten sich ihre Beine an wie Wackelpudding, und sie sackte gegen die Wand. »Mir geht's gar nicht gut. Ich möchte nach Hause.«

»Und ich dachte, du bist schon erwachsen.« Seth packte sie an den Schultern und drehte sie herum. »Geh schon mal hoch. Du kannst dich oben in meinem Zimmer hinlegen.«

Sie war froh um die Chance, den wummernden Bässen zu entkommen, in deren Takt es in ihren Schläfen pochte, und blickte auf die schwankende Treppe. »Da oben?«

»Ja, ganz am Ende vom Flur.« Seth legte eine Hand auf ihren Rücken und schob sie in Richtung Treppe.

Eine Horde Juniors, die, wie sie wusste, alle zum Footballteam gehörten, lehnte an der Wand, trank Bier und beobachtete interessiert, wie sie die Treppe hinauftaumelte. Als sie sie angrinsten und Geräusche wie ein Haufen gestörter Eulen machten, spürte sie, wie ihre Wangen heiß wurden vor Verlegenheit. Chrissie schlug mehrere Hände weg, die nach ihr grapschten, und wandte sich zu Seth um. »Sind das deine Freunde?«

»Jup. Mach dir wegen denen keine Sorgen.« Er schnaubte und klopfte seinen Kumpels auf die Schulter. »Oben sind wir ungestört.«

Ihr wurde übel, als sich der strenge Geruch seines Aftershaves mit dem von Bier und gegrilltem Fleisch vermischte. Sie wollte sich nur noch hinlegen und hoffte, der Raum würde dann aufhören, sich zu drehen. Sie stützte sich an der Wand ab, bahnte sich ihren Weg durch den überfüllten Flur und öffnete die Tür. Das Zimmer hatte die übliche Größe, war aber nicht mit den schmalen Einzelbetten ausgestattet, die sie in ihrem Wohnheim hatten, sondern mit zwei Doppelbetten. »Was habt ihr denn für große Betten?«

»Wir Jungs brauchen halt ein bisschen mehr Platz als ihr.« Seth grinste sie an. »Setz dich hin. Ich hol dir ein paar Tabletten.« Er ging auf die offene Badezimmertür zu.

In ihrem Kopf gingen alle Warnlichter an. Sie musste an die vielen Belehrungen ihrer Eltern über die Gefahren von Drogen und Alkohol denken. Als sie den Kopf schüttelte, wurde ihr flau im Magen. »Ich brauche keine Tabletten. Ich muss mich nur ein bisschen hinlegen.«

»Dreht sich alles in deinem Kopf?« Seth kam aus dem Bad zurück. »Ist dir übel?« Er reichte ihr zwei Tabletten und ein Glas Wasser. »Damit geht es dir gleich besser. Vertrau mir, Chrissie.«

Sie schaute auf die Pillen. »Sind die gegen Übelkeit?«

»Na klar.« Seth setzte sich zu ihr aufs Bett, und die Matratze wippte. »Komm schon, Chrissie. Wie sollen wir Spaß haben, wenn es dir nicht gut geht?«

Sie starrte auf die Pillen. »Ich nehme keine Drogen.«

»Glaubst du, ich hätte dich gefragt, mit hierherzukommen, wenn du Drogen nehmen würdest?« Seth streichelte ihre Wange. »Ich mag dich doch gerade, weil du so süß und unschuldig bist.«

Als er ihr tief in die Augen schaute, kribbelte es in ihrem Bauch. Sie wollte so gerne, dass er sie mochte, aber betrunken hier allein mit ihm in seinem Schlafzimmer zu sein, war trotzdem ein Riesenfehler. Sie schluckte schwer und befeuchtete ihre Lippen. »Ich glaube, ich gehe lieber.«

»Du traust mir nicht, oder?« Seth fuhr sich ungeduldig mit der Hand durchs Haar. »Dir ist schon klar, dass ich mindestens zehn Mädchen kenne, die sofort ›Hier!‹ rufen würden, wenn sie die Chance hätten, mit mir auf mein Zimmer zu gehen, aber ich habe mich für dich entschieden – ich kann echt nicht fassen, dass du so basic bist.« Er stand auf und starrte sie an. »Wenn du mir nicht vertraust, dann vergiss es. Ich fahre dich rüber zu deinem Wohnheim. Aber dann brauchst du in nächster Zeit auch nicht mehr bei mir anzukommen.«

Diesen Gedanken fand Chrissie unerträglich. Sie schaute sein hübsches Gesicht noch einen Moment lang an, dann nahm sie die Tabletten.

»Siehst du, war doch gar nicht so schlimm, oder?« Seth schenkte ihr ein strahlendes Lächeln und setzte sich wieder hin.

»Komm, gib mir deine Jacke.« Er warf die Jacke auf einen Stuhl, schüttelte das Kissen auf und half ihr, sich auf das Bett sinken zu lassen. »Lehn dich zurück und entspann dich. Wenn die Tabletten wirken, fühlt es sich an, als würdest du auf Wolken schweben.« Er stand auf und schaute auf sie herab. »Schließ die Augen. Ich mache das Licht aus.«

Sie gehorchte. In ihrem Kopf pochte es. Die Tür wurde geöffnet, und für ein paar Sekunden war Partylärm zu hören, dann wurde die Tür geschlossen, und aus der lauten Musik wurde wieder ein gedämpftes Wummern. *Hat er mich allein gelassen?* Sie spürte, wie ihre Glieder schwer wurden, und versuchte vergeblich, die Arme zu heben. Ein seltsam taubes Gefühl legte sich über sie, und dann konnte sie sich gar nicht mehr bewegen. Es war, als wäre die Matratze plötzlich aus Treibsand. Voller Angst versuchte sie, um Hilfe zu rufen, aber über ihre Lippen kam nichts als ein Stöhnen. Plötzlich hörte sie tiefe, männliche Stimmen im Raum, die irgendetwas flüsterten, aber sie konnte nicht verstehen, was. Sie überkam ein Gefühl, als habe sie ihren Körper verlassen, und machte sie schwindlig, nur mit Mühe und Not gelang es ihr, die Augen offen zu halten. Sie versuchte noch, sich auf die Gesichter zu konzentrieren, die sie angrinsten, doch dann wurde alles dunkel um sie herum.

Als Chrissie die Augen öffnete, blickte sie orientierungslos auf den feuchten Rasen vor ihrem Wohnheim. Die kürzlich geschnittenen Grashalme pikten ihr in die Wange, und die Welt schien auf dem Kopf zu stehen. Sie unterdrückte ein Stöhnen, rollte sich auf den Rücken und starrte in die Sterne. Was war nur passiert? Mühsam setzte sie sich auf, zog ihr Handy aus der Tasche, starrte einige Augenblicke lang auf den Bildschirm und wusste nicht, was sie tun sollte. Nachdem sie eine SMS verschickt hatte, stand sie mit zitternden Beinen auf. Sie stolperte über den Bordstein, und ihr Handy rutschte ihr aus der Hand und verschwand im Gully. Sie schaute ihrem Telefon einen langen Moment lang entgeistert hinterher, dann ging sie langsam zur Haustür.

Glücklicherweise war die Glastür zur Lobby des Wohnheims samstags die ganze Nacht über offen, und ihr Zimmer lag im Erdgeschoss. In ihrer Jacke fand sie ihren Zimmerschlüssel, der in einer Innentasche mit Reißverschluss steckte, und taumelte in das Gebäude. Leere, hell beleuchtete Gänge begrüßten sie auf dem Weg zu ihrem Zimmer. Sie kam am Schwarzen Brett vorbei und sah zwischen den Gutscheinen für Gratispizza einen Zeitungsartikel über das Footballteam des Black Rock Falls Colleges. Vom Mannschaftsfoto grinsten ihr mehrere nur allzu bekannte Gesichter entgegen. Sie stützte sich an der Wand ab, griff nach einem Stift, der an einer Schnur hing, kreiste vier der Gesichter ein und zeichnete daneben einen traurigen Smiley und ihre Initialen.

In diesem Moment hörte sie von draußen den PS-starken Motor eines Autos. Sie schaute durch die Glastür und sah, wie sich ein großer Wagen mit ausgeschalteten Scheinwerfern dem Wohnheim näherte und direkt davor anhielt. Panik erfasste sie. Sie erstarrte und konnte nicht mehr atmen. Das Geräusch einer Autotür, die geschlossen wurde, durchbrach die Stille, und im nächsten Moment überquerte ein Schatten den Rasen und kam schnell näher. Chrissie tastete nach ihrem Schlüssel. Einmal, zweimal versuchte sie mit zitternden Fingern, ihn ins Schloss zu stecken. Ihr Herz pochte, als die Eingangstür mit einem Quietschen aufging. Sie wagte nicht, zu schreien. *Niemand darf das je erfahren.* Als der Schlüssel endlich in das Schloss glitt, hörte sie Schritte auf dem Gang. Entsetzt schnappte sie nach Luft. *Ich muss hier weg.*

EINS

MONTAG

Black Rock Falls im August war spektakulär. Es war, als hätte ein Künstler seine ganze Farbpalette ausgereizt, um die Landschaft anzupinseln. Von ihrer Veranda aus konnte Sheriff Jenna Alton meilenweit über die Wiesen und Felder blicken, bis zu den hohen Bergen in der Ferne. Unter dem klaren, strahlend blauen Himmel ragten die schwarzen Gipfel auf wie eine schützende Mauer, die die Stadt umgab, und an den Hängen war das üppige Grün der Kiefern des Stanton Forest auszumachen. Auf den fruchtbaren Wiesen, die ihre Ranch umgaben, wuchsen wilde Blumen, und von ihrem Stuhl auf der Veranda aus konnte sie den Pferden dabei zuschauen, wie sie auf dem Paddock herumtollten. Jenna legte die Beine hoch, lehnte sich mit den Stiefeln auf dem Geländer zurück, den Kaffeebecher in der Hand, und seufzte wohlig. »Schön, wieder zu Hause zu sein.« Sie lächelte Dave Kane an, ihren Deputy und guten Freund. »Den Urlaub habe ich dringend gebraucht, aber die Farm habe ich trotzdem vermisst.«

»Ich auch.« Kane gähnte. »Gegen ein paar ruhige Wochen mehr hätte ich trotzdem nichts einzuwenden gehabt.« Er kraulte den Kopf von Duke, seinem Spürhund. »Aber Rowley meinte, Duke sei langsam etwas unruhig geworden, nächstes Mal sollten wir ihn mitnehmen.«

»Das klingt nach einem guten Plan. Noch einmal zwei oder drei Wochen in der Sonne an einem wunderschönen Strand, blauer Himmel, weißer Sand ... Das wäre toll.« Sie lächelte ihn an. »Es war wirklich schön, zur Abwechslung mal einfach nur zu entspannen, ohne einen Fall nach dem anderen lösen zu müssen.«

»Vielleicht können wir uns noch mal eine Woche freischaufeln, aber diese Woche kaum, jetzt stehen erst mal der County Fair und das Rodeo-Festival an, da haben wir in der Stadt sicher alle Hände voll zu tun.« Kane lehnte sich zurück, und seine dunklen Wimpern schlossen sich über seinen Augen. »Wir sollten die Ruhe genießen, solange sie anhält.«

Jenna hoffte, dass Deputy Jake Rowley wie üblich als Erster beim Black Rock Falls Sheriff's Department auftauchen und aufschließen würde. Soweit sie wusste, war alles ruhig in der Stadt, und heute hatte sie wirklich keine Lust, sich zu beeilen.

Sie war vor ein paar Jahren nach Black Rock Falls gekommen, nachdem sie gegen einen Unterweltboss ausgesagt hatte und im Zeugenschutzprogramm gelandet war. Ein Jahr lang hatte sie sich von der posttraumatischen Belastungsstörung erholt, dann hatte sie sich bei den Wahlen für den Posten des örtlichen Sheriffs aufstellen lassen und gewonnen. Ihre alte Identität als Avril Parker, verdeckte Ermittlerin für die Drogenvollzugsbehörde, war ausgelöscht, und sie hatte sich voller Begeisterung in ihr neues Leben gestürzt. Dave Kane, ein furchteinflößender, eins fünfundneunzig großer Scharfschütze, war ein paar Jahre später aufgetaucht, und sie hatte herausgefunden, dass er ebenfalls Undercover-Agent gewesen war, und zwar beim Special Forces Investigation Command in Washington, D. C. Außerdem war er ein unglaublich begabter Profiler. Er hatte bei einem Anschlag mit einer Autobombe seine Frau verloren und seit dem Vorfall eine Metallplatte im Kopf. Sie hatten dieselben Geheimnisse: eine neue Identität und ein neues Gesicht, ganz zu schweigen von den Sicherheitsmaßnahmen, die so weit reichten, dass sie direkten Kontakt mit dem Büro des US-Präsidenten hatten. Inzwischen waren sie enge Freunde, und als sie endlich einmal ein paar Wochen hatten freinehmen können, war es für beide selbstverständlich gewesen, dass sie ihren Urlaub gemeinsam verbrachten.

Der Alarm an der äußeren Grundstücksgrenze ertönte, wurde aber gleich wieder unterbrochen. Jenna sprang auf. Mit einer Hand an ihrer Waffe ging sie hinter der Ecke des Hauses in Deckung. »Ein weißer Kleintransporter.«

»Das ist Wolfe.« Kane runzelte die Stirn. »Warum hat er nicht vorher angerufen?«

Nach einer Woche Luxusurlaub mit Kane in Santa Cruz war ein Überraschungsbesuch von Shane Wolfe das Letzte, was Jenna an diesem Morgen erwartet hätte. Der texanische Ex-Marine, der wie ein blonder Wikinger aussah, war damals bei den Special Forces in Washington Kanes Vorgesetzter gewesen. Als Wolfe plötzlich mit seinen drei Töchtern in der Stadt aufgetaucht war, sein schlauer Kopf randvoll mit forensischem und informationstechnologischem Fachwissen, hatte Jenna ihn als Deputy angeworben, und nun war er als Rechtsmediziner für Black Rock Falls und die angrenzenden Countys tätig.

Wolfe hatte ein Gerät in seinem Wagen, mit dem er auf das Sicherheitssystem von Jennas Ranch zugreifen konnte, aber dass er unangemeldet vorbeikam, war ungewöhnlich. Als der Transporter zum Stehen kam, trat Jenna wieder auf die Veranda, um ihn zu begrüßen. Sie warf Kane einen Blick zu. »Fröhlich sieht er nicht gerade aus.«

»Gott sei Dank sind Sie zu Hause.« Wolfe kletterte aus dem Wagen und stieg die Treppe zur Veranda hinauf. »Wir müssen reden.«

Jenna winkte ihn herein und ging voran in die Küche. Sie schenkte ihm einen Becher Kaffee ein, und sie setzten sich alle drei an den Tisch. »Was bringt Sie denn nun in aller Herrgottsfrühe hierher?«

»Ich habe Sie beide vorhin angerufen, aber auf Ihren Handys kam dieselbe Ansage: ›Ich bin nicht erreichbar, bitte rufen Sie 911 an.‹« Wolfe warf ihnen einen verärgerten Blick zu. »Ich wusste, dass Sie gestern Abend eingeflogen sind, und Rowley sagte mir, Sie wären bei ihm vorbeigekommen, um Duke abzuholen. Haben Sie vergessen, Ihre Handys einzuschalten?«

Jenna fühlte, wie ihr das Blut ins Gesicht schoss. Ja, sie hatte ihr Handy auf »Vibrieren« gestellt, und es lag neben ihrem Schlüsselbund drüben auf der Bank. »Sieht so aus. Tut mir leid, dass wir Sie beunruhigt haben. Ist irgendwas mit Ihren Töchtern?«

»Nein, denen geht es gut.« Die Aufregung fiel von Wolfe ab. Er atmete tief durch und lächelte Jenna an. »Emily ist zu Hause, um ihren Abschluss in Black Rock Falls zu machen, also wird sie wieder mit uns arbeiten.« Emily war Wolfes älteste Tochter und ein extrem schlaues Mädchen.

»Das ist wunderbar. Also, was ist los?«

»Gestern Morgen kam vom College ein Notruf wegen eines Suizides rein. Livi Johnson hatte ihre Mitbewohnerin Chrissie Lowe, achtzehn Jahre alt, gegen sieben Uhr tot in der Dusche gefunden. Rowley war als Erster vor Ort und hat mich angerufen.« Wolfe nippte an seinem Kaffee, dann hob er den Kopf und sah sie an. »Ich bin mir nicht so sicher, ob es wirklich Suizid war. Ich habe Grund zu der Annahme, dass Chrissie Lowe vor ihrem Tod vergewaltigt wurde. Genaueres wird die Obduktion ergeben.«

Entsetzt schluckte Jenna die Galle hinunter, die ihr die Kehle hochstieg. »Rowley hat gar nicht erwähnt, dass es einen neuen Fall gibt.«

»Er kennt ja noch nicht alle Fakten.« Wolfe lehnte sich in seinem Stuhl zurück. »Ich habe nur eine kurze visuelle Untersuchung durchgeführt, wir haben den Tatort in Augenschein genommen, und ich habe den Leichnam entfernt. Ich habe das Zimmer versiegelt, da ich ein Tötungsdelikt nicht ausschließen konnte. Ich habe die Eltern benachrichtigt und um Erlaubnis gebeten, das Mädchen zu obduzieren.«

»Und, was meinen Sie?« Kane bewegte sich in seinem Stuhl, der unter ihm bedenklich knarrte. »War es Mord?«

»Ich bin mir noch nicht ganz sicher, ich habe die Obduktion ja noch nicht durchgeführt. Ich wusste, dass Sie heute wieder im Büro sein würden, also habe ich noch abgewartet.« Wolfe verengte seinen Blick. »Webber hat heute Vorlesungen, wären Sie in der Lage, am Vormittag bei der Obduktion dabei zu sein?«

Deputy Colt Webber arbeitete als Wolfes Assistent und studierte nebenbei am College Forensik. Er vertrat Jenna manchmal bei Obduktionen und unterstützte sie auch sonst, wo immer nötig.

»Na klar.« Sie runzelte die Stirn. »Sie glauben, da stimmt was nicht, oder?«

»Ganz genau.« Wolfe winkte mit seinem Becher. »Schon bei meiner ersten flüchtigen Untersuchung habe ich erkannt, dass die Methode, mit der die Venen durchtrennt wurden, ungewöhnlich ist. Wenn sich jemand die Pulsadern aufschneidet, tut er oder sie das meistens quer über das Handgelenk, aber in diesem Fall verlaufen die Schnitte vom Handgelenk zum Unterarm. Andererseits haben wir bereits festgestellt, dass das Taschenmesser dem Opfer gehörte.«

»Wenn sie jemand gefunden hätte, wäre sie höchstwahrscheinlich verblutet, bevor derjenige ihr hätte helfen können. Bei solchen Schnitten gibt es kein Zurück mehr.« Kane runzelte die Stirn. »Woher hätte sie wissen sollen, wie das geht? Allgemein bekannt ist das nicht gerade.«

»Bei allem, was man heutzutage im Internet nachlesen kann, wundert mich gar nichts.« Wolfe nippte an seinem

Kaffee. »Außerdem hat sie einen Bruder beim Militär – ein Navy Seal.« Er fuhr sich mit einer Hand durchs Haar. »Er könnte ihr von dieser Technik erzählt haben.«

»Ich glaube kaum, dass viele Brüder mit ihren Schwestern über Techniken der Selbsttötung sprechen«, sagte Jenna, die aufgestanden war, um die Becher einzusammeln und in den Geschirrspüler zu räumen. »Sonst noch was?«

»Hämatome.« Wolfe richtete sich auf. »Heute Morgen waren sie deutlicher zu sehen. Ich kann nicht ausschließen, dass sie in der Dusche festgehalten und so aufgeschlitzt wurde, dass es wie Suizid aussieht.« Er begegnete ihrem Blick. »Nach der Obduktion weiß ich mehr. Können Sie beide um elf in der Leichenhalle sein?«

Gedankenverloren nickte Jenna. »Ja klar, wir kommen hin.« Sie begleitete Wolfe zur Tür. »Wir fahren erst mal ins Büro und schauen nach, ob Rowley sonst noch etwas herausgefunden hat.«

»Ich bin sicher, er wird mehr Informationen haben als ich.« Wolfe lächelte sie an und ging zu seinem Wagen. »Sie haben ihn gut ausgebildet.«

Jenna rieb sich die Schläfen und schaute in Kanes besorgtes Gesicht. »Siehst du, wir sind gerade mal eine Nacht wieder zu Hause, und schon geschehen in der Stadt mysteriöse Dinge.« Sie erschauderte. »Langsam glaube ich, dass wir das Verbrechen magisch anziehen.«

ZWEI

Die Hauptstraße war mit bunten Wimpeln geschmückt, die für den County Fair und das Rodeo warben. In der Stadt, wo normalerweise alles ein wenig geruhsamer zuging, herrschte Hochbetrieb. Leute von den diversen Komitees eilten die Bürgersteige hinunter, um sich einen guten Platz für ihre Stände zu sichern. Männer schleppten Klapptische aus dem Rathaus und bauten sie auf, und im nächsten Moment eilte ein Grüppchen Frauen herbei, um ein Schild aufzustellen, mit dem sie den Platz für sich beanspruchten. Andere platzierten Schilder und Tischtücher auf Bänken. Der County Fair ging von Dienstag bis Sonntag, und Kane wusste, allein der Zustrom von Besuchern von außerhalb würde sie ganz schön auf Trab halten. Andererseits lief ihm jetzt schon das Wasser im Mund zusammen, wenn er an all den hausgemachten Kuchen und die Kekse dachte, die er würde kaufen können. Er verlangsamte seinen schwarzen, nicht als Polizeifahrzeug gekennzeichneten SUV, den er liebevoll »das Biest« nannte, als sie hinter einem Pferdeanhänger herfuhren.

»Ich kann von hier aus deinen Magen knurren hören.«

Jenna wandte sich um und sah ihn an. »Du hast doch gerade erst gefrühstückt. Hast du schon wieder Hunger?«

Kane lächelte sie verblüfft an. »Ich habe immer Hunger. Ich verbrenne schon jede Menge Kalorien, wenn ich bloß zur Arbeit fahre.«

»Ach, das muss ja eine Qual sein.« Sie grinste. »Ich habe noch nie gehört, dass sich jemand darüber beschwert, dass er zu viele Kalorien verbrennt.«

Kane warf ihr einen Blick zu. »Wenn ich das nächste Mal jemanden sehe, der eins fünfundneunzig groß ist und hundertdreizehn Kilo wiegt, werde ich ihn fragen, wie es ihm damit geht. Aber ich schätze, wenn er jeden Morgen so hart trainiert wie wir, hat er das gleiche Problem wie ich.« Er verbiss sich ein Grinsen. »Neidisch?« Er hielt auf einem der reservierten Parkplätze vor ihrer Dienststelle.

»Mehr als du glaubst.« Jenna seufzte, sammelte ihre Sachen zusammen und runzelte die Stirn. »Gleich am ersten Tag nach dem Urlaub eine Obduktion, das hatte ich mir auch anders vorgestellt.«

Kane begegnete ihrem sorgenvollen Blick. »Hoffen wir, dass sie nicht ermordet wurde. Aber wenn es eine Vergewaltigung war, werden wir trotzdem den Mistkerl zur Strecke bringen, der das getan hat.«

»Ja.« Jenna rutschte vom Sitz. »Und damit beginnt wieder mal eine wunderbare Woche.« Sie schüttelte den Kopf und ging auf die Tür des Präsidiums zu.

Kane stoppte am Empfangstresen, um der Rezeptionistin Magnolia Brewster, genannt Maggie, ein Mitbringsel aus Santa Cruz zu überreichen. »Danke, dass Sie die Stellung gehalten haben und tagsüber dafür gesorgt haben, dass Duke keinen Unfug macht.« Er ließ Duke schwanzwedelnd hinter den Tresen schlüpfen.

»Vielen lieben Dank. Der Hund leistet mir immer Gesellschaft und macht überhaupt keinen Ärger, aber ich glaube trotzdem, er hat Sie vermisst. Rowley war ganz froh, dass er ihn bei mir lassen konnte, er meinte, Duke hätte seinem eigenen Hund ganz schön zugesetzt.« Maggie schüttelte den Kopf. »Kann ich mir kaum vorstellen. Hier war er immer friedlich. Hat den Tag über meistens in seinem Korb gelegen und geschnarcht.«

Kane wunderte sich, dass Rowley gar nicht erwähnt hatte, dass es da Probleme gegeben hatte. »Duke verteidigt gerne sein Revier. Letzten Winter hat er sich geweigert, Rowleys Hund bei mir ins Haus zu lassen.«

»Oh, ich weiß. Ich habe mich öfter um Spike gekümmert, als Rowley auf der Ranch von Sheriff Alton gewohnt hat.« Sie betrachtete das Päckchen mit dem Mitbringsel und wendete es in den Händen, dann strahlte sie ihn an. »Wenn Sie mir immer was mitbringen, sorge ich dafür, dass Sie beide jedes Jahr in Urlaub fahren. Hatten Sie es denn schön?«

Kane lächelte. »Oh ... und wie.«

Rowley trat neben ihn. »Hmm, Details wollen Sie aber nicht zugfällig verraten, oder?« Er grinste.

»Nö.« Kane lächelte die beiden an. »Los jetzt, Jenna wartet auf uns.« Er hatte keine Lust, noch mehr Fragen zu beantworten, also bedeutete er Rowley, in Jennas Büro zu gehen, und folgte ihm. Dort nahmen sie Platz.

»Also, was ist passiert, Jake?«, fragte Jenna. »Wolfe kam heute Morgen vorbei und hat was von einem Suizid gesagt?« Sie schlug ihr Notizbuch auf und sah Rowley an. »Haben Sie einen Bericht für mich?«

»Ja, Ma'am, der ist in Ihrem Ordner.« Rowley tippte auf seinem iPad herum. »Abgesehen von dem Suizid war es das Übliche: ein paar Verkehrssünder, wieder einmal eine Schlägerei in der Triple Z Bar – sieht so aus, als haben es sich die Jungs vom hiesigen College seit Neuestem zum Ziel gemacht, sich dort regelmäßig zu besaufen. Sie haben sich mit ein paar Cowboys in die Haare gekriegt, die wegen dem Rodeo in der Stadt sind.«

»Sofern sie einundzwanzig sind, können wir nicht viel dagegen tun.« Jenna seufzte. »Ich schätze, der Besitzer könnte ihnen Hausverbot erteilen, aber vermutlich hat er im Grunde nichts gegen die Laufkundschaft.« Sie schaute auf ihren Computer. »So, jetzt mal zu diesem angeblichen Suizid.«

Kane drehte sich zu Rowley um. »Was halten Sie davon? Wie haben Sie den Tatort wahrgenommen?«

»Chrissie Lowe war bekleidet, und es war nicht viel Blut zu sehen. Die Dusche lief. Sie sah blass aus, und Wolfe meinte, wegen des heißen Wassers, das über sie lief, würde es schwierig sein, den Todeszeitpunkt zu bestimmen.« Rowley räusperte sich. »Sie hatte tiefe Schnittwunden an beiden Armen, und neben ihr habe ich ein Taschenmesser gefunden.«

»Haben Sie mit der Person gesprochen, die die Leiche entdeckt hat?« Jenna lehnte sich auf ihrem Schreibtisch vor. »Das war ihre Mitbewohnerin, oder?«

»Ja, Livi Johnson.« Rowley rieb sich mit einer Hand über das Gesicht. »Sie war ganz außer sich, schluchzte und zitterte am ganzen Körper. Es war schwer, etwas aus ihr herauszubekommen. Ich wollte heute wieder hinfahren, um noch einmal mit ihr zu sprechen.« Er seufzte. »Eines der anderen Mädchen im Wohnheim hat mir erzählt, Livi hätte am Sonntagmorgen gegen sieben plötzlich angefangen zu schreien. Offenbar dachte Livi, Chrissie würde duschen, und als sie nicht geantwortet hat, ist sie ins Bad gegangen, um nachzusehen.«

Kane runzelte die Stirn. »Hat jemand den Tatort kontaminiert?«

»Nein.« Rowley sah ihn an. »Ich hatte Handschuhe an, als ich die Dusche abgestellt und geprüft habe, ob sie noch lebt. Dann habe ich Wolfe angerufen. Wir haben den Tatort gesichert, Fotos gemacht und Fingerabdrücke gesammelt. Ich habe die Tür vom Wohnheimzimmer abgeschlossen und den Schlüssel an mich genommen. Rose Bishop, die Leiterin des Wohnheims, hat mir die Kontaktdaten der nächsten Angehörigen gegeben, und von da an hat Wolfe übernommen. Er und Webber haben die Leiche ins Leichenschauhaus gebracht. Er hat mit den Eltern gesprochen und die Erlaubnis für eine Obduktion eingeholt.« Er runzelte die Stirn. »Ihre Familie tut mir wirklich leid. Ihr Sohn ist Soldat, und sie haben Anfang der Woche erfahren, dass er nach einem Kampfeinsatz vermisst wird. Außerdem hat Wolfe erwähnt, dass ihr Vater Krebs im Endstadium hat, und ihrer Mutter geht es auch nicht so gut.«

Kane wurde schwer ums Herz und er tauschte einen Blick mit Jenna aus. Sie wussten beide, wie weh es tat, Angehörige zu verlieren. »Okay. Haben Sie das Mobiltelefon und die anderen Geräte des Opfers sichergestellt?«

»Wolfe hat ihren Laptop mitgenommen, aber ihr Handy konnten wir nicht finden.« Rowley runzelte die Stirn. »Nach Ihren Fragen zu urteilen, ist das wohl mehr als ein Suizid?«

»Wolfe geht nach seiner ersten Untersuchung davon aus, dass Chrissie vergewaltigt wurde.« Jenna schob sich die Haare aus den Augen. »Wir werden uns heute Vormittag die Obduktion anschauen. Wir sollten einen Zeitplan erstellen, was sie in den Stunden vor ihrem Tod getan hat. Wo war sie? Mit wem hat sie gesprochen, und wer war die letzte Person, die sie lebend gesehen hat?« Sie sah die beiden über den Schreibtisch hinweg an. »Dave, ich möchte, dass du mit Rowley ein bisschen Routinearbeit leistest. Sprecht mit ihren Bekannten im Wohnheim und schaut mal, was die zu sagen haben. Ich rufe im College an und lasse mir eine Liste mit den Seminaren geben, die sie freitags hat. Ich werde Unterstützung aus Blackwater anfordern, damit wir in Ruhe ermitteln können. Solange das Rodeo in der Stadt ist, können wir die Dienststelle schlecht unbemannt lassen. Sobald wir mit der Obduktion durch sind, werden wir uns von dort aus rückwärts vorarbeiten.«

Kane stand auf. »Verstanden.« Er lächelte sie an. »Ich bin vor elf zurück, dann fahren wir zur Obduktion.«

Auf dem Weg zum College warf Rowley Kane einen Blick zu. »Und, wie war Ihr Urlaub? Jetzt, wo Maggie nicht mithört, können Sie es mir doch sagen.«

Kane schnaubte und lachte auf. »Sie meinen, wie mein Urlaub mit Jenna war?« Er grinste ihn an. »Der war toll.«

»Na prima.« Rowley lächelte ihn an. »Toll klingt gut.«

»Jenna und ich sind nur gut befreundet, Jake. Interpretieren Sie da nichts hinein.« Kane sah ihn an. »Wir verbringen einfach gerne Zeit miteinander, das ist alles.«

»Okay, okay.« Rowley hob abwehrend beide Hände. »Nur gut befreundet, schon verstanden.«

Als sie am Wohnheim der Erstsemester ankamen, lagen neben der Eingangstür Blumen und ein Schild mit der Aufschrift »R. I. P. Chrissie«. Kane runzelte die Stirn und ging an ein paar jungen Frauen vorbei, die auf dem Rasen vor dem Eingang eine Mahnwache abhielten.

Drinnen stellte sich ihnen eine Frau in den Dreißigern in den Weg und hob eine Hand. »Was wollen Sie, Deputys?« Die Frau schaute sie grimmig an. »Haben diese Mädchen nicht schon genug durchgemacht? Müssen Sie jetzt schon wieder herkommen, um sie auszufragen?«

Kane starrte sie ungläubig an. »Wir müssen sie nun einmal befragen, solange sie sich noch möglichst genau an alles erinnern. Wenn Sie uns jetzt bitte durchlassen würden, wir müssen mit Livi Johnson sprechen.«

»Ich bringe Sie zu ihr – das arme Ding ist schon den ganzen Tag am Zittern.« Die Frau warf ihm einen verächtlichen Blick zu. »Der Rechtsmediziner hat den Raum versiegelt, sie konnte nicht an ihre Sachen ran. Sie kann schlecht im Schlafanzug zu ihren Vorlesungen. Wann dürfen wir endlich hinein?«

»Das kann noch eine Weile dauern, Ma'am, ich sage Ihnen Bescheid.« Kane folgte ihr in einen großen Raum mit breiten Fenstern und Blick auf einen gepflegten Garten. Mehrere Sofas mit Blumenmuster standen vor einem Kamin, der groß genug war, um ein Schwein darin zu braten. »Ich kann wahrscheinlich ein paar Dinge für sie herausholen, aber da es sich um einen möglichen Tatort handelt, können wir nicht riskieren, dass jemand hineingeht und Spuren verwischt.«

»Spuren verwischt?« Die Frau hatte eine Hakennase und rotes Haar, das in alle Richtungen abstand. So wie sie sich aufplusterte und ihn mit ihren glänzenden schwarzen Augen anstarrte, erinnerte sie Kane irgendwie an einen Hahn. »Chrissie lag mit aufgeschlitzten Handgelenken in der Dusche. Ist doch sonnenklar, was passiert ist: Selbstmord. Ich habe das schon öfter gesehen, es wird zu einer richtigen Epidemie. Sobald irgendwas in deren Leben schiefgeht, beenden sie es.«

Überrascht von ihrer empathielosen Haltung senkte Kane die Stimme. »Ich bin mir bewusst, dass die Suizidrate unter jungen Menschen gestiegen ist, aber deshalb dürfen wir trotzdem nicht nachlässig werden. Bei jedem Tod mit unnatürlicher Todesursache entscheidet der Rechtsmediziner anhand der Beweise, die er findet, und im Moment hat er Grund zur Annahme, dass es rund um Chrissies Tod einige außergewöhnliche Umstände gibt.«

»Wirklich? Was denn für welche?«

»Das kann ich Ihnen leider nicht sagen.« Kane runzelte die Stirn und holte sein Notizbuch hervor. »Darf ich Ihren Namen erfahren und was für eine Funktion Sie hier haben?«

»Rose Bishop.« Sie sah ihn durchdringend an. »Ich bin die Leiterin des Studentenwohnheims.«

Kane machte sich Notizen. »Wann ist hier immer Bettruhe?«

»Bettruhe? Sie meinen, wann ich die Eingangstür abschließe? Nachts um halb zwölf, außer samstags. Da bleibt sie offen, sonst wäre ich die ganze Nacht wach, um wieder irgendwen reinzulassen.« Sie wandte sich um und ging auf die Tür zu. »Ich hole Livi.« Sie ging schnell den Flur hinunter.

»Gestern Morgen war sie auch schon hier.« Rowley starrte Bishop hinterher und runzelte die Stirn. »Sie hat die ganze Zeit mit den Armen gefuchtelt.« Er sah Kane an. »Ich habe versucht, sie zu befragen, aber sie weigerte sich, mit mir zu reden. Meinte, das Wohl ihrer Mädchen sei wichtiger als alles, was ich ihr zu sagen hätte.«

Kane rieb sich das Kinn. Ob Rose Bishop etwas zu verbergen hatte? »Na, ich bin sicher, heute wird sie sich die Zeit nehmen, mit uns zu reden.«

Livi betrat den Raum. Die junge Frau trug eine übergroße Jogginghose. Sie sah blass aus, ihre Augen waren vom Weinen gerötet.

Kane bedeutete ihr, sich zu setzen. Er sah Bishop an, die wieder mitgekommen war. »Danke, wir kommen von hier an allein klar.«

»Ich weiß nicht, ob ich Livi mit Ihnen allein lassen sollte.« Bishop sah ihn herausfordernd an.

Kane setzte sich neben das Mädchen auf das Sofa, und Rowley lehnte sich mit verschränkten Armen an die Wand. »Wir würden sie lieber allein befragen.« Kane sah Livi an. »Wenn das für Sie in Ordnung ist? Glauben Sie mir, ich weiß, wie es ist, einen toten Menschen zu finden, und wenn Sie sich heute nicht in der Lage fühlen, mit mir zu reden, ist das völlig in Ordnung.«

»Schon gut. Mrs. Bishop, ich schaffe das.« Livi wartete, bis Bishop den Raum verlassen hatte, und sah Kane mit großen, traurigen braunen Augen an. »Ich habe dem Rechtsmediziner schon alles gesagt, was ich weiß. Ich bin aufgewacht, habe die Dusche im Bad laufen gehört. Ich habe etwa eine halbe Stunde gewartet und dann nach ihr gerufen. Als sie nicht geantwortet hat, habe ich die Tür geöffnet.« Sie holte kurz und tief Luft. »Es tut mir so leid, ich habe nicht mitbekommen, was mit ihr passiert ist. Ich habe geschlafen.«

Kane schlug sein Notizbuch auf und zückte seinen Stift. »Sie machen das sehr gut, aber ich muss Ihnen ein paar Fragen stellen über die Zeit, bevor sie starb.«

»Klar.« Livi zog die Beine an den Oberkörper und schlang die Arme darum. »Fragen Sie ruhig.«

»Wann haben Sie Chrissie zuletzt gesehen?«

»Samstagabend gegen neun. Sie wollte gerade los zu einer Party.« Livi runzelte die Stirn. »Sie hatte einen Typen vom Footballteam kennengelernt.«

Kane machte sich Notizen und sah dann zu ihr auf. »Hat sie seinen Namen erwähnt oder gesagt, wo die Party stattfand?«

»Ja, das war Seth Lyons, der Quarterback.« Livi schluchzte ein wenig verzweifelt auf. »Ich habe ihr gesagt, sie soll da nicht hingehen zu den Footballspielern – die haben ein Haus außerhalb vom Campus, und die Partys da sind superwild. Die machen fiese Einführungsrituale mit neuen Studenten, und eine Erstsemesterin sollte da nicht hingehen, vor allem nicht allein.«

Kanes Gedanken rasten. »Und trotzdem ist sie hingegangen? Allein?«

»Ja.« Livi runzelte die Stirn. »Ein paar Tage bevor sie Seth kennenlernte, hat sie von ihren Eltern erfahren, dass ihr Bruder vermisst wird. Er ist ein Navy Seal. Sie hat mir gesagt, das Warten würde sie wahnsinnig machen und dass sie Ablenkung braucht.«

Kane nickte. »Besitzt sie ein Fahrzeug?«

»Nee.« Sie schüttelte den Kopf. »Jemand hat sie abgeholt, aber das war nicht Seth. Der fährt einen roten Mustang, und ich habe noch gesehen, wie sie in ein Auto eingestiegen ist, aber erst ganz unten am Ende der Straße, als wäre das alles supergeheim oder so.«

»Haben Sie die Marke des Wagens erkannt? Oder erinnern Sie sich an die Farbe?« Kane hob den Blick von seinen Notizen.

»Ich glaube, silbern. Er könnte aber auch hellblau gewesen sein. Die Marke weiß ich nicht. Für mich sehen die alle gleich aus.« Livi sah ihn an. »Wir haben hier schon jede Menge Typen kennengelernt, es hätte jeder von ihnen sein können, der sie mitgenommen hat.«

»Hatte sie einen Freund, bevor sie Seth kennengelernt hat?«

»Ja, auf der Highschool hatte sie ein paar, aber nicht viele. Und der einzige andere Typ, den sie hier wirklich gut kennt, ist Phil Stein, der war auch mit uns auf der Highschool.« Livi nahm ein Taschentuch und schnäuzte sich. »Die Freshmen sind teilweise ganz schön nervig, deshalb haben wir uns mit ein paar Juniors getroffen. Als dann sogar einer der Seniors mit ihr ausgehen wollte, war das eine ganz schöne Überraschung.«

Kane runzelte die Stirn. Es zeichnete sich ab, dass sie in diverse Richtungen würden ermitteln müssen. »War sie schon lange mit Seth zusammen?«

»Mit dem war sie überhaupt nicht zusammen. Er hat sie am Freitag in der Cafeteria angesprochen. Er hat gewartet, bis sie allein war, und ist dann zu ihr gegangen.« Aufgeregt knibbelte Livi an ihren Fingernägeln. »Sie lehnte an der Wand, und er stand ganz dicht vor ihr und redete auf sie ein, sagte ihr, sie wäre etwas ganz Besonderes. Sie hat mir erzählt, dass er gesagt hat: ›Du bist genau mein Typ, komm doch Samstagabend mit mir auf eine Party. Aber zieh was Kurzes an, damit man deine schönen Beine sieht. Und verrat es keinem – wir wollen nicht, dass irgendwelche Leute auftauchen und uns den Spaß verderben.‹« Sie rollte mit den Augen. »Natürlich ist Chrissie vor Aufregung fast in Ohnmacht gefallen! Sie kam mit leuchtenden Augen an unseren Tisch zurück, sie war superverknallt.« Livi unterdrückte ein Schluchzen. »Das hat sie mir im Vertrauen gesagt, direkt hinterher. Sie hat gar nicht mehr aufgehört, von ihm zu reden, hat den ganzen Tag sein Profilbild auf Facebook angehimmelt – und wir wissen ja, was dann passiert ist.«

Kane machte sich weitere Notizen, dann sah er sie aufmerksam an. Sie schien wütend und aufgebracht, eine normale Reaktion. Angesichts des Schocks, den sie erlitten hatte, als sie die Leiche ihrer Freundin gefunden hatte, wollte er sie nur ungern weiter unter Druck setzen, aber er brauchte noch mehr Antworten, und sie schien sich ja ganz gut im Griff zu haben. »Hat sie mit noch jemandem gesprochen, bevor sie zu der Party gegangen ist?«

»Ja, wir haben uns beim Abendessen mit den anderen Mädchen unterhalten, wie immer, und sie hat Phil eine SMS geschickt, um ihre Verabredung mit ihm abzusagen – Phillip Stein, er ist im zweiten Studienjahr.« Livi runzelte die Stirn. »Er war bestimmt enttäuscht. Er war ganz verrückt nach ihr, und dann ist plötzlich Seth aufgetaucht. Nach dem Abendessen sind wir auf unser Zimmer gegangen und haben uns weiter unterhalten, während sie geduscht hat und sich für ihr Date aufgebrezelt hat. Als sie losging, bin ich mit ihr noch rausgegangen, sonst hat sie mit keinem mehr gesprochen.« Plötzlich sah sie ganz verzweifelt aus. »Ich hätte mit ihr mitgehen sollen. Ich habe sie gefragt, aber sie wollte nicht, dass ich mitkomme.«

Kane notierte sich den Namen und sah sie an. Das Mädchen wurde wieder unruhig, er würde das Gespräch so schnell wie möglich zu Ende bringen. »Keine weiteren Anrufe? SMS, Social-Media-Benachrichtigungen?«

»Nein, ich glaube nicht.« Livi fuhr sich mit den Fingern über die Augen. »Gibt es sonst noch etwas?«

»Ja, wenn es Ihnen nichts ausmacht?« Kane schaute in seine Notizen. »Wissen Sie noch, was sie anhatte, als sie das Wohnheim verließ?«

»Ja, ein weißes, bauchfreies Oberteil, einen pinken Rock

und silberne Sandaletten.« Livi starrte ihn ausdruckslos an, als würde sie nachdenken. »Ihre Schuhe waren weg.« Sie blinzelte ein paarmal, und als sie weitersprach, klang sie mechanisch, fast wie ein Automat. »Sie hatte in der Dusche ihre Kleidung an, aber ihre neuen Schuhe fehlten, und ihr Rock war an einer Seite eingerissen. Und sie hatte eine Verletzung an der Lippe und einen blauen Fleck auf der Wange.« Sie holte zitternd Luft und sah ihn an, als würden mit einem Mal alle Puzzleteile zusammenpassen. »Hat Seth ihr das angetan?«

Kane räusperte sich. »Ich bin mir nicht sicher. Würden Sie ihre Schuhe identifizieren können?«

»Ja, ich glaube schon.« Tränen liefen dem Mädchen über das Gesicht, als sie ihm die silbernen Sandaletten mit Strasssteinen beschrieb. »Ich habe ihr noch gesagt, sie soll nicht gehen.«

»Danke.« Kane wartete einen Moment, bis sich das Mädchen wieder beruhigt hatte. »Könnten Sie mir ihr Handy beschreiben? Marke, Hülle oder woran auch immer Sie sich erinnern?«

»Es hatte eine silberne Handyhülle.« Livi wischte sich die Tränen aus den Augen. »Sie hatte ein gelbes Smiley-Emoji auf die Hülle geklebt. Das hat sie ständig benutzt. Es war so was wie ihr Logo.« Sie stieß einen lauten Schluchzer aus.

»Okay ... äh ...« Kane stand auf. Er hatte noch nie gut mit Tränen umgehen können. »Das ist alles, was ich im Moment brauche. Wenn Sie mir zeigen, welches Ihr Zimmer ist, kann ich hineingehen und Ihnen ein paar von Ihren Sachen herausholen.«

»Ja, bitte, ich kann da nicht mehr reingehen«, sagte Livi. »Meine Sachen sind alle auf der rechten Seite, am Fenster. Chrissie hatte den Schrank und die Kommode auf der linken Seite.« Sie bedachte ihn mit einem langen, traurigen Blick. »Wissen Sie, ich bin hierhergekommen, weil Black Rock Falls eine der wenigen Unis ist, wo jedes Wohnheimzimmer ein eigenes Bad hat. Die meisten haben nur Gemeinschaftsbäder. Jetzt wünschte ich, ich wäre woanders hingegangen, dann hätte ich sie nicht so vorfinden müssen.«

Kane nickte. »Ich gehe Ihre Sachen holen.« Er bedeutete Rowley, ihm zu folgen, und verließ den Raum.

Auf dem Flur ging er direkt zu Rose Bishop. »Wo finden wir Seth Lyons?«

»Den Quarterback?« Bishops Augen weiteten sich. »Einen Moment.« Sie ging zu einem Anschlagbrett und überflog eine Liste. »Ja, das dachte ich mir – Lyons und ein paar andere vom Footballteam sind Sonntagvormittag abgereist, zu einer speziellen Trainingseinheit. Heute Abend gegen neun sind sie zurück.«

»Okay, danke.« Kane machte sich eine Notiz und wandte sich an Rowley. »Zeigen Sie mir mal den Tatort.« Im Gehen holte er Latexhandschuhe und Überzieher für die Schuhe aus seiner Tasche. »Mussten Sie hier damals eigentlich irgendwelche fiesen Rituale über sich ergehen lassen?«

»Nee.« Rowley zuckte mit den Schultern. »Ich habe nicht auf dem Campus gewohnt, darum haben die mich in Ruhe gelassen.« Er blickte ihn an. »Und Sie?«

»Ich war mit sechzehn schon so groß wie jetzt.« Kane warf ihm einen Blick zu. »Ich hatte Glück, schätze ich. Mir ist noch niemand über den Weg gelaufen, der mich eingeschüchtert hätte.«

»Irgendwie habe ich geahnt, dass Sie das sagen würden?« Rowley blieb vor einer Tür stehen, die mit Tatortband abgeklebt war, und holte sein Handy heraus. »Ich habe ein paar Fotos vom Tatort gemacht. Ich kann mich nicht erinnern, in der Nähe der Dusche Schuhe gesehen zu haben.« Er reichte Kane das Handy.

Kane schaute sich die Fotos an, vergrößerte die, auf denen die Position des Leichnams, das Taschenmesser und ein offenes Kosmetiktäschchen neben dem Waschbecken zu sehen waren.

Sie hatten keinen Abschiedsbrief gefunden und auch keine Fingerabdrücke auf dem Taschenmesser. Die Einschnitte an ihren Armen waren ohne Zögern ausgeführt worden. Er schaute sich um und schüttelte den Kopf. *Was hat man dir bloß angetan, Chrissie?*

DREI

Das schwere Gefühl der Beklemmung lastete auf ihr, als Jenna hinter Kane und Wolfe die Leichenhalle betrat. Als sie sich die Tatortfotos aus der Fallakte angesehen hatte, hatte sie der Kummer nahezu überwältigt. Sie hatte auf das Foto von der tropfnassen Chrissie Lowe gestarrt, einer jungen Frau, die ihr ganzes Leben noch vor sich gehabt hatte. Hatte irgendein Mistkerl sie vergewaltigt und anschließend auch noch ermordet? Oder hatte er so viel Schaden bei ihr angerichtet, dass sie sich das Leben genommen hatte?

Jenna nahm ihren Mut zusammen. Sie war fest entschlossen, herauszufinden, was mit Chrissie geschehen war, und die schuldige Person vor Gericht zu bringen. Drinnen schlug ihr die Kälte und der allzu vertraute Gestank des Leichenschauhauses entgehen. Sie schnappte sich eine Gesichtsmaske aus der Schachtel auf dem Tresen und legte sie an, dann nahm sie sich ein Paar Einmalhandschuhe. Nichts konnte den Geruch des Todes übertünchen, egal wie kalt es war oder wie viel Antiseptikum Wolfe verwendete. Er kroch in Jennas Kleider und ihr Haar, als wäre er ein lebendiges Wesen. Sie betrachtete das

Glas mit der Mentholsalbe, die sich Kane bereits unter die Nase rieb, und nahm es ihm ab. »Danke.«

»Gern geschehen.« Kane setzte seine Gesichtsmaske auf und stellte sich rechts neben Wolfe.

Jenna gesellte sich zu ihm und starrte auf das weiße Laken, das den Leichnam bedeckte. Sie sah Wolfe an. Hier, im grünen Kittel und mit Maske und Handschuhen, hatte er kaum Ähnlichkeit mit dem toughen Texaner, als den sie ihn damals kennengelernt hatte. »Kennen Sie schon den Todeszeitpunkt?«

»Wann wurde sie zuletzt lebend gesehen?«, fragte Wolfe. Er zog das Laken zurück, faltete es und legte es unter den Obduktionstisch.

»Ihre Mitbewohnerin sagte, sie sei um einundzwanzig Uhr zu Hause losgegangen und kurz danach in einen silbernen oder hellblauen Wagen eingestiegen.« Kanes Augen verengten sich. »Entdeckt wurde sie am Sonntagmorgen um sieben Uhr.«

»Okay.« Wolfe klappte sich sein Mikrofon vor den Mund und fing an, seine Befunde zu diktieren. Als Erstes nannte er das Datum und die Namen der anwesenden Personen, dann den Namen und die relevanten Details der Verstorbenen. »Der Todeszeitpunkt ist derzeit unbekannt und kann auf die Zeit zwischen Samstagabend um einundzwanzig Uhr und Sonntagmorgen um sieben Uhr eingegrenzt werden. Dieser Befund wird sich infolge weiterer Erkenntnisse noch ändern. Falls durch die Ermittlungen die Person ausfindig gemacht wird, die sie zuletzt auf der Party lebend gesehen hat, würde das den Todeszeitpunkt weiter eingrenzen. Die Temperatur der heißen Dusche hat die Leichenstarre schneller einsetzen lassen als gewöhnlich. Aufgrund des Zustands der Epidermis gehe ich davon aus, dass sie nach Eintreten des Todes etwa vier bis fünf Stunden in der aufgedrehten Dusche gelegen hat.«

Jenna trat näher heran und sah sich die vielen blauen Flecken am Körper der jungen Frau an. »Haben Sie Abstriche gemacht?«

»Ja, aber keine fremden DNA-Spuren gefunden.« Wolfe, der gerade die Blutergüsse inspizierte, hob den Kopf. »Ihre Kleidung war komplett durchnässt, da war keinerlei brauchbare DNA dran.« Er runzelte die Stirn. »Die Hämatome an beiden Oberarmen deuten auf Druck durch große Hände hin. Ich würde sagen, um dermaßen viel Schaden anzurichten, muss sie jemand über einen längeren Zeitraum festgehalten haben. Es gibt keine Anzeichen von Gegenwehr, weder Abwehrwunden noch abgebrochene Nägel. Dass sich jemand bei so etwas nicht wehrt, ist schon sehr ungewöhnlich.« Er deutete auf Chrissies Oberschenkel. »Die blauen Flecken dort sind typisch für eine Vergewaltigung. Man kann deutlich die Furchen der Fingernägel in ihrem Fleisch sehen.« Er seufzte. »Der Handabdruck im Gesicht stammt von einer Ohrfeige, und wenn man sich die Aufprallfläche ansieht, würde ich sagen, dass diese Verletzung den Riss in ihrer Lippe verursacht hat.« Er deutete auf die Röntgenbilder auf dem Lichtkasten. »Sie hat keine gebrochenen Knochen und keine Anzeichen eines Kopftraumas. Ich habe Blutproben genommen und eine toxikologische Untersuchung in Auftrag gegeben. Zum Schluss werde ich noch den Mageninhalt untersuchen. Klar ist, dass sie so viel Alkohol im Blut hatte, dass es ihr Denkvermögen und ihre kognitiven Fähigkeiten beeinträchtigt haben wird.«

Am liebsten hätte Jenna den Blick abgewandt, wäre aus der Leichenhalle gerannt, direkt zum College gegangen, hätte alle Männer auf dem Campus in einer Reihe aufgestellt und jeden einzelnen angeschrien, bis sie den Schuldigen gefunden hätte. Stattdessen holte sie tief Luft und konzentrierte sich auf den logischen Teil ihres Gehirns. Sie brauchte Antworten, und auch wenn Chrissie tot war, hatte die junge Frau die Antworten auf all ihre Fragen. Als Wolfe mit seinen Ausführungen am Ende war, fragte sie: »Welche Schlussfolgerungen haben Sie für mich?«

»Klar ist, dass sie über einen Zeitraum von mehreren

Stunden vergewaltigt wurde, und zwar nicht nur von einem Mann, sondern von mehreren.« Wolfes Blick begegnete Jennas.

Eine überwältigende Wut ergriff Besitz von Jenna. Sie starrte hinunter auf Chrissies engelsgleiche Gesichtszüge. Sie wusste, welche Angst sie während dieser Tortur gehabt haben musste. Hilflos und betrunken, wie sie gewesen war, hatte sie keine Chance gehabt, sich zu wehren. Jenna wandte den Blick von Chrissies Gesicht ab und sah Wolfe an. »Vielleicht hat sie einen von ihnen erkannt oder gedroht, sie würde zur Polizei gehen, und sie haben ihren Suizid inszeniert.«

»Ganz genau, und deshalb werde ich kein Urteil über die Todesursache fällen, bis ich die Verletzungen auf mikroskopischer Ebene untersucht habe und mehr weiß. Aber das wird ein paar Tage dauern, fürchte ich.« Wolfe schaute sie über seine Maske hinweg an. »Ich werde sie jetzt umdrehen.«

Mit Kanes Hilfe drehte Wolfe Chrissie auf den Bauch. Er untersuchte jeden Quadratzentimeter ihrer todesbleichen Haut, katalogisierte jede Schramme und jeden Bluterguss, dann drehten sie sie wieder zurück. Jenna hasste es, bei Obduktionen zuzusehen, aber es gehörte zu ihrem Job. Wenn es eine junge Frau war, brach es ihr fast das Herz. Ganz gleich, wie mitfühlend Wolfe war und wie respektvoll er mit dem Leichnam umging, am Ende stand die schreckliche Wahrheit: Chrissie war ausgegangen, um sich mit einem jungen Mann zu treffen, in den sie sich verguckt hatte, und eine Gruppe von Männern hatte sie vergewaltigt. Hatte jemand sie ermordet, oder hatte sie sich das Leben genommen, um nicht mit der Erinnerung daran weiterleben zu müssen?

Jenna konzentrierte sich auf die Beweise und ließ die verschiedenen Szenarien in ihrem Kopf ablaufen. Sie musste sich von dem Mitleid lösen, welches sie persönlich für das Opfer empfand; sie musste objektiv sein und aufdecken, was tatsächlich geschehen war. Sie würde mit der Mitbewohnerin sprechen und ihr einige sehr persönliche Fragen über ihre

Freundin stellen müssen. Kane hatte es versäumt, Livi zu fragen, wie lange sie und Chrissie schon befreundet waren.

»Jenna.« Wolfe war bereits dabei, die Leiche wieder zuzunähen. »Alles okay mit Ihnen?«

Jenna sah ihn an und zog die Stirn kraus. »Mir geht's gut.«

»Ich schicke Ihnen einen vollständigen Bericht, sobald ich den Mageninhalt analysiert habe, aber dem Geruch nach würde ich sagen, dass es Saft mit Wodka und wahrscheinlich Bourbon war – eine heftige Mischung. Der Menge nach würde ich sagen, dass sie sich irgendwann vor ihrem Tod noch erbrochen hat.«

»Die Arme.« Jenna strich Chrissie eine Haarsträhne aus dem Gesicht. »Wir werden herausfinden, wer dir das angetan hat, das verspreche ich.«

»Ja, das werden wir.« Wolfe war fertig. Er deckte die Leiche zu und rollte den Tisch hinüber in den Lagerraum. Er schloss die Metalltür, drehte sich um und sah sie an. »Neben der vollständigen toxikologischen Untersuchung ihres Blutes habe ich spezielle Tests auf Flunitrazepam und GHB laufen, die üblichen Vergewaltigungsdrogen. Ich sehe mal nach, ob die schon was ergeben haben, denn bis der große toxikologische Test vom Labor zurückkommt, dauert es bis zu drei Wochen.« Er zog seine Handschuhe aus und verließ den Raum.

Jenna trat zu Kane. »Ich muss mit Livi sprechen und ein paar mehr persönliche Details erfahren. Ich will auch mehr über Phillip Stein herausfinden und schauen, ob wir eine Liste der Jungs bekommen können, die Chrissie kannte. Wobei ich bei der Vergewaltigung eher zum Footballteam tendiere.«

»Livi ist nicht ganz so gut beisammen. Vielleicht sollten wir das bis morgen aufschieben.« Kane zuckte mit den Schultern. »Aber du bist der Boss.«

»Wir werden ihr etwas Zeit geben. Ich glaube kaum, dass sie vergisst, was passiert ist.« Jenna zog Handschuhe und Maske aus und warf beides in den Papierkorb. »Sich die Obduktion an einer jungen Frau anzuschauen, ist immer ganz besonders heftig. Die Brutalität, die sie ertragen musste, macht mich so wütend!«

»Ich habe schon die toughsten Cops bei einer Obduktion in Ohnmacht fallen sehen, oder, noch schlimmer, kotzen. Als ob der Geruch hier nicht schon schlimm genug wäre.« Sie gingen durch die Türen auf den Gang hinaus.

Jenna seufzte. »Wolfe hilft einem ganz gut dabei, das durchzustehen, indem er alles sehr technisch macht. Ich finde, seine Untersuchung hat ein paar interessante Tatsachen ergeben: Vor der Vergewaltigung war sie nicht sexuell aktiv, und ihre Vergewaltiger haben alle ein Kondom benutzt, also war es wohl keine spontane Tat. Dass die Halme von frisch gemähtem Gras, die sich im aufgerollten Stoff ihres Oberteils verfangen haben, offenbar vom Rasen vor ihrem Wohnheim stammen, deutet darauf hin, dass jemand sie zum Wohnheim gebracht und auf dem Rasen abgeladen hat.«

»Da niemand bezeugen kann, wann das war, lässt sich der zeitliche Ablauf nicht nachvollziehen.« Kane steckte die Hände in die Vordertaschen seiner Jeans und seufzte.

Jenna lehnte sich gegen die kalte weiße Wand und verschränkte die Arme vor der Brust. »O doch.«

»Ach wirklich?« Kane ahmte ihre Pose nach.

»Wir wissen, dass sie jemand kurz nach einundzwanzig Uhr mitgenommen hat und Livi sie um sieben gefunden hat. Wenn sie vier bis fünf Stunden unter der laufenden Dusche gelegen hat, muss sie am Sonntag zwischen zwei und drei Uhr morgens unter die Dusche gegangen sein.« Jenna schaute ihn an. »Wenn wir wissen, wie weit es vom Wohnheim zum Haus von Lyons ist, wissen wir, wann sie auf der Party angekommen ist.«

»*Falls* sie auf der Party angekommen ist.« Kane hob eine Augenbraue. »Das Auto muss jemandem gehört haben, den sie kannte, sonst wäre sie kaum eingestiegen.«

Jenna richtete sich auf. »Wir wissen, dass Seth Lyons einen roten Mustang fährt.« Sie warf ihm einen langen Blick zu. »Warum sollte er sie nicht in seinem eigenen Auto abholen?«

»Vielleicht weil es überall auffällt, und wenn er vorhatte, sie zu vergewaltigen, warum sollte er riskieren, dass man sein Auto identifiziert?«, fragte Kane und runzelte die Stirn. »Livi erwähnte, er hätte ihr gesagt, sie solle ihre Verabredung geheim halten.«

Jenna horchte auf. »Und warum hast du ihn dann noch nicht einkassiert, um ihn zu befragen?«

»Oh, das hätte ich nur zu gern getan.« Kane löste sich von der Wand und legte die Hände an die Hüften. »Leider ist er mit dem Rest des Teams unterwegs. Sie sind Sonntagvormittag losgefahren, und heute gegen neun kommen sie zurück. Ich habe gehört, dass die Jungs im Bus auf dem Rückweg zum Campus immer saufen. Damit sein Verteidiger die Befragung später nicht wegen Trunkenheit für unzulässig erklären kann, sollten wir bis morgen früh damit warten, ihn vorzuladen.«

Bevor sie antworten konnte, öffnete sich eine Tür, und Wolfe kam heraus. Jenna schaute ihn erwartungsvoll an. »Haben Sie etwas gefunden?«

»Aber sicher doch. Der Test auf Gamma-Hydroxybutansäure, also GHB, war positiv.« Wolfe hielt ein Blatt Papier hoch. »Der Konzentration in ihrem Blut nach zu urteilen, hat sie es gegen elf eingenommen. Es war eine hohe Dosis – schon eine Pille hätte sie bei der Menge an Alkohol, die sie intus hatte, umgehauen, und ich schätze, sie hat mindestens das Doppelte genommen.«

Jenna schob sich eine Haarsträhne aus den Augen und runzelte die Stirn. »Ich habe keine Berichte darüber, dass in meiner Stadt jemand mit GHB dealt.« Sie blickte zu Wolfe auf. »Beim letzten Fall mit einer Vergewaltigungsdroge wurde das Mittel injiziert, das hier wird kaum vom selben Dealer stammen.«

»Nein, beim letzten Fall ging es um Ketamin, ein injizierbares Anästhetikum.« Wolfe runzelte die Stirn. »GHB ist eine Straßendroge, wenn es die hier normalerweise nicht gibt, bringt sie jemand von außerhalb mit. Ob es Ihnen gefällt oder nicht, diese Droge kriegt man überall im Land.« Er sah Jenna an. »Dass GHB benutzt wurde, beantwortet gleich mehrere Fragen. Die Wirkung setzt schnell ein und hält mehrere Stunden an. Chrissie hätte Probleme beim Sprechen gehabt und wäre definitiv nicht in der Lage gewesen, sich zu wehren.«

Jenna kaute auf ihrer Unterlippe und dachte an andere Fälle, bei denen ähnliche Drogen im Spiel gewesen waren. »Ich bin immer davon ausgegangen, dass man bei Vergewaltigungsdrogen vergisst, was passiert ist. Das würde einen Suizid ausschließen, oder?«

»Nicht unbedingt.« Wolfes graue Augen schauten sie teilnahmsvoll an. »Das arme Mädchen hätte sich wahrscheinlich nicht an die Details erinnern können, als sie noch halb bewusstlos war. Aber ich nehme an, jemand hat ihr eine Ohrfeige verpasst, bei der ihr die Lippe aufgeplatzt ist, und hat ihr dann gedroht. Sie wird sich bewusst gewesen sein, was mit ihr geschehen war. Sie muss erhebliche Schmerzen gehabt haben.«

Sie starrte Kane an. Einen Profiler im Team zu haben, gab ihr immer hilfreiche Einblicke in die Gedankenwelt von Kriminellen. »Was meinst du, Dave? Was für ein Mann tut einer wehrlosen jungen Frau so etwas an?«

»Ich glaube nicht, dass es ein spontaner Übergriff war. Ich denke, wir haben es möglicherweise mit Serienvergewaltigern zu tun. Den Fall, dass das Opfer Suizid begeht, haben wir dabei bisher noch nicht gehabt, daher kann ich nicht sagen, ob sie von vornherein geplant haben, sie zu töten. Ich stimme Wolfe zu. Ihr zu drohen, wird ihre einzige Möglichkeit gewesen sein, sie zum Schweigen zu bringen.« Kane rieb sich das Kinn und gab ein rasselndes Geräusch von sich. »Diese Typen haben ein

System. Sie suchen sich potenzielle Opfer aus, finden ihre Schwachstelle und benutzen diese dann als Druckmittel, um sie zum Schweigen zu bringen.«

Jenna schluckte schwer. »Bist du sicher, dass sie das schon mal gemacht haben?«

»Ich halte es zumindest für wahrscheinlich. Sie sind gut organisiert.« Kane zuckte mit den Schultern. »Sie haben alle Kondome benutzt und dafür gesorgt, dass sie mit einem unauffälligen Auto abgeholt wird. Wenn es sich um eine Gruppe wie eine Gang oder ein Footballteam handelt, dann lügen sie auch füreinander. Du kannst davon ausgehen, dass alle Beteiligten ein wasserdichtes Alibi haben.«

»Wobei ihnen das nicht unbedingt etwas nützt.« Wolfe stellte sich breitbeinig hin und stemmte die Hände in die Hüften. »Sie hat ausgeprägte Hämatome mit deutlichen Handabdrücken. Ich bin mir sicher, dass einer davon den Umriss eines Rings zeigt. Ich werde mir die Bilder genau ansehen, vielleicht taugen sie zur Identifizierung. Wir hätten zwar die Technologie, um auf der Haut latente Fingerspuren zu sichern, aber da sie einige Zeit unter Wasser war, wird das kaum möglich sein.«

Unter der Oberfläche kochte Jenna vor Wut. Sie würde diese Wut nutzen, um Chrissies Vergewaltiger aufzuspüren. »Danke, das ist alles sehr interessant. Ich brauche Ihren Bericht so schnell wie möglich.« Sie seufzte. »Ich schätze, ich sollte den Eltern mitteilen, dass ihre Tochter vergewaltigt wurde, bevor die Medien diese Information in die Finger bekommen.«

»Die Eltern kommen heute Nachmittag hierher«, sagte Wolfe. »Sie werden Vorkehrungen für die Bestattung treffen wollen und werden nicht gerade erfreut sein, dass ich die Untersuchung fürs Erste noch nicht abschließen kann.« Er warf ihr einen langen, nachdenklichen Blick zu. »Sie werden Fragen haben, und ich denke mal, ich bin am besten geeignet, sie zu beantworten. Ich rufe an, wenn sie wieder weg sind, dann können Sie eine Pressemitteilung herausgeben, falls Sie das für nötig halten.«

»Danke, das weiß ich zu schätzen. Um diese Aufgabe beneide ich Sie wirklich nicht. Es gibt nichts Schlimmeres, als trauernden Eltern noch mehr Kummer zu bereiten.« Sie wandte sich an Kane. »Wir gehen zurück ins Büro. Auch wenn wir Seth Lyons und seine Freunde noch nicht befragen können, sollten wir in der Zwischenzeit Hintergrundchecks zu ihm und allen anderen Mitgliedern des Footballteams durchführen. Wir sollten auch Phillip Stein überprüfen. Ich will alles über diese Jungs erfahren. Wenn wir mit ihnen fertig sind, werden wir wissen, wie oft sie am Tag auf die Toilette gehen.«

VIER

MONTAGABEND

Er war schon immer logisch veranlagt gewesen und berücksichtigte immer jeden Aspekt einer beliebigen Situation. Ursache und Wirkung der Handlungen von Menschen zu beobachten, war für ihn inzwischen etwas ganz Alltägliches. Er spähte aus dem Schutz der Büsche auf die dunkle Einfahrt und musterte die vielen Gebäude auf dem College-Campus. Die Straßenlaternen tauchten die Gehwege in gelbes Licht, damit die Studierenden sicher von A nach B kamen – aber waren sie wirklich sicher? *Er* lauerte in den Schatten und konnte sich jederzeit eine beliebige ahnungslose Person herausgreifen und in Sekundenschnelle beseitigen. Falls er sich entschloss, sie alle zu töten, wäre niemand vor ihm sicher.

Die Blätter an den Ahornbäumen faszinierten ihn. Jedes sah haargenau gleich aus wie die Tausenden anderen und unterschied sich von ihnen nur in Größe und Farbe. Bei der Kiefer, an der er mit dem Rücken lehnte, war es genauso. Die Rinde und die Nadeln hatten das gleiche Muster wie alle anderen Kiefern auch. Für Insekten galt das Gleiche: Ameisen, Schmetterlinge – in der Natur ähnelte jedes Exemplar einer Spezies den anderen, als wären sie geklont. Außer dem

Menschen hatten die meisten Spezies einen ähnlichen, wenn nicht gar identischen genetischen Code. Nur wenn der Mensch sich einmischte und Tiere und Pflanzen nach seinen eigenen Vorstellungen züchtete, machte eine Spezies dramatische Veränderungen durch. Nichts auf der Erde griff durch sein Handeln so stark ein wie der Mensch, doch für seine gesteigerte Intelligenz zahlte er einen Preis. Hin und wieder überlegte er, ob Gott die Menschen vielleicht nur deshalb alle mit unterschiedlichen DNA-Codes geschaffen hatte, damit sie sich nicht ungestraft gegenseitig ermorden konnten.

Er entspannte sich, er war es gewohnt, zu warten. Ungeduld war ihm schon immer fremd gewesen. Alles geschah zu seiner Zeit, und er begrüßte jede Gelegenheit, über den Sinn des Lebens – oder des Todes – nachzudenken. Als die kühle Abendluft die Blätter zum Rascheln brachte, konzentrierte er sich auf zwei kichernde Mädchen in kurzen Hosen und bauchfreien Tops, die mit wippenden Pferdeschwänzen einen der Fußwege entlangrannten. Nachts war auf dem Campus einiges los. Das Schwimmbad, der Fitnessraum und die Bibliothek blieben bis spät in die Nacht geöffnet. Studierende nutzten Räume für Diskussionen und Vereinssitzungen. Offenbar schlief der Campus so gut wie nie.

In der Ferne hörte er das Schalten eines Getriebes und das Quietschen von Bremsen, als ein Bus in die Auffahrt einbog und näherkam. Er hinterließ eine Wolke giftiger Abgase, deutlich sichtbar im Licht der Straßenlaternen. An Bord war eine Gruppe Footballer, die vom Coach alle eine Sonderbehandlung erhielten – sie zählten zu den wenigen Spielern, deren Können er gerne den NFL-Scouts vorführte.

Als sie aus dem Bus stiegen, ging er den schattigen Fußweg zum College entlang und mischte sich unter die Studierenden, die zu ihren Wohnheimen zurückkehrten. Den Gesprächen nach zu urteilen, wollten einige vom Team den Fitnessraum und das Schwimmbad nutzen. Er lächelte in das schummrige

Licht und zog sich die Baseballkappe tiefer ins Gesicht, damit der Schirm seine Augen bedeckte. Geduld war eine Tugend, die er in Hülle und Fülle besaß, und schon bald würde es sich auszahlen, dass er so geduldig war. Heute Nacht würde er wieder zuschlagen.

FÜNF

Alex Jacobs starrte auf sein Ebenbild im Spiegel über dem Waschbecken. Er hob beide Arme, um seinen prallen Bizeps zu bewundern, und grinste. Ein eins achtundachtzig großer Mann mit strahlendem Zahnpastalächeln blickte ihn an, braungebrannt und mit gepflegtem blondem Haar. Seinen Körper hatte er sich in jahrelanger harter Arbeit im Fitnessstudio erarbeitet. Die Mühe hatte sich gelohnt, und er war stolz auf das Resultat. Sein Platz im Footballteam als linker Tackle war ihm sicher, genau wie seine Freundschaft mit dem Quarterback, Seth Lyons.

Er schlenderte in den Kraftraum und war froh, dass dort alles still war. Um diese Zeit war er hier normalerweise ganz allein. Umso überraschter war er, als er merkte, dass da im Schatten noch jemand war. Da stand ein Typ, regungslos, er lehnte einfach nur an der Wand und schaute ihn an. Alex ging an ihm vorbei und hob eine Hand zum Gruß. Als er die Hantelbank erreichte, hatte der andere noch immer nicht reagiert. Heute brauchte er beim Training keinen Spotter, der aufpasste, dass er sich nicht verhob. Er wollte ja nur ein leichtes Krafttraining machen. Dass der Typ so unhöflich war, beunruhigte ihn. Er mochte es nicht, wenn Leute ihn anstarrten, als wäre er ihr abendliches Entertainment. Aber vielleicht war der andere auch einfach nur schüchtern. Alex war groß und muskulös, und jeder auf dem Campus kannte ihn, da kam das schon mal vor.

Nachdem er die Stange mit Gewichten beladen hatte, richtete er seine Aufmerksamkeit auf den Mann im Schatten, aber er war verschwunden. Hatte er ihn sich nur eingebildet? Ihm lief es kalt den Rücken hinunter. Immerhin war er hier in Black Rock Falls, dem Mekka für Serienmörder. Wie dämlich wäre es da, nicht nachzuschauen, ob der Kerl sich irgendwo versteckt hatte? Er nahm eine kurze Hantelstange, die er sonst für Armcurls benutzte, um notfalls damit zuschlagen zu können, und ging zielstrebig auf die Glastüren zu, die zum Korridor führten.

Er spähte hinaus und schaute in beide Richtungen. Über sich hörte er den entfernten Ruf einer Eule, sonst war alles still. Die meisten Kommilitonen waren wohl schon auf ihren Zimmern, vielleicht waren einige noch in der Bibliothek, um sich auf ihre Kurse am Morgen vorzubereiten. Einer seiner Mannschaftskameraden, Pete Devon, drehte wahrscheinlich gerade seine Runden im Schwimmbad, auch der würde ihm kaum im Schatten auflauern.

Als er zurück zur Hantelbank schlenderte, hatte er immer noch das Gefühl, dass er nicht allein war. »Du wirst noch bekloppt, Mann«, sagte er, und seine Stimme klang viel zu laut in dem leeren Raum, aber er zuckte nur mit den Schultern und legte sich auf die Bank. Er holte tief Luft und schloss beide Hände um die Hantelstange. Problemlos hob er das Gewicht, absolvierte fünf Wiederholungen und legte die Langhantel wieder auf die Ablage. Plötzlich trat ein Mann in sein Blickfeld, der sich den Schirm seiner Baseballkappe über die Augen gezogen hatte, und ihm rutschte das Herz in die Hose. Wo kam der denn auf einmal her, und wie zum Teufel hatte er sich so lautlos angeschlichen? Alex setzte sich so schnell auf, dass ihm der Kopf schwirrte. Er griff nach seinem Handtuch und wischte sich das Gesicht ab. Dann atmete er erleichtert aus. »Ach, du bist das. Willst du auch an die Geräte?«

»Nein.« Sein Kumpel lehnte sich gegen die Wand. »Ich wollte nur mal ungestört mit dir reden, über die Party letzten Samstag.«

Alex grinste breit. »Die Kleine war ziemlich heiß. Und leise. Ich mag es, wenn sie leise sind.«

Das Gesicht des Mannes lag weiterhin im Schatten und Alex ließ sich zurück auf die Bank fallen. Eigentlich war er lieber allein im Kraftraum. »Ich mache mal besser mit meinem Workout weiter, bevor ich auskühle.«

»Mit so wenig Gewicht und so schnellen Wiederholungen verbrennst du eher Muskeln. Du solltest lieber schwerere Gewichte nehmen und langsamere Wiederholungen machen, dann baust du besser Muskeln auf.« Sein Kumpel schaute auf ihn herab und lächelte. »Ich kann dich gerne spotten, wenn du willst, dann kannst du noch ein bisschen was draufpacken.«

Alex wollte nicht wie ein Schwächling wirken, also nickte er. »Klar, danke.«

Er wartete, während sein Kumpel weitere Gewichte auf die Stange lud. Erst jetzt fielen ihm dessen dünne Lederhandschuhe auf. Er grinste. »Auf seine Hände sollte man aufpassen.« Er ergriff die Stange.

»Stimmt, was wäre ich ohne die?«

»Genau.« Alex sah zu ihm auf. »Warum bist du wirklich hier?«

»Meinst du, wir sollten das Mädel noch mal organisieren?« Sein Kumpel stützte sich mit beiden Händen auf der Hantelstange ab.

Schon die erste Wiederholung war für Alex enorm anstrengend, und er war froh, als sein Kumpel die Hantel auf die Ablage hob. Sie war viel schwerer, als ihm lieb war. »Die war total weggetreten, Mann.« Er grinste. »Ich muss mir unbedingt unsere Fotos angucken, und das Video wird garantiert ein Klassiker.« Er hob die Hantel wieder von der Ablage und ließ sie auf seine Brust sinken. Als er sie hochstemmte, stöhnte er gegen den Schmerz an.

Bei jeder der nächsten drei Wiederholungen taten seine Muskeln mehr weh. »So, einen noch. Dann reicht es mir.«

»Klar.« Sein Kumpel lächelte. »Einen noch.«

Alex stöhnte und drückte die Stange mit aller Kraft hoch, aber diesmal half der andere ihm nicht, sie auf die Ablage zu heben. Vor Panik wurde ihm flau im Magen, und Schweiß rann ihm über das Gesicht. Seine Armmuskeln wölbten sich vor Anstrengung, er holte tief Luft und stemmte, so sehr er konnte, aber für die letzten Zentimeter fehlte ihm die Kraft. Mit angewinkelten Ellbogen und zitternden Armen starrte er seinen Kumpel an. »Ey, hilf mir mal.«

»Es gibt nur ein kleines Problem mit Chrissie. Sie wurde gestern Morgen tot aufgefunden.«

Die Schmerzen ließen nach, und keuchend vor Anstrengung starrte Alex in die kalten Augen seines Kumpels, der die schwere Hantelstange ergriffen hatte und über ihm schweben ließ, als wiege sie nichts, wie um ihn zu verhöhnen – aber warum? »Was? Scheiße, was ist denn mit ihr passiert? Das war doch voll geil mit ihr, und sie hat sich kein einziges Mal beschwert.«

»Und genauso wenig wirst du dich beschweren.«

Wie in Zeitlupe sah Alex voller Entsetzen zu, wie sein Gegenüber die Stange aus den Fingern gleiten ließ. Er hatte keine Zeit zu reagieren. Ein lautes Knacken füllte seinen Kopf, dann ein klirrendes Geräusch, als ein Ende der Hantelstange auf dem Fußboden auftraf. Ein heißer, brennender Schmerz schoss durch seinen Hals bis hinauf in sein Gehirn. Er konnte nicht atmen, und seine Arme weigerten sich, sich zu bewegen. Blut gurgelte seine Kehle hinauf und lief ihm über die Zunge. Es schmeckte metallisch. Er hörte noch, wie jemand vor sich hin pfiff und wie sich die Tür nach draußen öffnete und wieder schloss, dann wurde ihm schwarz vor Augen.

SECHS

Der spezielle Notruf-Klingelton ihres Handys riss Jenna aus ihrem Traum. Sie griff nach dem Telefon auf dem Nachttisch und nahm den Anruf entgegen. »911, was ist Ihr Notfall?«

»Es hat einen Unfall im Fitnessraum im College gegeben. Hier ist ein Toter. Ich wusste nicht, wen ich anrufen soll.«

Jenna schaltete ihre Nachttischlampe ein und griff nach Stift und Notizbuch. Sie notierte sich die Uhrzeit: kurz nach eins. »Hier ist Sheriff Alton. Mit wem spreche ich, und können Sie mir bitte ein paar Einzelheiten nennen?«

»Hier ist John Beck. Ich bin der Hausmeister. Ich wollte gerade den Fitnessraum abschließen, da habe ich ihn gefunden. Ich denke mal, der ist schon eine Weile tot.« Beck holte zitternd Luft. »Dem ist 'ne Langhantel auf den Hals gefallen.«

»Okay, bleiben Sie, wo Sie sind, und fassen Sie nichts an. Wir sind gleich da.«

Kane saß am Steuer und Jenna lehnte sich in ihrem Sitz zurück. Sie nippte an einem frisch aufgebrühten Kaffee und wurde schlagartig wach. »Und, hast du schon irgendwelche schmutzigen Geheimnisse aufgedeckt?«, fragte sie und seufzte. »Ich habe nur ein paar Verkehrsdelikte gefunden. Kein Jugendknast, keine Straftaten, seit sie über achtzehn sind.«

»Ich habe mir die College-Unterlagen der Jungs anschauen können. Phillip Stein ist ein extrem erfolgreicher Sportler, er macht hauptsächlich Snowboarding und Wintersport.« Kane warf ihr einen flüchtigen Blick zu. »Er ist der Traum aller Schwiegermütter: Er sieht gepflegt aus, hat einen hohen IQ und will später im IT-Bereich arbeiten.«

Jenna runzelte die Stirn. »Der typische Computernerd ist er aber nicht gerade, wenn er gleichzeitig so ein guter Sportler ist.«

»Stimmt, aber offenbar stehen Snowboarder bei den Mädels längst nicht so hoch im Kurs wie Quarterbacks.« Kane schnaubte. »Die Dynamik der Liebesbeziehungen am College habe ich noch nie verstanden.«

»Was ist mit Seth Lyons?«

»Bei ihm sieht das etwas anders aus.« Kane bog in die Stanton Road ein und beschleunigte. »Ein Unruhestifter, meint, er müsse sich nicht an Regeln halten. Nach einer Massenschlägerei im letzten Semester hat der Dekan die meisten Mitglieder des Footballteams aus den Wohnheimen auf dem Campus geworfen. Die haben sich ein großes altes Haus an der Pine Road gemietet.« Er seufzte. »Die Beschwerden sind immer die gleichen: Alkoholkonsum, laute Musik, Schlägereien ... Es gibt aber keine Berichte davon, dass Frauen misshandelt worden wären.«

Jenna starrte auf den dunklen Wald, der an ihnen vorbeirauschte. Hier war es nachts stockdunkel und gefährlich. Der Schein der Straßenlaternen, die ihnen den Weg wiesen, drang kaum durch die Nacht. Sie bogen in die kurvige Auffahrt des Colleges ein, passierten das schmiedeeiserne Tor und hielten neben Wolfes weißem Lieferwagen. Jenna schnappte sich die

Thermoskanne und die Becher und machte sich auf den Weg zum Fitnessraum.

»Ich hoffe, es war wirklich nur ein Unfall.«

»Das würde uns die Sache erheblich erleichtern.« Kane schloss zu ihr auf. »Ich nehme an, im Fitnessraum gibt es keine Videoüberwachung?«

»Keine Ahnung, aber da drüben ist eine Kamera.« Jenna deutete auf eine Überwachungskamera, die direkt über dem Eingang des Freizeitzentrums des Campus angebracht war, in dem sich der Fitnessraum und das Schwimmbad befanden. »Ich hoffe, die funktioniert auch.«

»Ich werde den Hausmeister fragen.« Kane winkte Wolfe zu. »Wobei, wenn das da drüben bei Wolfe der Hausmeister ist, sieht es nicht so aus, als wäre er gerade in der Lage, viele Fragen zu beantworten.«

Jenna ging auf den Mann in den Vierzigern zu. Er trug einen Overall und war kreidebleich. »Mr Beck?«

»Das bin ich.« Beck hatte sich gegen die Wand gelehnt.

Jenna holte ihr Notizbuch hervor. »Kennen Sie das Opfer?«

»Aber sicher, Alex Jacobs. So einen guten linken Tackle hat das Footballteam von Black Rock Falls seit Jahren nicht gehabt. Aber ihn so zu sehen ...« Beck fuhr sich mit einer zitternden Hand über das Gesicht, als wolle er die Erinnerung auslöschen. »Gütiger Himmel, da ist mir richtig schlecht geworden.«

»Deputy Kane hat ein paar Fragen an Sie.« Jenna wandte sich an Wolfe. »Wie sieht's aus?«

»Wahrscheinlich ein Unfall, schwer zu sagen. Er ist noch nicht lange tot, vielleicht ein, zwei Stunden.«

Sie folgte Wolfe in den Kraftraum und starrte die Leiche an. Die aufgerissenen Augen des jungen Mannes und den blutigen Mund, der aussah, als schreie er vor Entsetzen, würde sie nicht so schnell vergessen. »Falls wir das Bildmaterial der Überwachungskamera draußen bekommen, können wir herausfinden, wann er angekommen ist und ob noch jemand anderes hier war.«

»Beim Bankdrücken benutzt man so schwere Gewichte eigentlich nur, wenn man einen Spotter dabeihat.« Wolfe runzelte die Stirn. »Und die Position seiner Hände ist ebenfalls nicht normal. Ich habe solche Unfälle schon gesehen, und dass die Hände unterhalb der Taille liegen, ist ziemlich ungewöhnlich. Wenn dem Opfer die Hantelstange abgerutscht ist oder er sie nicht mehr halten konnte, müsste beim Aufprall mindestens eine Hand unter der Stange eingeklemmt worden sein.« Er hielt die Arme hoch, um zu demonstrieren, was er meinte.

Jenna nickte. »Vielleicht hat sein Spotter die Hantel fallen lassen und hat Panik gekriegt, als er gesehen hat, dass er tot war?«

»Vielleicht.« Wolfe zuckte mit den Schultern. »Ich werde nach Fingerspuren suchen. Ist das Kaffee?«

»Ja, ich dachte mir schon, dass Sie einen brauchen können.« Jenna stellte die Thermoskanne auf einem Tisch in der Nähe ab. »Ich schaue mal nach, ob Kane etwas vom Hausmeister erfahren hat.«

Sie verließ den Fitnessraum und prallte beinahe mit dem Dekan des Colleges zusammen. David Bent war ein imposanter, großer, schlanker Mann in den Sechzigern mit schwarzem, an den Schläfen ergrautem Haar. Er trug einen Bademantel über seinem Pyjama. »Mr Bent, es tut mir leid, aber Sie können da jetzt nicht hinein. Der Rechtsmediziner ist schon bei der Arbeit.«

»Was ist denn passiert?« Bent starrte über ihre Schulter, dann richtete er seinen Blick wieder auf sie. »Ist Jacobs tot?«

Jenna legte ihm eine Hand auf den Arm. »Ich fürchte ja. Anscheinend hat er die Langhantel fallen lassen, und sie ist auf seinem Hals gelandet. Hat er normalerweise einen Spotter? Jemanden, der ihm beim Bankdrücken assistiert?«

»Ich bin leider nicht mit den Gewohnheiten aller

Studenten auf dem Campus vertraut, Sheriff.« Bent warf ihr einen verächtlichen Blick zu. »Ich bin sicher, seine Freunde werden alle Ihre Fragen beantworten können. Lyons wohnt mit einigen Seniors aus dem Team drüben an der Pine Road. Ihr Haus ist gleich das erste hinter der Ecke, können Sie gar nicht verfehlen.« Er räusperte sich. »Der Coach hat ein paar Mitglieder des Footballteams zu einem Training außerhalb mitgenommen. Sie sind Sonntagvormittag losgefahren und gestern Abend gegen neun Uhr zurückgekommen.«

»Ja, das habe ich mitbekommen.« Jenna machte sich Notizen. »Ist es üblich, dass das Team an einem Sonntag wegfährt?«

»Ja, zumal sie Gelegenheit hatten, die zwei Tage mit professionellen Spielern zu verbringen.« Bent stieß einen verärgerten Seufzer aus. »Wer noch in die Kirche gehen musste oder so, hat das erledigt, bevor der Bus abgefahren ist.« Er starrte wieder auf die Tür zum Fitnessraum. »Zwei Todesfälle in zwei Tagen. Das ist Gift für unseren guten Ruf.«

»Ich bin mir sicher, die Eltern der Studierenden machen sich gerade um anderes Sorgen als um den guten Ruf des Colleges.« Jenna konnte nicht verstehen, wieso das alles den Dekan so kalt ließ. Sie sah ihn scharf an. »Ich brauche die Kontaktdaten von Jacobs' Angehörigen. Wir müssen seine Eltern benachrichtigen.«

»Dann muss ich wohl mein Büro aufschließen.« Bent legte die Stirn in Falten. »Kommen Sie mit, ich besorge Ihnen die Informationen.«

Jenna schüttelte den Kopf. »Sie haben doch Ihr Handy dabei.« Sie zog eine ihrer Visitenkarten aus der Tasche und reichte sie ihm. »Es ist einfacher, wenn Sie mir die Informationen per SMS schicken. Ich kann hier nicht weg, bevor der Rechtsmediziner die Leiche entfernt hat.« Sie warf ihm einen langen, abschätzenden Blick zu. »Es wäre schön, wenn Sie Ihre Wachleute anweisen würden, die Studierenden von diesem

Bereich des Campus fernzuhalten. Ich bringe Sie morgen früh auf den neuesten Stand.«

»Den Wachmann habe ich bereits alarmiert, er ist auf dem Weg hierher.« Bent ließ die Schultern hängen. »Können Sie mich hier wirklich nicht gebrauchen?«

Jenna schüttelte den Kopf. »Nein, das kann ich nicht. Bestimmt aber die Studierenden, die sich gerade drüben auf der Wiese versammeln. Die hätten sicher gerne eine Erklärung. Wie Sie schon sagten, zwei Todesfälle in zwei Tagen ist ganz schön beunruhigend.«

»Ach, die werden sich schon zerstreuen, sobald sie hören, dass es nur einen tragischen Unfall gegeben hat.« Bent sah erschöpft aus. »Ich besorge Ihnen gleich die gewünschten Informationen.« Wie betäubt ging er davon.

Jenna eilte zum Büro des Hausmeisters. Auf dem Weg nach draußen traf sie Kane. »Irgendwas Neues?«

»Ja und nein. Erstens schließt der Hausmeister normalerweise gar nicht den Fitnessraum und das Schwimmbad ab, sondern der Wachdienst. Einer der Wachleute hat sich krankgemeldet, und da hat er sich bereit erklärt, abzuschließen. Die Monitore der Überwachungskameras befinden sich im Büro des Wachdienstes.« Er runzelte die Stirn. »Der andere Wachmann ist irgendwo auf dem Gelände auf Patrouille.«

»Anscheinend ist er gerade auf dem Weg hierher.« Jenna blickte zu ihm auf. »Und was hat der Hausmeister noch gesagt?«

»Nach allem, was man hört, war Jacobs ein enger Freund von Seth Lyons. Die beiden waren ständig zusammen. Möglicherweise war Lyons auch die letzte Person, die ihn lebend gesehen hat ... und vielleicht auch Chrissie. Aber da ist noch etwas anderes.« Kane zückte sein Handy. »Er hat mich in das Büro vom Wachdienst gelassen, und ich habe mir die Aufnahmen der Überwachungskamera angesehen. Ich habe dir und Wolfe die betreffende Datei gemailt.« Er rief das Video auf und reichte Jenna sein Smartphone. »Kurz danach gibt es eine Störung, und die Kamera fällt bis null Uhr dreißig aus. Um fünf vor eins geht der Hausmeister hinein und rennt wieder raus und übergibt sich auf den Rasen. Als Nächstes muss er dich angerufen haben.«

Jenna runzelte die Stirn. »Hast du ihn gefragt, ob es öfter solche Störungen bei der Videoüberwachung gibt?«

»Ja, habe ich.« Kane hob eine seiner dunklen Augenbrauen. »Er sagte, das müsse ich mit den Security-Leuten abklären, aber soweit er wisse, sei das vor heute Nacht noch nie vorgekommen.« Er spulte das Video zurück. »Siehst du, wie da etwas aufblitzt? Ich vermute, jemand hat die Kamera mit einem Laserpointer lahmgelegt.«

»Na wunderbar.« Jenna rieb sich die Schläfen. »Warum muss in dieser Stadt alles so verdammt kompliziert sein?«

SIEBEN

Die Eltern von Alex Jacobs wohnten in einem Vorort von Louan, eine Autostunde nördlich von Black Rock Falls. Jenna rief das Sheriff´s Department in Louan an und bat einen ziemlich widerwilligen und mürrischen Kollegen, Jacobs´ Angehörige zu benachrichtigen. Sie trennte die Verbindung und wartete auf Kane, der gerade Wolfe half, die schwere Leiche auf die Ladefläche des Transporters zu laden. Der Fitnessraum würde vorerst geschlossen bleiben. Die Tür war mit Tatortband versiegelt, und Wolfe hatte den Schlüssel eingesteckt. Sie wandte sich an Wolfe. »Was jetzt?«

»Ich habe einen Verdacht.« Wolfe zog seine Handschuhe aus, setzte die Maske ab und rollte beides zu einem Ball zusammen. »Ich stecke ihn in die Kühlung und komme morgen mit Webber wieder her. Ich bezweifle aber, dass wir etwas Belastendes finden werden. Die Studenten wischen die Hantelbänke nach dem Training immer ab, und ich habe auf der Stange nur einen Satz Fingerspuren gefunden. Selbst wenn ich Beweise dafür finde, dass es Mord war: Der Fitnessraum wird von so vielen Leuten benutzt, dass es unmöglich wäre, auf dieser Basis jemanden zu überführen.« Er seufzte. »Am besten warten wir erst einmal, bis seine Eltern herkommen, um die Leiche zu identifizieren. Ich werde die Erlaubnis für eine Obduktion einholen, dann werde ich meine Entscheidung treffen.«

»Alles klar, danke.« Jenna ging zurück zu Kane und sie machten sich auf den Weg zu seinem Wagen. Jetzt hatte sie schon zwei Todesfälle – und zwei Gründe, um mit dem Footballteam zu sprechen. »Wir gehen Seth Lyons aufwecken. Ich weiß, wo er wohnt.«

»Du glaubst doch nicht, dass Lyons die Vergewaltigung an Chrissie zugeben wird, oder?« Kane warf ihr einen ungläubigen Blick zu. »Er wird einfach den Mund halten und abwarten, in der Hoffnung, dass sich das Ganze in Wohlgefallen auflöst. Wie willst du die Sache angehen?«

Jenna öffnete die Tür, stieg ein und wartete darauf, dass sich Kane hinter das Steuer setzte. »Ich werde direkt zur Sache kommen. Aber ich möchte, dass er glaubt, dass wir den Schuldigen woanders suchen.«

»Alles klar.« Kane bog auf die Stanton Road ein. »Ich halte mich zurück.«

Sie fuhren einige Zeit schweigend, dann wedelte sie mit der Hand, als im Licht der Scheinwerfer ein Straßenschild auftauchte. »Da drüben ist die Pine Road. Das Haus der Studenten soll gleich hinter der Kurve liegen.« Sie zeigte auf eine Auffahrt. »Da geht es rein.«

Sie bogen in eine kurvige, von Bäumen gesäumte Auffahrt ein, fuhren an einem Schild vorbei, auf dem »Zufahrt verboten« stand und neben dem eine weitere schmale Straße abging, und dann erreichten sie einen Parkplatz. Ein Weg führte zwischen Bäumen hindurch zum Haus. Jenna spähte durch die Scheibe in die Dunkelheit hinaus. »Warum ist der Parkplatz nicht näher am Haus?«

»Wahrscheinlich führt die Straße mit dem Verbotsschild direkt zum Haus.« Kane runzelte die Stirn. »Besucher sind hier wohl nicht so gern gesehen.« Er deutete durch eine Lücke zwischen den Bäumen. »Da ist Licht an. Schlafen die denn nie?«

»Wo warst du denn auf dem College?« Jenna kicherte. »Ach, stimmt ja, wenn du es mir verrätst, musst du mich erschießen.« Sie warf ihm einen langen Blick zu. »Ich nehme mal an, du warst auf der OCS.«

»Ja, die Offizierschule war Teil meiner Ausbildung, wie bei hunderten Kollegen. Ich habe mehrere Abschlüsse in verschiedenen Bereichen, nur dürften die jetzt mit meinem neuen Namen nicht mehr allzu viel wert sein.« Im Auto war es so dunkel, dass sie nicht genau sehen konnte, was für ein Gesicht er machte. »Ich habe in Quantico diverse komplexe Ausbildungsgänge absolviert, Jenna, genau wie du. Das ist kein gewöhnliches College. Wir hatten weder die Zeit noch die Energie, nächtelang durchzufeiern.« Er wies auf das Haus. »Wenn die Jungs dadrinnen eine Klausur verhauen, lachen sie darüber. Wenn ich bei meiner Ausbildung einmal nicht aufgepasst hätte, hätte das später vielleicht den Unterschied zwischen Leben und Tod bedeutet.«

Ernüchtert von ihren eigenen düsteren Erinnerungen, musste sie daran denken, was Kane wohl während seines Einsatzes durchgemacht hatte. »Klar, ich weiß, was du meinst.« Sie schaute zur Haustür. Soweit sie durch die Bäume sehen konnte, stand sie offen, und Licht drang auf die Veranda hinaus. »Entweder scheinen sie sich nicht allzu viele Gedanken um ihre Sicherheit zu machen, oder es stimmt was nicht. Ich denke mal, wir sollten auf Nummer sicher gehen und nicht den Fußweg nehmen. Wenn wir uns hinter den Bäumen halten, sieht man uns vom Haus aus nicht.«

»Verstanden.« Kane fuhr ein Stück weiter, schaltete die Scheinwerfer aus und hielt dann hinter den Büschen neben der Einfahrt.

Jenna ließ sich vom Sitz gleiten und schloss lautlos die Tür hinter sich. Als sie sah, dass von den Bäumen Spinnweben herabhingen, lief es ihr kalt den Rücken hinunter. »Äh ... Willst du volleicht vorweggehen?«

»Kein Problem.« Kane sah sie an und grinste. »Hast du Angst vor Geistern?«

»Nee, aber vor Spinnen.« Sie blieb hinter Kanes massiger Gestalt, während sie sich durch die Schatten bewegten. Unter Jennas Füßen knackten Zweige, und sie stolperte über die Überreste einer Rasenbegrenzung. »Verdammt.« Sie befreite ihren Fuß aus einem Gewirr toter Ranken und eilte Kane hinterher. Kane hatte die Treppe zur langen, breiten Veranda erreicht und war im Schatten verschwunden. Jenna eilte über die Auffahrt hinweg an seine Seite. Einige Augenblicke lang standen sie nur da und lauschten. Leise Musik drang durch die offene Tür, aber abgesehen vom Gejaule eines Country-Sängers war es totenstill. »Ich hoffe, die sind nicht alle tot dadrinnen.«

»Ein richtiger Massenmörder wäre mal eine Abwechslung zu den üblichen geistesgestörten Psychopathen, die unser Städtchen magisch anzieht.« Kanes Grinsen leuchtete weiß in der Dunkelheit. »Tut mir leid, ich konnte nicht widerstehen. Aber Tod rieche ich hier nicht – Schnaps und Schweiß vielleicht, aber kein Blut.«

Jenna staunte immer wieder über Kanes Fähigkeit, eine Situation in Sekundenschnelle zu erfassen. Sie beugte sich zu ihm. »Was, wenn jemand sie vergiftet hat oder sie gerade mit einer Waffe bedroht?« Sie hob ihr Kinn. »Ich denke, wir sollten vorsichtig sein.«

»Das bin ich ohnehin immer.« Kane schlich die Stufen hinauf und stellte sich mit dem Rücken zur Wand neben die Eingangstür.

Jenna folgte seinem Vorbild und wartete mit gezogener Waffe, während er einen schnellen Blick durch die Vordertür warf. »Was siehst du?«

»Da liegen überall Leute. Hinter der Eingangstür liegt direkt das Wohnzimmer.« Kane drehte sich um und sah sie an.

»Ich kann kein Blut sehen oder riechen, vielleicht sind sie nur ohnmächtig.«

Jenna hörte von drinnen ein Geräusch, und ihre Nackenhaare stellten sich auf. »Was war das?«

»Dadrinnen bewegt sich was.« Kane tat einen Schritt vor, und die Bretter unter seinen Füßen knarrten laut. Aus dem Inneren des Hauses drang ein erstickter Schrei. »Bleib hinter mir.«

Im nächsten Moment kam eine große dreifarbige Katze mit einem Stück Pizza im Maul aus der Tür geschossen und verschwand in der Dunkelheit, den Schwanz buschig aufgestellt wie ein Waschbär. Jenna sprang zur Seite und starrte Kane an. »Was zum ...?«

»Wenn schon Tiere die Bude hier plündern, ist irgendwas im Busch.« Kane steckte seine Waffe in das Holster und zog sich Latexhandschuhe über. »Ich gehe rein«, sagte er und betrat das Haus.

Jenna spähte um die Tür herum und rief laut: »Sheriff's Department!« Als sich nichts rührte, steckte auch Jenna ihre Waffe weg und folgte ihm. Im Gehen zog sie sich ebenfalls Handschuhe an. Sie ging zu dem ersten jungen Mann, der neben einem anderen auf einem Sofa lag. Sein Kopf hing über einem seiner Arme. Sie berührte sein Gesicht. Seine Haut war warm, und die schnellen Augenbewegungen unter seinen Lidern verrieten ihr, dass er sich gerade in der REM-Phase befand. Sie untersuchte den zweiten Mann, bei dem war es genauso. »Sie schlafen.«

»Die hier auch. Es sind sechs Männer. Weißt du, wie viele hier wohnen?«

Jenna schüttelte den Kopf. »Nein, aber es sind alles Seniors.«

»Jacobs hat auch hier gewohnt, vielleicht schlafen oben ja noch mehr. Wenn sie sich immer zu zweit ein Zimmer teilen, könnten hier zehn Jungs wohnen oder noch mehr. Ein Haus dieser Größenordnung hat garantiert sechs Schlafzimmer.« Kane rümpfte die Nase und beugte sich vor. »Na, sieh mal einer an!« Er hielt eine gläserne Bong und einen Plastikbeutel mit Marihuana hoch. »Ich wette, du weißt, was das ist?«

Jenna nahm Kane den Beutel ab, schaute hinein und untersuchte das Gras. »Sieht aus und riecht wie Ghost Train Haze, vielleicht auch Train Wreck.« Sie blickte zu ihm auf. »Es ist schon eine Weile her, dass ich Gras gesehen habe, und es kommen quasi täglich neue Sorten auf den Markt. Wie auch immer, Besitz von Marihuana ist in Montana ein schweres Vergehen. Wir werden die Beweise eintüten.«

Sie sah sich um und musterte die schlafenden jungen Männer. »Weck bitte einen nach dem anderen auf, notier dir ihre Namen und nimm ihre Fingerabdrücke auf. Ich bezweifle, dass einer von ihnen beim Programm für medizinisches Marihuana registriert ist, aber du kannst ja mal fragen – so oder so denke ich mal, die Menge Gras in dem Plastikbeutel liegt weit über dem Limit.«

Während Kane sich daranmachte, die verschlafenen jungen Männer zu wecken, sah sich Jenna im Rest des Hauses um. Das Wohnzimmer war ein einziges Durcheinander. Leere Bier- und Schnapsflaschen standen auf den Couchtischen und auf dem Fußboden rund um die Sofas. Überall lagen leere Junkfood-Verpackungen, halb gegessene Burger und Kartons mit Resten von Chinanudeln. Sie bewegte sich langsam durch das Erdgeschoss, vorbei an mehreren Zimmern, die offenbar zum Lernen gedacht waren, mit Schreibtischen und Laptops, die allem Anschein nach nicht viel benutzt wurden. Eine Treppe führte ins Dunkle. Am Ende des Flurs fand sie die Küche. Vier Kaffeemaschinen standen auf einem Tresen inmitten von Stapeln schmutzigen Geschirrs, an manchen Tellern wuchs Schimmel auf Essensresten. Sie hörte Schritte und drehte sich um.

Ein muskulöser junger Mann kam in den Raum geschlendert. Er trug ein Muskelshirt und Shorts, hatte blondes Haar und stechende smaragdgrüne Augen. »Die Putzfrau hat heute frei.« Er lächelte Jenna schief an. »Was führt Sie mitten in der Nacht hierher, Sheriff? Ist jemand gestorben?«

Er lehnte sich gegen den Tresen. Eine Hand hatte er für Jennas Geschmack etwas zu nah an einem großen Küchenmesser, das dort lag. Sie trat auf die andere Seite des Küchentischs und wandte sich ihm zu, eine Hand auf dem Griff ihrer Waffe. »Und Sie sind?«

Der junge Mann sah sie erstaunt, fast beleidigt an. In seinem Blick lag etwas Grausames.

»Seth Lyons.« Er machte mit der Hand eine Geste, die das ganze Haus umfasste. »Mein Vater bezahlt das alles hier, damit ich und meine Jungs unter uns sein können. Und Sie spazieren hier rein, als ob Ihnen das Haus gehört.«

Jenna hob ihr Kinn. Er war kleiner, als sie es bei einem Footballer erwartet hatte, vielleicht ein Meter siebenundachtzig, aber sichtlich durchtrainiert. »Die Vordertür war offen, und wir haben gerufen. Als sich keiner Ihrer Freunde gerührt hat, haben wir das Gebäude betreten, um Hilfe zu leisten.«

»Verstehe.« Lyons verschränkte die Arme vor der Brust. »Das beantwortet aber nicht meine Frage, Sheriff. Warum sind Sie hier?«

»Wir haben Alex Jacobs vor etwa einer Stunde tot im Fitnessraum gefunden. Soweit ich weiß, wohnte er hier?« Jenna beobachtete Lyons' Reaktion. Er wirkte, als hätte sie ihm eine Ohrfeige verpasst. »Sind Sie mit ihm befreundet?«

»Wie, tot? Wieso?« Lyons fuhr sich mit den Händen über das Gesicht. »Herzinfarkt?«

Jenna runzelte die Stirn. »Hatte er Herzprobleme?«

»Nicht dass ich wüsste, aber er geht beim Training immer ans Limit, und sein alter Herr ist kürzlich an einem Herzinfarkt gestorben.« Lyons zog einen Stuhl am Tisch hervor, schob ein paar Teller beiseite, um Platz zu schaffen, und ließ sich auf den Stuhl fallen.

»Wann haben Sie ihn zuletzt gesehen?« Jenna ging zum Waschbecken, nahm ein sauberes Glas von einem Bord, füllte es mit Wasser und reichte es ihm.

»Als wir vom Trainingslager zurückkamen.« Lyons lehnte sich in seinem Stuhl zurück und nahm einen Schluck Wasser. »Wir anderen sind alle hierher, aber er wollte noch auf dem Campus bleiben und Gewichte stemmen.«

Jenna rechnete kurz durch. Sechs Männer hatten unten im Wohnzimmer gelegen, plus Alex und Seth. »Zu wievielt wohnen Sie denn hier?«

»Zu acht.« Seth warf ihr einen langen Blick zu. »An den Wochenenden übernachten hier manchmal aber auch noch andere vom Team.«

Da sie keine Informationen über die Todesursache preisgeben wollte, räusperte sie sich und fuhr fort: »Wann haben Sie Chrissie Lowe das letzte Mal gesehen?«

»Chrissie?« Im Bruchteil einer Sekunde änderte sich Lyons' Haltung von entspannt zu misstrauisch. Er blieb einige Augenblicke stumm, als ob er sich zu erinnern versuchte, aber Jenna sah ihm an, dass er in Wirklichkeit nach einer plausiblen Geschichte suchte, die er ihr erzählen konnte. Die kam dann auch prompt. »In der Cafeteria am Freitag. Ich habe sie gefragt, ob sie Samstagabend mit uns Party machen will, aber sie ist nicht aufgetaucht. Warum fragen Sie nach ihr?«

Oh, du bist echt gut. Jenna lehnte sich auf den Tisch und starrte ihn an. »Ach ja? Nicht aufgetaucht, hm? Wer von euch fährt denn einen silbernen oder hellblauen Personenwagen?«

»Die meisten der Jungs haben einen Pick-up-Truck, und ich fahre einen Mustang.« Er zuckte mit den Schultern und starrte auf den Gang hinaus. »Ich kenne niemanden, der eine silbernes Auto fährt, außer vielleicht mein alter Herr.« Er sah sie aufmerksam an. »Sie haben meine Frage ignoriert, aber Ihre soll ich beantworten? Warum fragen Sie nach Chrissie?«

Jenna ignorierte ihn. »Also, wenn ich alle, die hier wohnen, frage, wird mir jeder von ihnen erzählen, dass Chrissie Lowe noch nie hier war, stimmt's?«

»Keine Ahnung, wer von denen sie überhaupt kennt. Alex, das weiß ich. Und Pete.« Lyons grinste. »Wollen Sie das schriftlich haben, Sheriff?«

»Ja, gerne.« Jenna holte ihren Block hervor und reichte ihn ihm. »Schreiben Sie es auf und unterzeichnen Sie das Blatt. Ich werde Pete bitten, das Gleiche zu tun, und dann sind wir auch schon wieder weg.«

»Sie haben mir immer noch nicht gesagt, warum Sie nach Chrissie fragen.« Lyons starrte sie an. »Hat sie sich über mich beschwert?«

»Nein, das hat sie nicht.« Jenna richtete sich auf, aber ihre Augen blieben auf sein arrogantes Gesicht geheftet. »Sie ist am Sonntagmorgen, gleich nach eurem Date, tot aufgefunden worden. Ich nehme an, Sie haben heute Abend keine Nachrichten geschaut?«

»Nein, wir waren im Bus.« Er sah ihr direkt in die Augen. Sein Blick war kalt. »Schade, sie war ein nettes Mädchen.« Er beugte sich über den Block und schrieb seine Aussage nieder.

Angesichts seiner gleichgültigen Haltung gegenüber dem Tod einer jungen Frau, die er immerhin für interessant genug befunden hatte, um sich mit ihr zu verabreden, sah Jenna sich gezwungen, härter durchgreifen. Schließlich standen er und seine Mitbewohner, was Chrissies Vergewaltigung anging, ganz oben auf ihrer Liste der Verdächtigen. »Wie viele Leute sind zu der Party gekommen?«

»Nicht so viele – zehn, fünfzehn vielleicht. Die ganze Nacht sind Leute gekommen und gegangen.« Lyons unterschrieb das Blatt und schob ihr den Block hinüber. »Man ist aber nur mit Einladung hereingekommen.«

»Wie viele der Gäste waren weiblich?« Jenna fiel auf, dass er leicht die Schultern hochzog und mit einer Hand teilweise seinen Mund verdeckte. *Irgendetwas verheimlicht er.*

»Keine Ahnung.« Lyons sah sie genervt an. »Ein paar Kumpels hatten ihre Freundinnen dabei, aber mit denen verzichen sich die Jungs meistens schnell auf ihre Zimmer, also waren bei der Party hauptsächlich Kerle. Es ist nicht so, dass wir keine Mädels einladen, aber wir haben keinen allzu guten Ruf, deshalb kommen nicht viele her.«

»Keinen allzu guten Ruf?«

»Ach, kommen Sie, Sheriff.« Lyons stieß einen bellenden Lacher aus. »Wir pauken und trainieren die ganze Woche richtig hart, und am Wochenende lassen wir die Sau raus. Deshalb wollten sie uns auf dem Campus auch nicht mehr haben, also sind wir hierhergezogen.«

Jenna nickte, und dann zog sie einen Trumpf aus der Tasche. »Ich verstehe. Wären Sie bereit, eine DNA-Probe abzugeben?«

»Definitiv nicht.« Lyons sah sie finster an. »Das ist fast dasselbe wie einen Hund zu chippen. Ich will nicht, dass meine privaten Daten in der Datenbank des FBI gespeichert sind.«

»Okay.« Jenna wies in Richtung Flur. »Mein Partner unterhält sich gerade mit Ihren Freunden. Warum setzen wir uns nicht dazu?« Sie befeuchtete ihre Lippen. »Was dagegen, wenn ich mir ein Glas Wasser nehme?«

»Tun Sie sich keinen Zwang an.« Lyons stellte sein leeres Glas auf den Tisch, stand auf und ging zur Tür hinaus.

Jenna wartete einen Moment, dann holte sie, ohne zu zögern, einen Beweismittelbeutel aus ihrer Tasche und tat das Glas hinein. Sie beschriftete das Etikett, steckte den Beutel ein, zog ihre Handschuhe aus und ging in Richtung Wohnzimmer. *Ganz so clever bist du wohl doch nicht, Bürschchen.*

ACHT

Kane hatte die jungen Männer im Wohnzimmer jeweils ein Stück voneinander entfernt platziert. Er hatte bereits festgestellt, dass der Beutel mit dem Gras und die Bong einem der Bewohner gehörten, der an Epilepsie litt und ganz legal beim Programm für medizinisches Marihuana registriert war. Er hatte sogar die Karte bei sich, um es zu beweisen. Die anderen bestritten, gekifft zu haben, und um ihre Unschuld zu beweisen, hatten sich alle bereit erklärt, sich einem Drogenschnelltest zu unterziehen, den Kane direkt an Ort und Stelle durchgeführt hatte. Zu seiner Überraschung waren alle negativ. Sie teilten ihm mit, dass sich die Mitglieder des Footballteams ohnehin freiwillig und stichprobenartig auf illegale Substanzen testen ließen, seit einer von ihnen im letzten Semester mit Drogen erwischt und suspendiert worden war.

Er hatte sie nicht über den Tod von Alex Jacobs informiert und war gerade damit fertig, ihre persönlichen Daten zu notieren, als ein weiterer junger Mann in den Raum geschlendert kam. Kane betrachtete sein blasses Gesicht und seinen angespannten Gesichtsausdruck, dann sah er Jenna, die hinter ihm den Flur herunterkam.

»Hat er es euch schon gesagt? Alex ist tot«, verkündete der Mann und sah sich im Raum um. »Und das Freshman-Mädel, die ich zur Party am Samstag eingeladen hatte und die nicht aufgetaucht ist, ist auch tot.« Er starrte die anderen an. »Die Polizistin wollte meine DNA, aber ich habe mich geweigert. Offenbar bin ich verdächtig, nur weil ich sie eingeladen habe, und ihr wisst genau, dass ich Samstag die ganze Nacht mit euch zusammen war. Ich habe das Haus nicht verlassen, bis wir alle Sonntagvormittag den Bus genommen haben.«

Plötzlich bombardierten sie alle mit Fragen. Jenna baute sich in der Mitte des Zimmers auf. »Wir beschuldigen niemanden eines Verbrechens, aber wir würden gerne wissen, ob jemand Chrissie Lowe am Samstagabend gesehen hat. Sie ist das Mädchen, das Mr Lyons zur Party eingeladen hatte.« Jenna holte ihr Handy heraus, rief ein Foto von Chrissie auf und zeigte es herum. »Hat irgendjemand von Ihnen Chrissie Samstagabend, Samstagnacht oder am frühen Sonntagmorgen gesehen?«

»Ich war mit Seth in der Cafeteria, als er sie eingeladen hat«, sagte einer der Männer und warf einen Blick auf Lyons. »Ich bin Pete Devon. Aber hier ist sie nicht aufgetaucht, genau wie er gesagt hat.«

»Sie war also nie hier im Haus?« Jenna runzelte die Stirn.

»Nicht dass ich wüsste.« Pete zuckte mit den Schultern.

»Kann ich das schriftlich haben?« Jenna reichte ihm den Schreibblock und einen Stift. »Die Aussage von Mr Lyons habe ich bereits.«

»Klaro.« Devon nahm ihr den Block ab, platzierte ihn auf der Armlehne eines Sessels und begann zu schreiben.

Kane achtete genau auf die Körpersprache von jedem einzelnen der jungen Männer, als sie sich das Foto von Chrissie anschauten. Alle sahen es sich an, leugneten, sie zu kennen, und blickten dann direkt zu Seth Lyons. Alle hatten den gleichen verwirrten Gesichtsausdruck, und einer von ihnen schüttelte langsam den Kopf. Kane erkannte an ihrer Reaktion, dass sie sie alle wiedererkannten, und er vermutete, dass mindestens zwei von ihnen an der Vergewaltigung beteiligt gewesen waren. Mit dem, was er gesagt hatte, als er den Raum betreten hatte, hatte Lyons ihnen gerade genug Informationen gegeben, dass sie den Mund hielten.

Er wartete, bis Jenna fertig war, dann räusperte er sich. »Was dagegen, wenn wir uns oben mal umsehen?«

»Warum?« Lyons verschränkte die Arme vor der Brust. »Wir haben gegen kein Gesetz verstoßen.«

Kane trat einen Schritt auf ihn zu. »Ich möchte diesen Fall heute Nacht gerne noch abschließen. Es ist schon spät. Wir wollen nur sicherstellen, dass Sie die einzigen Personen sind, die hier wohnen.« Er stieß einen langen Seufzer aus, der erschöpft klingen sollte. »Ich will ja gar nicht Ihre Erlaubnis, etwas zu durchsuchen, ich will nur mal schauen.«

»Kein Problem, aber ich komme mit.« Lyons ging voraus zur Treppe.

Kane folgte ihm; er hatte Jennas verwirrten Blick bemerkt und ihr zugenickt. Hinter jeder Tür, die Lyons öffnete, bot sich Kane der gleiche Anblick: Alle Zimmer waren unaufgeräumt, dreckig und mit schmutziger Wäsche übersät. Alle bis auf eines, das am Ende des Flurs lag. Als sie dieses Zimmer betraten, schlug Kane der Geruch von Putzmittel entgegen. Die Betten hatten frische, saubere Laken und waren mit geradezu militärischer Präzision bezogen; auf dem Boden war nicht ein Körnchen Staub zu sehen. »Wer wohnt in diesem Zimmer?«

»Ich und Alex.« Lyons legte die Stirn in Falten. »Ich mag es sauber.«

Oder er wollte nach der Vergewaltigung an Chrissie die Spuren verwischen. Kane warf einen flüchtigen Blick in den Raum und nickte. »Offenbar.«

»Hier im Haus sieht es nicht immer so chaotisch aus. Morgen kommt die Putzfrau. Die kommt einmal in der Woche, aber die Jungs benehmen sich halt wie Schweine.« Lyons folgte ihm. »Was ist denn nun mit Alex passiert? Ihre Kollegin hat sich geweigert, es mir zu sagen, und seine Mutter wird bestimmt Fragen haben.«

Kane blieb stehen, drehte sich um und schaute auf ihn hinunter. »Wir sind uns noch nicht sicher. Wahrscheinlich ein Unfall. Nach der Obduktion werden wir mehr wissen. Wann haben Sie ihn zuletzt gesehen?«

»Ich habe es Ihrer Kollegin schon gesagt. Wir sind aus dem Bus gestiegen, und er ist direkt zum Fitnessraum gegangen.« Lyons zuckte mit den Schultern. »Er trainiert oft so spät. Er mag es ruhig.« Kane fand das Verhalten des Mannes reichlich ungewöhnlich. Sein bester Freund war gestorben, und ihn schien das nicht zu kümmern. »Haben Sie sich gar nicht gewundert, warum er nicht nach Hause gekommen ist?«

»Alex?« Lyons warf ihm einen ungläubigen Blick zu. »Nee, ich dachte, er wäre zum Triple Z gefahren, hätte vielleicht ein paar Bier zu viel gekippt und dann beschlossen, in seinem Truck zu schlafen.« Er bedachte Kane mit einem halbherzigen Lächeln. »Oder er hätte eine kennengelernt und bei ihr übernachtet. Er ist auf dem Campus ein echter Star.«

Und dann hat man es nötig, junge Frauen unter Drogen zu setzen und zu vergewaltigen? Kane verkniff sich eine Erwiderung und nickte. »Okay, danke.«

Er ging wieder hinunter. Noch auf der Treppe hörte er, wie Jenna den anderen ihr Beileid für deren Verlust aussprach. Er folgte ihr durch die Vordertür, und sie eilten durch die Schatten zu seinem Wagen, wobei er ihnen mit seiner Taschenlampe leuchtete. Das Haus von Lyons und seinen Freunden lag weit genug von der Straße entfernt, dass es niemand mitbekam, wenn sie hier laut Musik hörten – oder wenn Frauen schrien, die sie vergewaltigten. Sie stiegen in den Wagen, fuhren die Auffahrt hinunter, bogen in die Pine Road ein und fuhren nach Hause. Kane warf Jenna einen Blick zu. »Ich gehe davon aus, dass Lyons und seine Kumpels Chrissie vergewaltigt haben.«

»Ach ja?« Jenna drehte sich in ihrem Sitz um und sah ihn an. »Wir haben keine Beweise, und alle haben ausgesagt, sie sei auf der Party gar nicht aufgetaucht.«

Kane knirschte mit den Zähnen und fragte sich, wie oft sie wohl schon junge Frauen in ihr Haus gelockt hatten. »Die Wohnung ist ein einziges Chaos, aber Lyons' Schlafzimmer, das er sich mit Alex Jacobs geteilt hat, war blitzsauber, und sie hatten Putzmittel benutzt, um alles zu reinigen. Saubere Laken, das ganze Programm. Dass jemand so gründlich Spuren vernichtet, habe ich lange nicht erlebt. Die wissen hier alle ganz genau, wie man sichergeht, keine DNA-Spuren zu hinterlassen.« Er seufzte. »Hat dir seine kleine Rede gefallen, als er ins Wohnzimmer kam, um seine Freunde zu warnen?«

»Ja, das war mehr als deutlich.« Jenna rieb sich die Schläfen und seufzte. »Jetzt, wo sie wissen, dass Chrissie tot ist, werden sie sich alle gegenseitig decken, und inzwischen hat er ihnen wahrscheinlich eingebläut, um jeden Preis den Mund zu halten.«

Kane dachte einen Moment nach. »Wir müssen mehr darüber erfahren, was mit Chrissie passiert ist.«

»Ich werde sehen, wie wir mit den Medien kooperieren können. Wir brauchen die Erlaubnis der Eltern, aber wenn wir weitere Vergewaltigungsopfer veranlassen können, sich zu melden, könnte es zu einer Anklage kommen. Wir werden ihnen garantieren, dass sie anonym bleiben. Ich denke, der Staatsanwalt wird damit einverstanden sein, und ich könnte darauf bestehen, dass der Fall unter Ausschluss der Öffentlichkeit verhandelt wird. Ich werde später mit ihm reden.« Jenna gähnte. »Jetzt muss ich erst einmal schlafen. Mir fallen die Augen zu.«

»Ich bin auch müde«, sagte Kane. Auf der Stanton Road beschleunigte er. Die Scheinwerfer leuchteten eine Eule an, die in den Wald flog, und ließen zahlreiche Augenpaare aufblitzen, die zwischen den dunklen Bäumen hervorlugten. »Ich habe kein gutes Gefühl bei Lyons – bei dem schrillen meine Alarmglocken.«

»Ich glaube, vorhin in der Küche habe ich das Böse in ihm gesehen.« Jenna lehnte sich in ihrem Sitz zurück und sah ihn an. »Es hat ihn aufgewühlt, dass sein bester Freund tot ist, aber als ich ihn nach Chrissie fragte, war es, als hätte er einen Schalter umgelegt. Seine ganze Persönlichkeit hat sich verändert, und in seinen Augen lag plötzlich etwas, das mir Angst machte – eine enorme Wut, als ob er kurz davor wäre, durchzudrehen. Wie eine Katze, kurz bevor sie eine Maus anspringt.«

Kane rieb sich das Kinn. »Hmm, und du warst die Zielscheibe der Wut, oder?«

»Ja, er wollte mich weghaben, Punkt.«

»Interessant. Er lässt seine Wut offenbar mit Vorliebe an Frauen aus.« Kane starrte auf die dunkle, kurvenreiche Straße vor ihm. »Bei einer Vergewaltigung geht es nie um Sex, sondern nur um Gewalt. Falls Lyons von Anfang an geplant hatte, Chrissie zu vergewaltigen, könnte er seine Freunde dazu verleitet haben, mitzumachen.«

»Es fällt mir schwer zu glauben, dass alle von denen brutale Vergewaltiger sind.« Jenna runzelte die Stirn. »Aber du bist der Verhaltensexperte. Wie bringt man jemanden dazu, ein bewusstloses Mädchen zu vergewaltigen?«

»Es wird ganz langsam angefangen haben.« Kane blickte sie an. »Mit Gruppenzwang. Wer mit im Haus wohnen wollte, hat sicherlich vorher irgendwelche Einführungsrituale mitmachen müssen. Falls einer oder zwei von ihnen Bedenken hatten, hätte die Tatsache, dass Chrissie bewusstlos war und sie nicht sehen konnte, durchaus einen Unterschied gemacht. Es wäre ihnen dann nicht ganz so brutal vorgekommen. Sobald sie bereit waren, mitzumachen, konnte sich Lyons sicher sein, dass sie schweigen und ihm ein Alibi geben würden.«

»Aber wie konnte er sich sicher sein, dass Chrissie nicht zur Polizei geht oder irgendwem davon erzählt?« Jenna klang nicht ganz überzeugt. »Ich würde zur Polizei gehen.«

Kane bog in ihre Einfahrt ein. »Ich nehme an, das war nicht sein erstes Mal. Männer wie er schüchtern ihre Opfer ein, drohen ihnen damit, jemandem aus ihrem Umfeld wehzutun, oder ihren Ruf zu ruinieren, indem sie am College herumerzählen, dass sie leicht zu haben sind.« Er hielt vor dem Ranchhaus an. »Vielleicht haben sie auch Fotos gemacht.«

»Wenn sie das Chrissie angetan haben«, sagte Jenna und wandte sich ihm zu, »bringe ich sie alle zur Strecke.«

Kane lächelte sie in der Dunkelheit an. »Da bin ich mir sicher.«

NEUN

DIENSTAG

Da er den Tag über kaum etwas zu tun hatte, beschloss er, sich weiteren Beobachtungen zu widmen. Er steuerte sein Auto in eine Parklücke am Ende des Parkplatzes für Studierende und stellte den Motor ab. Wenn er wollte, konnte er den ganzen Tag in seinem Fahrzeug sitzen. Niemand kontrollierte die Einfahrt zu den Parkplätzen – die Security hier auf dem Campus war wirklich ein Witz. Der Traum jedes Terroristen. Im Grunde amüsierte es ihn, wie dilettantisch das alles war. Das Überwachungssystem war kabelgebunden und deckte nicht einmal alle Eingänge ab. Die Kameras ließen sich ausschalten, indem man den Stecker zog oder einfach einen Laserpointer auf das Objektiv richtete, und schon war so ein Gerät stundenlang außer Betrieb. Laserpointer waren besonders praktisch, weil ihr Strahl über eine größere Entfernung reichte und man daher auf dem Kamerabild nicht unbedingt zu sehen war, wenn man sie einsetzte.

Mit seiner Drohne hatte er sechs Wachleute bei ihren Patrouillengängen auf dem Campus beobachtet. Drei weitere arbeiteten in einem kleinen Büro, wo sie sich auf mehreren Bildschirmen die Bilder der Überwachungskameras ansahen oder Studierendenausweise ausstellten. Er hatte nicht allzu lange gebraucht, um herauszufinden, dass sie in Acht-Stunden-Schichten arbeiteten, dass immer nur zwei Wachleute gleichzeitig herumliefen und dass keiner von ihnen allzu sehr um die Sicherheit der Anlage besorgt war. Tatsächlich waren sie die meiste Zeit entweder am Rauchen oder am Essen, oder sie plauderten über Sport. Er fragte sich: Wenn er mit einer AK-47 durch die Gänge schlendern und wahllos Leute erschießen würde, würden sie sich ihm entgegenstellen und kämpfen oder den Schwanz einziehen und davonlaufen? Er war überzeugt, dass Letzteres der Fall war.

Er schaltete sein iPad ein und machte es sich bequem, dann steuerte er seine winzige Drohne in die Luft, um die Gegend zu scannen. Die winzige Panoramakamera und der empfindliche Lautsprecher sorgten für eine hervorragende Bild- und Tonqualität. Da sie so klein wie ein Kolibri war, fiel sie nicht weiter auf. Sie landete unbemerkt auf der Fensterbank vor der Umkleidekabine der Footballspieler. Mit Interesse hörte er den Gesprächen zu; der Suizid wurde mit keinem Wort erwähnt. Stattdessen ging es nur um den Tod von Jacobs und darum, wen der Coach im Team an Jacobs' Stelle setzen würde. Als die Spieler den Umkleidebereich verließen, um vor ihren Vorlesungen noch zu duschen, zoomte er heran und konnte ein leises Gespräch zwischen Dylan Court und Pete Devon belauschen.

»Seth hat eine Neue gefunden. Er will heute Abend mit ihr im Schwimmbad sprechen. So gegen halb neun.« Court sah Devon nicht an; seine Augen suchten ununterbrochen die Umkleide ab. »Du wirst wie immer deine Runden drehen und er wird zusehen. Du hast gesagt, dass da niemand sonst so spät hingeht, oder? Dann wird auch keiner mitbekommen, wie er mit ihr spricht. Wenn sie mit dem Schwimmen fertig ist, folgt er ihr nach draußen, lässt seinen Charme spielen und überredet sie, Samstagabend zu uns zu kommen.«

»Ich finde, wir sollten für ein paar Wochen einen Gang

runterschalten.« Devon rieb sich mit dem Handrücken den Schweiß von der Nase und schüttelte dann den Kopf. »Sag mal, du redest von Brook, oder? Verdammt, Mann – die kenne ich.«

»Die ist eine echte Einzelgängerin, die perfekte Wahl.« Court schnaubte amüsiert. »Ihre Mutter lebt allein.« Er boxte Devon gegen die Brust. »Komm schon, erzähl mir nicht, dass sie es nicht verdient hat. Du siehst doch, wie die herumläuft, um die Kerle scharf zu machen.«

»Nee, wenn du die anrührst, dann petzt sie bestimmt.« Devon starrte ihn an. »Ihr Vater arbeitet bei der Staatsanwaltschaft.« Er schüttelte den Kopf. »Die lass mal schön in Ruhe, Mann.«

»Verdammt.« Court schlug gegen seinen Spind. »Davon wird Seth nicht gerade begeistert sein. Aber wir werden schon eine andere finden. Was ist mit dieser Neuen, Emily Wolfe? Die hat Seth auch auf seiner Liste.«

»Die ist hot.« Devon lächelte. »Ich mag Blonde, aber das wird eine Weile brauchen, die ist auch eine Einzelgängerin.«

»Hmmm.« Court starrte ins Leere. »Ich schätze, wir könnten heute Abend nach dem Essen zu Aunt Betty's fahren und mal schauen, wer in der Stadt rumhängt, was meinst du?«

»Sorry, geht nicht.« Devon zog sich aus und wickelte sich ein Handtuch um die Taille. »Der Coach hat gesagt, wenn ich nicht jeden Abend ein paar Runden drehe, um nach der Verletzung von letzter Saison wieder Muskeln aufzubauen, schickt er mich auf die Bank. Aber ich bin um halb zehn fertig, dann komme ich nach.« Er ging zur Dusche.

Die Drohne war im Handumdrehen wieder bei ihm, er verstaute sie und lehnte sich im Sitz zurück, um darüber nachzudenken, was er erfahren hatte. Er erinnerte sich lebhaft an den Zorn des Coachs. Ein kleiner Verstoß gegen seine Regeln, und ein Spieler war draußen. Das fette, glatzköpfige Großmaul war kein Vorbild für seine Spieler. Er wäre der Erste, den er sich vorknöpfen würde, falls er hier wirklich einmal mit einer

AK-47 vorbeikäme. Er lächelte in die Sonne, als er sich vorstellte, wie der Coach von Kugeln durchsiebt wurde. Dann kehrten seine Gedanken zu dem Gespräch in der Umkleidekabine zurück. Wirklich loyale Freunde, aber wenn sie überleben wollten, sollten sie lieber den Mund halten.

ZEHN

Mit klingelnden Ohren von zu viel Kaffee und schweren Augen von zu wenig Schlaf ging Jenna die Akten durch und vergewisserte sich, dass alle Einzelheiten auf dem neuesten Stand waren. Nachdem sie das Einverständnis von Chrissies Eltern eingeholt und ihre Idee mit dem Staatsanwalt besprochen hatte, hatte sie den Aufruf an weitere Vergewaltigungsopfer, sich zu melden, an die Medien gegeben. Die Mitarbeiter der Hotline für Verbrechensopfer würden sich um die heikle Angelegenheit kümmern, aber bisher hatte sich noch niemand gemeldet. Jenna hatte auch bei allen Studentinnen nachgehakt, die im vergangenen Jahr am hiesigen College ihr Studium abgebrochen hatten. Alle vier behaupteten, das College aus anderen Gründen gewechselt zu haben, und wollten nichts weiter aussagen. Damit hatte sie nichts, wodurch sich Lyons mit einer Erpressung oder Vergewaltigung in Verbindung bringen ließ. Chrissies Mitbewohnerin war ihre einzige Chance, Informationen darüber zu bekommen, was wirklich auf dem Campus passiert war. Und wenn es nur Gerüchte waren.

Sie hatte im College angerufen, aber statt Livi aus dem Unterricht zu holen, hatte sie beschlossen, zu warten und um elf mit ihr zu reden, wenn sie Pause hatte. Wenn Kane sie begleitete, konnte er in der Zwischenzeit Phillip Stein aufspüren und sich anhören, was er zu sagen hatte.

Als ein Schatten durch die Tür kam, blickte sie auf. »Ah, Rowley, haben Sie etwas herausgefunden?« Sie bedeutete ihm, sich zu setzen.

»Nicht viel.« Rowley setzte sich und schaute hinunter auf sein iPad. »Lyons ist der Sohn von John Wakelin Lyons, steinreiche Familie, die so ziemlich überall Anteile hat, von Immobilien bis hin zu Goldminen.« Er runzelte die Stirn. »Lyons hat es faustdick hinter den Ohren. Den größten Teil seines ersten Jahres am College war er wegen diverser Delikte suspendiert. Das änderte sich, als er Quarterback wurde. Er ist ein fester Bestandteil des Teams und führt auf dem Campus ein ganz schön privilegiertes Leben. Er stellt nichts Schlimmes mehr an, und wenn er doch einmal gegen Regeln verstößt, bleibt das ungeahndet. Ihm wurde allerdings nahegelegt, dafür zu sorgen, dass seine Freunde vom Campus wegziehen, nachdem es in ihrem Wohnheim zu einer Reihe von Schlägereien gekommen war.«

Jenna tippte mit ihrem Stift auf den Schreibtisch. »Hmm, und wenn es mal Probleme gibt, nehme ich an, dass sein Vater das Scheckbuch zückt, und die Probleme verschwinden?«

»Scheint so.« Rowley räusperte sich. »Das Footballteam ist zweigeteilt: Lyons hat alle Teammitglieder aus reichen Familien in einem Haus außerhalb des Campus untergebracht, und ich nehme an, dass sie unter seinem persönlichen Schutz stehen.«

»Wie meinen Sie das?« Jenna legte den Stift auf den Tisch.

»Nun, obwohl sie in den letzten Jahren in mehrere Vorfälle verwickelt waren, steht darüber nichts in den Akten des Colleges, und uns wurde auch nichts gemeldet.« Rowley warf ihr einen besorgten Blick zu. »Und ich habe alle einzeln überprüft. Glauben Sie mir. So blitzsauber *kann* keiner sein.«

»Ich nehme an, alle Jungs, die mit Lyons im Haus wohnen,

sind gleichzeitig wichtige Teammitglieder? Alles für den Sieg, was?« Jenna schüttelte den Kopf. »Wahrscheinlich drückt der Dekan lieber mal ein Auge zu, als auch nur ein verdammtes Footballspiel zu verlieren.«

»Das stimmt, jedes gewonnene Spiel zählt.« Rowley lehnte sich in seinem Stuhl zurück. »Die Chance, einen Scout zu beeindrucken und Profi zu werden – das ist für viele der große Traum. Und das Renommee der Schule profitiert ebenfalls davon.« Er warf einen Blick in seine Notizen. »Ich habe auch alles über Chrissie herausgesucht, was ich finden konnte. Eine ganz normale junge Frau, die ein Vollstipendium fürs College bekommen hat, ein beliebtes, ruhiges, fleißiges Mädchen. Sie ist noch nie negativ aufgefallen. Sie hat Familie in der Stadt, unter anderem einen Großvater und einen Cousin, aber sie wollte wohl lieber auf dem Campus wohnen.« Er hob den Blick. »Mehr habe ich nicht, Ma'am. Soll ich jetzt auf Streife gehen? Es kommen ganz schön viele Besucher in die Stadt. Die Hauptstraße sieht jetzt schon aus wie die Schlange, wenn es bei Aunt Betty's Donuts zum halben Preis gibt.«

Wenn das Rodeo in Black Rock Falls gastierte, war es stets nur eine Frage der Zeit, bis alles drunter und drüber ging. Das Letzte, was sie während der Rodeo-Woche brauchte, waren ungelöste Fälle auf dem Schreibtisch. Jenna warf einen Blick auf die Uhr. »Ja, gerne, aber warten Sie noch, bis Walters kommt. Er sollte bald hier sein, und ich möchte, dass immer ein Deputy anwesend ist. Ich fahre mit Kane gegen elf los, um Livi Johnson zu befragen, und anschließend fahren wir gleich weiter zur Obduktion von Alex Jacobs.«

»Ja, Ma'am.« Rowley stand auf. »Ich habe gerade von Wolfe erfahren, dass Jacobs' Eltern heute Nachmittag eintreffen werden, um sich die Leiche anzusehen.« Er räusperte sich. »Das werde ich noch in den Akten vermerken, bevor ich gehe.« Er stand auf und ging zur Tür.

Jenna machte sich ein paar Notizen. Sie blickte auf, als

Kane den Kopf durch die Tür steckte. Wenn sie sich auf etwas verlassen konnte, dann darauf, dass sich Kane um ihr leibliches Wohl kümmerte, und sie konnte sich ein Lächeln nicht verkneifen, als er mit frisch gebrühtem Kaffee und zwei Tüten von Aunt Betty's Café durch die Tür trat. Sie nahm ihm den Kaffee ab. »Lass mich raten: Du hast beschlossen, dass wir schon um zehn etwas essen sollten, weil unsere Mittagspause für die Obduktion draufgehen wird?«

»Quasi.« Kane ließ sich auf einen Stuhl fallen und öffnete eine der Papiertüten. »Ich fürchte, ich bin gestorben und im Himmel aufgewacht: Cherry Pies, noch warm, direkt aus dem Ofen.« Er schnupperte an den kleinen, runden gedeckten Kirschkuchen und brummte vor Vergnügen. Dann blickte er auf und sah sie an. »Ich habe übrigens einen silbernen Wagen gefunden.«

Erstaunt starrte Jenna ihn an. »Und bist du sicher, dass es die ist, in den Livi Chrissie hat einsteigen sehen?«

»Nicht ganz, aber zu neunundneunzig Prozent.« Kane biss in den Kuchen, stöhnte genussvoll, kaute und schluckte den Bissen herunter. »Ich habe nachgeschaut, welche silbernen und hellblauen Personenwagen es in der Stadt gibt, und zum Glück waren es nicht einmal hundert Stück. Dann habe ich die Suche auf die Umgebung des Colleges eingegrenzt, und rate mal?«

Ungeduldig starrte Jenna ihn an. »Na?«

»Der Hausmeister hat einen silbernen Wagen, und als ich ihn anrief, erzählte er mir, dass er am Sonntag mit seinem Auto zur Kirche fahren wollte, aber irgendjemand hatte hinten in den Fußraum gekotzt.« Kane nahm einen weiteren Bissen. Es schien ewig zu dauern, bis er ihn vertilgt hatte. »Er wohnt auf dem Campus und lässt sein Auto immer auf dem Parkplatz stehen. Sein Ersatzschlüssel hängt an einem Nagel in seinem Büro, und er schließt nur selten die Bürotür ab. Er dachte, es wäre ein übler Studentenstreich gewesen.« Er warf Jenna einen langen Blick zu. »Wolfe sagte, Chrissie habe sich kurz vor ihrem

Tod übergeben. Derjenige, der sie zu der Party gefahren hat, hat wahrscheinlich das Auto des Hausmeisters genommen und sie damit später auch zurück zum Wohnheim gebracht.«

Jenna dachte nicht mehr ans Essen, sie griff nach ihrem Handy. »Wir müssen Wolfe sofort darauf ansetzen. Ich nehme an, der Hausmeister hat das Erbrochene weggemacht?«

»Das Auto ist schon bei Wolfe«, sagte Kane und lächelte sie an. »Er hat die Teppiche herausgenommen und führt gerade seine Tests durch. Ach ja: Das ganze Auto wurde abgewischt, offenbar um Fingerspuren zu verwischen, aber Webber hat auf dem Rücksitz Haare gefunden – sie haben die gleiche Farbe wie die von Chrissie. Er hat noch weitere Haare und ein paar andere Flecken gefunden. Sie waren gerade dabei, das Auto auseinanderzunehmen, als ich gegangen bin.«

Jenna lehnte sich in ihrem Sessel zurück und holte tief Luft. »Gute Arbeit. Falls Chrissie auf dem Rücksitz saß, wird mehr als ein Mann mit ihr im Auto gewesen sein.«

»Vielleicht haben sie sie zu zweit zum Wagen getragen, als sie immer noch groggy war.« Kane nippte an seinem Kaffee. »Sie haben sie auf dem Rücksitz abgeladen … Moment mal, ihre Lippe war doch aufgeplatzt. Sie war immer noch blutig, als sie unter der Dusche gefunden wurde. Sie muss auf den Rücksitz geblutet haben, und nach dem Erbrochenen zu urteilen, lag sie auf ihrer linken Seite.«

Die neuen Erkenntnisse hatten bei Jenna jede Spur von Müdigkeit verschwinden lassen. »Sie werden alle Beleuchtung im Auto ausgeschaltet haben, damit keiner sie erkennt. Gut möglich, dass sie im Dunkeln Blutflecken auf dem Rücksitz übersehen haben.« Nun griff sie auch in die Papiertüte und bediente sich. »Eines ist sicher, wenn sie Spuren hinterlassen haben, werden Wolfe und Webber sie finden.«

»Eines noch«, sagte Kane. Sein Blick war zum letzten Cherry Pie gewandert und blieb dort hängen. »Ich habe mich ein wenig über Jacobs erkundigt. Ich wollte wissen, ob er in letzter Zeit in irgendwelche Schlägereien verwickelt war oder Feinde hatte.« Er richtete seine Aufmerksamkeit wieder auf Jenna. »Er hat sich mit einem jungen Mann namens Owen Jones geprügelt. Ich habe den Hausmeister gefragt, ob es irgendwelche Gerüchte gebe, worum es dabei gegangen sei. Er meinte, Jacobs und ein paar andere Teammitglieder, alles enge Freunde von Lyons, hätten dem Coach gesagt, Jones habe versucht, ihnen Drogen zu verkaufen. Es kam zum Streit zwischen Jones, Lyons und Jacobs, woraufhin der Coach Jones auf die Bank gesetzt und der Dekan ihn später für das gesamte Semester vom College suspendiert hat.« Er zuckte mit den Schultern. »Und das, obwohl sie bei ihm eine Durchsuchung durchgeführt und keine Drogen gefunden haben. Ich vermute, Lyons und seine Kumpels haben ihm irgendwas angehängt, damit einer von ihnen ins Team aufrücken konnte.«

»Und, ist er jetzt zurück?«

»Ja, er hat zum Wintersemester wieder angefangen.« Kane lehnte sich in seinem Stuhl zurück und seufzte. »Falls Wolfe im Fall von Jacobs vermutet, dass es Mord war, müssen wir mit Owen Jones sprechen.«

»Ja, wenn er in der Drogensache so unschuldig ist, wie du sagst, hat er auf jeden Fall ein Motiv.« Jenna nippte an ihrem Kaffee. »Ich schaue kein Football, dafür hätte ich gar keine Zeit. Aber Rowley hat mir erklärt, wie wichtig es für diese Jungs ist, einem Siegerteam anzugehören. Wenn ein Scout sie entdeckt, könnte eine millionenschwere Karriere auf sie warten.«

»Ja, und wenn einem diese Chance wegen einer Lügengeschichte durch die Lappen geht ...« Kane schüttelte den Kopf. »Das würde mich richtig wütend machen. Wobei dann auch wieder nicht so wütend, dass ich jemanden ermorden würde.«

»Also, wir haben Stein, aber wer sonst würde jemanden umbringen wollen, weil er Chrissie vergewaltigt hat?« Jenna zuckte mit den Schultern. »Zumindest hätte jeder, dem

Chrissie erzählt hat, dass sie zu der Party geht, angenommen, dass das Team etwas damit zu tun hat.«

»Wir müssen auch in Erfahrung bringen, ob ihre Familienangehörigen für den Zeitpunkt von Jacobs' Tod Alibis haben.« Kane machte sich eine Notiz. »Ich werde mal schauen, was ich herausfinden kann.«

»Prima.« Jenna bemerkte, dass Kanes Aufmerksamkeit wieder auf den verbliebenen Cherry Pie gerichtet war. »Möchtest du den letzten haben, solange er noch warm ist? Lang ruhig zu, ich bin schon satt.«

Kane strahlte sie an, dass es den ganzen Raum erhellte. »Ich dachte schon, du würdest nie fragen.«

ELF

Kane folgte Jenna in die Cafeteria des Colleges und wies auf Livi. Jenna hatte beschlossen, allein mit dem Mädchen zu sprechen, weil sie hoffte, dass sie einer weiblichen Polizistin gegenüber offener sein würde. Er näherte sich stattdessen einer Gruppe Studenten und fragte, ob jemand wisse, wer Phillip Stein sei. Sie zeigten auf einen sportlichen jungen Mann, der allein in der Ecke saß und T-Shirt, Jeans und eine Baseballkappe mit dem Schirm nach hinten trug. Kane ging zu ihm und stellte sich vor. »Darf ich mich zu Ihnen setzen und mit Ihnen sprechen?«

»Geht es um Chrissie?« Stein hob fast trotzig den Kopf. »Ich war Samstagabend nicht mit ihr zusammen. Reden Sie mit Seth Lyons.«

Kane zog einen Stuhl heran und setzte sich. »Das habe ich bereits. Erzählen Sie mir von Ihrer Beziehung zu Chrissie. Wie lange kannten Sie sie?«

»Ich kannte sie schon von der Highschool und hab sie hier wieder getroffen, gleich an ihrem ersten Tag. Sie hatte sich verlaufen, und ich habe sie zu ihrem Hörsaal gebracht.« Stein starrte ins Leere, als würde er sich gerade an den Moment erinnern. »Sie war so wunderbar, ein ganz sanfter, stiller Mensch. Ich vermisse sie jetzt schon.«

Kane sah den Kummer in seinen Augen. »Waren Sie in sie verliebt?«

»Zumindest ging es in die Richtung, aber wir hatten nie ein richtiges Date. Wir haben höchstens hier in der Cafeteria zusammen Mittag gegessen oder bei Aunt Betty's Kaffee getrunken, wenn wir uns zufällig in der Stadt getroffen haben.« Stein zuckte mit den Schultern. »Sie war irgendwie so unschuldig – wissen Sie, was ich meine? Ich wollte die Dinge langsam angehen.«

»Dann muss es ein ziemlicher Schock für Sie gewesen sein, als sie Ihnen sagte, dass sie mit Lyons auf eine Party geht.« Kane beobachtete seine Reaktion. »Hat Sie das wütend gemacht?«

»Wütend?« Steins Augen verengten sich. »Höchstens verletzt, desillusioniert, aber nicht wütend. Ich habe ihr gesagt, sie soll Spaß haben, und ich würde sie am Sonntag anrufen. Sie hat gesagt, ich sei der gute alte, zuverlässige Phil.« Er schnaubte. »Ich dachte mir, wenn sie eine Nacht mit diesem Arsch verbringt, wird sie schon merken, dass ich die bessere Wahl bin.«

Kane runzelte die Stirn. »Er behauptet, sie sei gar nicht aufgetaucht.«

»Wer soll sie denn sonst vergewaltigt haben?« Steins Stimme klang plötzlich sehr tief und gar nicht mehr freundlich. »Das muss so schlimm gewesen sein. Sie hat sich umgebracht, oder? Zumindest erzählt Livi das überall herum.«

»Ihre Todesursache ist derzeit noch unklar.« Kane musterte sein Gesicht. Unter der ruhigen Fassade brodelte Zorn.

»Wirklich? Sie glauben also, jemand ist ihr nach Hause gefolgt und hat sie getötet, um sie zum Schweigen zu bringen? Das würde mich nicht überraschen. Wir alle wissen, was im Haus von Lyons vor sich geht.« Stein verzog das Gesicht.

»Chrissie ist nicht das erste Mädchen, das von dort zurückgekommen ist und nicht mehr dieselbe war.«

Diese Information ließ Kane aufhorchen. Er beugte sich vor: »Haben Sie Namen, oder ist das nur ein Gerücht?«

»Man hört immer wieder davon, aber Beweise gibt es nicht. Jeder weiß, dass Lyons Daddy seine Probleme mit Geld aus der Welt schafft. Es würde mich nicht wundern, wenn er sie dazu bringt, irgendetwas zu unterschreiben, das seinen Sprössling vorm Gefängnis bewahrt.« Stein begegnete seinem Blick. »Kurz: Nein, ich habe keine Namen.«

»Okay.« Kane lehnte sich in seinem Stuhl zurück. »Darf ich fragen, wo Sie am Samstagabend waren?«

»Na klar, ich war in meinem Zimmer und habe gelernt.« Stein warf ihm einen entschlossenen Blick zu. »Ich bin nicht vor die Tür gegangen, da können Sie meinen Mitbewohner oder die anderen fragen. Ich war die ganze Nacht zu Hause.«

»Und gestern Abend gegen neun?«

»Ich hatte in den Nachrichten gehört, was mit Chrissie passiert ist, und bei ihren Eltern angerufen. Ich habe mit ihrem Vater gesprochen. Er hat mich gefragt, wo sie gewesen war und ob ich etwas wüsste. Ich habe ihm von ihrer Verabredung mit Lyons erzählt. Ihr Vater war völlig fertig – das war der schlimmste Anruf, den ich je erlebt habe.« Stein zuckte mit den Schultern. »Danach bin ich auf dem Campus spazieren gegangen, um einen klaren Kopf zu bekommen.«

Kane erhob sich. »Okay, danke für Ihre Zeit.« *Ich muss herausfinden, ob Mr Lowe zu einem Mord fähig ist.*

Jenna fand Livi bei einer Gruppe von Freundinnen, und nachdem sie sich vorgestellt hatte, ging sie mit ihr in eine ruhige Ecke der Cafeteria. Sie setzte sich ihr gegenüber hin, und als sie sah, dass das Mädchen an ihren Fingernägeln knibbelte, drückte sie mitfühlend ihren Arm. »Ich weiß, das ist alles ganz schön schlimm für Sie, Livi, aber um nachzuvollziehen, was an diesem Abend geschehen ist, und die Männer zu finden, die sie vergewaltigt haben, brauche ich Ihre Hilfe.«

»Ich habe Deputy Kane alles gesagt, was ich weiß.« Livi hob ihr verzweifeltes Gesicht und blickte Jenna aus rotgeränderten Augen an. »Sie war meine beste Freundin, ich kannte sie besser als die meisten.«

Jenna holte Notizbuch und Stift hervor. »Hat Chrissie früher schon mal einen festen Freund gehabt?«

»Ach, da war bei ihr nicht viel los. Sie war etwa einen Monat lang mit einem Jungen aus der Highschool zusammen, dann ist er mit seiner Familie zurück in Richtung Osten gezogen.« Livi runzelte die Stirn. »Dann war da noch Phil, aber der war nicht wirklich *ihr* Freund, mehr so *ein* Freund. Sie haben manchmal zusammen Mittag gegessen, und er hat mit ihr in der Bibliothek gesessen und ihr beim Lernen geholfen. Er ist ein Jahr über ihr und sehr klug, vielleicht hat sie ihn sogar ein bisschen ausgenutzt.«

Jenna klappte ihr Notizbuch auf dem Tisch auf. »Dann hat sie also nicht vorgehabt, mit ihm auszugehen?«

»Doch, doch. Sie wollte nächsten Samstagabend zur Tanzveranstaltung auf dem Festivalgelände mitkommen. Ich gehe hin, aber sie hatte noch niemanden, der sie begleitet.« Livi senkte wieder ihren Blick und schaute auf ihre Finger. »Sie dachte, wenn sie mit Phil ausgeht, kann sie ihn anschließend überreden, mit ihr zum Tanz zu gehen.« Sie wedelte mit den Händen. »Und dann hat sie ihn einfach so für Seth abserviert.«

Jenna machte sich Notizen. »War Phil sauer?«

»Nein, er hat sich mit ihr für Montag zum Lernen verabredet.« Livi zuckte mit den Schultern. »Vielleicht hatte er sie auch einfach nur gern und war gar nicht in sie verliebt. Aber eines ist sicher: Er hat keine Angst vor Seth Lyons.«

Jenna beugte sich vor. Jetzt wurde das Gespräch interessant. »Ach ja?«

»Sie sind in der Cafeteria aneinandergeraten. Seth kam mit seinen Freunden herein und meinte zu Phil, er würde an seinem Tisch sitzen. Phil blieb einfach sitzen, und Seth hat ihn geschubst. Aber Phil ist ganz schön stark. Er ist aufgestanden und hat ihn angestarrt. Im nächsten Moment schlug Seth zu, aber Phil ist dem Schlag ausgewichen, und dann hat er selbst zugeschlagen, und Seth ging direkt zu Boden.« Sie grinste. »Phil hat sich wieder hingesetzt, Seths Freunde angesehen und ihnen gesagt, sie sollen den Müll rausbringen, der würde schon stinken. Die ganze Cafeteria hat gelacht. Und Seth war megawütend und meinte, das würde ihm noch leidtun.«

Ein kalter Schauer lief Jenna über den Rücken. Hatte Seth es auf Chrissie abgesehen, um sich an Phil zu rächen? Sie runzelte die Stirn. »Kann es sein, dass Seth wusste, dass Phil und Chrissie befreundet waren?«

»Klar, warum nicht.« Livi starrte aus dem Fenster, aber offenbar nahm sie das üppige grüne Gras und die Blumenbeete gar nicht wahr. »Bestimmt sogar, Seth war öfter hier, wenn Phil mit ihr zu Mittag gegessen hat, und sie waren mindestens viermal pro Woche zusammen in der Bibliothek.«

Jenna steckte ihren Stift zurück in die Tasche und klappte ihr Notizbuch zu. »Sie waren sehr hilfreich. Ich hoffe, ich habe nicht zu viel von Ihrer Zeit in Anspruch genommen.«

»Alles gut, mein nächster Kurs ist erst um zwei.« Livi stand auf. »Ich gehe dann mal zu meinen Freundinnen zurück.« Sie huschte davon.

―――

»Wie lief's bei dir?« Kane berührte sie am Rücken und ließ sich auf den Stuhl neben ihr fallen.

Jenna lächelte ihn an. »Oh, es war sehr aufschlussreich. Erzähle ich dir auf dem Weg zum Leichenschauhaus.« Sie runzelte die Stirn und stand auf. »Da ist noch etwas«, sagte sie, als sie das Gebäude verließen, um zum Wagen zu gehen. »Ich glaube, wir haben ein Ass im Ärmel.«

»Wie meinst du das?« Kane startete den Motor und fuhr die Auffahrt des Campus hinunter.

Jenna lächelte ihn an. »Webber. Der studiert doch gerade hier. Er könnte verdeckt ermitteln und mal schauen, was er über unseren Mr Lyons so herausfindet.«

»Die werden doch wissen, dass er Deputy ist«, warf Kane ein und runzelte die Stirn. »Und ist er nicht viel älter als die Kids hier?«

»Hier wird sich keiner daran erinnern, dass er ein Deputy ist, und er hat es auch niemandem gegenüber erwähnt. Er war nur ein paar Monate in Uniform, bevor er sich Wolfe angeschlossen hat, und er geht locker für Anfang zwanzig durch.« Sie lächelte ihn an. »Falls sich jemand erinnert, kann er immer noch sagen, ich hätte ihn letztes Jahr gefeuert, und da wäre er zur Rechtsmedizin gewechselt. Webber erfüllt alle Kriterien, findest du nicht? Er ist seit letztem Jahr auf dem College, benutzt regelmäßig den Fitnessraum und den Sportplatz. Er wird keinem auffallen.«

»Kann schon sein.« Kane zuckte mit den Schultern.

Jenna seufzte. »Jetzt müssen wir nur noch schauen, wie er an Lyons herankommen kann.«

»Er könnte sich um einen Platz im Footballteam bewerben. Sie werden Ersatz für Jacobs brauchen.« Kane bog am Ende der Auffahrt in die Stanton Road ein. »Ich weiß, dass er in der Highschool Football gespielt hat, und er ist fit. Im schlimmsten Fall sitzt er auf der Bank, aber er würde trotzdem mit den Jungs trainieren. Wenn er sich gut einfügt, lassen sie ihn vielleicht sogar mit in ihr Haus einziehen.«

Jenna schnaubte. »Da kann es aber schnell brenzlig für ihn werden, wenn die herausfinden, dass er Polizist ist«, sagte Jenna. Sie betrachtete die Menschenmassen am Straßenrand, als sie in die Stadt kamen. Dann wandte sie sich wieder Kane zu. »Ich habe auch schon undercover gearbeitet, da läuft man schnell Gefahr, sein Leben aufs Spiel zu setzen«, sagte sie und seufzte. »Vielleicht solltest du mit ihm reden? Wenn die Idee von mir kommt, missversteht er sie vielleicht als Dienstanweisung.«

»Mach ich. Er ist bestimmt bei der Obduktion dabei.« Kane verlangsamte, als sie an den Hotdog-Verkäufern an der Main Street vorbeifuhren.

Jenna boxte ihm gegen den Oberarm. »Hör auf, dir das Essen anzugucken! Du hast gerade erst gegessen, und wir haben eine Obduktion vor uns.«

»Jaja«, sagte Kane und grinste sie an. »Alles gut. Emily hat in Wolfes Büro immer Kekse gebunkert.«

ZWÖLF

Colt Webber war von Boston nach Black Rock Falls gewechselt und hatte nur kurze Zeit als Deputy gearbeitet, bevor er Wolfes Angebot angenommen hatte, dessen Assistent in der Rechtsmedizin zu werden. Es war ein kompletter Karrierewechsel, und dazu hatte er mit seinen neunundzwanzig Jahren noch einmal aufs College gehen müssen, um neben dem Job Forensik zu studieren. Zum Glück fiel ihm das mehr als leicht. Außerdem bekam er weiterhin sein Gehalt plus ein bisschen nebenbei, weil er Sheriff Alton nach wie vor als Deputy zur Verfügung stand, wenn sie Verstärkung brauchte. Weder er noch Wolfe hatten ein Problem mit ihren doppelten Rollen; sie waren aufeinander eingespielt wie eine gut geölte Maschine. Es machte ihm Spaß, mit Wolfe zusammenzuarbeiten; sein Fachwissen und die lockere Art des Texaners machten jeden Tag zu einem Abenteuer. Die Kurse waren ein Klacks, und in einem Jahr würde er seinen Abschluss machen.

In der Leichenhalle hatte er bereits die Instrumente und Probengefäße vorbereitet und den Leichnam auf dem Obduktionstisch aufgebahrt, als er Schritte und Stimmen auf dem Flur hörte. Zu seiner Überraschung winkte Kane ihn heraus, und sie gingen zusammen in Wolfes Büro.

»Wir haben etwas zu besprechen.« Kane lehnte sich mit einer Hüfte an die Kante von Wolfes Schreibtisch.

Webber runzelte die Stirn und hoffte, dass er nicht irgendetwas falsch gemacht hatte, aber Kane wirkte eher freudig erregt als herablassend. »Kann ich irgendwie helfen?«

»Haben Sie schon einmal undercover ermittelt?«, fragte Kane und verschränkte die Arme vor der Brust.

Webber schüttelte den Kopf. »Nee.«

»Wir brauchen jemanden, der das Footballteam am College unter die Lupe nimmt, und zwar möglichst aus nächster Nähe. Es gibt dort keine Altersbeschränkung, und Sie sind fit. Wie lange haben Sie nicht mehr gespielt?«

Webber war verblüfft über die Frage. »Letztes Wochenende habe ich mit meiner Amateurmannschaft gespielt, und ich trainiere jeden Tag mit Rowley. Ich bin fit.« Er lächelte, obwohl Kanes ernster Blick ihn verunsicherte. »Sie wollen, dass ich mich für das Team bewerbe, oder wie?«

»Genau das. Natürlich rüsten wir Sie mit einem Peilsender aus und mit allem, was Sie benötigen, um an die Informationen zu kommen, die wir brauchen. Am besten sollten Sie uns währenddessen aus dem Weg gehen und alles, was Sie an Informationen in die Finger bekommen, in die Fallakten eintragen. Ich werde sie täglich überprüfen.« Kanes Blick verengte sich. »Wir vermuten, dass Seth Lyons und seine Kumpels außerhalb vom Campus junge Frauen vergewaltigen und am Tod von Chrissie Lowe schuld sind.«

»So viel hatte ich der Akte bereits entnommen. Wir haben aber keine verwertbaren Spuren, weil Chrissie so lange unter der Dusche lag.« Webber starrte ihn an und erinnerte sich daran, wie Chrissie Lowe aufgefunden worden war. »Um an die Jungs heranzukommen, müssten sie mich mit in ihr Haus nehmen, und sie werden nicht riskieren, einem Fremden irgendetwas zu verraten.« Er schnaubte. »Ich werde kaum an Lyons herankommen. Ich sitze garantiert auf der Bank, einen alten Mann wie mich wird der Coach kaum auf den Platz stellen.«

»Wussten Sie, dass der Coach Ex-Soldat ist?« Kane lächelte breit. »Ich habe Wolfe gebeten, mit ihm zu sprechen. Sie stehen schneller auf dem Platz, als Ihnen lieb ist.« Er schaute ihn unumwunden an. »Also, Webber, sind Sie bereit, die Beweise zu besorgen, die wir brauchen, um diese Mistkerle zu stoppen?« Kane sah ihm direkt in die Augen. »Das ist weder eine Dienstanweisung noch ein Befehl, sondern bloß eine Bitte. Sie müssen das nicht tun. Immerhin kriegen Sie es vielleicht mit einem Mörder zu tun.«

Webber dachte einen Moment lang über die Folgen und Gefahren nach. Falls alles stimmte, was Kane sagte, würde er seine eigenen moralischen Ansprüche für eine Weile ganz schön herunterschrauben müssen, um sich anzupassen. »Kein Problem, ich kann auf mich aufpassen, aber ich brauche eine verdammt gute Tarngeschichte. Dass sich irgendwer daran erinnern wird, dass ich mal Deputy war, ist so sicher wie das Amen in der Kirche, und wenn die auch nur die leiseste Vermutung haben, dass ich immer noch bei der Polizei bin, werden sie auf keinen Fall in meinem Beisein auspacken.«

»Wir haben uns schon eine Tarngeschichte ausgedacht, und die ist ganz simpel und ziemlich nah an der Wahrheit.« Kane richtete sich auf. »Als Sie hierhergezogen sind, sind Sie bei Ihrer Tante eingezogen. Wir benutzen Wolfes Haushälterin als Tarnung, falls nötig. Dass Sie ein Stipendium haben, ist kein Geheimnis, das können Sie ruhig erzählen. Sie haben eine Zeitlang als Deputy gearbeitet und sich dann mit mir gestritten, woraufhin Jenna Sie gefeuert hat. Sie halten mich für ein arrogantes Arschloch. Danach haben Sie das Angebot angenommen, in der Rechtsmedizin zu arbeiten.«

Webber grinste ihn an. »Das ist zum Teil ja wirklich ganz nah an der Wahrheit.«

»Das mit dem arroganten Arschloch, was?« Kane lachte auf und ging zur Tür. »Touché.«

DREIZEHN

Dass sie innerhalb weniger Tage jetzt schon zum zweiten Mal bei der Obduktion eines jungen Menschen dabei war, machte Jenna zu schaffen. Natürlich riss sie sich zusammen und verbarg ihre Gefühle hinter ihrer professionellen Fassade, aber tief in ihrem Inneren empfand sie eine bodenlose Trauer, und sie fühlte sich für die Todesfälle in Black Rock Falls auch in gewisser Weise verantwortlich. Sie hatte einen Eid geleistet, dass sie ihr Bestes tun werde, um die Bewohner dieser Stadt zu schützen und das Gesetz aufrechtzuerhalten, und dennoch waren zwei junge Menschen unter ungewöhnlichen Umständen gestorben. Selbst wenn Wolfe am Ende Jacobs' Tod als Unfall und Chrissies Tod als Suizid einstufte, würde es ihr schwerfallen, das so zu akzeptieren. Da ihre Hauptverdächtigen für Chrissies Vergewaltigung die Mitglieder des Footballteams waren, erschien ihr der Tod von Jacobs doch wie ein allzu großer Zufall.

Sie setzte eine Gesichtsmaske auf, atmete tief durch und folgte Wolfe durch die Türen in die klinische Kälte des Leichenschauhauses. Sie hatte noch nie einen Rechtsmediziner wie Wolfe getroffen, der von solch imposanter Statur war und zugleich eine so wunderbare Ruhe und Gelassenheit ausstrahlte. Für sie war eine Obduktion jedes Mal aufs Neue eine fürchterliche Erfahrung, aber Wolfes sanfte Stimme und seine respektvolle Art machten den Vorgang für sie um einiges leichter. Sie nickte Kane und Webber zu, die sich über Jacobs' Leiche hinweg unterhielten. Sie wünschte sich, sie könnte vollkommen abschalten, so wie Kane. Im Rahmen seiner Ausbildung zum Scharfschützen hatte er gelernt, auf Knopfdruck alles um sich herum auszublenden. Sie hatte ihn einige Male dabei beobachtet, wie er von einer auf die andere Sekunde umschaltete und plötzlich ein völlig anderer war. Das Gleiche hatte sie auch schon bei psychopathischen Mördern erlebt – mit einem gewaltigen Unterschied: Kane besaß jede Menge Empathie und hatte ein angeborenes Bedürfnis, die Menschen um ihn herum vor Gefahren zu beschützen, selbst wenn er dabei sein eigenes Leben riskierte.

Jenna überlegte, wie sie die allgemeine Stimmung heben konnte, und trat an Wolfes Seite, während er das Tablett mit den Instrumenten überprüfte und Lampe und Mikrofon positionierte. »Wie gefällt es Emily das Studium?« Wolfes Tochter Emily hatte für das Herbstsemester einen Studienplatz am örtlichen College bekommen.

»Da das College sein Angebot erweitert hat, kann sie hier ihren Bachelor in Forensik machen, und vielleicht studiert sie noch Strafrecht hinterher, das würde sie für eine Karriere bei der Spurensicherung oder Rechtsmedizin qualifizieren.« Wolfe schaute sie über seine Maske hinweg an, sie sah die Lachfältchen an seinen Augenwinkeln. »Daneben kann sie hier bei mir praktische Erfahrungen sammeln, was natürlich auch von Vorteil für sie ist. Ich muss zugeben, das Mädchen saugt Wissen auf wie ein Schwamm. Sie meistert alles, was sie anpackt, und sie meint, im neuen Gebäude auf dem Campus könne man großartig lernen.« Er lachte. »Und irgendwie finde ich es auch schön, dass sie wieder zu Hause wohnt.« Er zog sich Latexhandschuhe über. »Anna und Julie sind auch sehr happy, dass sie ihre Schwester wiederhaben.«

Jenna nickte. »Ich habe sie auch gerne um mich.« Sie seufzte. »Wenn wir diese beiden Fälle aufgeklärt haben, sollten Sie mal mit der ganzen Familie zum Grillen zu mir kommen.«

»Sie werden sie kaum von den Pferden loseisen können.« Wolfe blickte zu Kane hinüber. »Ihnen ist klar, dass sie Sie so lange nerven werden, bis Sie mit ihnen ausreiten gehen, oder?«

»Das macht mir gar nichts aus.« Kane setzte sich eine Gesichtsmaske auf. »Meinen Sie, Anna ist inzwischen alt genug für ein eigenes Pony? Sie hat doch bald Geburtstag.«

»Verdammt, jetzt fangen Sie nicht auch noch damit an.« Wolfe schnaubte. »Die beiden gehen mir damit seit Monaten auf die Nerven. Ich frage sie dann immer: ›Wo sollen wir das Pony denn halten? Wann soll ich mich darum kümmern und es bewegen?‹ Und schon bin ich eine Woche lang der Böse.«

»Platz hätten wir.« Jenna schaute ihn an. »Ein kleines Pony würde nicht viel mehr Arbeit machen, als wir ohnehin schon haben, und zufällig weiß ich, dass Atohi gerade eines verkauft.« Sie lächelte hinter ihrer Maske, als sie an das hübsche gescheckte Pony dachte, das ihr indigener Bekannter im Reservat aufgezogen hatte.

»Wäre es okay, wenn ich es ihr zum Geburtstag schenke?« Kane sah Wolfe an. »Ich kann mich gerne um alles kümmern, auf Sie kommen keine zusätzliche Arbeit oder Kosten zu, Wolfe. Und wenn sie zum Ausreiten vorbeikommt, hat sie bei uns ihr eigenes Pony, was nicht zuletzt der Sicherheit wegen von Vorteil ist.«

»Hmm.« Wolfes Blick wanderte von Kane zu Jenna und zurück. »Ihnen hat sie auch ein Ohr abgekaut, oder?«

»Nö.« Kane zuckte mit den Schultern. »Sie hat gar nichts Konkretes erwähnt. Wir dachten nur, das wäre einfacher. Dann muss ich nicht immer mit ihr reiten, wenn sie vorbeikommt. Allein kann ich sie nicht auf meinen Hengst lassen.«

»Ich werde darüber nachdenken.« Wolfe wedelte mit einer Hand in Richtung der Leiche. »Fangen wir an.« Er zog das Laken von Jacobs herunter und schaltete das Mikrofon ein. »Wir haben hier den leblosen Körper von Alex Jacobs, Alter: zweiundzwanzig Jahre, weiß, Gewicht: neunzig Kilogramm, Körpergröße: eins fünfundachtzig. Der Körper scheint in ausgezeichneter körperlicher Verfassung zu sein. Abgesehen von der Verletzung am Hals gibt es keine Anzeichen für äußere Schäden – bis auf eine kleine Prellung an der linken Hüfte. Ich schätze, dieses Hämatom ist etwa sechs Tage alt.«

Jenna schaute zu, während die Obduktion voranschritt; Herz, Lunge und die anderen inneren Organe waren normal, und die von Wolfe bereits durchgeführten Bluttests hatten keine Spuren von Alkohol ergeben. Als Wolfe begann, die Halsregion zu sezieren, beugte sie sich näher heran und er erläuterte, was sie zu sehen bekam.

»Wie Sie schon auf dem Röntgenbild erkennen konnten, sind die Schäden an Atlas und Axis, also dem ersten und zweiten Halswirbel, gravierend. Durch Gewalteinwirkung mit einem stumpfen Gegenstand wurden Kehlkopf und Zungenbein zertrümmert. Ich würde sagen, die Lähmung ist umgehend eingetreten. Allein die Schädigung des Rückenmarks hätte ihn auf der Stelle getötet.« Wolfe blickte zu ihnen auf. »Und genau hier liegt das Problem.« Er zog seine Handschuhe aus und ging zu seinem Computer. »Hier sind einige Bilder von ähnlichen Todesfällen beim Krafttraining mit einer ähnlichen Hantelbank.« Er scrollte auf der Seite nach unten. »Und hier sind die Bilder vom Ort des Geschehens.« Er deutete auf den Bildschirm. »Wie ich bereits erwähnte, haben alle anderen Opfer die Hände unter der Hantel. Alle haben versucht zu verhindern, dass die Stange sie zerquetscht. Warum hängen Jacobs´ Hände an den Seiten herunter?«

»Ich habe die Geräte untersucht.« Kane deutete auf den Bildschirm. »Wie man auf den Fotos erkennt, wurde das

Gestell nicht beschädigt, und die Geräte sind solide. Wir können ausschließen, dass er die Hantelablage verfehlt und die Stange fallen gelassen hat. Und die Stange kann auch nicht aus Versehen von der Ablage gerollt sein, denn dann hätte er unwillkürlich nach der Stange gegriffen und versucht, das Gewicht von sich wegzulenken.«

»Und genau deshalb gehe ich davon aus, dass eine zweite Person beteiligt war.« Wolfe verengte seinen Blick. »Ich habe auch schon Krafttraining gemacht, und falls er nicht gerade versucht hat, sich umzubringen, indem er die Langhantel in die Luft geworfen und gehofft hat, sie würde auf seinem Hals landen, bezweifle ich, dass er es in dem Sekundenbruchteil, den ein solches Gewicht braucht, um herunterzufallen, geschafft hätte, seine Hände darunter hervorzuziehen.« Er sah Jenna an. »Ich würde gerne wissen, wie viel er normalerweise gestemmt hat. Nach den üblichen Regeln fürs Bankdrücken sollte ein untrainierter Mann, der neunzig Kilo wiegt, etwa fünfundsechzig Kilo stemmen können, ein fortgeschrittener Kraftsportler etwa 135 Kilo. Wenn man das Gewicht der Hantel miteinbezieht, hat er sogar mehr als 135 Kilo gestemmt. Bei seiner guten körperlichen Verfassung hätte er die Hantel vielleicht ein paarmal stemmen können, vorausgesetzt er hatte einen Spotter, der ihm half. Die einzige logische Schlussfolgerung ist, dass seine Arme unten waren, weil ihm jemand anderes die Hantel abgenommen hatte und er dachte, derjenige würde sie auf der Ablage platzieren. Stattdessen ließ der andere die Hantel überraschend fallen, und er konnte nicht mehr reagieren.«

Jenna ließ die Information einen Moment sacken, dann sah sie ihn an. »Wollen Sie damit sagen, dass es Mord war?«

»Nein, ich will damit sagen, dass höchstwahrscheinlich noch eine Person involviert war.« Wolfe sah sie einen Moment lang an. »Vielleicht war es ein Unfall. Der Spotter hat ihm die Langhantel für die letzten Zentimeter abgenommen, und sie ist ihm aus der Hand gerutscht. Dann hat er es vielleicht mit der Angst zu tun bekommen und ist geflüchtet.« Er seufzte. »Bis wir wissen, was geschehen ist, werde ich mich auf keine Todesursache festlegen.« Er zog sich ein frisches Paar Handschuhe an. »Ich bin jetzt hier fertig und werde die Leiche dem Bestatter übergeben.«

Jenna setzte die Maske ab und zog die Handschuhe aus. »Danke, wir werden uns diese Angelegenheit mal ein wenig genauer ansehen.«

»Bevor Sie wieder weg sind ...« Wolfe wandte sich Jenna zu. »Das Erbrochene im Auto stimmt mit dem Mageninhalt von Chrissie Lowe überein, und die Haare könnten der Farbe nach zu urteilen ihre sein. Ich habe ihre Fingerspuren unter dem Rand vom Autositz gefunden, das Blut im Auto entspricht ihrer Blutgruppe, der DNA-Test läuft gerade. Ich habe keinen Zweifel daran, dass Chrissie im Auto des Hausmeisters saß.« Er zeigte auf den Tresen. »Ich habe weitere Haare gefunden, von mindestens fünf verschiedenen Personen. Ich habe Proben vom Hausmeister und seiner Frau genommen, um sie auszuschließen. Ich habe auch Proben von Jacobs, und wir haben Lyons' Fingerspuren vom Glas, aber im Moment habe ich keine weiteren Proben, die ich zum Vergleich heranziehen könnte. Es gab keine weiteren Fingerspuren außer denen vom Hausmeister, und die waren frisch.« Er runzelte die Stirn. »Ohne eindeutige Spuren wird es schwierig sein, nachzuweisen, wer sie vergewaltigt hat. Ich werde mir anschauen, ob die Abdrücke auf ihren Armen mit Jacobs' Händen übereinstimmen. Ich habe eine Rille an seinem kleinen Finger gefunden, die mich vermuten lässt, dass er einen Ring getragen hat. Wenn der Ring dem Abdruck auf Chrissies Arm entspricht, muss er bei der Vergewaltigung dabei gewesen sein. Und wenn wir ihn mit der Vergewaltigung in Verbindung bringen können, kann es gut sein, dass die Deckung der restlichen Täter wie von selbst in sich zusammenfällt.«

Jenna tauschte einen Blick mit Webber aus. »Da Webber bereit ist, sich in ihr Haus einzuschleusen, werden wir sie ganz sicher überführen. Auch wenn sie sich geschworen haben, über die Sache zu schweigen: Früher oder später wird einer von ihnen plaudern.«

VIERZEHN

Kane blieb ein paar Sekunden stehen, um die frische Luft einzuatmen und den Geruch des Todes aus der Nase zu bekommen. Als Jenna an seine Seite trat, drehte er sich zu ihr um. »Wir müssen Webber im Auge behalten, wenn er es schafft, in Lyons' Nähe zu kommen.« Er ging voran zu seinem Wagen. »Dem Kerl traue ich kein Stück.«

»Ich auch nicht.« Jenna blickte zu ihm auf. »Ach übrigens, Rowley hat Owen Jones aufgespürt. Ich denke, wir sollten ihn besuchen und uns anhören, was er zu seinem Streit mit Jacobs zu sagen hat. Aber zuerst brauche ich eine kleine Pause, um nach der Obduktion den Kopf freizubekommen.«

Kane öffnete die Tür seines SUV. »Klar doch. Sollen wir bei Aunt Betty's haltmachen?«

»Klingt gut«, sagte Jenna und lächelte. »Ein starker Kaffee wird helfen, diesen furchtbaren Geschmack nach Leichenhaus aus dem Mund zu bekommen.«

Kane grinste sie an. »Pst, sag das nicht zu laut, sonst denkt noch jemand, du hättest von den Gewebeproben genascht.«

»Bäh!« Jenna verzog das Gesicht. »Jetzt ist mir der Appetit vergangen.« Sie kletterte auf den Beifahrersitz.

Kane rutschte hinter das Lenkrad. »Ach, das glaube ich nicht. Der Pecan Pie bei Aunt Betty's würde den frommsten Asketen in Versuchung führen.«

Er fuhr langsam durch die Stadt. Auf der Main Street machten die Pferdeanhänger der Rodeobesucher den Großteil des Verkehrs aus, und es herrschte eine Stimmung wie bei einem Volksfest. Im Park war eine Hüpfburg aufgebaut, und da schon Schulschluss war, rannten überall Kinder herum, aßen große Wolken Zuckerwatte und von Ketchup triefende Hotdogs. »Clowns sind dieses Jahr nicht im Park.«

»Das überrascht mich nicht – beim letzten Mal waren Clowns dabei, und die Eltern haben ihre Kinder zu Hause gelassen.« Jenna seufzte. »Konnte ich ihnen auch nicht verdenken. Ich habe Clowns schon immer gehasst, aber seit einige hier mit einem Pädophilenring verbandelt waren, hasse ich sie noch mehr.«

Kane schätzte sich glücklich, vor Aunt Betty's Café noch einen Parkplatz zu bekommen. Drinnen war es ungewöhnlich laut, viel lauter, als ihm lieb war. Er ließ seinen Blick über die Gäste schweifen, und ein paar Einheimische nickten ihm zu. Der Lärm kam von einer Gruppe von Cowboys, und er blieb stehen und sah sich an, was da vor sich ging. Als Jenna neben ihn trat und die Männer ebenfalls anstarrte, stießen sie sich gegenseitig mit den Ellbogen an und senkten die Köpfe. Im Café wurde es wieder ruhiger, die Stimmung entspannte sich, und man konnte sich wieder normal unterhalten. Sie gingen an das gegenüberliegende Ende des Tresens, um sich nicht anstellen zu müssen, und Susie Hartwig eilte herbei, um ihre Bestellung aufzunehmen.

Kane und Jenna gingen zu ihrem üblichen Tisch und nahmen Platz.

»Es ist wirklich toll, dass hier immer für unser Department reserviert ist«, sagte Kane, »und dass wir so schnell bedient werden.«

»Ja, sonst kämen wir überhaupt nicht zum Essen.« Jenna lächelte, als Susie ihre Becher mit Kaffee füllte und die Kanne, Zucker und Kaffeesahne auf dem Tisch stehen ließ. »Danke, Susie.«

»Ihre Bestellung kommt sofort.« Susie sah Jenna stirnrunzelnd an. »Geht es Ihnen gut, Sheriff? Sie sehen heute ein wenig blass aus.«

»Wir kommen gerade von einer Obduktion.« Jenna hob ihre Becher. »Das war nicht wirklich angenehm.«

»Oh, ich verstehe.« Susie sah sie schockiert an. »Ich bin gleich wieder da.« Sie eilte davon.

Kane lehnte sich in seinem Stuhl zurück und ließ sich kurz die Fakten des Falls durch den Kopf gehen. »Wir müssen den Ring von Jacobs' kleinem Finger finden.« Er blickte Jenna über den Rand seines Bechers hinweg an. »Wenn er zu dem Abdruck passt, den Wolfe an Chrissies Arm gefunden hat, bringt ihn das direkt mit der Vergewaltigung in Verbindung, und damit hätte Phillip Stein ein Motiv.«

»Woher sollte er wissen, dass Jacobs etwas damit zu tun hatte?« Jenna warf ihm einen fragenden Blick zu.

»Jacobs und Lyons waren *so*.« Kane verschränkte Zeige- und Mittelfinger und hielt sie hoch. »Sie haben sich ein Zimmer geteilt, und Stein weiß, dass Chrissie in der Nacht der Vergewaltigung ein Date mit Lyons hatte. Wahrscheinlich saß Lyons auch in dem Auto, mit dem sie zu der Party gefahren ist. Nach allem, was wir über Chrissie wissen, wäre sie kaum zu völlig Fremden ins Auto gestiegen, also werden die Vergewaltiger schon vorher geplant haben, das Auto des Hausmeisters zu benutzen.«

»Hmm.« Jenna starrte in die Ferne. »Glaubst du, Stein würde auf bloßen Verdacht hin jemanden töten?«

Kane zuckte die Schultern. »Er kannte Chrissie. Gut möglich, dass er ihr zu dem Haus gefolgt ist.« Er nippte an seinem Kaffee. »Er könnte uns das fehlende Bindeglied liefern, das wir brauchen, um zu beweisen, dass Chrissie dort war. Wenn er vor Ort war, bis sie ging, wird er mitbekommen haben, was mit ihr passiert ist.«

»Okay, aber Mord?« Jenna schüttelte den Kopf. »Wenn er mit ihr befreundet war und gesehen hätte, wie sie sie vor ihrem Wohnheim auf dem Rasen abladen, hätte er ihr garantiert geholfen. Bestimmt hätte er einen Krankenwagen gerufen, und ganz sicher hätte er sie nicht allein da liegen gelassen.«

Kane stellte seinen Becher auf dem Tisch ab. »Vielleicht hat sie seine Hilfe abgelehnt – sie war unter Drogen gesetzt und vergewaltigt worden. Ich denke mal, das Letzte, was eine Frau da wollen würde, wäre, einen Mann um sich zu haben.«

»Vielleicht, aber sie hatte ja noch ihre Mitbewohnerin.« Jenna runzelte die Stirn. »Wir wissen immer noch nicht sicher, ob sie sich umgebracht hat. Jemand könnte sie in ihr Zimmer gebracht und den Suizid inszeniert haben. Dass sie sich umbringen würde, passt nicht zu ihrem Profil. Frauen erheben heute ihre Stimme, und es gibt ein Netzwerk, wo sie Unterstützung erfahren. Wenn wir bedenken, dass Lyons' Vater ihr vielleicht Geld dafür geboten hat, dass sie den Mund hält, ergibt das kaum Sinn. Es muss etwas oder jemand anderes gewesen sein.«

Kane rieb sich das Kinn. »Wie gesagt, Männer, die eine Frau vergewaltigen und damit durchkommen, haben normalerweise Mittel und Wege, sie einzuschüchtern, damit sie schweigt.«

»Das stimmt. Aber ob sie Suizid begangen hat oder nicht, ist im Moment gar nicht das Thema, sondern wer Jacobs getötet hat.« Sie seufzte. »Allerdings werden die zwei Todesfälle wohl kaum zufällig so kurz nacheinander passiert sein. Als du dich im Zimmer von Lyons und Jacobs umgeschaut hast, hast du da einen Ring gesehen?«

Kane schüttelte den Kopf. »Ich habe natürlich auch nicht danach gesucht. Aber falls er den Ring wirklich regelmäßig trug, kann ich mir schon vorstellen, dass er ihn vor dem Krafttraining abgenommen hat. Ich würde sagen, er ist noch in seinem Spind in der Umkleide vom Fitnessraum.« Er seufzte. »Wir brauchen einen Durchsuchungsbeschluss.«

»Nicht, wenn wir die Eltern fragen, ob wir seine Sachen abholen dürfen. Ich rufe Wolfe an und frage nach, ob sie schon da sind, um den Leichnam zu identifizieren.« Jenna zückte ihr Handy und rief an. »Ist Jacobs' Familie schon eingetroffen?«

»Ja, sie warten in meinem Büro, um sich die Leiche anzusehen.« Wolfe räusperte sich. »Brauchen Sie etwas?«

»Die Erlaubnis, seinen Spind im Fitnessraum zu durchsuchen.« Jenna tauschte einen Blick mit Kane aus. »Wir sind auf der Suche nach dem Ring von seinem kleinen Finger.«

»Okay, ich werde sie bitten, eine entsprechende Erklärung zu unterschreiben. Ich nehme an, Sie wollen auch sein Zimmer durchsuchen?«

»Ja, und Sie sollten sich dort ebenfalls umsehen, auch wenn ich davon ausgehe, dass Lyons zu schlau ist, um irgendwelche verwertbaren Spuren zu hinterlassen.« Jenna blickte auf, als Susie ihnen das Essen brachte, und wartete, bis sie weggegangen war, bevor sie weiterredete. »Hätten Sie heute Nachmittag Zeit?«

»Ich werde mir die Zeit nehmen.« Wolfe senkte die Stimme. »Wenn wir es mit einer ganzen Gruppe von Vergewaltigern zu tun haben, müssen wir sie ausschalten, und zwar schnell.«

»In der Tat.« Jenna runzelte die Stirn. »Sagen Sie mir Bescheid, sobald das Dokument unterschrieben ist. Wir fahren schon einmal hinüber zum College, um mit Owen Jones zu sprechen.«

»Alles klar«, bestätigte Wolfe und trennte die Verbindung.

FÜNFZEHN

Irgendwie hatte es was, in Aunt Betty's Café zu sitzen und zuzusehen, wie die Welt an einem vorbeizog. Die Touristen, die in die Stadt einfielen, amüsierten ihn, und seit eine Thriller-Reihe auf dem Markt war, in der ein psychopathischer Mörder nach dem anderen Black Rock Falls heimsuchte, war es hier voller denn je. Es war, als ob die Leute hierherkamen, um die Chance zu haben, zufällig in einen brutalen Mordfall verwickelt zu werden. Er schüttelte den Kopf. So funktionierte das nicht; die meisten Mörder brauchten einen verdammt guten Grund, um einen Fremden um die Ecke zu bringen. Er hatte schon immer gerne die Tierwelt beobachtet, von winzigen Insekten bis hin zum größten Raubtier von allen: dem Menschen. Genau das war er auch, und er war es gerne: ein Raubtier.

Die Leute sollten den Tatsachen endlich einmal ins Auge sehen. Wenn ein echter Psychopath unbedingt einen Mord begehen wollte, konnten die Strafverfolgungsbehörden nichts tun, um ihn zu stoppen. Ein echter Psychopath würde über heiße Kohlen gehen, um sein Ziel zu erreichen, nichts und niemand würde ihn davon abhalten; wenn einen solchen

Verrückten der Drang zu töten überkam, verlor er jegliche Selbstkontrolle. Sich selbst hätte er allerdings nicht als Psychopathen bezeichnet, ganz und gar nicht. Er tötete schließlich nur Menschen, die es verdienten.

Er nahm noch einen Bissen von seinem Burger und kaute langsam. Er lenkte seine Aufmerksamkeit auf Sheriff Alton. Eine Mittdreißigerin von durchschnittlicher Körpergröße, attraktiv, mit rabenschwarzem Haar, das ihr wie nasse Seide auf die Schultern fiel. Die nackten Unterarme, die aus ihrem Uniformhemd herausragten, wirkten muskulös, was auf regelmäßiges Training hindeutete, und das verleitete ihn zu der Schlussfolgerung, dass sie brenzlige Situationen lieber selbst meisterte, statt sich auf ihre Deputys zu verlassen. Verstohlen betrachtete er ihre kleinen Hände mit den gepflegten Nägeln. Sie trug einen Ring, aber keinen Ehering, und er fragte sich, wieso sie wohl in einer Stadt wie dieser, wo es mehr Männer als Frauen gab, ledig geblieben war.

Andererseits hatte er sie noch nie ohne diesen großen Deputy an ihrer Seite gesehen, und so eng, wie die beiden sich gerade zueinander beugten, wirkten sie zumindest wie gute Freunde. Zu dumm, dass er nicht nahe genug bei ihnen saß, um ihre angeregte Unterhaltung mitzuhören. Er wollte unbedingt wissen, wie der Stand der Dinge war, aber die Nachrichten hatten nichts Neues über die Ermittlungen zu Jacobs' Tod gebracht, und die Gerüchteküche auf dem Campus war genauso wenig ergiebig gewesen. Er hatte alles gut hinbekommen – falls Sheriff Alton zu dem Schluss kam, dass es sich um einen tragischen Unfall handelte, würde niemand misstrauisch werden. Misstrauische Menschen verursachten Probleme, indem sie Dinge bemerkten, die man normalerweise übersah.

Der Tag zog sich hin, jede Stunde verging so langsam, als wären die Zeiger der Uhr stehen geblieben, um sich nur alle fünfzehn Minuten plötzlich zu bewegen. Er starrte auf seinen leeren Kaffeebecher und seufzte. Nachdem er seinen nächsten

Schritt auf die Sekunde genau geplant hatte, blieb ihm nichts anderes übrig, als zu warten, bis es dunkel wurde.

Die Kellnerin verließ den Tisch des Sheriffs und kam in seine Richtung, um seinen Becher nachzufüllen. Sie schenkte ihm ein strahlendes Lächeln, und er spürte, wie sich sein Mund verzog und zurücklächelte. »Oh, danke, Ma'am.«

»Alles in Ordnung?« Sie lächelte immer noch.

»Ja, prima.« Endlich war sie wieder fort. Er aß auf, zahlte und gab ein großzügiges Trinkgeld.

Als er ging, warf er noch einmal einen Blick auf Sheriff Alton. Ein Teil von ihm hatte Mitleid mit ihr. Falls sie doch noch herausfand, dass Jacobs ermordet worden war, würde sie es niemandem anhängen können, egal wie sehr sie sich auch bemühte. Er lächelte in sich hinein. *Keine Spuren, keine Zeugen, kein Fall.*

SECHZEHN

Die junge Frau am Schalter im Geschäftszimmer des Colleges warf ihr langes blondes Haar zurück und musterte Kane interessiert, dann schaute sie Jenna an und lächelte.

»Wir sind auf der Suche nach Owen Jones. Er ist ein Junior.«

»Oh, Owen kennt hier jeder. Er war im Footballteam und war eine Weile weg, aber dieses Semester ist er wieder da. Wir haben hier ein neues System. Die Studierenden erhalten eine Magnetkarte, die sie beim Betreten eines Hörsaals, der Bibliothek und so weiter einscannen. So wissen wir immer, wer sich gerade in einem bestimmten Gebäude aufhält, falls es einen Notfall gibt.« Sie wies den Gang hinunter. »Gehen Sie zum Wachdienst, dort wird man für Sie im Computer nachsehen, wo er sich gerade aufhält, und Sie zu ihm begleiten.«

»Okay, danke.« Jenna drehte sich um und ging den Gang entlang.

»Seltsames Security-System.« Kane schloss zu ihr auf und ging mit ihr im Gleichschritt. »Die Studenten müssen sich bei den Vorlesungen und so ein- und ausloggen, aber es gibt keine

Sicherheitsvorkehrungen, die verhindern, dass hier irgendwer einfach so hereinspaziert.«

»Es ist ja kein Gefängnis, und dass die Studierenden freien Zugang zu den gemeinschaftlich genutzten Räumen haben, ist ganz normal.« Jenna grinste. »Ich nehme an, wenn es nach dir ginge, würden alle gründlich gefilzt werden, bevor sie vorne durch das Tor gehen, oder?«

»Wenn es nach mir ginge, würden an jeder verdammten Eingangstür jeder Bildungseinrichtung Sicherheitsscanner wie am Flughafen installiert werden.« Kane sah sie scharf an. »Die Leute sollen meinetwegen so viele Waffen tragen, wie sie wollen, aber sie sollen sie nicht mit in die Schulen nehmen können.«

»Ich bin sicher, das wünschen sich alle Eltern, aber hast du eine Ahnung, wie lange es dauern würde, alle Studierenden eines Colleges jeden Morgen zu scannen?« Jenna wurde langsamer, als sie das Büro des Wachdienstes erreichten. »Das wird nie passieren.«

Nachdem sie herausgefunden hatten, dass sich Jones gerade in der Bibliothek aufhielt, folgten sie einem Wachmann durch das Gebäude.

»Lass mich das Reden übernehmen.« Jenna sah zu Kane auf und lächelte. »Wir wollen ja nicht, dass er sofort die Flucht ergreift, und das wird er garantiert, wenn du ihn in die Mangel nimmst.«

»Ich wollte mit ihm eigentlich ein wenig über Football plaudern, um ihn dazu zu bringen, sein Herz auszuschütten.« Kane runzelte die Stirn. »Aber ihn in die Mangel nehmen würde bestimmt auch funktionieren.«

»Wie gesagt.« Jenna sah ihn abschätzig an. »Ich übernehme das Reden.« Der Wachmann bat sie, auf dem Gang zu warten, und ging in die Bibliothek, um Jones herauszuholen. Der Korridor führte zu einem gepflegten Garten mit Bänken unter Bäumen. Ein paar junge Leute saßen auf dem Rasen und unterhielten sich. Als Jones mit dem Wachmann herauskam, betrachtete Jenna den muskulösen Burschen. Er war groß und kräftig, mit markanten Zügen. Sie holte ihr Notizbuch hervor und sah zu ihm auf, dann stellte sie sich und Kane vor. »Wir haben gehört, dass Sie sich mit Alex Jacobs und ein paar seiner Freunde gestritten haben. Können Sie uns sagen, was da vorgefallen ist?«

»Das ist doch schon ewig her, warum kramen Sie denn diese alten Geschichten hervor?« Jones warf ihr einen desinteressierten Blick zu. »Ich habe meine Strafe verbüßt und bin jetzt wieder zurück. Wieso? Macht wieder jemand Ärger?«

Jenna schüttelte den Kopf. »Nein, aber der Rechtsmediziner hat noch keine endgültige Todesursache für Jacobs verkündet, daher sprechen wir mit allen, die einen Grund gehabt haben könnten, ihm zu schaden.«

»So leicht ist das gar nicht.« Jones schnaubte. »Ich habe mir einen Finger gebrochen, als ich ihm eine verpasst habe, und er ist nicht einmal zu Boden gegangen.« Er sah sie direkt an. »Kümmert es mich, dass er gestorben ist? Nein, tut es nicht. Er und Seth Lyons sind beide Lügner, wie der Rest dieser Arschlöcher. Lyons' Vater kauft ihn immer frei, wenn er in Schwierigkeiten gerät, und glauben Sie mir, ich kenne keinen, der so oft in Schwierigkeiten gerät wie der.«

»Würden Sie uns verraten, was der Grund für den Streit damals war?« Jenna wies den Weg nach draußen zu einer ein wenig abgelegenen Bank. Sie setzte sich, und er nahm widerstrebend neben ihr Platz.

»Lyons und Jacobs wollten mich aus dem Team haben«, sagte Jones und zuckte mit den Schultern. Ihm war anzumerken, dass er nur ungern darüber sprach.

»Aber warum?« Kane setzte sich ins Gras. Er hob eine

Augenbraue. »Die zwei müssen doch einen Grund gehabt haben.«

»Das würde zu weit führen. Sagen wir einfach, ich wollte nicht aus dem Studentenwohnheim ausziehen und in ihr Haus mit einziehen.« Jones fuhr sich mit beiden Händen durch sein drahtiges Haar. »Also sind sie zum Coach gegangen und haben ihm gesagt, ich hätte versucht, ihnen Drogen zu verkaufen. Der Dekan ließ mein Zimmer durchsuchen, und sie haben eine Crackpfeife gefunden, aber keinen Stoff. Ich hab mich bereit erklärt, einen Drogentest zu machen, aber die Collegeleitung ging nicht darauf ein.« Er starrte in die Ferne, und Wut blitzte in seinen Augen auf. »Die beiden hatten mir das Ding untergeschoben. Der Coach sagte mir, ich hätte die Wahl: Entweder würde ich die Saison auf der Bank sitzen, oder er würde die Polizei rufen und mich anzeigen, und damit wäre ich mein Stipendium los gewesen.« Er sah Jenna an. »Ich entschied mich für Ersteres, aber ich wollte Seth einen Denkzettel verpassen. Leider war Alex in der Nähe, und als er sich einmischte, ging es rund. Ich wurde für den Rest des Semesters suspendiert.« Er schenkte ihr ein schiefes Lächeln. »Und auf der Bank sitze ich immer noch.«

Jenna musterte sein Gesicht und sah einen Anflug von Verärgerung. »Also, Sie sind am Sonntag mit ins Trainingslager gefahren, oder? Was haben Sie am Montagabend getan, nachdem Sie aus dem Bus gestiegen sind?«

»Ich bin gar nicht mitgefahren, aber ich gehe gerne laufen und versuche normalerweise, jeden Nachmittag eine Trainingseinheit einzulegen.« Jones rieb sich den Nacken. »Ich hatte den ganzen Tag in der Bibliothek gesessen und musste mich ein wenig bewegen, also bin ich laufen gegangen, und dann bin ich zurück in mein Zimmer und habe geschlafen.«

»Wann war das?«, fragte Kane im Plauderton.

»Wenn ich das wüsste.« Jones zuckte mit den Schultern. »Gegen zehn vielleicht.«

Jenna machte sich Notizen. »Haben Sie beim Laufen jemanden gesehen, oder haben Sie angehalten, um mit jemandem zu reden?«

»Es waren noch andere Leute da, das schon. Aber ich kann mich nicht genau erinnern, wer.« Jones schaute in die Ferne und schüttelte den Kopf. »Gesprochen habe ich mit niemandem. Ich hatte Kopfhörer drin und habe Musik gehört.« Er zog ein Smartphone aus der Tasche, an das ein Paar Ohrstöpsel angeschlossen war. »Warum? Glauben Sie, ich habe Alex getötet?« Er schnaubte. »Wie hätte ich das denn anstellen sollen?«

»Vielleicht haben Sie ihm im Fitnessraum geholfen, als Spotter, und ihm die Stange auf den Hals fallen lassen?«, sagte Kane. Den Plauderton hatte er wieder abgeschaltet. »Sie hatten ein Motiv, ihn zu töten. Dank seiner Intrige hat der Coach Sie auf die Bank gesetzt, und das hat dazu geführt, dass Sie vom College suspendiert wurden. Sie haben ihn ausgeschaltet, damit ein Platz im Team frei wird.«

»Ich habe ihn nicht umgebracht. Der ist es nicht wert, dass ich mir die Finger schmutzig mache.« Jones verzog angewidert das Gesicht und schaute weg. »Und ich bin Wide Receiver, Alex war linker Tackle. Da muss ich auf dem Footballfeld meinen Körper nicht aufs Spiel setzen, um Seth Lyons zu schützen. Würde ich auch nie tun.« Er schüttelte den Kopf. »Ich hoffe, der Mistkerl kriegt, was er verdient.«

Jenna fiel auf, wie verärgert der junge Mann plötzlich wirkte. »Warum sagen Sie das?« Sie beugte sich vor: »Nur weil er Ihnen die Crackpfeife untergeschoben hat, oder verschweigen Sie uns etwas?«

»Wissen Sie, Sheriff, es gibt einfach Dinge, über die man in Gegenwart von Frauen nicht spricht.« Jones starrte auf seine Hände. »Können wir es dabei belassen?«

Jenna ging noch einiges durch den Kopf, aber sie stand auf und tauschte einen wissenden Blick mit Kane. »Ich warte drinnen.« Sie ging zur Tür, lehnte sich gegen die Wand und sah zu, wie Kane dem jungen Mann weitere Fragen stellte.

Wenige Augenblicke später bemerkte sie Seth Lyons, der in ihre Richtung schlenderte, und ging auf ihn zu, um zu verhindern, dass er sah, wie sich Kane mit Jones unterhielt. Blitzschnell überlegte sie, was sie ihn fragen konnte, um ihn hinzuhalten. »Ah, Mr Lyons. Mit Ihnen wollte ich sprechen.«

»Ach ja?« Lyons sah sie geringschätzig an. »Was gibt es denn noch?«

Ganz gemächlich holte Jenna ihr Notizbuch heraus und blätterte die Seiten durch. »Wann haben Sie Chrissie Lowe zuletzt angerufen? Ich nehme an, Sie haben sie angerufen, um ihr zu sagen, wann sie zur Party abgeholt wird? Soweit wir wissen, ist sie in einen grauen Wagen eingestiegen.«

»Ich habe sie nicht angerufen, ich habe ja nicht einmal ihre Nummer.« Lyons seufzte. »Ich habe mit ihr in der Cafeteria gesprochen. Schätze, sie hat sich selbst eine Mitfahrgelegenheit besorgt.« Er beugte sich zu ihr, ein wenig zu nahe. »Alle reden davon, dass sie jemand vergewaltigt hat. Sehen Sie mich an, Sheriff. Glauben Sie wirklich, ich hätte es nötig, Mädchen zu vergewaltigen?«

Jenna ließ sich von seinem angeberischen Auftreten nicht beeindrucken. Sie beugte sich leicht vor und senkte die Stimme. »Es ist schon seltsam – bei den Frauen auf dem Campus haben Sie einen miserablen Ruf, und trotzdem hat sich noch nie eine offiziell über Sie beschwert. Wissen Sie, was ich glaube? Sie haben jemanden beim Lehrkörper, der Sie beschützt.«

»Ich brauche keinen, der mich beschützt.« Lyons packte ihren Arm und sah auf sie herab. »Aber Sie vielleicht. Mein Vater ist ein mächtiger Mann und hat sehr einflussreiche Freunde. Jeder hat seine Geheimnisse, Sheriff, und wenn Sie mich weiter belästigen, werde ich herausfinden, was Sie zu verbergen haben, und dann kriegen Sie bei der nächsten Wahl keine einzige Stimme mehr.«

Jenna richtete sich auf und begegnete seinem selbstgefälligen Blick. Er packte so fest zu, dass ihr Arm schmerzte. Offenbar genoss er es, sie einzuschüchtern, und da sonst niemand auf dem Korridor war, der hätte bezeugen können, was er da gerade tat, würde Aussage gegen Aussage stehen. Sie zog ihre Glock aus dem Holster und presste die Mündung gegen den Reißverschluss seiner Jeans. »Hat dein Daddy dir nicht beigebracht, dass man einer bewaffneten Frau niemals drohen sollte? Nimm deine Hand weg, Bürschchen, und dann dreh dich um und verschwinde, bevor ich dich wegen Körperverletzung verhafte.«

»Okay, okay. Meine Güte, ist ja schon gut.« Lyons ließ von ihr ab und wich zurück, die Hände erhoben, als wolle er sich ergeben.

Jenna steckte die Waffe in das Holster. »Ich behalte Sie im Auge, Lyons.«

»Ja, Ma'am.« Lyons eilte fort in Richtung Bibliothek.

Jenna drehte sich um und sah Kane auf sie zukommen. »Und?«

»Was war denn mit Lyons?«, fragte Kane und schaute ihm hinterher.

»Ich wollte ihn davon abhalten, dich mit Jones zu sehen, und habe ihm ein paar Fragen gestellt, die ihm wohl nicht gefallen haben. Er hat mich am Arm gepackt und versucht, mich einzuschüchtern ...«

»Er hat *was*?« Kane starrte sie ungläubig an. »Was hat er gesagt?«

Jenna zuckte mit den Schultern. »Nichts weiter, ich habe das schon selbst geregelt. Was hat Jones denn erzählt?«

»Seine Freundin, sie war im ersten Studienjahr, ist mitten im Semester vom College abgegangen, nachdem sie in ein Auto gezerrt und vergewaltigt wurde.« Kane hatte einen Gesichtsausdruck wie der Himmel vor einem Gewitter. »Jones hat versucht, sie zu überreden, den Vorfall zu melden, aber sie hat sich geweigert, den oder die Täter zu nennen. Kurze Zeit später hat Lyons eine Bemerkung über Jones' Freundin gemacht, er sagte, sie sei ›lecker‹. Als Jones seine Freundin damit konfrontierte, hat sie ihre Sachen gepackt und das College verlassen.«

Jenna schluckte schwer. Sie hatte gerade am eigenen Leibe erlebt, wie es sich anfühlte, mit Lyons' Drohungen konfrontiert zu werden. »Hat er dir den Namen seiner Freundin genannt?«

»Nee.« Kane steckte die Hände in die Taschen. »Er sagte, sie hätte genug durchmachen müssen, und notfalls würde er leugnen, dass er es mir erzählt hat.« Er sah sie an. »Wir werden Lyons nach so langer Zeit kaum wegen Vergewaltigung drankriegen. Falls er das schon länger macht, bringen wir vielleicht mehrere betroffene Frauen dazu, sich zu melden, aber bei einem einzelnen Fall stünde Aussage gegen Aussage, und das ohne den geringsten Beweis.«

»Stimmt.« Jenna kaute auf ihrer Unterlippe. »Nichts, was Jones gesagt hat, überzeugt mich von seiner Unschuld im Fall Jacobs.«

»Eines vielleicht doch.« Kanes legte die Stirn so sehr in Falten, dass sich seine Augenbrauen in der Mitte trafen. »Wenn Jones und Jacobs verfeindet waren, wird Jacobs ihm kaum erlaubt haben, ihn beim Gewichtheben zu spotten. Ich kann mir nicht vorstellen, dass Jacobs sich ihm derart ausgeliefert hätte.«

»Hmm, da ist was dran.« Jennas Handy klingelte, und sie sah auf das Display. »Das ist Wolfe.«

»Die Eltern haben uns die Erlaubnis erteilt, den Spind von Alex Jacobs zu durchsuchen«, verkündete Wolfe. »Was sein Zimmer betrifft, werden Sie aber einen Durchsuchungsbeschluss brauchen, es sei denn, Seth Lyons hat nichts dagegen. Lyons wohnt ja ebenfalls in dem Zimmer, und das Haus gehört seinem Vater. Und noch etwas: Kane erwähnte, dort sei sehr gründlich geputzt worden. Ich würde sagen, wir verschwenden nur unsere Zeit, wenn wir das Zimmer jetzt noch durchsuchen.

Diese Kerle sind viel zu schlau, um irgendwelche verwertbaren Spuren zu hinterlassen.«

Jenna seufzte. »Verstanden. Schicken Sie mir eine Kopie des Dokuments auf mein Handy, dann gehen wir noch einmal zu dem Wachmann und lassen den Spind öffnen.«

»Ist schon unterwegs.«

Jenna trennte die Verbindung und wartete. Die Mail kam, sie warf einen Blick auf das Dokument im Anhang und wandte sich in Richtung des Büros vom Wachdienst. »Komm, wir durchsuchen seinen Spind.«

Nachdem sie dem Wachmann das unterzeichnete Dokument gezeigt hatten, folgten sie ihm zum Fitnessraum. Unterwegs holten sie ein Spurensicherungsset aus Kanes SUV. Der Wachmann führte sie in den Umkleideraum und öffnete das Vorhängeschloss des Spinds mit einem Bolzenschneider. Jenna fiel ein Whiteboard auf, auf dem Namen und Zahlen notiert waren. »Sind das die Namen der Benutzer und die entsprechenden Spinde?«

»Ja, alle haben ein Kombinationsschloss, damit man keinen Schlüssel mit herumtragen muss. Man sucht sich einen Spind aus und trägt seinen Namen in die Liste ein.« Der Wachmann trat zur Seite.

Schweißgeruch stieg Jenna in die Nase, als sie die Tür öffnete und hineinschaute. »Die Spinde hier können also von allen benutzt werden?«

»Von allen männlichen Studenten. Die Frauenumkleide ist nebenan.«

Jenna nickte, zog sich ein Paar Handschuhe an und leuchtete mit ihrer Taschenlampe hinein. Auf dem obersten Fach lag ein großer goldener Ring neben einer Uhr. »Mach bitte ein Foto von dem Ring, Kane, dann packen wir ihn ein. Und alles andere.«

Sie beschriftete mehrere Beweismittelbeutel und tat den Inhalt des Spinds hinein, darunter eine Baseballkappe und eine Jacke mit dem Logo der Footballmannschaft auf dem Rücken. »Das war's.« Sie wandte sich an den Wachmann. »Vielen Dank für Ihre Hilfe.«

»Gerne, Ma'am.« Der Wachmann ging davon.

»Dem Gestank nach zu urteilen, der aus seiner Jacke kam, hielt Jacobs nicht viel von Körperpflege.« Kane rümpfte die Nase. »Wenn er an der Vergewaltigung von Chrissie beteiligt war, kann ich mir gut vorstellen, dass Wolfe Hinweise darauf an seiner Kleidung findet.«

»Wir fahren auf dem Rückweg ins Büro bei ihm vorbei.« Jenna warf einen Blick auf die eingetüteten Gegenstände. »Wenigstens einer der Typen aus Lyons ' Haus muss doch Spuren hinterlassen haben!«

SIEBZEHN

Es war ein langer Tag gewesen. Nachdem sie alle neuen Informationen des Tages in die Fallakten eingefügt hatte, schaute Jenna auf die Uhr. Es war kurz nach sieben. Jetzt ein heißes Wannenbad, dann ein leckeres Abendessen und danach früh ins Bett – das klang nach einem Plan. Für den Moment gab es ohnehin nichts weiter zu ermitteln. Sie würde sich den Abend über ein paar Gedanken machen und am nächsten Morgen erfrischt an die Arbeit gehen. Sie klappte ihren Computer zu, packte ihre Sachen ein und ging von ihrem Büro in den Eingangsbereich der Dienststelle. Dort war alles ruhig. Maggie hatte bereits Feierabend gemacht, hinter dem Empfangstresen saß Rowley. Sie schlenderte zu Kanes Schreibtisch und wartete, bis er aufgehört hatte, zu tippen. »Machen wir Schluss für heute, ich bin hundemüde. Heute Nacht bin ich mit dem Notruf dran, also gehe ich früh ins Bett.«

»Klar, gib mir fünf Minuten.« Kane lächelte sie an und wandte sich wieder seinem Computer zu.

Jenna ging zum Tresen. »Es ist seit Stunden niemand mehr hereingekommen, wir haben keine offenen Haftbefehle, keine akuten Ordnungswidrigkeiten, um die wir uns kümmern müssen. Ich glaube, ich gehe nach Hause.«

»Ja, es war heute ziemlich ruhig in der Stadt.« Rowley nahm ein Schlüsselbund, setzte seinen Hut auf und ging um den Tresen herum. »Ich denke mal, das wird sich ab morgen ändern, wenn das Rodeo beginnt.«

Jenna seufzte. »Es wäre zu schön, wenn das Festival zur Abwechslung einmal ohne unschöne Zwischenfälle über die Bühne gehen würden. Aber diesen Cowboys scheint es ja geradezu Spaß zu machen, sich gegenseitig zu verprügeln oder sich mit den Einheimischen anzulegen.«

»Das ist ein kleiner Preis für die Einnahmen, die es der Stadt bringt.« Kane ging hinter ihr her und zog seine Jacke an. »Na, Duke, wo steckst du?« Er lugte über den Tresen und grinste seinen Hund an. »Los, aufgewacht! Wir gehen nach Hause, da kannst du weiterschlafen.« Er tätschelte dem Hund den Kopf, dann sah er Jenna an. »Abfahrbereit?«

Jenna nickte. »Ja.« Sie wandte sich Rowley zu. »Wir sehen uns morgen früh.«

Dass Rowley abends die Dienststelle ab- und morgens wieder aufschloss, hatte für sie einen großen Vorteil: Da er immer in aller Herrgottsfrühe ins Büro kam, konnte sie sich morgens ein wenig mehr Zeit lassen. Wenn sie dann gegen halb neun auftauchte, hatte er die meisten neuen Anzeigen bereits bearbeitet und die Kaffeemaschine angestellt. Natürlich achtete sie darauf, dass er seine Überstunden bezahlt bekam. Sie konnte sich wirklich glücklich schätzen, dass sie einen so engagierten Mitarbeiter wie Rowley hatte.

Sie folgte Kane nach draußen und lud ihre Sachen in seinen SUV. Der Geruch von Popcorn und Hotdogs lag in der Luft, und die Leute schlenderten laut plaudernd die Main Street entlang. Sie seufzte vor Erleichterung. Ausnahmsweise verlief das Festival ohne Zwischenfälle. Doch dann setzte ihr Herz einen Moment aus, als sie das Geräusch einer Enduro vernahm, die rasend schnell näher kam. Sie drehte sich um, um zu sehen, wer so dämlich war, direkt an der Polizeistation vorbeizurasen, aber das Motorrad hielt direkt auf sie zu, kam quietschend zum Stehen und drehte sich dabei halb um die eigene Achse. Erst jetzt erkannte sie den Fahrer: Es war Atohi Blackhawk, der ihnen schon oft bei kniffligen Fällen unter die Arme gegriffen hatte.

»Na, wo brennt's denn?«

»Auf dem Weg oben am Wasserfall macht ein Haufen Jogger Ärger. Und eine Gruppe College-Kids schaut zu.« Blackhawk nahm den Helm ab. Er runzelte die Stirn. »Wenn das so weitergeht, wird noch jemand totgeschlagen.« Er strich sich die langen schwarzen Haare aus den Augen. »Ich wäre selbst eingeschritten, aber das sind ganz schön harte Kerle, da hätte ich nicht viel ausrichten können.«

»Okay, fahren Sie voraus.« Jenna sprang in den Wagen. »Jogger?«

»Ich nehme mal an, die sind auch vom College. Es gibt einen Wanderweg, der am Fluss entlang bis zum Wasserfall führt und dann durch den Wald, bis er wieder unten am Parkplatz endet. Alle Studenten benutzen ihn, um zu den Stromschnellen zu gelangen. Die gehen da joggen und hängen ab.« Kane fuhr rückwärts aus der Parklücke und folgte Blackhawk. »Erinnerst du dich noch, wie Bürgermeister Petersham letztes Jahr groß angekündigt hat, den Wanderweg von Gestrüpp und Baumwurzeln zu säubern, damit er für die Studenten sicher ist?«

Jenna nickte. »Na ja, dunkel. Seine Reden dauern oft so lange, dass ich spätestens dann abschalte, wenn er mit seinem Vortrag über das Jahresbudget fertig ist.« Sie gähnte. »Ich hoffe, das dauert gleich nicht so lange. Der Tag war schon anstrengend genug.« Sie schaute sich um, während sie durch den Wald fuhren; so spät am Tag schienen die Schatten sich endlos in die Ferne zu erstrecken.

»Wenn wir ganz bis zum Wasserfall laufen müssen, werden wir schon eine Weile brauchen.« Kane warf ihr einen Blick zu. »Aber vielleicht leiht uns Blackhawk ja seine neue Enduro.«

»Vielleicht ist auch schon alles vorbei, wenn wir dort ankommen.« Jenna zuckte mit den Schultern. »Wie lange kann eine Schlägerei schon dauern?«

»Kommt ganz darauf an.« Kane hielt hinter Blackhawk an, und sie sprangen aus dem SUV.

Jenna knöpfte ihre Jacke zu. »Wo haben Sie sie gesehen?«

»Ganz da oben, auf dem Weg.« Blackhawk reichte ihr einen Helm. »Hier, setzen Sie den auf.« Er nahm seinen Helm ab und reichte ihn Kane. »Nehmen Sie mein Bike, ich warte hier.«

»Danke.« Kane warf ihm seinen Autoschlüssel zu. »Duke wird sich über die Gesellschaft freuen.«

Nachdem sie den Helm aufgesetzt und den Kinnriemen befestigt hatte, kletterte Jenna hinter Kane, und sie fuhren mit halsbrecherischer Geschwindigkeit den Pfad hinauf. Sie klammerte sich an ihn, während das PS-starke Motorrad über den unebenen, von Baumwurzeln übersäten Boden holperte. Wieso jemand hier oben joggen ging, würde sie nie verstehen. Die kühle Abendluft drang in ihre Jacke, und sie wünschte sich, sie hätte Handschuhe angezogen. Der Motor der Enduro wurde lauter, je tiefer sie in den Wald vordrangen, und obwohl der Weg relativ breit war, schienen die hohen Kiefern ihnen in dem abnehmenden Licht immer näher zu kommen. Sie weckten schreckliche Erinnerungen an die vielen Gräueltaten, die in diesem Wald geschehen waren, seit sie in Black Rock Falls angekommen war.

»Ich sehe sie.« Kanes Stimme wurde vom Fahrtwind davongetragen; hätte sie nicht so dicht an seinem Rücken geklebt, hätte sie ihn gar nicht gehört. »Guck, da vorne.« Er fuhr langsamer und hielt ein Stück von der Menschenmenge entfernt an.

Ihre Beine zitterten noch immer von der Vibration des Motorrads, als Jenna unbeholfen vom Sitz kletterte und zu ihm aufblickte. »Hoffen wir, dass wir die Situation entschärfen und sie mit einer Verwarnung gehen lassen können. Mir gefällt der Gedanke nicht, jetzt noch jemanden zu verhaften, womöglich mehrere Personen, und dann zu versuchen, sie zurück in die Stadt zu bringen, während die Sonne untergeht.«

»Schauen wir mal.« Kane ging auf die Menge zu. »Polizei! Schluss jetzt, Leute!«

Der Wind hatte aufgefrischt, und Jenna erwischte eine Gischtwolke vom tosenden Wasserfall, als sie Kane hinterherlief. Mindestens zehn junge Leute, alle in Joggingkleidung, standen in einem Kreis auf einer kleinen Lichtung am Rand des Wasserfalls. Sie hörte etwas, das wie ein Fausthieb klang, und stöhnte innerlich auf; da war wohl wirklich eine Schlägerei im Gange. Eine Hand an der Pistole folgte sie Kane durch eine kleine Lücke in der Menge. »Na kommt, Leute, es ist schon spät. Geht nach Hause, und lasst einander in Frieden.« Sie drängelte sich zwischen zwei großen jungen Männern hindurch und sah, wie sich vier andere Männer prügelten. Alle vier kannte sie: Owen Jones, den sie vorhin befragt hatte, Seth Lyons, Pete Devon und Dylan Court, die sie in Lyons' Haus kennengelernt hatte. Sie rief: »Hey, hört auf damit!« Doch das Tosen des Wassers, das den Berghang hinunterrauschte, war so laut, dass sie wahrscheinlich keiner der Männer gehört hatte.

Als sie sah, dass Kane nach links ging, hielt sie sich rechts und ging um die Streithähne herum. Der Kampf war alles andere als fair: Lyons und seine Freunde hatten Jones in die Mitte genommen und verpassten ihm einen Schlag nach dem anderen. Jenna ignorierte das nasse Gras und die glitschigen Steine und ging näher an den Rand des Wasserfalls, um ihnen auszuweichen. Dann ging sie wieder ein Stück näher heran, damit Jones sie sehen konnte. Mit ihrer schrillsten Stimme brüllte sie: »Hey, das reicht jetzt! Hört auf damit!«

»Du solltest endlich mal lernen, deine Klappe zu halten«, rief Lyons Jones zu. Er verpasste ihm einen Schlag in den

Magen. »Nicht, dass es noch zu einem tragischen Unfall kommt.«

Owen Jones ließ die Hände sinken und drehte sich erstaunt zu Sheriff Alton um. Im nächsten Moment landete Seth Lyons einen Aufwärtshaken. Der Aufprall ließ seine Zähne knacken. Als Nächstes folgte ein harter Schlag gegen seine Brust. Er taumelte zurück, und als seine Füße auf den moosigen, nassen Steinen ausrutschten, stolperte er unkontrolliert in Richtung Wasserfall. Mit fuchtelnden Armen griff er verzweifelt nach einigen Zweigen, doch zu seinem Entsetzen glitten sie ihm durch die Finger wie nasse Spaghetti. Trotz des ohrenbetäubenden Tosens des Wassers konnte er von oben laute Stimmen hören. Doch er war nicht mehr in der Lage, zu verhindern, dass er in Richtung des klaffenden Abgrunds hinter ihm fiel. Er stieß einen Fluch aus, als der Boden unter seinen Füßen verschwand.

Einen Wimpernschlag lang schien er über dem aufgewühlten Wasser zu schweben, dann fiel er umso schneller. Luft und Wasser wirbelten um ihn herum, und die Angst ließ alle seine Sinne für den Bruchteil einer Sekunde erstarren. Aber er hatte schon brenzligere Situationen als diese erlebt – im nächsten Moment brach sich sein Überlebensinstinkt Bahn, und er holte tief Luft, bevor er auf dem eiskalten Wasser aufschlug.

Beim Aufprall wurde ihm die Luft direkt wieder aus den Lungen gepresst. Weißes, schäumendes Wasser umgab ihn, und da er nicht wusste, wo oben und unten war, zwang er sich, ruhig zu bleiben. Sobald er spürte, wie sein Körper aufstieg, trat er wie wild nach unten, durchbrach die Wasseroberfläche und schnappte nach Luft.

Eiskaltes, aufgewühltes Wasser prasselte von oben auf ihn ein, und er trat ein paarmal, aber eine Strömung, die stark genug war, um einem die Kleider zu zerfetzen, hatte ihn fest im Griff.

Mit Schuhen würde er ohnehin nicht schwimmen können, also zog er sie aus. Als er wieder an die Oberfläche kam, stellte er fest, dass er dort gelandet war, wo sich das Wasser aufstaute, bevor es etwa dreißig Meter weiter über die Stromschnellen in Richtung Tal schoss. Wie ein Korken dümpelte er in dem rauschenden Wasser und versuchte verzweifelt, sich an den Felsen festzuhalten, aber das eisige Wasser hatte ihn im Griff; es war, als würde er gegen die Kraft eines Elefanten ankämpfen.

Die Kälte drang in seine Knochen, und da seine Kräfte schwanden, musste er eine Entscheidung treffen. Entweder hier sterben oder überleben, und um zu überleben hatte er nur eine Chance: Er musste sich durch die Stromschnellen treiben lassen. Er hatte schon zugesehen, wie Leute dort ihre Kajaks manövrierten. Flussabwärts war das Wasser zwar ganz schön wild, aber nicht tief. Er atmete ein paarmal ein und aus, dann verschränkte er die Arme vor der Brust und ließ sich vom Wasser in sein Schicksal treiben.

ACHTZEHN

Mit pochendem Herzen stürzte Kane an den Rand des Wasserfalls und starrte hinunter. Er atmete erleichtert auf. Jones hatte den Sturz überlebt, aber er fuchtelte mit den Armen und versuchte verzweifelt, zu einem Felsen zu schwimmen. Er wandte sich an Lyons. »Haben Sie ihn geschubst?«

»Nein, und dafür habe ich mehrere Zeugen.« Lyons wies auf seine Freunde. »Versuchen Sie bloß nicht, mir das anzuhängen. Außerdem hat Owen den Streit angefangen, da können Sie jeden fragen.«

Kane rannte zum Fluss und löste schon seinen Gürtel, um hineinzuspringen, aber Jenna kam hinter ihm hergelaufen und packte ihn am Arm. »Was?«

»Da unten ist es höchstens sechs Fuß tief – wenn du da kopfüber reinspringst, brichst du dir das Genick.« Jenna zeigte den Weg hinunter. »An der großen Biegung kommt man ebenfalls ans Wasser. Er wird eine Weile brauchen, um um die Felsen herumzukommen. Wenn wir jetzt schnell dorthin fahren, können wir ihn einholen und vor den nächsten großen Stromschnellen abfangen.«

Kane nickte ihr zu und sie rannten los. Binnen Sekunden rasten sie auf der Enduro mit Vollgas den Wanderweg hinab. Jenna klammerte sich an Kane fest und ging mit ihm in die Kurven. Mehrere Spaziergänger hörten sie kommen und pressten sich gegen die Bäume. Mit dem Stiefel auf dem Boden manövrierte Kane das Motorrad um die engen Kurven herum. In einem Strudel aus Grün flog die Vegetation an ihnen vorbei, und das Motorrad geriet auf dem unebenen Boden gefährlich ins Ruckeln, trotzdem gab er weiter Vollgas. »Komm schon, komm schon.«

Vor sich sah er die Flussbiegung. »Halt dich fest!«

Kane ging so tief in die Kurve, dass sein Knie den Boden berührte. Als sie die Flussbiegung erreichten, hörte er Jenna hinter sich schreien, er solle anhalten. Sie sprangen vom Motorrad, und er rannte los. Im Laufen zog er die Jacke aus und nahm seine Waffe aus dem Holster. Er schüttelte die Stiefel ab, und schon watete er durch das tiefe, aufgewühlte Wasser. Jenna folgte ihm und hielt sich am Bund seiner Jeans fest. Die Strömung war heftig, und jeder Schritt fühlte sich an, als hätte er sich Gewichte an die Beine gebunden. Sie standen zusammen mit einem riesigen Felsbrocken im Rücken und starrten ins Licht. Kane stellte die Füße auseinander, um sein Gleichgewicht besser zu halten, und blickte zum wirbelnden Wasser hinauf, das den Berg hinunterstürzte. »Siehst du ihn?«

»Ist er vielleicht schon vorbei?« Jenna zitterte bereits.

Kane wandte sich um und suchte den Fluss unterhalb von ihnen ab, sah aber nichts als aufgewühltes Wasser. »Glaube ich nicht.«

Während er die Gischt musterte und sich darauf gefasst machte, dass jeden Moment Jones die Stromschnellen herunterkam, wurde er immer unruhiger. Die Sekunden verstrichen, jede einzelne dehnte sich wie eine Ewigkeit. Doch dann tauchte in dem nebligen Dunst ein Kopf auf. »Da!« Er deutete auf Jones, der auf ihn zugeschossen kam. Er biss die Zähne zusammen, tat einen Schritt in den Strom und erwischte gerade noch einen fuchtelnden Arm. Es kostete ihn all seine Kraft, aber mit Jennas Hilfe gelang es ihm, den jungen Mann auf den Felsen zu zerren.

Jones hustete, würgte und spuckte Wasser aus. Kane half ihm, sich aufzurichten. »Wo tut es weh?«

»Überall.« Jones' Stimme war kaum mehr als ein heiseres Quietschen, und seine Zähne klapperten heftig. »Mir ist s...so kalt.« Er sah Kane an. »Danke, dass Sie mich gerettet haben. Ihnen auch, Sheriff Alton.«

»Wenn es Ihnen so weit gut geht, sollten wir mal schleunigst aus diesem eiskalten Wasser raus.« Jenna drückte Kanes Arm. »Schau mal, da kommt schon Hilfe.«

Kane hörte jemanden in der Nähe rufen und wandte sich um. Mehrere College-Studenten bildeten eine Kette und waren bereits dabei, sich ihren Weg durch das turbulente Wasser zu bahnen. Er ergriff Jones' Arm, und mit der Hilfe der anderen Studenten taumelten sie aus den Stromschnellen heraus und brachen am Ufer erschöpft zusammen. Jones' Freunde umringten ihn, gaben ihm Handtücher und klopften ihm auf den Rücken.

»Ich habe den Waldaufseher angerufen«, meldete ein junger Mann und strahlte Kane an. »Er ist nur ein Stück den Berg hinauf und ist gleich hier. Die Sanitäter sind auch schon auf dem Weg. Er meinte, er kann Owen den Berg hinunter zum Krankenwagen bringen.«

»Danke.« Kane drehte sich zu Jenna um, die neben ihm bibberte. »Du hättest am Ufer bleiben sollen.«

»Ohne mich hättest du das kaum geschafft.« Jennas Zähne klapperten wie Kastagnetten. »Hat Lyons ihn geschubst?«

Kane schüttelte den Kopf. »Ich konnte es nicht genau sehen, da waren zu viele Leute, aber er ist ziemlich schnell rückwärtsgestolpert.«

Kane stand auf und holte ihre Waffen und Stiefel und seine Jacke. Er zog seine Stiefel an und ging zurück zu Jenna. Sie zitterte so stark, dass er befürchtete, sie könnte sich unterkühlen. Er lächelte sie an. »Zieh besser meine Jacke über. Du bist völlig durchnässt.«

»Du etwa nicht?« Jenna blinzelte zu ihm auf und schälte sich aus ihren nassen Kleidern.

»Mir geht's gut. Groß zu sein, hat seine Vorteile.« Seine Jeans war nass, aber sein Hemd war trocken geblieben. »Hier, zieh das über.«

»Lyons und seine Kumpels sind abgehauen wie ein geölter Blitz.« Jenna zog sich seine Jacke über und rieb sich die Arme. »Wenn wir Jones dem Waldaufseher übergeben haben, gibt es hier für uns nichts mehr zu tun.«

Der Waldaufseher kam mit heißem Kaffee in einer Thermoskanne, und sie setzten sich zu Jones, der wieder ein wenig zu Kräften kam. Er wollte seine Sicht des Vorfalls schildern, und sie hatten nichts dagegen. »Also, was war der Grund für den Streit?«

»Nichts Besonderes, Lyons hat wie immer das Maul aufgerissen.« Jones fuhr sich mit einer Hand durch sein nasses Haar.

»Hat er Sie in Richtung Wasserfall geschubst?«, wollte Jenna wissen. Sie beugte sich zu ihm. »Für mich sah es ganz danach aus. Kommen Sie morgen früh in unsere Dienststelle, dann nehmen wir die Anzeige wegen Körperverletzung auf.«

»Ich bin nicht sicher, ob er mich geschubst hat, aber ich werde auf keinen Fall Anzeige gegen Lyons erstatten.« Jones hustete ein paarmal. »Können wir ein andermal weiterreden? Ich bin fast ertrunken und habe Kopfschmerzen.«

»Okay.« Jenna nickte. »Aber wir möchten Ihnen helfen, dafür sind wir da. Falls er Sie bedroht, müssen wir das wissen.«

»Sie wissen wohl nicht sehr gut über Lyons Bescheid, oder?

Der bedroht jeden.« Jones reichte dem Waldaufseher seinen Becher. »Ich muss mich aufwärmen, Ma'am, und der Waldaufseher hat angeboten, mich den Berg hinunter zu den Sanitätern zu bringen. Von hier an komme ich schon alleine klar, wenn das in Ordnung ist?«

»Kein Problem.« Jenna wandte sich an den Waldaufseher. »Danke für Ihre Hilfe.«

»Ich mache nur meinen Job.« Der Waldaufseher bestieg sein Pferd, half vom Sattel aus Jones, hinter ihm aufzusteigen, und dann ritten sie davon.

Kane starrte Jenna an. »Scheint so, als hätte jeder Angst vor Lyons.« Er warf ihr einen intensiven Blick zu. »Er hat sogar dich bedroht und ist damit durchgekommen.«

»Nein, hat er nicht.« Jenna hob den Kopf. Ihre Augen blitzten schelmisch. »Er hat mich am Arm gepackt, und ich habe meine Waffe gezogen und ihm in den Schritt gezielt. Er hat ziemlich schnell begriffen, dass ich keine Frau bin, die sich leicht einschüchtern lässt.«

Das Tageslicht schwand, die Schatten auf der Lichtung wurden länger, und es war schon ziemlich kalt geworden. Auf der Fahrt den Berg hinunter würden sie ganz schön frieren. »Okay. Wollen wir los?«

»Ja.« Jenna stand auf. Sie hatte sich komplett in seine Jacke eingewickelt. »Die könnte ich als Wintermantel tragen«, sagte sie und grinste ihn an.

Kane verstaute ihre nasse Jacke und bestieg das Geländemotorrad. Als Jenna hinter ihm aufstieg und die Arme um seine Taille schlang, wandte er den Kopf, um mit ihr zu sprechen. »Ich glaube, wir sind beinahe Zeugen eines Mordversuchs geworden. Wäre Jones nicht so durchtrainiert, hätte er die Stromschnellen kaum überlebt.«

»Stimmt.« Jenna stützte ihr Kinn auf seine Schulter. »Wir müssen Lyons genau im Auge behalten. Er entwickelt sich langsam, aber sicher zu unserem Hauptverdächtigen. Er ist so arrogant und skrupellos, ich schätze, er hätte keine Bedenken gehabt, Chrissie in ihr Zimmer zu folgen und sie zu töten. Oder seinen besten Freund zu ermorden.«

NEUNZEHN

Um knapp einundzwanzig Uhr dreißig kam Pete Devon aus der Umkleidekabine und betrat die Halle mit dem Fünfzig-Meter-Becken. Er hatte sein reguläres Schwimmtraining verschoben, um Brook nicht über den Weg zu laufen, dem Mädchen, von dem Seth gemeint hatte, sie wäre die perfekte Kandidatin für die nächste Party. Er blieb einen Moment stehen und atmete den wohlbekannten Chlorgeruch ein, dann fiel sein Blick auf jemanden, der auf der Bahn schwamm, die er sonst immer nahm. Das College hatte die Hälfte des Beckens für jene Studierenden abgeteilt, die nicht nur herumplanschen, sondern Bahnen ziehen wollten, und er benutzte am liebsten die mittlere Bahn. Verärgert stand er da und sah dem anderen beim Schwimmen zu. Immerhin, seine Technik war nicht schlecht. Er glitt mit ganz gleichmäßigen Bewegungen durch das Wasser, seine Wenden waren schnell. Wahrscheinlich gehörte der Typ dem Schwimmteam an, da hatte er natürlich Vorrang vor einem verletzten Footballer.

Pete sprang hinein und zählte im Kopf die Bahnen mit. Das Schwimmen war so mechanisch für ihn geworden, dass er dabei in aller Ruhe nachdenken konnte. Er litt schon fast unter

Verfolgungswahn, seit er erfahren hatte, dass die Kleine – wie hatte sie noch gleich geheißen? Ach ja, Chrissie – gestorben war, nachdem sie freiwillig mit dem halben Team Sex gehabt hatte. Gut, sie war offensichtlich ein bisschen betrunken gewesen, aber hey, sie hatte sich wahrscheinlich Mut antrinken müssen. Seth hatte beteuert, dass sie mehr als willig gewesen war, und sie hatten ihr ja nicht groß wehgetan oder so. Seth hatte sogar dafür gesorgt, dass sie nach Hause gefahren wurde, und als Pete und Alex sie zurück zu ihrem Wohnheim gebracht haben, ging es ihr völlig in Ordnung. Jetzt wurden plötzlich alle von der Polizei befragt – glaubten die wirklich, dass jemand Chrissie ermordet hatte?

Er streckte die Arme aus, um die Wand zu berühren, aber seine Finger trafen auf festes Fleisch. Er konnte nicht mehr anhalten und kollidierte mit jemandem. Er trat Wasser und grinste. »Oh, hey, tut mir leid, Mann. Ich wusste gar nicht, dass du hierherkommst.« Er wich auf die Bahn nebenan aus.

»Es gibt vieles, was du nicht über mich weißt.« Sein Kumpel grinste ihn an. »Sag mal, hast du schon mal Hai gespielt?«

Die Art und Weise, wie der andere ihn ansah, beunruhigte ihn. Sein Mund lächelte, aber seine Augen nicht; sie waren kalt, ohne jegliche Emotion. *Was habe ich dir denn getan?* Er räusperte sich. »Nö, kann ich nicht behaupten. Klingt wie ein Schwimmspiel für Kinder.«

»Könnte man so sagen, aber es ist eher ein Wettschwimmen. Was glaubst du, wie schnell du schwimmen kannst, wenn ein Hai hinter dir her ist?« Immer noch dieses Lächeln.

Pete zuckte mit den Schultern. »Ziemlich schnell, schätze ich mal.« Er schwamm weiterhin auf der Stelle. Sein Freund winkte ihn mit einer arroganten Geste fort. »Na los, ich gebe dir einen Vorsprung und versuche, dich zu fangen. Ich bin der Hai. Oder hast du Angst?«

Pete zuckte mit den Schultern. »Klingt ein bisschen

kindisch. Okay, wenn ich dein beklopptes Spiel mitspiele – was passiert, wenn du mich erwischst?«

»Dann bringe ich dich um.« Ein düsteres Glucksen kam tief aus seiner Brust. »Also los, in fünf Sekunden. Vier, drei ...«

ZWANZIG

MITTWOCH

Es war kurz nach sieben Uhr morgens, als auf Jennas Handy der 911-Klingelton ertönte. Sie hatte sich gerade in Kanes Hütte zum Frühstück hingesetzt. Ob die Cowboys, die in die Stadt kamen, jetzt schon Ärger machten? Sie verschlang schnell einen Bissen von ihrem Rührei und nahm dann widerwillig den Anruf entgegen. Das Smartphone stellte sie auf Lautsprecher, damit Kane zuhören konnte. »Sheriff Alton.«

»Hier ist Bob Jamison. Ich bin Sanitäter im Black Rock Falls General. Die Reinigungskraft vom College hat uns angerufen, weil im Schwimmbad ein Toter im Wasser trieb.« Er hielt einen Moment inne. »Hier sind Blut an der Leiter und Verletzungen im Gesicht des Opfers. Wir haben die Leiche auf der anderen Seite aus dem Wasser geholt, auf eine Trage gelegt und den Bereich abgesperrt. Ich dachte mir, Sie wollen vielleicht zunächst einmal einen Blick auf alles werfen, falls Verdacht auf Fremdeinwirkung besteht.«

Jenna tauschte einen Blick mit Kane aus. »Ja, wir schicken den Rechtsmediziner hin. Können Sie warten, bis er eintrifft, und der Reinigungskraft sagen, dass wir ihre Aussage benötigen?«

»Geht klar, aber sie ist ziemlich durch den Wind. Sie sitzt bei uns im Wagen. Jemand von der Security ist vorbeigekommen, und er hat den Toten wiedererkannt, konnte ihn aber nicht eindeutig identifizieren – er kennt den Namen des jungen Mannes nicht, meinte aber, dass er einer der Footballer war und hier fast jeden Abend zur gleichen Zeit schwimmen ging.«

»Danke. Bitten Sie den Wachmann, vor Ort zu bleiben.« Jenna trennte die Verbindung. Von ihrer Ranch bis zum College würden sie eine halbe Stunde brauchen, aber Wolfe konnte schon in zehn Minuten dort sein. »Rowley ist ganz in der Nähe. Ich schicke ihn los, um die Stellung zu halten, bis Wolfe eintrifft.«

»Nichts da! Du isst erst mal auf.« Kane nahm sein Handy, tätigte die Anrufe und trennte dann die Verbindung.

Jenna nieste und sah ihn an. »Danke.«

»Hast du dich in dem eisigen Wasser erkältet?«, fragte Kane und sah sie besorgt an.

Jenna aß ihre Eier. Am Abend hatten sie gar nicht mehr darüber gesprochen, wie sie Jones das Leben gerettet hatten. Sie war sofort in die heiße Wanne gegangen und danach früh ins Bett. »Die Stromschnellen waren heftiger, als ich gedacht hatte.«

»Die engen Biegungen haben ihn etwas abgebremst, aber ohne die Enduro wären wir niemals rechtzeitig dort gewesen.« Kane runzelte die Stirn. »Das ist gerade noch gut gegangen.«

Jenna griff nach ihrem Kaffee. »Bist du sehr nass geworden?«

»Oberhalb der Taille überhaupt nicht. Dafür du umso mehr, oder?«

»Ja, die meisten meiner Sachen sind hin, aber wenigstens hat mein Handy überlebt.« Sie trank ihren Kaffee aus und stand auf, um den Tisch abzuräumen. »Ich habe eine Schublade mit allem, was ich im Büro brauche. Gottlob habe ich weder mein Schlüsselbund noch mein Portemonnaie noch mein Handy verloren.« Sie spülte die Teller vor und räumte sie in die Spülmaschine. »Ich habe auch einen Ersatz-Dienstausweis im Büro. Meiner ist durchnässt.« Sie seufzte. »Mein Notizbuch ist ebenfalls hinüber, aber ich habe noch eines. Zum Glück sind die Akten auf dem neuesten Stand.« Sie sah ihn an. »Ich nehme an, du brauchst auch für einiges Ersatz?«

»Nein, alles gut. Mein Notizbuch ist auch nass geworden«, erzählte Kane und lächelte sie an. »Aber ich habe mir neulich einen digitalen Stift besorgt, mit dem ich auf dem Bildschirm meines Smartphones schreiben kann. Das Programm wandelt meine Notizen dann in eine Textdatei um. Das wollte ich schon lange ausprobieren.«

»Den hast du bestimmt von Wolfe, oder?« Wolfe hatte immer die besten Gadgets. »Wenn man die Dateien nicht mehr manuell aktualisieren muss, kann das viel Zeit sparen. Ich werde ihn bitten, mir auch so einen zu besorgen.«

»Lass, den bestelle ich dir im Internet.«

Jenna lächelte ihn an. »Danke.«

»Hör mal, Jenna.« Kane lehnte sich an den Tresen und sah sie mit besorgter Miene an. »Innerhalb von knapp drei Tagen sind drei College-Kids gestorben, und da soll man glauben, dass es sich um einen Unfall handelt? Die Umstände von Jacobs' Tod sind mehr als verdächtig, und wenn das neue Opfer ebenfalls im Footballteam war, muss es einen Zusammenhang geben.«

Jenna sah das genauso. Sie schaltete den Geschirrspüler ein, richtete sich auf und sah ihn an. »Ja, wenn er auch im Team war, stimmt da etwas ganz und gar nicht.« Sie strich sich die Ponyfransen aus der Stirn. »Ich bin abfahrbereit. Lass uns zuerst zum College fahren. Hoffen wir, dass nicht schon wieder ein Serienmörder in Black Rock Falls sein Unwesen treibt.«

Es war ein magischer Tag. Der Sommer wich langsam dem Herbst, und Jenna beschloss, dass dies ihre Lieblingszeit in Black Rock Falls war, auch wenn jede Jahreszeit ihre eigenen Vorzüge hatte. Kane fuhr in Richtung Stadt, und sie öffnete das Fenster und ließ den Wind in ihrem Haar spielen. Als sie in den Seitenspiegel schaute, sah sie Duke hinter sich, dessen lange Ohren im Fahrtwind flatterten; seine Lippen vibrierten, als würde er singen. In diesem Moment war sie einfach nur froh, am Leben zu sein. Sie sog die frische Morgenluft ein und genoss die Aromen der Jahreszeit. Der Geruch von Kiefern und von verbrennendem Holz vermischte sich mit dem letzten Hauch duftender Wildblumen. Sie atmete ein und genoss die duftende Luft, die ihre Lungen füllte. Dann fiel ihr das schreckliche Erlebnis vom Vorabend wieder ein, als Jones beinahe vor ihren Augen ertrunken wäre, und sie musste daran denken, was im Schwimmbad des Colleges geschehen war. Ob die Prügelei beim Wasserfall etwas damit zu tun hatte?

Die Landschaft veränderte sich dramatisch, als sie das offene Grasland hinter sich ließen und durch die Stadt und dann auf die Stanton Road fuhren. Die sanft geschwungenen grünen Weiden und grasbewachsenen Hügel wurden von einem Wald aus hohen Kiefern abgelöst, die so dicht beieinanderstanden, dass ein Bär unbemerkt in nur einem Meter Entfernung hätte lauern können. Die dunklen Stämme mit der rauen Borke säumten den Straßenrand wie Wachtposten, die hinter ihren Reihen zahllose Geheimnisse verbargen.

»Was hast du auf dem Herzen?« Kane blickte sie kurz an, bevor er seine Aufmerksamkeit wieder auf die Straße richtete.

Jenna riss sich von ihren Gedanken los. »Wenn es sich bei diesen beiden letzten Todesfällen um Mord handelt, wie groß ist dann die Wahrscheinlichkeit, dass es sich um Rachemorde für Chrissie handelt? Hattest du schon Zeit, dich mit ihrer Familie zu beschäftigen? Wäre ihr Vater fähig, jemanden zu ermorden?«

»Der Vater ist unheilbar krank – zu krank, um jemanden zu töten. Ihr Großvater ist über achtzig, den können wir ebenfalls ausschließen. Ihr sechs Jahre älterer Bruder wird irgendwo im Nahen Osten nach einem Kampfeinsatz vermisst. Nach mehreren Aussagen wären ihre Schwester und ihre Mutter physisch nicht stark genug für diese Taten, aber sie hat einen Cousin in der Stadt: Steve Lowe.« Ein Nerv in Kanes Wange zuckte. »Er ist einundzwanzig, eins dreiundachtzig groß und arbeitet im Futtermittelladen in der Stadt. Ihre Familien wohnen nur eine Straße voneinander entfernt, daher gehe ich davon aus, dass Chrissie und Steve als Kinder viel Zeit miteinander verbracht haben.«

»Hmm. Damit ist er definitiv ein möglicher Kandidat. Wir sollten uns mit ihm unterhalten.« Jenna kaute auf ihrer Unterlippe und dachte über die Umstände der einzelnen Fälle nach. »Das geht alles so schnell, dass ich noch bei keinem der Todesfälle richtig durchblicke. Wir haben keine echten Beweise gegen die Männer, von denen wir glauben, dass sie möglicherweise Chrissie vergewaltigt haben, und falls Wolfe zu dem Schluss kommt, dass Jacob ermordet wurde, haben wir in dem Fall zwei Personen von Interesse, vielleicht sogar drei, wenn wir Steve Lowe mit dazurechnen. Im Moment habe ich ein wenig das Gefühl, als hätte ich nichts unter Kontrolle. Im Gegenteil: Es ist, als würden uns diese Fälle auf eine Reise mitnehmen, von der keiner weiß, wohin sie führt.«

»Dann lass uns einen Schritt nach dem anderen tun. Ich kann mich wirklich nicht erinnern, dass einer unserer Fälle je einfach gewesen wäre, und am Ende haben wir doch immer alles gut überstanden.« Kane bog in die Auffahrt zum College ein. »Sobald wir den Namen des Toten aus dem Schwimmbad kennen und Wolfe herausgefunden hat, woran wir sind, wird alles einfacher.« Er lächelte sie an. »Du weißt doch, wenn du die Fälle erst einmal auf dem Whiteboard skizzierst, werden sich alle Puzzleteile fügen.« Er schmunzelte. »Wie ich dich kenne, hast du bis zum Mittag eine Liste möglicher Verdächtiger erstellt.«

Sie parkten neben Wolfes Wagen und gingen zum Freizeitzentrum. »Ich werde mit den Sanitätern und der Putzkraft sprechen«, verkündete Jenna. »Erkundige du dich doch inzwischen mal, welcher der Wachleute heute Morgen aufgeschlossen beziehungsweise letzte Nacht abgeschlossen hat. Ich würde gerne wissen, wie es sein kann, dass keiner gesehen hat, dass da eine Leiche im Pool schwamm.«

»Okay, ich überprüfe dann auch gleich die Aufnahmen der Überwachungskameras.« Kane runzelte die Stirn. »Wenn sich wieder jemand an den Kameras zu schaffen gemacht hat, haben wir wohl einen Killer auf dem Campus.« Er machte sich auf den Weg, Duke folgte ihm schwanzwedelnd dicht auf den Fersen.

Ein Schauer lief Jenna über den Rücken, und sie verdrängte das vertraute Gefühl des Grauens, das an jedem Tatort Besitz von ihr ergriff. Die Heckklappe des Krankenwagens stand offen, und darin saß eine Frau mittleren Alters, in eine Decke gewickelt. Jenna konnte weder Wolfe noch Rowley sehen, also wandte sie sich an die beiden Sanitäter, die gerade mit einem Wachmann sprachen. »Wer von Ihnen hat den Toten gemeldet?«

Ein kleiner Mann mit kurz geschorenem Haar und einem runden Gesicht hielt eine behandschuhte Hand hoch. »Ich, Sheriff. Bob Jamison.«

Jenna nickte. »Okay. Geht es der Frau, die die Leiche gefunden hat, gut genug, um eine Aussage zu machen?«

»Ja, sie ist etwas wackelig auf den Beinen, aber das sollte gehen.« Jamison nickte in Richtung des Eingangs vom Schwimmbad. »Der Rechtsmediziner ist mit dem anderen Deputy drinnen.«

Jenna zog ein Paar OP-Handschuhe aus ihrer Tasche und

zog sie an. »Ich werde mir den Leichnam ansehen und danach mit der Reinigungskraft sprechen. Wie ist ihr Name?«

»Gladys Birch.« Jamison räusperte sich. »Ich habe auch den Dekan angerufen, er ist auf dem Weg.«

»Danke.« Jenna machte sich auf den Weg zum Eingang des Schwimmbads. Vielleicht konnte ja der Dekan die Leiche identifizieren.

EINUNDZWANZIG

Kane starrte auf den Bildschirm im Büro des Wachdienstes und schüttelte ungläubig den Kopf. Genau wie in der Nacht zuvor war die Kamera vor dem Eingang des Freizeitzentrums ausgefallen, sogar fast zur selben Zeit. In der Stunde davor hatten ein Student und eine Studentin das Schwimmbad betreten. Diesmal hatte sich die Kamera um 22:35 Uhr wieder eingeschaltet. Sie zeigte einen Wachmann, der um 23:05 Uhr das Gebäude betrat. Nur wenige Sekunden später kam er heraus, schloss die Tür ab und ging seiner Wege.

Kane richtete sich auf und musterte den Wachmann, der sicherlich schon über sechzig war und dem sein Bauch über den Gürtel hing. Links und rechts seiner Glatze hing weißgraues, fettiges Haar herab. Es waren höchstens ein paar Stunden vergangen, seit seine Schicht begonnen hatte, aber seine Kleidung sah aus, als hätte er darin geschlafen. Dicke Finger mit schmutzigen Nägeln umklammerten einen fleckigen Kaffeebecher. Kane rümpfte die Nase und fragte sich, wie dieser Mann es fertiggebracht hatte, nicht schon längst rauszufliegen. Im Büro hing ein schwerer Geruch in der Luft, wie in einer Umkleide nach einem Footballspiel, nur mit mehr Zwiebeln.

»Haben Sie das System nach dem letzten Ausfall überprüfen lassen?«

»Nee, soweit ich weiß, wurde über die üblichen Kanäle ein Antrag auf Wartung gestellt. Keine Ahnung, ob überhaupt jemand kommt und das verdammte Ding repariert.« Der Wachmann zuckte mit den Schultern. »Ich bin heute früh gar nicht in den Schwimmbereich gegangen, ich habe nur die Tür für die Reinigungskraft aufgeschlossen und bin wieder gegangen. Ein paar Studenten haben schon darauf gewartet, dass ich den Fitnessraum aufschließe.«

Kane machte sich ein paar Notizen. »Führen Sie hier ein Schichtprotokoll?«

»Ja.« Er schob Kane ein zerfleddertes Buch hinüber. »Das ist nur für unsere Rundgänge, und wir machen einen Vermerk, wenn etwas Ungewöhnliches passiert.« Der Wachmann stellte seinen Becher auf dem Schreibtisch ab und lehnte sich in seinem Sessel zurück, der unter seinem Gewicht ächzte. Er verschränkte die Arme über seinem Schmerbauch und sah ihn an. »Da steht nichts drin von wegen Störung. Schätze mal, die Jungs waren gerade auf ihrem Rundgang.«

Wie praktisch. Kane warf einen Blick auf die Einträge und machte mit seiner Handykamera ein paar Schnappschüsse von den relevanten Seiten der beiden Tage. »Ich würde gerne noch mit dem Wachmann sprechen, der gestern spätabends abgeschlossen hat.«

»Das ist Dirk Voss. Er schließt ab, und Tim Brannon kümmert sich um die Bibliothek. Um elf sind die meisten Studenten schon weg.« Der Wachmann schaute sich eine Datei auf seinem Computer an. »Ich habe hier seine Nummer. Ich werde ihn gleich mal anrufen.« Er wählte eine Festnetznummer, und nach einer kurzen Erklärung reichte er den Hörer an Kane weiter.

Kane nahm den Hörer in die Hand und nannte seinen Namen, wobei er es vermied, den warmen, fettigen Hörer mit seiner Haut in Kontakt kommen zu lassen. »Um wie viel Uhr haben Sie gestern Abend das Freizeitzentrum abgeschlossen?«

»Gegen elf.« Voss klang, als wäre er gerade aus dem Bett gefallen.

»Waren Sie drinnen, um sicherzugehen, dass sich niemand mehr im Schwimmbad befindet?«

»Quasi. Bin zum Eingang gegangen und hab gerufen, ob wer da ist, hab kurz gewartet und hab dann noch mal an der Tür zu den Umkleiden gerufen. War still wie in einer Gruft.« Voss gähnte. »Wieso? Hab ich wen eingesperrt? Die Kids haben doch alle Handys – ein Anruf, und jemand kommt und lässt sie raus.«

Kane starrte zu Boden. Er ärgerte sich über das unprofessionelle Verhalten des Mannes. »Ich möchte, dass Sie heute Morgen im Präsidium vorbeikommen und eine Aussage machen. Ihre Unfähigkeit, Ihren Job zu erledigen, könnte einen Mann das Leben gekostet haben. Die Reinigungskraft hat heute Morgen eine Leiche im Schwimmbecken gefunden, und die war die ganze Nacht dort.«

»Und Sie wollen sagen, das ist meine Schuld?«

Kane verzog das Gesicht. »Das zu entscheiden, überlasse ich meiner Chefin. Wenn Sie bis Mittag nicht aufgetaucht sind, komme ich persönlich vorbei und trete Ihnen in den Arsch.«

Er knallte den Hörer auf die Gabel und holte eine seiner Visitenkarten aus der Tasche. »Schicken Sie mir per E-Mail eine Kopie dieses Abschnitts der Aufnahme. Sie wissen hoffentlich, wie das geht?«

»Ja.« Der Wachmann nahm die Karte von Kane. »Mach ich sofort.«

Kane nickte. »Danke, ich werde die Aufnahme Sheriff Alton zeigen.« Er ging zur Tür hinaus und war froh, wieder frische Luft zu atmen. »Komm schon, Duke. Lass uns nachsehen, wer dieses Mal gestorben ist.«

ZWEIUNDZWANZIG

Wolfes Untersuchung war in vollem Gange, als Jenna am Beckenrand entlangging. Der Bereich rund um die Beckenleiter war mit Markierungen übersät, und auf der einen Seite lag der unbedeckte, bleiche Körper eines jungen Mannes auf einer Bahre. Wolfe war in ein Gespräch mit Rowley vertieft, beide sahen auf, als sie sich näherte.

»Was haben wir?«, fragte sie.

»Auf den ersten Blick ein Unfall.« Wolfe führte sie zu der Leiche. »Er ist abgerutscht, als er die Leiter hochgeklettert ist, ist mit der Nase auf der obersten Sprosse aufgeschlagen, ins Wasser gefallen und ertrunken.«

Das Chlor im Wasser konnte den furchtbaren Geruch des Todes nicht überdecken; ranzig roch es noch nicht, aber ein Anflug von Verwesung lag bereits in der Luft. Das Gesicht des jungen Mannes war völlig dahin, die zertrümmerte Nase fast platt, die Spitze nach oben gedrückt. Seine Haut war blass und von der langen Zeit, die er im Wasser gelegen hatte, ganz runzlig. Seine Augen, die ins Leere starrten, waren trüb wie bei einem toten Fisch.

Sie runzelte die Stirn. »Und auf den zweiten Blick?«

»Jeder Todesfall ist ein potenzieller Mord, solange nicht das Gegenteil bewiesen ist. Wissen Sie, was er in der Zeit vor seinem Tod getan hat?« Wolfe sah sie erwartungsvoll an.

Jenna wandte den Blick von der Leiche ab. »Falls er wirklich im Footballteam war, dann ja. Sie waren alle am Wochenende in einem Trainingslager oder so. Sie trainieren jeden Morgen, und wenn er mit in Lyons' Haus gewohnt hat, ist es gut möglich, dass er an der Vergewaltigung von Chrissie Lowe beteiligt war. Warum?«

»Sehen Sie hier an seinen beiden Fußknöcheln diese winzigen, halbmondförmigen Einkerbungen?« Wolfe zog ein Vergrößerungsglas aus seiner Tasche und reichte es ihr. »Ich bin mir nicht hundertprozentig sicher, aber ich denke, es könnten Spuren von Fingernägeln sein. Klar, das kann auch beim Sex entstanden sein, ich habe schon schlimmere Verletzungen gesehen. Aber es könnte auch jemand seine Füße gepackt haben, als er auf die Leiter gestiegen ist, und ihn nach unten gezogen haben. Er hätte den Halt verloren und wäre mit dem Gesicht auf der obersten Sprosse aufgeschlagen.« Er räusperte sich. »Ich muss alle Aspekte abwägen, bevor ich eine Entscheidung treffe, Jenna.«

»Dafür hätte derjenige ganz schön kräftig sein müssen«, meldete sich Rowley. Er starrte in das Schwimmbecken, als wöge er die Fakten ab. »Denn dann wäre er noch im Becken gewesen. Und unter Wasser Kraft auszuüben, ist ziemlich schwer.«

Jenna nickte. Sie freute sich darüber, dass Rowley seine eigenen Schlussfolgerungen anstellte und damit nicht hinter dem Berg hielt. »Das klingt nachvollziehbar.« Sie wandte sich an Wolfe. »Also noch ein wahrscheinlicher Mord?«

»Tja ...« Wolfe runzelte die Stirn. »Sobald ich die Obduktion durchgeführt habe, teile ich Ihnen meine Entscheidung mit.«

»Haben wir schon einen Todeszeitpunkt?« Jenna zog ihr

Notizbuch heraus und suchte ihren Stift. »Ich nehme an, er war die ganze Nacht im Wasser?«

»Ja, und die Wassertemperatur verfälscht die Messwerte, daher kann ich nicht genau feststellen, wann der Tod eingetreten ist. Aber nach den Hautveränderungen zu urteilen, würde ich sagen, vor mindestens acht Stunden.« Wolfe holte einen Leichensack aus seiner großen Tasche. »Wir laden ihn in den Wagen.« Er sah sie an. »Wir brauchen eine eindeutige Identifizierung. Haben Sie jemanden gefunden, der ihn kennt? Für die Obduktion brauche ich die Erlaubnis der nächsten Angehörigen.«

Jenna schüttelte den Kopf. »Noch nicht. Macht es Ihnen etwas aus, noch kurz zu warten, bis der Dekan hier ist? Vielleicht kennt er ihn.«

»Gerne.« Wolfe deutete mit dem Kinn in Richtung der Umkleideräume. »Während wir warten, werde ich dort noch einen Blick hineinwerfen. Ich habe nur ein Handtuch auf der Bank gefunden, also nehme ich an, dass er seine Sachen in einem der Spinde gelassen hat. Die Studierenden müssen immer einen Ausweis mit Foto bei sich tragen. Emily hat ihren gerade bekommen.«

»Ich werde mal nachschauen. Die Spinde werden hier offen gelassen. Wenn einer verschlossen ist, muss das seiner sein.« Rowley machte sich mit langen Schritten auf den Weg.

»Rufen Sie mich, wenn Sie den Spind gefunden haben, aber fassen Sie nichts an«, rief Wolfe ihm hinterher.

Jenna sah ihn an. »Webber ist heute Morgen nicht dabei?«

»Nein.« Wolfe schüttelte den Kopf. »Das fand ich zu gefährlich. Immerhin bewirbt er sich um einen Platz im Footballteam.« Wolfe hatte seine Stimme so sehr gesenkt, dass er beinahe flüsterte. »Ich dachte, je weniger er im Moment mit uns zu tun hat, desto besser. Ich habe ihm einen Brief aufgesetzt, in dem es heißt, er würde seit Studienbeginn ein Praktikum bei mir absolvieren, nur für den Fall, dass Seth Lyons ihm auf den

Zahn fühlt. Webber geht davon aus, dass Lyons in die Vergewaltigung verwickelt ist, und wird versuchen, näher an ihn heranzukommen.« Mitleid sprach aus seinem Blick. »Darum beneide ich ihn echt nicht.«

Schritte auf dem Flur erregten Jennas Aufmerksamkeit, und als sie sich umdrehte, sah sie, wie Kane und Dekan David Bent auf sie zukamen. Sie blieb stehen und wartete, bis sie bei ihr waren. Jenna betrachtete Bents gepflegtes Äußeres: In seinem dunkelbraunen Anzug mit Lederflicken an den Ellbogen sah er sehr professionell aus, aber nachdem er einen Blick auf die Leiche geworfen hatte, wirkte er geradezu fassungslos. Sie zeigte auf den Toten. »Kennen Sie diesen Mann?«

»Ah, ja. Mein Gott, was ist denn passiert?« Bent starrte auf die Leiche und wandte den Blick dann langsam wieder ihr zu. Sein Adamsapfel bewegte sich auf und ab, als ob er etwas sagen wollte, die Worte aber nicht herauskommen wollten. Sie sah ihm an, wie sehr er versuchte, sich zusammenzureißen. »Das ist Peter Devon, der war ebenfalls im Footballteam.«

Na, so ein Zufall. Jenna machte sich eine Notiz. »Ich danke Ihnen. Der Rechtsmediziner wird Ihnen mehr Einzelheiten mitteilen können«, sagte sie und deutete auf Wolfe.

»Im Moment sieht es so aus, als wäre er ausgerutscht, als er das Schwimmbecken verlassen wollte, und hätte sich den Kopf gestoßen«, erklärte Wolfe und trat an Jennas Seite. »Ich werde Ihnen mehr Informationen geben können, sobald ich meine Untersuchung abgeschlossen habe.«

Jenna warf ihm einen Blick zu. Wolfe war viel zu gewissenhaft, um sich auf eine Todesursache festzulegen, ohne absolute Beweise dafür zu haben. Sie führte Bent von der Leiche weg.

»Wir müssen seine nächsten Angehörigen benachrichtigen. Mr Wolfe braucht deren Erlaubnis, um eine Obduktion durchzuführen. Kennen Sie die Familie?«

»Er kommt aus Helena, sein Vater ist ein guter Freund von

mir.« Bent fuhr sich aufgeregt mit einer Hand durchs Haar. »Ich denke, ich sollte es ihnen sagen. Ich werde sie per Videoanruf kontaktieren.«

»Danke.« Jenna nahm eine Visitenkarte aus ihrer Tasche und reichte sie ihm. »Wir bräuchten auch die Erlaubnis, seine Sachen zu durchsuchen, einschließlich seines Autos. Mir fällt es auch nicht leicht, darum zu bitten, aber ich kann Ihnen versichern, dass es notwendig ist.«

»Warum?« Bent sah sie mit zusammengekniffenen Augen an. »Sie verschweigen mir doch nichts, Sheriff?«

Jenna schüttelte den Kopf. »Nein, ich bin im Moment auch nicht schlauer als Sie. Aber wenn wir es mit einem ungewöhnlichen Todesfall zu tun haben, ermitteln wir in alle Richtungen. Eine eingescannte Kopie reicht. Wenn Sie dafür sorgen können, dass die Eltern sie mir direkt zuschicken, können wir ihnen den Leichnam ohne unnötige Verzögerung übergeben.«

»Ich werde sehen, was ich tun kann.« Bent wandte sich ab. Im Gehen murmelte er vor sich hin.

Jenna wandte sich an Kane. »Hast du etwas aus den Sicherheitsleuten herausbekommen?« Kane erzählte ihr, was er erfahren hatte. »Die Videoüberwachung ist schon wieder ausgefallen? Ein reichlich seltsamer Zufall. Schau dir mal die Leiche an, und sag mir, was du davon hältst.«

Jenna wartete, während Kane den Tatort untersuchte und sich mit Wolfe unterhielt. Kane zog sich Handschuhe über und half Wolfe, die Leiche in den schwarzen Leichensack zu verfrachten und ihn zu verschließen.

Während Wolfe seine Forensik-Utensilien zusammenpackte und die Proben einsammelte, wandte sie sich wieder Kane zu. »Und?«

»Wolfe will wieder mal keine voreiligen Schlüsse ziehen, hm?« Kane trat an ihre Seite. »Wenn ich mir das so ansehe, würde ich sagen, jemand hat ihm den Kopf auf den Beckenrand geschlagen.« Er schüttelte den Kopf. »Wenn der Kerl nicht betrunken war oder Drogen genommen hatte, warum sollte er ausrutschen? Er hat sich mit beiden Händen am Geländer festgehalten. Wenn er ausgerutscht wäre, hätte er sich vielleicht an den Stufen das Schienbein aufgeschürft, aber er hätte garantiert nicht losgelassen. Und *wenn* er ausgerutscht wäre und losgelassen hätte, dann wäre er rückwärts ins Wasser gefallen und nicht wie ein Stein nach unten. Vor allem nicht mit so viel Wucht, dass er sich die Nase gebrochen hätte, denn das Wasser hätte ihn gebremst, höchstwahrscheinlich sogar so sehr, dass er das Geländer zu fassen bekommen hätte.«

Jenna deutete auf Rowley, der gerade aus der Umkleidekabine kam und sich ihnen näherte.

»Ich habe seinen Spind gefunden«, rief Rowley und lächelte Kane an. »Ich wette, Sie öffnen den in einer Sekunde.«

»Gut möglich.« Kane sah Jenna an. »Soll ich mir das mal ansehen?«

»Das tun wir gemeinsam.« Sie gingen zur Umkleide. »Ich habe darum gebeten, dass seine Eltern uns die schriftliche Erlaubnis geben, seine Sachen und sein Auto zu durchsuchen. Ich wüsste nicht, warum sie sich weigern sollten.«

»Falls sie sich weigern, schließen wir den Spind halt wieder ab«, sagte Kane und zuckte mit den Schultern. »Wo kein Kläger, da kein Richter.« Er sah sie an. »Falls wir belastende Beweise finden, postieren wir eine Wache oder bringen noch ein Schloss an, bis wir einen Durchsuchungsbeschluss haben. Es gibt immer einen Weg.«

Jenna schnaubte. »Ich bringe an der Tür zum Schwimmbereich ein Vorhängeschloss an. Hier kommt keiner mehr rein, bis Wolfe herausgefunden hat, was passiert ist. Im Moment ist das hier für mich ein Tatort.«

Wie Rowley vermutet hatte, brauchte Kane nur ein paar Sekunden, um das Zahlenschloss zu öffnen. Sie sah ihn erstaunt an. »Wie hast du das gemacht?«

»Nachdem Bent dir den Namen des Jungen genannt hatte, habe ich ihn kurz gegoogelt. Ich habe sein Geburtsdatum gefunden und ein paar Fotos von ihm mit dem Footballteam. Ich habe zuerst sein Geburtsdatum probiert, dann zweimal seine Trikotnummer, und damit ging es auf. Der Mensch ist ein Gewohnheitstier. Die Leute benutzen fast immer vertraute Zahlen, damit sie sie nicht vergessen. Und es ist ja nur ein Spind in der Umkleide, da macht man sich nicht allzu viele Gedanken um die Sicherheit.«

Jenna schaute in den Schrank. Sie sah eine Sporttasche, Kleidungsstücke, die an Haken hingen, und ein Paar abgenutzte Turnschuhe mit zusammengeknüllten Socken darin. Sie fand ein Schlüsselbund in seiner Hosentasche, eine Sonnenbrille lag oben auf der Sporttasche. »Schau mal, ob er sein Handy in die Tasche getan hat.«

»Interessant.« Kane hatte die Sporttasche auf der Bank abgestellt und durchsuchte jede Ritze. Er hielt ein Handy hoch und zog aus einer Innentasche mit Reißverschluss ein weiteres heraus. »Warum hat er ein zweites Handy?«

Jenna kam näher. »Kannst du da rein?«

»O ja.« Kane überprüfte die getätigten Anrufe und runzelte die Stirn. »Hiermit wurde noch nie telefoniert, aber er hat diverse Bilddateien von derselben Nummer hochgeladen, von dieser Nummer. Es ist ein Wegwerfhandy. Das hatte ich mir schon gedacht. Die kann man in jedem Walmart kaufen.« Er öffnete die Fotos und hielt seine Hand so, dass man von der Seite das Display nicht sehen konnte. Er hob den Blick und sah Jenna an. »Das beweist, dass er Gruppensex mag, aber Chrissie Lowe ist das nicht. Die Frau sieht volljährig aus.«

»Lass mich mal sehen.« Jenna sah ihn streng an. »Ich weiß, du glaubst, dass der Anblick solcher Bilder meine PTBS triggert, aber darüber bin ich hinweg, Dave. Ich habe in meiner Laufbahn viele Vergewaltigungsfälle gehabt. Von der Seitenlinie aus kann ich keine Ermittlung leiten.« Sie streckte die Hand aus. »Zeig her.«

Sie scrollte durch die Aufnahmen, angewidert vom Inhalt, und hob dann den Kopf. »Mann, die sind echt schlau. Ich kann kein einziges Gesicht auf den Aufnahmen erkennen, außer dem von der jungen Frau. Wir können nicht einmal beweisen, dass Devon daran beteiligt war. Das Handy könnte ihm jeder gegeben haben. Könnte genauso gut ein Fetisch sein.«

»Das könnte auch seine Freundin sein.« Rowley starrte auf das Display. »Sie sind erwachsen, und Gruppensex ist nicht verboten.«

Jenna sah Kane an. »Es ist ein allzu großer Zufall, dass wir hier und jetzt, wo es am College eine Gruppenvergewaltigung gab, solche Bilder finden. Wir bräuchten die Aussage der Frau auf den Fotos, aber sie zu finden, könnte ein Problem sein, meinst du nicht?«

»Wenn wir das als Beweis verwenden wollen, sollten wir versuchen, uns einen Durchsuchungsbeschluss zu besorgen.« Kane zeigte auf den Bildschirm. »Sieh dir das Zimmer auf den Bildern an. Ich nehme an, das ist das Zimmer von Lyons in seinem Haus. Ich war ja dort, und hier sieht man die gleichen Vorhänge und den gleichen Nachttisch. Wenn wir die Fotos vergrößern, lässt sich der Standort bestimmt nachweisen.« Kane rieb sich das Kinn. »Obwohl ... Selbst wenn wir diese Frau finden, bezweifle ich, dass sie mit uns kooperieren würde.«

Jenna starrte ihn ungläubig an. »Wieso? Wenn mich jemand vergewaltigen würde, würde ich alles dafür tun, dass derjenige für möglichst lange Zeit hinter Gittern landet, und das hier ist der Beweis, den es dafür braucht.«

»Die Bilder beweisen vielleicht, dass sie vergewaltigt wurde«, sagte Kane, »aber nicht, wer sie vergewaltigt hat. Es sei denn, wir finden an den Beteiligten irgendwelche hieb- und stichfesten Erkennungszeichen.« Er schüttelte den Kopf. »Diese Männer sind krank im Hirn. Mit Sex hat so etwas nichts zu tun, das ist einfach nur Gewalt. Und ich nehme an, sie benutzen solche Fotos, um ihre Opfer zu erpressen und so zum Schweigen zu bringen.«

DREIUNDZWANZIG

Die frische Morgenbrise strich Colt Webber über das Gesicht und zerzauste sein Haar, als er durch den Tunnel auf das Footballfeld lief. Die Erinnerungen an das Gebrüll der Menge und den Geruch eines Stadions voller Menschen kamen in ihm hoch. Er hatte das zuletzt an der Highschool erlebt, aber er konnte die Cheerleader noch immer deutlich vor seinem geistigen Auge sehen. Verdammt, es kam ihm vor, als wäre es gestern gewesen.

Er musste zugeben, dass er die Vorstellung, verdeckt zu ermitteln, zugleich spannend und beunruhigend fand. Er hatte Gerüchte über Lyons gehört: Seine Arroganz und sein Temperament hatten ihn schon öfter in Schwierigkeiten gebracht. Die Tatsache, dass Lyons Rückendeckung in Form einer Reihe muskelbepackter Footballer hatte, machte ihn zu einer ganz realen, beunruhigenden Bedrohung. Bisher hatte sich Webber am College rundum wohlgefühlt, er hatte sich mit großem Elan ins Studium gestürzt, neue Bekanntschaften gemacht und mit Begeisterung Shane Wolfe in der Rechtsmedizin assistiert. Wie ein Schwamm hatte er die Fülle an Informationen aufgesaugt, die sein Mentor ihm zugänglich machte. Dabei wäre sein

Karrierewechsel vom Deputy zum Assistenten des Rechtsmediziners beinahe gar nicht zustande gekommen. Als er damals nach Black Rock Falls gezogen war, hatte er sich sofort zu Wolfes ältester Tochter Emily hingezogen gefühlt, aber das war ein Fehler gewesen. Mit ihren siebzehn Jahren war Emily zu jung gewesen, um mit ihm als Mittzwanziger anzubändeln, und Wolfe hatte ihm schnell klargemacht, dass er nicht wollte, dass seine Tochter sich mit ihm einließ. Emily, die ebenso vernünftig wie schlau war, hatte sich gefügt, und sie waren als Freunde auseinandergegangen.

Um bei Lyons und seinen Kumpels einen Fuß in die Tür zu bekommen, war er beim Footballtraining vorbeigegangen und hatte den Coach angesprochen. Er hatte ihm erzählt, dass er an der Highschool Football gespielt hatte und sich für das Team bewerben wolle. Der Coach hatte ihn direkt dreißig Liegestütze machen lassen. Er hatte nur müde in sich hineingelächelt. Seit er in Black Rock Falls angekommen war, trainierte er täglich mit Jake Rowley, er war fitter als je zuvor in seinem Leben. Die letzten Liegestütze hatte er auf den Fingerknöcheln gemacht. Der Coach war entsprechend beeindruckt gewesen, und Webber hatte bemerkt, dass Seth Lyons ihn die ganze Zeit wie ein Falke beobachtet hatte. Nur fragte er sich, ob die Aufmerksamkeit des Quarterbacks etwas Positives war oder eine potenzielle Bedrohung. Nun, das würde sich schon zeigen.

Er schwenkte beim Gehen seinen Helm und holte zu den anderen Spielern auf, die sich auf den Weg zum morgendlichen Training machten. Sie absolvierten ein paar Fitnessübungen, danach standen Spielzüge auf dem Programm. Nachdem Webber einige Zeit von der Bank aus zugeschaut hatte, rief der Coach ihn zu sich. Er wollte ihn für die Position des Wide Receiver ausprobieren und ließ ihn laufen und Bälle fangen. Wenn er etwas konnte, dann einen Football fangen.

Nach unzähligen Wiederholungen nahm Webber seinen Helm ab, um sich den Schweiß aus den Augen zu wischen. Der

Coach kam mit Seth Lyons zu ihm herüber. »Da Devon uns heute Morgen nicht mit seiner Anwesenheit beehrt hat, ohne sich abzumelden, setze ich ihn auf die Bank.« Der Coach warf Lyons einen Blick zu, der jede Diskussion von vornherein abwürgte. »Lyons, das ist Colt Webber.«

Webber hatte ein komisches Gefühl. Wolfe hatte ihn vorhin angerufen und darüber informiert, dass Pete Devon tot war; offensichtlich hatte es sich noch nicht herumgesprochen. Er schüttelte die Hand, die Lyons im hinhielt, und lächelte ihn an. »Schön, dich kennenzulernen.«

»Wo hast du denn bisher gespielt?«, fragte Lyons und schaute ihn skeptisch an. »Und warum zum Teufel kommst du jetzt erst ins Team? Ich habe dich doch gesehen, du warst schon letztes Semester hier.«

Colt zuckte mit den Schultern. »Ich komme aus Boston. Letztes Semester hatte ich zu viel zu tun, um mich um Sport zu kümmern.«

»Zu viel zu tun? Was denn?« Lyons stemmte die Hände in die Hüften und neigte den Kopf, als würde er ihn abschätzen.

»Arbeiten.« Colt begegnete seinem Blick. »Ich hatte zwei Nebenjobs. Aber jetzt habe ich ein Stipendium, da habe ich mehr Freizeit.«

»Wenn ihr beide fertig seid mit eurem Geplänkel, will ich ein paar Spielzüge mit ihm ausprobieren und sehen, ob er zu uns passt«, verkündete der Coach. »Wie schnell hast du neue Spielzüge drauf?« Er reichte ihm ein Playbook.

Colt grinste. »Ziemlich schnell.«

»Gut. Wir nehmen die ersten beiden aus dem Buch.« Der Coach ging weg und ließ ihn mit Lyons zurück.

»Die sind ziemlich simpel.« Lyons ging mit ihm die Schritte durch. »Verstanden?«

Webber nickte. »Ja.«

Es dauerte gar nicht lange, da war Webber wieder voll im Spiel. Das verlernte man nicht, es war wie Fahrradfahren.

Wenn überhaupt, dann war er inzwischen noch kräftiger und schneller als auf der Highschool. Als der Coach das Training beendete und die Spieler zum Duschen schickte, dachte er, er hätte es bestimmt auch ohne Wolfes Zutun ins Team geschafft.

»Webber und Lyons!« Der Coach winkte sie zu sich und musterte Webber kritisch von Kopf bis Fuß. »Okay, ich gebe dir eine Chance, aber du musst die Spielzüge lernen.«

»Das Playbook von Alex ist bei mir im Zimmer. Das kann ich ihm geben. So sparen wir Zeit, und es ist ja nicht so, als würde Alex es noch brauchen.« Lyons blickte ihn an. »Wir sollten das zusammen pauken. Ich mag es nicht, wenn während eines Spiels etwa schiefgeht.«

»Er sollte bis zum Wochenende auf unserem Stand sein«, sagte der Coach und ging, ohne sich noch einmal umzuschauen.

»Wo wohnst du denn?«, fragte Lyons. »Auf dem Campus?«

»Nein, in der Stadt, ich habe ein Zimmer im Haus meiner Tante.« Schon machte sich die Tarngeschichte bezahlt, die Kane sich ausgedacht hatte.

»Im Haus deiner Tante?« Lyons zuckte zusammen. »Bist du ein Mönch oder was?«

Webber grinste. Er musste Lyons davon überzeugen, dass er genauso ein Drecksker war wie er selbst. »Nee, eher im Gegenteil, aber mit dem bisschen Stipendium kann mir nichts anderes leisten. Ist bloß nervig, dass ich keine Mädchen anschleppen kann, damit hat sie echt ein Problem.« Er zwinkerte. »Ist aber nicht weiter schlimm. Ich habe eine coole Karre, und in Black Rock Falls gibt es mehrere alte, verlassene Ranches, da komme ich schon auf meine Kosten.«

»Ich denke mal, wir werden gut miteinander auskommen.« Lyons klopfte ihm auf die Schulter. »Wir – also ich und ein paar von den Jungs – haben ein Haus ganz für uns. Ein großes, altes Ranchhaus draußen an der Pine Road, gleich hinter der ersten Kurve. Im Wohnheim war es uns zu nervig, ständig hat einem der Dekan bei allem reingeredet.«

Webber deutete mit dem Kinn in Richtung der Collegegebäude. »Ich glaube, der Dekan hält sich für so eine Art Gefängniswärter, so wie der mit diesen dämlichen Magnetkarten ständig überwacht, wo man gerade ist. Es gibt hier viel zu viele Regeln. Wir sind Erwachsene, keine Kinder.«

»Du scheinst echt ein cooler Typ zu sein.« Lyons grinste. »Ganz genau. Ich sehe das so: Die einzigen Vorschriften, an die ich mich halte, sind die Football-Regeln.«

»Gutes Motto.« Webber grinste. »Und: Nie den Ball fallen lassen!«

»Wir machen Donnerstagabend eine kleine Trauerfeier für Alex, komm doch vorbei.« Ein ernster Ausdruck glitt über Lyons' Gesicht. »Du hast bestimmt von Alex Jacobs' Unfall gehört? Wir wollen uns auf unsere eigene Art und Weise von ihm verabschieden.«

Bald würde sich auf dem Campus herumgesprochen haben, dass auch Pete Devon tot war, und Webber fragte sich, wie Lyons reagieren würde, wenn er es erfuhr. Er machte ein grimmiges Gesicht und nickte. »Klar, da komme ich gern.«

»Ich sorge für Entertainment und Bier.« Lyons bedachte ihn mit einem langen, nachdenklichen Blick, dann schien er eine Entscheidung getroffen zu haben. »Komm doch heute Abend mal rum. Dann gehen wir die Spielzüge durch, und du kannst das Playbook mitnehmen.«

Webber konnte sein Glück kaum fassen. Er nickte. »Super.«

»Gegen neun wäre gut.« Lyons wandte sich zum Gehen. »Ich gehe mal duschen.«

Webber stand ein paar Sekunden lang da und sah zu, wie Lyons in Richtung Tunnel stolzierte. Die erste Etappe war besser gelaufen als erwartet, aber er musste ins Haus einziehen, und so weit war er noch lange nicht. *Was muss ich wohl tun, damit er mir voll und ganz vertraut?*

VIERUNDZWANZIG

Er ging vom Footballplatz, verwirrt von den Ereignissen des Vormittags. Er hatte Colt Webber schon vorher auf dem Campus gesehen, aber keine Ahnung gehabt, dass er Football spielte. Er musste mächtige Fürsprecher haben, dass er so schnell ins Footballteam aufgenommen wurde. *Wer ist dieser Kerl?* Er öffnete seinen Laptop und hackte sich innerhalb von Sekunden in die Studierenden-Datenbank des Colleges. Er überflog die Dateien und fand Webbers Daten. Der Typ hatte ein Stipendium, und seit einem Jahr absolvierte er nebenbei ein Praktikum in der Rechtsmedizin. Webber war ganz offenbar keiner der üblichen strunzdummen Sportler. Ein Typ wie Webber würde Fragen stellen. Sein direkter Blick und sein selbstbewusster Gang verrieten, dass ihm keiner etwas vormachte. Doch genau das konnte ihnen bei den Mädchen von Nutzen sein.

Er überlegte ein wenig hin und her, und dann schnippte er mit den Fingern. Natürlich! Wenn er in der Rechtsmedizin arbeitete, hatte Webber doch sicher Zugang zu diversen Medikamenten. Er würde ihnen bestimmt das eine oder andere zum Austesten besorgen können. Auf jeden Fall wusste jeder in der

Stadt, dass Shane Wolfe vor seiner Zeit als Rechtsmediziner Sanitäter beim Militär gewesen war, und als Deputy war er oft an Unfallorten gewesen, wo er Leute zusammengeflickt hatte, bevor die Sanitäter eintrafen. O ja, wer bei Wolfe arbeitete, hatte definitiv Zugang zu Medikamenten.

Er ging davon aus, dass Webber ins Team aufgenommen werden würde. Der Coach machte keinen Hehl daraus, wie angetan er von dem Neuen war, und er war normalerweise zu niemandem nett. Webber war eine unbekannte Größe, da würde er sich erst mal zurückhalten müssen, aber in den letzten Tagen hatte alles wie am Schnürchen geklappt. Er hatte zwei aus dem Team ausgeschaltet, ohne dass es ihn allzu viel Mühe gekostet hatte. In dem Moment, als sie hatten sterben müssen, waren sie nichts mehr als verweichlichte Muttersöhnchen gewesen.

FÜNFUNDZWANZIG

Jenna und Kane saßen im Verhörraum mit dem Wachmann Dirk Voss zusammen, um sich anzuhören, was er zu sagen hatte. Sie ließ Kane den Vortritt, immerhin hatte er bereits mit dem Mann telefoniert.

»Erzählen Sie uns, wie Sie normalerweise vorgehen, wenn Sie abends alles abschließen«, bat Kane ihn mit ausdruckslosem Gesicht. »Sagen wir mal, ab neunzehn Uhr.«

»Mal sehen … Ich bin bis halb neun im Büro, dann gehen wir beide auf Patrouille. Wir teilen uns auf und machen jeder unseren üblichen Rundgang über den Campus. Danach kommen wir wieder zurück, trinken einen Kaffee, essen etwas, und gegen elf gehen wir dann noch einmal raus, dann schließe ich das Freizeitzentrum ab. Dann kommen wir wieder hierher zurück. Wir bleiben fast die ganze Nacht hier sitzen, es sei denn, es gibt einen Alarm oder so was.«

»In beiden Nächten, in denen jemand starb, war das Büro also gegen neun, halb zehn, als die Kameras ausfielen, unbesetzt?« Kane hob seinen Blick.

»Tja, sieht so aus, jedenfalls haben wir nichts bemerkt«, sagte Voss und legte die Stirn in Falten.

»Erzählen Sie bitte im Einzelnen, was Sie tun, bevor Sie den Fitnessraum und das Schwimmbad abschließen.« Der Nerv in Kanes Wange zuckte. »Welche Vorkehrungen treffen Sie, um sicherzustellen, dass Sie niemanden einschließen?«

»Normalerweise gehe ich rein, schaue ins Schwimmbad, gehe durch die Umkleideräume und den Fitnessbereich, und dann schließe ich ab.« Voss runzelte die Stirn. »Ich bin ja kein verantwortungsloser Mensch.«

»Und was war in der Nacht, als Pete Devon starb?« Kane lehnte sich in seinem Stuhl zurück und starrte ihn mit einem Blick an, der einen Ozean hätte gefrieren lassen. »Hätten Sie Devon im Becken gefunden, hätten Sie ihn vielleicht noch wiederbeleben können. Stattdessen haben wir eine Leiche, die die ganze verdammte Nacht im Wasser gelegen hat.«

»Ich wollte schnell zurück ins Büro, meine Fernsehsendung fing an.« Voss senkte den Blick. »Es tut mir wirklich leid.«

»Erzählen Sie das seinen Eltern.« Kane sah Jenna an. »Brauchen wir sonst noch etwas von ihm?«

Jenna stand auf. »Nein, nimm seine Aussage auf und lass ihn gehen.« Sie benutzte ihre Karte, um die Tür zu öffnen, und ging zurück in ihr Büro.

Es war kurz vor fünf, als Jenna alle erforderlichen Durchsuchungsbeschlüsse erhalten hatte und obendrein die Erlaubnis von Alex Jacobs' Eltern, dessen Auto und Zimmer zu durchsuchen. Sie hatten zwar keine hinreichenden Beweise dafür gehabt, dass Pete Devon getötet worden war, aber Jenna hatte den Richter trotzdem überzeugen können: Erstens war Devon Angehöriger des Footballteams gewesen und hatte in Lyons' Haus gewohnt, weshalb er verdächtig war, etwas mit der Vergewaltigung von Chrissie Lowe zu tun zu haben, und zweitens war er unter verdächtigen Umständen zu Tode gekommen. Da seine Handyaufzeichnungen und seine persönlichen

Gegenstände wichtige Beweise enthalten konnten, gestattete der Richter ihnen, das gesamte Haus zu durchsuchen, für den Fall, dass Wolfe auf irgendwelche Spuren stoßen würde.

Mit dem Durchsuchungsbeschluss in der Hand wartete sie auf die Bestätigung, dass Rowley den Inhalt von Devons Spind in die Asservatenkammer gebracht hatte, dann machte sich mit Kane auf den Weg zu Lyons' Haus.

»Ich denke mal, es wird nicht ganz einfach sein, herauszufinden, wer Devon zuletzt lebend gesehen hat. Ich meine, bei der Anzahl von Studierenden, die sich spätabends auf dem Campus herumtreiben.« Kane manövrierte seinen SUV durch die Innenstadt und hinaus auf die Stanton Road. »Wir hätten uns die Drecksarbeit sparen können, wenn wir den Dekan gebeten hätten, über die Lautsprecher des Colleges eine Durchsage zu machen.«

Jenna drehte sich auf ihrem Sitz um und sah ihn an. »Ja, das hätte Zeit gespart, aber es könnte auch unsere Ermittlungen behindern, dann lauter Gerüchten nachgehen zu müssen. Wir haben nicht genug Leute, um jeden zu befragen, der in den beiden Nächten auf dem Campus war.« Sie sah den dunklen Wald an sich vorbeiziehen und versuchte, alle Fakten in ihrem Kopf zu sortieren. »Ich muss die drei Fälle auf dem Whiteboard skizzieren. Bei der Menge an Indizien kann man leicht wichtige Hinweise übersehen.« Sie seufzte. »Normalerweise haben wir zufällige Morde und eine Liste von Verdächtigen, aber diese Fälle sind alle miteinander verflochten. Es ist schwer, sie alle im Kopf auseinanderzuhalten, zum Beispiel wer wann mit wem wo war, denn es scheint sich ja immer um dieselbe Gruppe von Leuten zu handeln.«

»Dreh- und Angelpunkt ist auf jeden Fall das Footballteam.« Kane warf ihr einen Blick zu, dann sah er wieder auf die Straße.

»Ich denke, wir werden die Vergewaltigung von Chrissie vorerst separat untersuchen«, sagte Jenna und lehnte sich in ihrem Sitz zurück. »Vor allem müssen wir herausfinden, wo es passiert ist und wer sie vergewaltigt hat. Hoffen wir, dass wir heute Abend etwas finden, das wir verwenden können.«

»Ich erinnere mich an den Grundriss des Zimmers. Das auf dem Foto war ganz sicher Lyons Schlafzimmer.« Kane schnitt eine Grimasse. »Das Problem ist nur: Es könnte ein Fehler sein, anzunehmen, dass die Vergewaltigung das Motiv für den Mord an den zwei Spielern ist.«

»Inwiefern?«

»Das ist zu einfach.« Kane runzelte die Stirn. »Chrissie war noch ganz neu am College. Wer auf dem Campus würde für sie töten, ausgenommen vielleicht Stein?«

»Niemand.« Jenna zuckte mit den Schultern. »Phillip Stein ist unser einziger Verdächtiger. Ich denke aber, wir sollten uns trotzdem den Cousin ansehen.«

»Ja, er ist ein möglicher Täter, falls es sich um Rachemorde handelt. Aber wir dürfen Jones und alle anderen, die vielleicht mit den Spielern im Clinch liegen, nicht vergessen«, sagte Kane und bog in die Pine Road ein.

Jenna runzelte die Stirn. »Oder mit dem Coach.« Sie kaute auf ihrer Unterlippe und dachte laut nach. »Wir haben zwei wichtige Spieler, die kurz vor Saisonbeginn aus dem Team entfernt wurden. Es könnte Rache sein.«

»Und erfolgreiche Teams haben über kurz oder lang eine ganze Menge Feinde.« Kane bog in die Einfahrt zum Haus ein und fuhr die von Bäumen gesäumte Auffahrt hinunter. »Es sieht so aus, als ob wir den Coach in unsere Nachforschungen miteinbeziehen sollten, aber den mag keiner, da wird die Liste ganz schön lang.«

Jenna zeigte auf den kleinen Parkplatz. »Ah, gut, Wolfe ist schon da. Er wollte ein Kleidungsstück von Chrissie mitbringen, damit Duke daran schnüffeln kann.« Sie drehte sich um und schaute nach Duke, der in seinem Geschirr auf dem Rücksitz saß. »Ich mag diesen Hund immer mehr.«

»Das ist doch schön, ich glaube, er mag dich auch.« Kane parkte neben Wolfes Wagen und stieg aus. »Ich nehme Duke.«

Jenna kletterte aus der Fahrerkabine und ging zu Wolfe hinüber. »Ich denke mal, wir machen so viele Fotos wie möglich. Wenn wir das Zimmer ausfindig machen können, wo die Vergewaltigung stattgefunden hat, wäre das zumindest im Fall Chrissie Lowe ein Anfang.«

»Sicher. Ich will auch für den Fall Devon nach Indizien suchen. Wir brauchen seine Mediengeräte, alles, worüber er soziale Interaktionen hatte, Online-Gaming zum Beispiel. Wir müssen die beiden Todesfälle der Footballspieler aus allen Blickwinkeln betrachten. Falls ich herausfinde, dass es sich um Mord handelt, ist die Frage: Wer hatte es auf sie abgesehen?« Wolfe holte seine Ausrüstung aus dem Wagen. »Wenn es Mord war, könnte es sich um Hassdelikte handeln, und wenn das der Fall ist, müssen wir uns fragen, wer diese Jungs auf dem Campus so sehr hasste, dass er sie umgebracht hat.«

Jenna nickte. »Guter Punkt. Wir haben in Kanes Auto über die Fälle gesprochen, aber alles geht so schnell, wir sollten uns unbedingt treffen, um uns abzustimmen, damit wir alle auf demselben Stand sind. Selbst wenn Sie zu dem Schluss kommen, dass die letzten beiden Todesfälle keine Unfälle waren, versucht der Mörder doch, uns genau das glauben zu machen. Und das bringt uns schließlich zu der Frage zurück: Hat Chrissie Suizid begangen, oder wurde sie ermordet?«

»Ich neige im Moment zu Suizid, und bei den anderen Fällen bin ich noch zu keiner Entscheidung gekommen, Jenna«, sagte Wolfe. »Es könnte sich durchaus um tragische Unfälle handeln.« Er schaute sie ratlos an. »Und was haben Sie herausgefunden?«

»Falls es Mord war, haben wir eine direkte Verbindung zum Footballteam.« Jenna sah auf, als Kane mit Duke an seiner Seite zu ihnen stieß. »Vielleicht will der Mörder das Team kaputtmachen. Erst stirbt Chrissie nach einer brutalen Vergewaltigung, und angeblich war sie in der Nacht, als es passierte, auf dem Weg zum Haus von Lyons. Dass sie mit Seth Lyons zu der Party gehen wollte, war nicht gerade ein Geheimnis. Mindestens zwei Leute wussten davon: Livi und Stein.« Sie verengte ihre Augen zu Schlitzen. »Gut möglich, dass das jemand ausgenutzt hat, um Lyons zu schaden. Ich persönlich halte ihn für einen furchtbaren Widerling, aber trotzdem kann es ja sein, dass er die Wahrheit sagt, wenn er behauptet, dass sie gar nicht auf der Party aufgetaucht ist. Wenn dem so ist, versucht irgendjemand, unsere Aufmerksamkeit auf die Footballspieler zu lenken. Da wir niemanden verhaftet haben, ist der Täter einen Schritt weiter gegangen und hat zwei wichtige Spieler ausgeschaltet. Daraus schließe ich, dass jemand ein Problem mit dem gesamten Team hat. Oder mit dem Coach.«

»Ich finde es gut, dass Sie über den Tellerrand schauen, aber drei Morde würden bedeuten, dass in der Stadt wieder ein Serienmörder unterwegs ist. Ich weiß, dass wir in letzter Zeit eine ganze Reihe von Psychopathen hatten, aber deshalb von vornherein davon auszugehen, dass jeder Todesfall ein Mord ist, führt uns nicht weiter«, sagte Wolfe und rieb sich das Kinn. »Wenn dies das Werk eines Serienmörders wäre, würden wir Ähnlichkeiten in der Todesursache finden. Bis jetzt ist nichts dergleichen aufgetaucht – falls es sich überhaupt um Morde handelt.«

»Wenn, dann vermute ich einen kalten und berechnenden Täter.« Kane rieb sich das Kinn. »Ein Soziopath neigt dazu, impulsiver zu sein. Er handelt spontan, ohne an die Konsequenzen zu denken. Hier waren in beiden Fällen die Überwachungskameras ausgeschaltet. Der Mörder ist rein- und rausgegangen, ohne dass ihn jemand bemerkt hat. Für mich heißt das: keine Affekttaten mit Herzrasen und Schweißausbruch, sondern geplante Morde.« Er starrte Wolfe an. »Ich schätze, nach Devons Obduktion wissen Sie mehr?«

»Ja, ich werde gleich morgen früh die Obduktion durchführen. Ich habe bereits eine Probe vom Knochenmark für die Tests auf Kieselalgen entnommen.« Wolfe begegnete seinem Blick. »Ich kann Ihnen die Ergebnisse später mitteilen und Ihnen auch gerne erklären, welche Tests bei einem Verdacht auf Ertrinken erforderlich sind.« Er seufzte. »Mir ist auch klar, dass eine Überwachungskamera, die jeden Abend zur gleichen Zeit ausfällt, verdächtig erscheint, aber wir können dennoch nicht ausschließen, dass es sich um eine Fehlfunktion handelt oder dass sie jemand für eine Weile ausgeschaltet hat, um etwas ganz anderes zu verbergen – einer der Wachmänner zum Beispiel. Man müsste sich mal die letzten sechs Monate anschauen und feststellen, ob das früher zur gleichen Zeit schon einmal passiert ist.«

»Das geht leider nicht – die Dateien werden jede Woche überschrieben.« Kane rieb sich das Kinn. »Es ist ein uraltes System, Fehlfunktionen sind da durchaus möglich.«

Jenna hob beide Arme und ließ sie wieder fallen. »Verdammt, jedes Mal, wenn wir Beweise finden, werden sie irgendwie gelöscht.«

»Na so was! Was haben wir denn da?« Kane drehte sich einmal um die eigene Achse und sah dann Jenna an. »Siehst du die Geräte, die da in den Bäumen versteckt sind?« Er zeigte in zwei Richtungen. »Das ist ein stiller Alarm, der per WLAN ein Signal aussendet. Sie haben ein Frühwarnsystem für unerwünschte Besucher installiert, und wir haben es bereits ausgelöst.«

Er schüttelte den Kopf. »Letztes Mal sind wir von der anderen Seite gekommen, bei den Bäumen da drüben, da haben wir den Alarm nicht ausgelöst – kein Wunder, dass Lyons so überrascht war, uns zu sehen.«

Jenna zuckte mit den Schultern. »Wenn sie ohnehin wissen, dass wir hier sind, können wir es ebenso gut hinter uns bringen.« Sie wandte sich wieder an Wolfe. »Wie können Sie herauszufinden, ob jemand Devon ermordet hat oder ob er einfach ausgerutscht und ertrunken ist?«

»Dass jemand ertrunken ist, ist schwieriger zu beweisen, als dass er ermordet wurde. Klingt komisch, ist aber so.« Wolfe ging den Weg hinunter und ging auf das Haus zu, seine Stiefel klackerten auf dem Beton. Er drehte sich zu ihnen um und hob eine seiner blonden Augenbrauen. »Falls Pete Devon ermordet wurde, hat der Täter, nach meiner ersten Untersuchung zu urteilen, seine Spuren wie ein Profi verwischt.«

SECHSUNDZWANZIG

Sie gingen den von Bäumen gesäumten Weg zum Haus hinunter und blieben am Fuß der Treppe stehen. Jenna sah sich die Autos an, die in der Nähe geparkt waren. »Bestimmt führt die Straße mit dem Verbotsschild hierher. Ich nehme an, Besucher müssen von der anderen Seite kommen, damit man im Haus vorgewarnt ist, wenn jemand unangemeldet vorbeikommt.« Sie stemmte die Hände in die Hüften und sah Wolfe an. Bei der Spurensuche hatte der Rechtsmediziner immer den Vorrang. »Wie wollen Sie es angehen?«

»Einer von denen könnte der Letzte gewesen sein, der Pete Devon lebend gesehen hat. Wenn wir wüssten, wann er sich zuletzt wo aufgehalten hat, wäre das ziemlich hilfreich. Der Todeszeitpunkt ist im Moment ja nur eine fundierte Vermutung meinerseits.« Wolfe kratzte sich am Kinn, als würde er über seine nächsten Worte ganz genau nachdenken. »Da wir im Fall Chrissie Lowe keine DNA-Spuren haben, müssen wir beweisen, dass sie im Haus war. Alle Männer, die Sie befragt haben, haben behauptet, sie sei nicht auf der Party gewesen. Wenn wir mit den Proben, die ich von ihrem Mageninhalt habe, und den Spuren aus dem Auto beweisen können, dass sie doch hier war, dann haben wir etwas in der Hand. Wir haben ja bereits einen Beweis dafür, dass Jacobs etwas damit zu tun hat, da ich im Auto ein Haar von ihm gefunden habe. Wenn ich das andere Haar aus dem Auto einem der anderen Männer hier zuordnen kann, besteht eine weitere Verbindung zur Vergewaltigung. Wenn Sie sie eine Weile beschäftigen und befragen könnten, erledigen wir in der Zeit die Durchsuchung.« Er warf einen Blick auf die Eingangstür. »Ich werde Proben von allem nehmen, was für den Fall relevant sein könnte. Falls sie hier war, werden wir Spuren finden.« Wolfe reichte Kane eine Plastiktüte. »Das gehörte Chrissie Lowe. Mal sehen, ob Duke hier irgendwo ihren Geruch aufspürt.«

»Mein Gefühl sagt mir, dass Lyons lügt.« Kane nahm die Tasche. »Wenn sie hier war, wird Duke es merken.«

»Vergiss nicht, dich nach ihren Schuhen umzusehen.« Jenna ging die Treppe hinauf und klopfte an die Tür. Ein junger Mann, den sie von ihrem früheren Besuch wiedererkannte, Josh Stevens, starrte sie mit offenem Mund an. Jenna hielt ihm das richterliche Dokument vor die Nase. »Wir haben einen Durchsuchungsbeschluss für diese Räumlichkeiten.«

»Wieso?«, fragte Seth Lyons, der sofort an der Tür erschien, sich neben seinen Mitbewohner stellte und den Eingang versperrte.

Jenna drückte ihm den Durchsuchungsbeschluss an die Brust. »Der Grund steht hier drin, zur Seite jetzt!« Sie drängte sich an den beiden vorbei, ging ins Wohnzimmer und musterte die jungen Männer, die dort vor dem Fernseher saßen. Der Geruch war derselbe wie beim letzten Mal: Marihuana und Bier, dazu ein Hauch schaler Schweiß. »Ist sonst noch jemand im Haus?«

»Nein.« Lyons sah sich das Dokument an. »Sie werden hier eh nichts finden. Ich habe Ihnen bereits gesagt, Chrissie ist zur Party nicht aufgetaucht.« Er starrte Jenna an. »Ich habe es langsam satt, dass Sie mich schikanieren, Sheriff. Vielleicht sollte ich mal meinen Dad anrufen.«

Jenna hielt nicht damit hinter dem Berg, wie sehr sie diese unverhohlene Drohung ärgerte. »Von mir aus können Sie den Weihnachtsmann anrufen, jetzt lassen Sie uns erst mal durch. Ich möchte, dass alle in den Essbereich gehen. Setzen Sie sich an den Tisch, bis wir unsere Durchsuchung beendet haben.« Sie starrte Lyons an. »Wenn Sie sich weigern, fessele ich Sie alle mit Handschellen an die Stühle. Verstanden?«

Die jungen Männer schlurften zum Esstisch und warfen einander besorgte Blicke zu. Jenna nickte Kane zu. »Gib Duke die Fährte.«

»Na los, Duke.« Kane öffnete den Beweismittelbeutel und hielt ihn Duke hin. »Such!«

Der Hund steckte seine Schnauze in den Plastikbeutel und lief sofort mit der Nase am Boden und wedelndem Schwanz durch das Zimmer. Jenna beobachtete, wie er sich systematisch von der Eingangstür über den Teppich bewegte und dann zum Sofa lief. Sie behielt die Männer, die am Tisch saßen, genau im Auge; einige rutschten auf ihrem Stuhl hin und her, als hätten sie Hummeln im Hintern. Da sie keine Ahnung hatten, wonach Duke suchte, fragte sie sich, ob einer von ihnen irgendwo Drogen deponiert hatte.

Dukes Bellen riss sie aus ihren Gedanken. Der Hund saß auf dem Fußboden an einem Ende des Sofas. Sie warf Wolfe einen Blick zu. »Er hat angeschlagen, oder?«

»Rufen Sie ihn noch nicht.« Wolfe sah zu Kane hinüber. »Ich muss erst ein paar Fotos für das Protokoll machen.«

»Na klar.« Als Wolfe fertig war, rief Kane Duke zu sich, aber der lief mehrmals im Kreis und bellte wieder. »Er ist noch nicht fertig, er hat die Fährte immer noch.« Er kraulte dem Hund die Ohren. »Guter Junge.« Er ließ ihn noch einmal am Beutel schnüffeln und gab ihm wieder das Kommando: »Such!«

Während Duke weitersuchte, trat Wolfe an Jennas Seite.

»Ich sehe mir das mal an.« Er trug seinen Forensik-Koffer zum Sofa, nahm es eingehend in Augenschein und holte dann einen tragbaren Staubsauger aus dem Koffer, mit dem er die Sitzfläche absaugte. Als Nächstes nahm er das Sitzkissen hoch und saugte darunter ebenfalls. Er hielt das Sitzkissen hoch und winkte damit den Männern am Tisch zu. »Das hier konfisziere ich als Beweismittel.« Er holte eine große Plastiktüte aus seinem Koffer und steckte das Kissen hinein. »Ich muss die Flecken auf dem Stoff analysieren.«

Duke bellte noch zweimal, einmal im Flur und ein weiteres Mal auf der Treppe, nicht auf den Stufen, sondern auf halber Höhe der Treppe am Handlauf. Jenna schaute zu, wie Wolfe den Bereich untersuchte. »Ist da etwas?«

»Ja, Blut. Sieht so aus, als hätte jemand es ausgespuckt.« Wolfe machte Fotos und nahm Proben. Als er Jennas Blick begegnete, war seine Miene eiskalt. »Okay, ich bin hier unten fertig. Nehmen wir uns die Zimmer vor.« Er wandte sich an die jungen Männer. »Welches war das Zimmer von Pete Devon?«

»Oben, das erste rechts«, sagte Lyons, der unwillkürlich Haltung annahm, als Wolfe ihn ansah. »Er hat es sich mit Dylan Court geteilt.«

Nachdem Duke zum dritten Mal angeschlagen hatte, war Jenna flau im Magen geworden. Sie nickte Wolfe zu. »Nur zu. Ich behalte in der Zeit Mr Lyons und seine Freunde im Auge.« Sie legte eine Hand an ihre Waffe und musterte die düsteren Mienen der Männer am Tisch. Am liebsten hätte sie sie an Ort und Stelle ausgequetscht, um zu erfahren, was sie über die letzten Stunden in Chrissies Leben wussten, aber sie verdrängte das Bedürfnis. Es war besser, sie einzeln zu Chrissie zu befragen und jedes Wort auf Band aufzunehmen.

Sie musterte die Männer, einen nach dem anderen, und notierte sich im Geiste, wer von ihnen ihren Blick nicht erwiderte. Ihre Haut kribbelte. Zwei oder mehr dieser Kerle, die nur wenige Meter von ihr entfernt saßen, waren möglicherweise

Serienvergewaltiger, aber um das zu beweisen, brauchten sie viel mehr Beweise. Im Moment würde sie sich darauf konzentrieren müssen, ihnen Fragen zu Devon und Jacobs zu stellen.

Während Kane und Wolfe die Treppe hinaufgingen, um die Zimmer zu durchsuchen, holte sie ihr Notizbuch hervor und notierte sich die Namen aller Personen am Tisch. Sie hatte zwei potenzielle Mordfälle zu lösen, und die meisten potenziellen Verdächtigen saßen vor ihr. »Okay, ich werde Ihnen jetzt Fragen stellen, die mit dem Tod Ihrer Mitbewohner zu tun haben.« Sie sah Josh Stevens an. »Wann haben Sie Pete Devon zuletzt gesehen?«

»Gestern, etwa eine Stunde nach dem Abendessen, ist er ins Schwimmbad gegangen, um seine üblichen Bahnen zu ziehen. Das hat er seit seiner Verletzung jeden Abend gemacht.« Josh zuckte mit den Schultern. »Warum?«

Jenna machte sich eine Notiz. »Das ist reine Routine. Wir versuchen, den Todeszeitpunkt zu ermitteln.« Sie hob den Kopf. »Wer von Ihnen war sein engster Freund?«

»Ich, denke ich mal.« Dylan Court schaute sie genervt an.

Die Feindseligkeit, die ihr gegenüber an dem Esstisch herrschte, war mit Händen zu greifen. Sie räusperte sich. »Fanden Sie es nicht seltsam, dass er gestern Abend nicht nach Hause gekommen ist?«

»Nö.« Court schnaubte. »Wir kommen und gehen, wann und wie wir wollen. Mir ist scheißegal, ob einer von uns die ganze Nacht wegbleibt. Ich nahm an, er hätte eine klargemacht.« Die jungen Männer am Tisch grinsten zustimmend.

Jenna machte sich Notizen. »Hatten er oder Alex Jacobs irgendwelche Feinde? Hatte er in letzter Zeit mit jemandem Streit?«

»Sie wissen schon, dass wir alle im Footballteam sind, oder?« Lyons warf ihr einen herablassenden Blick zu. »Natürlich hatten sie Feinde. Alle Spieler von allen Teams, die wir in der letzten Saison geschlagen haben, könnten etwas gegen uns haben. Und wenn Sie Feinde hier am College meinen, das sicher auch. Manche Jungs werden ganz schön wütend, wenn man ihnen die Freundin ausspannt. Aber hey, wir geben sie danach jedes Mal zurück.«

Jenna hätte ihm am liebsten das selbstgefällige Grinsen aus dem arroganten Gesicht geprügelt. »Wonach genau, Mr Lyons?«

»Was glauben Sie denn, Sheriff?« Lyons musterte sie von oben bis unten. »Ich bin sicher, eine hübsche Lady wie Sie hat auch schon den einen oder anderen One-Night-Stand gehabt.« Er zuckte mit den Schultern. »Im Moment hat keiner von uns vor, eine feste Bindung einzugehen. Wir wollen Football spielen und Spaß haben.«

Jenna ignorierte Lyons' anzügliche Bemerkung. »Soll heißen?«

»Kommt uns auf dem Campus jemand dumm, ziehen wir nicht den Schwanz ein.« Court sah sie ein paar Sekunden ernst an. »Wenn uns irgendein Typ Ärger macht, reagieren wir entsprechend.«

»Wie bei dem Streit mit Owen Jones?«

»Genau.« Court zuckte mit den Schultern.

»Deshalb hat Sie der Dekan gebeten, aus dem Studentenwohnheim auszuziehen, oder?« Jenna sah ihn aufmerksam an. »Würden Sie mir die Namen der Leute nennen, die sich über Sie beschwert haben?«

»Nein.« Lyons runzelte die Stirn. »Wir liefern niemanden ans Messer.«

In diesem Moment kam Kane die Treppe herunter, dicht gefolgt von Wolfe. Sie hatten eine Reihe von Beweismittelbeuteln dabei. Jenna wandte sich zu Kane und hob fragend die Augenbrauen. »Sind wir hier fertig?«

»Ja.« Kane hielt einen Beweisbeutel hoch, der mit Frauenunterwäsche gefüllt war. »Die hier habe ich in Seth Lyons' Zimmer gefunden. In seinem Nachttisch.«

»Na und?« Lyons lachte auf. »Ich behalte die Höschen der Mädchen, mit denen ich schlafe – das ist ja wohl nicht verboten. Ich habe sie nicht mal gestohlen. Die haben sie mir freiwillig gegeben, für meine Sammlung.«

»Geben Sie denn jetzt zu, dass Chrissie Lowe in der Nacht, in der sie starb, hier war?« Kane trat an Jennas Seite.

»Sind Sie schwerhörig oder so was? Ich habe Ihnen doch schon gesagt, dass sie Samstagabend hier nicht aufgetaucht ist.« Lyons wies mit einer Hand rund um den Tisch. »Fragen Sie die Jungs, oder hören Sie mir einfach mal zu: Sie. War. Nicht. Hier.«

»Tja, Mr Lyons.« Wolfe lehnte sich auf den Tisch und sah ihn scharf an. »Unser Spürhund hat ihre Fährte gefunden, und wenn ich ihre DNA auf einem dieser Gegenstände finde, wissen wir, dass Sie lügen.«

Jenna unterdrückte ein Grinsen, indem sie hustete.

Doch Lyons blieb völlig ruhig. »Ach, Sheriff«, seufzte er und grinste breit. »Ich habe nie behauptet, dass ich *niemals* Sex mit ihr hatte oder dass sie noch nie hier war. Ich habe lediglich gesagt, dass sie in der Nacht, in der sie starb, nicht hier war.«

SIEBENUNDZWANZIG

Es war bereits dunkel, als Colt Webber mit seinem Pick-up die kurvenreiche Auffahrt zum Haus der Lyons hinauffuhr. Seine Scheinwerfer beleuchteten ein Schild, auf dem »Besucherparkplatz« stand, und er hielt auf dem Kies. Sein Herz klopfte, als er sich klarmachte, dass er gleich die Höhle des Löwen betreten würde. Oder *der* Löwen? Er trug keine Waffe, und wenn sich Jennas Verdacht bewahrheitete, würde er vielleicht das nächste Opfer aus dem Footballteam werden – falls Lyons herausfand, dass er eigentlich Polizist war. Ein Kribbeln lief über seine Haut, als er sich umschaute. Die Umgebung war dicht bewaldet. Es war der perfekte Ort für einen Hinterhalt.

Er nahm allen Mut zusammen und spähte durch die Bäume. Weiter hinten konnte er deutlich das Haus ausmachen. Alle Fenster waren erleuchtet, und er sah, wie sich dahinter Personen bewegten. Der gewundene Betonweg zur Veranda schien neu zu sein, aber der Parkplatz und der Weg zum Haus waren dunkel, Lampen gab es hier keine. Die Baumkronen bildeten eine Art Baldachin, durch den kein Mondschein drang, der wenigstens ein bisschen Licht hätte spenden können. Ein Schauer lief ihm über den Rücken. Er konnte sich nicht vorstellen, dass es irgendwem Spaß machte, allein durch diese gespenstische Finsternis zu gehen. Er nahm sein iPad, stieg aus dem Wagen und näherte sich dem Haus, wobei er den Gehweg mit seiner Handytaschenlampe erleuchtete.

Eine kühle Brise rauschte in den Bäumen und ließ zu seinen Füßen goldene Blätter tanzen. Der Geruch von feuchter Erde und Kiefernholz kam aus der Dunkelheit gekrochen, als wolle er ihn ersticken. Er vermisste das beruhigende Gefühl des Holsters mit der Pistole am Gürtel. Sie stärkte in vielen unangenehmen Situationen sein Selbstvertrauen, und er hatte sie nur sehr ungern in dem Fach unter seinem Sitz gelassen. Beim Gehen musterte er die Bäume, die im Schatten lauerten und seine Fantasie in Wallung brachten. Wie viele Menschen waren in Black Rock Falls auf dunklen Fußwegen schon Psychopathen in die Hände gefallen und ermordet worden? Tief in seinem Inneren wollte er nichts lieber, als umkehren und verschwinden, aber er rief sich seinen Auftrag ins Gedächtnis und ging weiter. Die Gummisohlen seiner Stiefel machten auf dem Weg kaum ein Geräusch.

Eine Eule heulte in der Nähe, dann eine weitere in einiger Entfernung. Sie sendeten Signale aus, dass ein Fremder ihr Gebiet betreten hatte. Ein lautes Knacken, als wäre jemand auf einen trockenen Zweig getreten, kam von rechts, und mit klopfendem Herzen leuchtete er in die Richtung und suchte die Bäume ab. Rote Augen blinzelten dicht über dem Boden, und dann huschte etwas Pelziges in die entgegengesetzte Richtung davon. Ein Schauer lief ihm über den Rücken. Er beschleunigte seinen Schritt und war froh, als die Veranda in Sicht kam. Er lief die Stufen hinauf und hämmerte an die Tür. Wenige Augenblicke später wurde sie geöffnet, und ein Mann musterte ihn von oben bis unten. Webber nickte ihm zu. *Dylan Court.* Er hatte sich alle Namen der Spieler im Team gemerkt. »Hi, Dylan, ich bin mit Seth verabredet.«

»Der ist in seinem Zimmer.« Court sah ihn nicht gerade

freundlich an, aber er trat immerhin zur Seite und ließ ihn herein. »Die Treppe hoch, das letzte Zimmer am Ende des Flurs.« Er zeigte durch das Wohnzimmer. »Er meinte schon, du würdest noch vorbeikommen. Hast gut gespielt heute.«

Webber nickte. »Danke.«

Es war, als wäre die Temperatur im Zimmer gesunken. Die plötzliche Stille und die kalten, misstrauischen Blicke der Männer, die auf den Sofas saßen, beunruhigten ihn. Mit einem, vielleicht zweien würde er notfalls fertigwerden, aber vier wären ein Problem. Er ignorierte den eisigen Empfang, bahnte sich seinen Weg durch die Bierdosen und Take-away-Verpackungen, die auf dem Boden herumlagen, und rannte dann die Treppe hinauf, wobei er zwei Stufen auf einmal nahm.

Das Haus roch, als müsste es gründlich gereinigt werden, und er fragte sich, wie sechs erwachsene Männer in solch einem Saustall leben konnten. Er erreichte die Tür, sie stand offen. Das Zimmer stand in krassem Gegensatz zum Rest des Hauses – hier war es blitzsauber. Lyons saß an einem Schreibtisch und arbeitete. Webber klopfte an den Türrahmen. »Hey, bist du gerade beschäftigt?«

»Ach, das kann warten.« Lyons stieß sich vom Schreibtisch ab und stand auf. »Die Spielzüge nicht.« Er schaute ihn prüfend an und runzelte die Stirn, als schätze er ihn ein. »Du bist klug. Ich habe mal ein bisschen in deinen Akten gewühlt. Ich hoffe, das macht dir nichts aus?« Er ließ sich auf das Fußende seines Bettes fallen. »Weißt du, Colt, ich kann mir nicht so richtig erklären, warum ein Nerd wie du sich für das Team bewirbt. Du scheinst nicht der Typ zu sein, der Karriere als Footballer machen will.«

Webber lächelte. »Will ich auch nicht.« Er lehnte sich gegen den Türrahmen und begegnete Lyons' misstrauischem Blick. »Meine Zukunft liegt in der Forensik, ich hoffe, dass ich eines Tages Rechtsmediziner sein werde.«

»Aber warum willst du dann ins Team?« Lyons faltete die

Hände über dem Kopf. »Zumal, was ist in der Forensik schon zu holen? Mit deinen Fähigkeiten könntest du Millionen scheffeln, wenn dich eines der großen Teams rekrutiert.«

»Ich schaffe es doch eh nicht in die NFL, dafür bin ich zu alt. Aber ich will mich fit halten, und ich hatte den Eindruck, das Team könnte mich ganz gut gebrauchen.« Webber zuckte mit den Schultern. »Forensiker ist ein Beruf, den man bis zur Rente machen kann. Beim Football wäre ich nach zwei Jahren erledigt.«

»Ich schätze, das macht Sinn, wenn man keine reiche Familie hat, auf die man zurückgreifen kann. Trotzdem wirkst du nicht wie der Typ, der gerne mit uns Sportlern herumhängt.« Lyons schaute ihn eine ganze Weile an. »Falls doch, haben wir ein kleines Initiationsritual. Damit könntest du beweisen, dass du einer von uns bist. Dass man dir vertrauen kann.«

Webber fühlte sich unwohl, aber er ließ es sich nicht anmerken und grinste. »Ach, ich habe schon ein paar solche Rituale mitgemacht. Um was geht's?«

»Nicht um *was*, um *wen*. Ein möglichst süßes und unschuldiges Mädchen.« Lyons rollte seine Schultern. »Wie die kleine Blonde, mit der ich dich habe reden sehen.« Ein langsames Lächeln breitete sich auf seinen Lippen aus. »Wir teilen hier gerne alles. Alkohol, Frauen, du weißt schon.« Sein Blick blieb auf Webbers Gesicht geheftet. »Ich muss wissen, woran wir bei dir sind. Bist du einer von uns?«

Emily! Er zwang sich, weiterzulächeln. »Auf jeden Fall.«

»Gut. Du musst es noch beweisen, aber für den Moment glaube ich dir mal.« Lyons drehte sich um und nahm ein Buch von seinem Nachttisch. »Das hier gehörte Alex. Er hatte einen Unfall im Fitnessraum und hat sich das Genick gebrochen.« Er starrte das Buch ein paar Sekunden lang an. »Wir kannten uns schon so lange, und jetzt ist er tot. Wie machst du das, bei der Arbeit ständig Leichen um dich zu haben?«

Es war offensichtlich, dass Lyons ihm noch nicht vertraute; er würde ihn erst dazu bringen müssen. Ihm fiel ein, was Wolfe ihm gesagt hatte, als er das erste Mal die Leichenhalle betreten hatte. »Ich sehe da keine Leiche. Ich sehe einen Menschen, der eine Geschichte zu erzählen hat. Und ich will herausfinden, was mit demjenigen passiert ist.«

»Ich würde immer nur die Leiche sehen.« Lyons schüttelte sich. »Dann hängst du bestimmt auch mit Sheriff Alton ab?«

Webber lachte bellend. »Abhängen? Wohl kaum. Die ist viel zu sehr beschäftigt mit ihren Ermittlungen, die schaut kaum mal in meine Richtung. Ich gehe der eher aus dem Weg.«

»Zurück zu der sexy Blondine, mit der du in der Cafeteria gesessen hast.« Lyons leckte sich über die Lippen, als koste er seine Erinnerung aus. »Wieso hängt die mit dir ab?«

Von allen Mädchen auf dem Campus hatte sich Lyons als nächstes Opfer für sich und seine Freunde ausgerechnet Emily Wolfe ausgesucht. »Emily macht ein Praktikum im Leichenschauhaus, daher kenne ich die, das ist alles.«

»Emily, hm? Meinst du, die kommt zu einer Party hierher, wenn du sie einlädst?« Lyons grinste. »Die Jungs brauchen ein bisschen Ablenkung.«

Webber suchte verzweifelt nach einer Ausrede. Er schüttelte den Kopf. »Glaube ich nicht. Die ist ein bisschen zu jung für mich, die sitzt beim Lunch nur bei mir am Tisch, um sich meine Notizen vom letzten Semester durchzulesen.« Er räusperte sich. »Ich kann für euch bestimmt eine andere finden, wenn das zur Initiation gehört.«

»Aber ich will nun einmal *die*. Ich mag es, wenn sie so süß und unschuldig sind.« Lyons lächelte knapp. »Stell mich ihr vor, dann mache ich sie klar. Aber um zu beweisen, dass du einer von uns bist, musst du mitmachen.« Er schmunzelte. »Keine Sorge, die beschweren sich nie.«

Bei Emily hast du ohnehin nicht die geringste Chance. Webber schluckte den schalen Geschmack in seinem Mund hinunter. »Ich freu mich schon.« Er streckte die Hand nach dem Buch aus. »Es ist schon spät, wollen wir mal die Spielzüge durchgehen?«

»Klar.« Lyons stand auf. »Komm mit nach unten, das machen wir in der Küche.«

Zwei Stunden später stand Webber auf und nahm sein iPad und Alex´ Playbook. »Ich muss los. Meine Tante schimpft mit mir, wenn ich zu spät nach Hause komme und sie störe.«

»Dann ist Dating für dich ja eine Katastrophe.« Lyons runzelte die Stirn. »Vielleicht solltest du mal umziehen?«

Webber schüttelte den Kopf. »Ich komme so schon kaum über die Runden. Bei meiner Tante ist der Kühlschrank voll, und ich muss mich nur an den Nebenkosten beteiligen.«

»Ach ja, du hast ja nur ein Stipendium, das hatte ich vergessen.« Lyons stand auf. »Okay, dann sehen wir uns morgen früh beim Training.« Er ging voran zur Haustür.

Webber folgte ihm und winkte den Jungs im Wohnzimmer zu, aber keiner von ihnen wandte den Blick von dem riesigen Fernseher ab. »Nacht«, sagte er zu Lyons gewandt.

»Stell mich morgen mal der Blonden vor«, erwiderte Lyons und grinste.

Nur über meine Leiche. »Geht klar.« Er stieg die Treppe hinab, zückte sein Handy, schaltete die Taschenlampenfunktion ein und ging schnell den dunklen Weg in Richtung Parkplatz. Die Temperatur war in den letzten Stunden erheblich gesunken, und ein kühler Wind wehte, der direkt von den Bergen kam. Auch wenn es noch August war, erinnerten einen die nächtlichen Temperaturen daran, dass der Herbst vor der Tür stand. Als er um die erste Kurve ging, hörte er ein Knirschen hinter sich und blieb stehen. Mit dem Handylicht suchte er hinter sich den Weg ab, fand aber nichts. Seine Nackenhaare stellten sich auf, als ihn das Gefühl beschlich, dass ihn jemand beobachtete. Er ging weiter. Da war das Geräusch schon wieder, wie Schritte auf dem Fußweg, das Scharren eines Schuhs auf dem rauen Beton.

Er fragte sich kurz, ob Lyons einen Streich organisiert hatte, um ihn zu erschrecken. Lyons konnte nicht wissen, dass er mehrere Kampfsportarten trainierte und sich bis zu einem gewissen Grad ganz gut verteidigen konnte. Andererseits bot ihm der schmale, von Bäumen gesäumte Weg nicht viel Bewegungsspielraum, und er hielt ein iPad in der einen und ein Smartphone in der anderen Hand. Wenn hinter der nächsten Biegung jemand auf ihn wartete, wäre es ein Leichtes, ihn zu überrumpeln.

Sein Licht bildete vor ihm einen Tunnel. Beim Gehen schob er sich das iPad unter den Arm, nahm das Smartphone in die linke Hand und zog mit der rechten seinen Autoschlüssel aus der Hosentasche. Er eilte weiter, leuchtete den Weg in alle Richtungen ab und lauschte, aber alles, was er hören konnte, waren sein eigenes Atmen und das Pochen seines Herzens in den Ohren. Als sich der gewundene Fußweg zum Parkplatz hin öffnete, seufzte er erleichtert auf. Plötzlich durchbrach ein Summen die Stille. Er sah auf und erblickte das größte Insekt, das er je in seinem Leben gesehen hatte. Er starrte hinterher, aber was es auch gewesen sein mochte, es war schon in der Finsternis verschwunden.

Webber drückte auf den Autoschlüssel, stieg in seinen Wagen und verriegelte die Türen. Der kurze Gang vom Haus zum Auto hatte ihn mehr mitgenommen, als er sich eingestehen wollte. Er lehnte sich in seinem Sitz zurück und war froh, als der Motor ansprang und Musik aus dem Radio erklang. Er kam sich töricht vor, dass er seiner Fantasie so sehr freien Lauf gelassen hatte, und starrte in die Dunkelheit. Hatte ihm der Wind einen Streich gespielt, oder hatte da tatsächlich jemand im Schatten gelauert und ihn beobachtet?

ACHTUNDZWANZIG

Es hatte Kane einiges an Überredungskunst gekostet, Jenna dazu zu bewegen, noch einmal das Haus zu verlassen und mit ihm im Cattleman's Hotel in der Stadt zu Abend zu essen. Als sie zu ihrer Ranch zurückgekehrt waren, waren sie zu erschöpft gewesen, um noch selbst zu kochen. Er genoss ihre Gesellschaft und mochte es nicht, allein essen zu gehen.

Mittwochabends war normalerweise nicht viel los, aber jetzt, da gerade das Festival in Black Rock Falls stattfand, hatte Kane Glück gehabt, für den späten Abend überhaupt noch einen Tisch zu ergattern. Ein besonders guter Tisch war es nicht, aber immerhin mussten sie nicht direkt neben der Küche sitzen. Nachdem er bestellt hatte, betrachtete er die Frau, die vor ihm saß. Sie hatte ein wenig Make-up aufgetragen, und die dünnen Striche Eyeliner ließen ihre Augen in dem von glänzendem schwarzem Haar umrahmten Gesicht riesig erscheinen. Als sie den Mund öffnete, unterbrach er sie, bevor sie etwas sagen konnte: »Kein Wort über den Job, bitte.« Er lächelte und reichte ihr die Speisekarte. »Wir brauchen mal eine Stunde Abstand von Mord und Chaos.«

»Mein Kopf ist voll mit Theorien und möglichen Verdächtigen. Es ist so viel einfacher für Wolfe, wenn Menschen erschossen oder erstochen werden. Bis jetzt haben wir einen potenziellen Suizid und zwei potenzielle Morde. Ich kann mich nur schwer auf etwas anderes konzentrieren.« Jenna musterte ihn langsam. »Aber ich muss zugeben, du in deinem Anzug und mit ordentlich gekämmtem Haar – das kann einen schon ablenken.« Ihre Augen funkelten amüsiert. »Ich warte die ganze Zeit darauf, dass du deinen FBI-Ausweis zückst.«

Kane lachte. Es war so schön, endlich einmal wieder Jennas humorvolle Seite zu erleben. »Das sollte eigentlich ein elegant-kultivierter Look werden.« Er hielt inne, als der Kellner mit dem Rotwein kam und ihn probieren ließ. Er nippte und nickte dann zustimmend. Er schaute wieder Jenna an. »Hat nicht wirklich geklappt, was?«

»Glaub mir, in Jeans und Cowboyhut siehst du einfach am besten aus.« Jenna nippte an ihrem Wein und stöhnte. »Oh, der ist aber gut.«

Kane hob die Flasche hoch und zeigte ihr das Etikett. »Der stammt aus Central Otago, Neuseeland. Das ist ein kleines Anbaugebiet auf der Südinsel. Meiner Meinung nach produzieren sie dort einen der besten Pinot Noirs der Welt.« Er begegnete ihrem Blick. »Er passt sehr gut zu einem schönen großen Steak mit allem Drum und Dran.«

»Das glaube ich gern, aber da du fährst, wirst du ja wohl höchstens ein Glas trinken, oder?« Jenna grinste ihn verschmitzt an. »Das heißt, der Rest der Flasche ist für mich.«

Kane schüttelte den Kopf und seufzte theatralisch. »Und da sagt man immer: die Polizei, dein Freund und Helfer.«

Sie hatten gerade ihren Hauptgang beendet und warteten auf den Nachtisch, als Kanes Handy klingelte. Er runzelte die Stirn und schaute auf die Uhr. »Wenn man mal eine Stunde lang seine Ruhe haben will ...«

»Jemand, den wir kennen?« Jenna lehnte sich in ihrem Stuhl zurück, als der Kellner kam und ein Stück Schwarzwälder Kirschtorte vor sie hinstellte.

Kane nickte. »Ja, Webber.« Er nahm den Anruf entgegen. »Probleme?«

»Nein, ich wollte mich nur melden.« Webber klang ein wenig besorgt. »Ich habe es ins Team geschafft, und abends bin ich noch zu Seth Lyons, der hatte mich in das Haus an der Pine Road eingeladen, um die Spielzüge durchzugehen. Die anderen Jungs haben mich behandelt, als wäre ich ein Aussätziger, aber bedroht hat mich niemand. Ich habe ihm erzählt, dass ich bei Wolfe ein Praktikum mache, damit er nicht misstrauisch wird, falls mich jemand mit ihm gesehen hat. Und er wollte wissen, ob ich Jenna kenne. Ach ja, noch was: Beim Haus hatte ich auf dem Weg vom und zum Parkplatz das seltsame Gefühl, dass mich jemand beobachtet.«

Kane runzelte die Stirn und erinnerte sich an die alternative Zufahrt, die sie gesehen hatten. »Wenn Sie das nächste Mal dahin fahren, nehmen Sie die Straße mit dem Verbotsschild, die führt direkt zum Haus.« Er sah Jenna an. »Der Pfad durch die Bäume ist mit einem stillen Alarm versehen. Die mögen offensichtlich keine unerwarteten Besuche. Hat Lyons irgendetwas durchblicken lassen?«

»Er hält sich bedeckt, aber er hat mich für morgen Abend zu einer Party eingeladen, einer Art Trauerfeier für Jacobs und Devon, wie es scheint.« Webber räusperte sich. »Ich bemühe mich darum, dass sie mich bei sich einziehen lassen. Sie haben im Moment zwei freie Zimmer. Aber das wird seinen Preis haben.«

Kane lehnte sich in seinem Stuhl zurück und seufzte. Alles hatte nun mal seinen Preis. »Inwiefern?«

»Lyons hat mir deutlich zu verstehen gegeben, dass ich mich erst bewähren muss, mit einem Initiationsritual. Sie wollen, dass ich bei einer ihrer Partys mitmache, und ich soll eine Frau für Gruppensex beschaffen. Dass er sie vergewaltigen will, hat er allerdings nicht gesagt.« Webber fluchte leise. »Ich wünschte, ich hätte eine Wanze an mir gehabt.«

»Vielleicht finden wir eine Kollegin aus der Gegend, die bereit ist, verdeckt zu ermitteln.«

Jenna warf einen Blick auf Kane. »Wie viel Zeit haben wir?«

»Gar keine. Lyons hat eine ganz bestimmte Frau im Visier. Ich weiß, dass es ein Psychospielchen ist – er will feststellen, ob ich ihnen eine Bekannte ausliefere, um in den inneren Kreis aufgenommen zu werden.«

Kane blinzelte. Er ahnte, worauf das hinauslief, und sein Magen krampfte sich zusammen. »Er meint doch nicht etwa Jenna, oder?«

»Nein. Lyons will, dass ich ihm Emily vorstelle.«

NEUNUNDZWANZIG

DONNERSTAG

Der Gedanke, dass sie mit Wolfe über die Sache mit Emily sprechen musste, lastete schwer auf Jenna, als sie sich auf den Weg ins Leichenschauhaus machte, wo die Obduktion von Pete Devon anstand. Als Kane ihr am Vorabend erzählt hatte, was Webber ihm am Telefon berichtet hatte, hatte sie sich sofort gefragt, wie sie es fertigbringen sollte, Wolfe beizubringen, dass eine seiner Töchter möglicherweise in Gefahr war. Seit ihrem Umzug nach Black Rock Falls waren sowohl Emily als auch Julie Wolfe beinahe Verbrechen zum Opfer gefallen. Natürlich war Wolfe in jeder Hinsicht ein absoluter Profi, aber mit Begeisterung würde er ihre Nachricht bestimmt nicht aufnehmen, da war sie sich sicher. Dass sie im Leichenschauhaus auf Webber und Emily traf, machte es nicht gerade leichter. »Ich hatte gar nicht erwartet, Sie beide heute hier zu sehen.«

»Wenn eine Autopsie ansteht, gucken wir uns die meistens an, da kann man viel lernen.« Emily lächelte Jenna an. »Ich habe gehört, Sie haben Owen Jones aus den Stromschnellen gerettet.«

Jenna sah Kane, der gerade hinter ihr den Raum betrat, tadelnd an. »Musstest du allen von deiner Heldentat erzählen?«

»Ich habe gar nichts erzählt, Jenna, aber es steht in meinem Bericht.« Kane schaute verlegen drein. »Außerdem war da eine ganze Horde Studierende. Ich bin mir sicher, die konnten es kaum erwarten, es überall herumzuerzählen.«

»Kane meinte ich doch gar nicht«, sagte Emily überrascht. Sie sah Jenna an. »Alle reden über Sie, nennen Sie Aquawoman. Es heißt, Sie wären in Stiefeln in den Fluss gesprungen und so was.«

Jenna nickte Kane zu. »Ohne Kane wären wir gar nicht mehr rechtzeitig zu Jones gelangt, dann würden wir ihn hier als Nächsten obduzieren.« Sie runzelte die Stirn und wandte sich an Wolfe. »Kann ich Sie kurz unter vier Augen sprechen?«

»Klar doch.« Wolfe führte sie in den Flur und zog seine Maske unters Kinn. »Was liegt an?«

Jenna berichtete von Seth Lyons Interesse an Emily und davon, dass er sie sich wahrscheinlich als nächstes Opfer für eine Vergewaltigung ausgesucht hatte. Sie hielt gespannt den Atem an und wartete auf seine Reaktion.

»Ich werde mit ihr reden.« In Wolfes grauen Augen flackerte kurz ein Hauch von Besorgnis auf, doch dann verschwand er wieder, und Wolfe lächelte sie an. »Danke, dass Sie mir Bescheid gesagt haben, und machen Sie sich keine Sorgen – dass sich Emily in solch eine Lage begeben würde, halte ich für höchst unwahrscheinlich. Sie ist über den Fall Lowe unterrichtet, schon deshalb wird sie sich von allen Footballern fernhalten.«

»Und Webber hat mehrere Kurse mit ihr zusammen, der wird ein Auge auf sie haben«, sagte Jenna. »Wobei ich es ratsam fände, wenn sie sich nicht mehr mit ihm sehen lässt, jetzt, wo er undercover ermittelt.«

»Ich habe ihr schon gesagt, dass sie auf Abstand zu ihm gehen soll.« Wolfe schnitt eine Grimasse. »Jedenfalls interessiert sie sich im Moment mehr für ihre älteren Kommilitonen.«

Er schüttelte betroffen den Kopf. »Sie wird bald neunzehn, da kann man sich schon mal Sorgen machen.«

Jenna drückte seinen Arm. »Allzu viele Sorgen würde ich mir ihretwegen nicht machen. Sobald ein potenzieller fester Freund Emilys Vater kennenlernt, wird er sich schon benehmen.« Sie winkte mit einer Hand in Richtung Tür. »Ich denke mal, wir sollten uns wieder an die Arbeit machen.« Sie gingen zurück zu den anderen.

»Okay, sind alle bereit?«, fragte Wolfe. Er ging zum Metalltisch und schaltete das Untersuchungslicht ein, das das Laken auf dem leblosen Körper erleuchtete. Er startete sein Diktiergerät, machte alle notwendigen Angaben für die offizielle Aufzeichnung seiner Befunde und zog dann das Laken fort. »Fangen wir an.«

Jenna atmete durch den Mund, um das verwesende Fleisch nicht riechen zu müssen. Sie war sehr gespannt, wie Pete Devon gestorben war. »Was macht es so schwierig, festzustellen, ob jemand ertrunken ist?«

»Dass jemand *ertrunken* ist, lässt sich relativ einfach feststellen, aber nicht, ob derjenige *ertränkt* wurde.« Wolfe sah sie über die Leiche hinweg an. »Wir haben Pete Devon im Schwimmbecken gefunden. Seine Haut ist aufgeweicht und faltig, und die Epidermis ist so stark geschädigt, dass er mehrere Stunden lang im Wasser gelegen haben muss.« Er deutete auf die Haut an Händen und Füßen. »Der Test auf Kieselalgen, den ich gestern an der Knochenmarkprobe aus dem Oberschenkel durchgeführt habe, hat ergeben, dass sich im Toten dieselben fünf Algenarten finden wie im Beckenwasser. Damit beweist dieser Test, dass er in dem Becken ertrunken ist, in dem wir ihn gefunden haben. Dieser Test ist exakter, als nur das Wasser aus der Lunge mit dem Wasser im Becken zu vergleichen, aber dabei gab es natürlich ebenfalls eine Übereinstimmung.«

Jenna trat näher. »Wenn alle Ergebnisse auf Ertrinken

hindeuten, warum ist die Todesursache dann so schwer zu bestimmen?«

»Emily, kannst du das erklären?« Wolfe nahm eine Haarschneidemaschine und rasierte Pete Devons einen Teil des Haars auf seinem Kopf ab.

»Wir wissen, dass er ertrunken ist.« Begeistert strahlten Emilys Augen über ihrer Gesichtsmaske. »Die Frage ist: Ist er ausgerutscht und gestürzt, oder hat ihn jemand vorsätzlich getötet? Dad zieht Letzteres in Betracht, aber wir müssen es beweisen. Er hat schon am Tatort auf die Spuren an den Fußknöcheln des Opfers hingewiesen, und die sind jetzt noch ausgeprägter.« Sie ging zum Ende der Trage und hob einen Fuß an. »Sehen Sie hier, die halbmondförmigen Abdrücke an beiden Knöcheln? Dad meinte, er hätte die am Tatort schon erwähnt.« Sie legte ihre Hand um den blassen Knöchel. »Als hätte eine Hand, die größer war als meine, so fest zugepackt, dass sich die Fingernägel ins Fleisch gegraben haben.« Sie hob auch den anderen Fuß an, damit Jenna und Kane ihn genauer betrachten konnten. »Halten Sie Ihre Hand dran, Dave, und schauen Sie mal, ob sie besser passt.«

Jenna schaute erstaunt zu, wie Kane das Bein des Toten nahm und eine behandschuhte Hand um den Knöchel legte. Seine Finger überlappten die Nagelspuren. »Also nicht so groß wie die von Kane, aber nahe dran«, stellte Jenna fest. »Dann können wir also davon ausgehen, dass es ein Mann war?«

»Mit Händen, die fast so groß sind wie meine? Definitiv ein Mann, würde ich sagen.« Kane ließ das Bein wieder auf den Tisch sinken. »Und den Nagelspuren nach zu urteilen, wurde Devon von hinten angegriffen, oder?«

»Ja, oder einer seiner Kumpels hat ihn von einer Frau heruntergezerrt.« Wolfe räusperte sich. »Falls diese Spuren im Schwimmbad entstanden sind, würde ich sagen, unser Gesuchter verfügt über beträchtliche Kraft.« Wolfe schaute Jenna an. »Man sollte meinen, dass es einfach ist, jemanden im

Wasser anzugreifen, aber denjenigen eine Leiter herunterzuziehen, die ins Wasser reicht, erfordert eine ziemliche Kraftanstrengung.« Er berührte Devons Nase. »Diese Verletzung wurde durch eine abrupte Abwärtsbewegung verursacht. Der Mörder muss sich hinter ihm im Wasser befunden haben. Er hat ihn an den Knöcheln gepackt und gezogen.« Wolfe sah zu Webber hinüber. »Wie komme ich zu dieser Schlussfolgerung, Webber?«

»Wenn jemand auf einer Leiter ausrutscht, schürft er sich in der Regel die Schienbeine auf oder fällt zurück ins Wasser.« Webber streckte die Arme aus. »Wenn man eine Leiter aus dem Wasser hochklettert und den Halt verliert, fällt man nach hinten, nicht nach vorne.«

Dass Wolfe aus der Obduktion eine Lehrveranstaltung für seine Praktikantin und seinen Praktikanten machte, störte Jenna nicht weiter. Sie war beeindruckt, wie viel die beiden schon wussten. »Also ist Devon auf die Stufen aufgeschlagen, hat das Bewusstsein verloren und ist ertrunken?«

»Das bezweifle ich. Ihm wird schwindelig geworden sein, aber der Schaden sieht nicht so schlimm aus, dass er ohnmächtig geworden wäre.« Kane beugte sich über das Gesicht des Toten. »Der Aufprall hat die Nasenknochen zwar nicht ins Gehirn gedrückt, aber es muss höllisch wehgetan haben.«

»Und genau deshalb ziehen wir nie voreilige Schlüsse und wollen immer die ganze Geschichte herausfinden. Bei dem Sturz könnte er durchaus das Bewusstsein verloren haben.« Wolfe winkte Jenna auf seine Seite der Trage. »Schon bei meiner ersten Untersuchung ist mir eine Verfärbung der Kopfhaut aufgefallen. Schauen Sie hier, da ist ein deutlicher Fleck oben auf dem Kopf. Ich werde nachher den Schädel öffnen, um das Ausmaß der Quetschungen zu bestimmen, aber zum jetzigen Zeitpunkt würde ich eine Waffe ausschließen. Der Größe der Verletzung nach zu urteilen, könnte sie von einem

Fausthieb stammen, der direkt von oben kam.« Er machte vor, wie jemand mit voller Wucht von oben mit der Faust zuschlug. »Ich habe ähnliche Verletzungen bei Soldaten gesehen, die im Kampf gefallen sind.«

»Ich habe ähnliche Verletzungen beim Football gesehen, sogar mit Helm.« Webber zuckte mit den Schultern. »Vielleicht hat er sich beim Tackling verletzt und hat es dem Coach nicht gemeldet.«

Jenna sah Kane an. »Und wenn es keine Verletzung vom Football war, mit wem haben wir es dann zu tun? Mit jemandem, der Kampfsport trainiert, im Nahkampf ausgebildet ist oder vielleicht boxt?«

»Gut möglich.« Kane nickte. »Auf jeden Fall wird ihn so ein Schlag ziemlich sicher ausgeknockt haben.«

»Und nicht nur das«, sagte Wolfe und sah Jenna an. »Nehmen wir an, Devon ist verletzt, er ist unter Wasser und desorientiert und versucht, an die Oberfläche zu kommen. Und als er auftaucht, schlägt ihm sofort jemand direkt von oben mit voller Wucht auf den Kopf. Er würde automatisch nach Luft schnappen, und sobald Wasser in die Lunge gerät, ist es vorbei mit ihm. Selbst wenn er dann noch versucht hätte, sich zu wehren, wäre seine Lunge geplatzt. Wenn Wasser in die Lunge eindringt, ist das extrem schmerzhaft. Er kann nicht atmen, sein Gehirn bekommt keinen Sauerstoff. Sein Körper verkrampft sich, und dann tritt umgehend der Tod ein.«

Jenna lehnte sich gegen einen der Tresen hinter sich. »Also Verdacht auf Mord?«

»Das kann ich erst sagen, wenn ich die Obduktion abgeschlossen habe. Ich muss ihn aufschneiden und sicherstellen, dass er beispielsweise nicht an einer ungewöhnlichen Krankheit litt, aber laut seiner Krankenakte war er, abgesehen von einer kürzlichen Verletzung beim Football, topfit.« Wolfe zuckte mit den Schultern. »Ich werde auch noch einen toxikologischen Test durchführen. Aber eines ist sicher: Falls jemand diesen jungen Mann ermordet hat, dann hat er sich alle Mühe gegeben, es wie einen Unfall aussehen zu lassen.«

Ein mulmiges Gefühl überkam Jenna bei dem Gedanken daran, dass schon wieder ein Killer in Black Rock Falls sein Unwesen trieb. War dieses einst so unauffällige, verschlafene Städtchen zu einem Magneten für Sericnmörder geworden? Sie lenkte ihren Blick von der Leiche zurück zu Wolfe. »Okay, wir fahren zurück in die Dienststelle und versuchen, ein paar Hinweise auf den Täter und sein Motiv zu finden.«

»Ich schicke Ihnen einen Bericht, wenn ich fertig bin.« Wolfe nahm ein Skalpell vom Tablett.

»Danke.« Sie hielt inne. »Haben Sie eigentlich den Ring, den wir in Jacobs' Spind gefunden haben, mit dem Abdruck an Chrissie Lowes Arm verglichen? Und was ist mit den Handabdrücken?«

»Noch nicht.« Das Skalpell in Wolfes Hand schwebte über Devons Brust. »Ich warte noch, bis sich die Hämatome deutlicher abzeichnen. Dann werde ich noch mehr Fotos machen und einen digitalen Vergleich durchführen. Aber soweit ich es mit bloßem Auge beurteilen kann, sieht es aus, als würde alles übereinstimmen.« Er runzelte die Stirn. »Man sollte vielleicht das Design überprüfen, nur für den Fall, dass es sich um einen Teamring oder so etwas handelt.«

»Ich kümmere mich darum.« Jenna verließ, so schnell es ging, das Leichenschauhaus. Kane folgte ihr. Laut Vorschrift musste ein Polizist als Zeuge bei der Obduktion dabei sein, aber Webber war ja offiziell immer noch Deputy.

»Verdammt noch mal«, sagte sie, als sie hinaus an die frische Luft traten. »Sieht so aus, als hätten wir schon wieder einen Mörder in der Stadt.« Sie warf die Hände in die Luft. »Was ist das nur mit Black Rock Falls? Wird unser Städtchen irgendwo als Tummelplatz für Serientäter beworben?«

»Beschrei das nicht.« Kane grinste sie an. »Sonst tauchen wir irgendwann noch in einem Krimi auf.«

DREISSIG

Kane setzte Jenna vor der Dienststelle ab und fuhr weiter zu Aunt Betty's Café, um das Essen abzuholen, das sie für ihr Meeting bestellt hatten. Als er zurückkam, kamen ihm vor dem Sheriff's Department Rowley und Walters entgegen. Walters ging schon hinein, aber Kane hielt Rowley, der ziemlich zerzaust aussah, zurück. »Ärger?«

»Das kann man wohl sagen.« Rowley richtete sein Hemd und fuhr sich mit einer Hand durchs Haar, dann setzte er seinen Stetson wieder auf. »Die üblichen Schlägereien, die es überall in der Stadt gibt, weil die ganzen Cowboys herkommen. Dieses Mal haben sie sich über einige Trucker von außerhalb lustig gemacht, die in der Triple Z Bar ihr Bier tranken.« Er schüttelte den Kopf. »Da herrschte ein ganz schönes Durcheinander. Wir haben vergeblich versucht, die Lage zu beruhigen. Schließlich bin ich zurück zum Streifenwagen und habe die Schrotflinten geholt. Ich bin auf den Tresen gestiegen, und der Besitzer hat das Licht aus- und angeschaltet. Als sie uns bemerkten, haben sie sich endlich beruhigt.«

Kane warf einen Blick auf Rowleys Streifenwagen. »Sie haben niemanden verhaftet?«

»Ich wollte ja herausfinden, wer zuerst zugeschlagen hat, aber – keine Chance.« Rowley verzog das Gesicht. »Niemand wollte reden, also habe ich nur die Namen notiert und die Leute verwarnt.« Er deutete mit dem Kinn auf die Tüten mit Essen in Kanes Armen. »Lagebesprechung?«

»Ganz genau«, sagte Kane und nickte. »Wolfe geht davon aus, dass es sich bei beiden toten jungen Männern um Mord handelt.« Er räusperte sich. »Übrigens, wo ich Sie gerade erwische: Jenna schmeißt eine Geburtstagsparty für Wolfes Tochter Anna. Kommen Sie auch?«

»Sehr gerne.« Rowley wurde rot. »Äh ... Ich habe eine neue Freundin, es ist noch ganz frisch. Sandy, sie arbeitet in der Collegeverwaltung. Kann ich sie mitbringen?«

Kane lächelte. »Na klar doch.« Er ging die Treppe hinauf und stieß die Glastür mit der Schulter auf.

»Gut, Sie sind alle da.« Jenna stand an ihrer Bürotür. »Wolfe und Webber sind noch mit der Obduktion von Devon beschäftigt, wir müssen also ohne sie anfangen.« Sie ging zu ihrem Whiteboard und wartete, bis alle Platz genommen hatten, bevor sie weiterredete. »Ich habe die drei Fälle schon mit Kane und Wolfe besprochen. Wir dachten erst, die Fälle hätten nichts gemeinsam, aber wie sich herausgestellt hat, stehen alle mit dem Footballteam in Verbindung. Ich werde die Informationen in Spalten nebeneinander auf das Whiteboard schreiben, sodass wir ein Gesamtbild bekommen. Vielleicht tun sich noch weitere Verbindungen auf. Dave, bringst du bitte alle auf den neuesten Stand? Ich schreibe mit.«

Kane blätterte durch die Dateien auf seinem Smartphone. »Okay, da wir zuerst dachten, es seien drei unzusammenhängende Fälle, nehmen wir uns jetzt mal einen nach dem anderen vor. Wolfe kann nach wie vor nicht ausschließen, dass Chrissie Lowe Suizid begangen hat. Sie war am Samstagabend mit dem

Quarterback Seth Lyons verabredet, sie sollte auf seine Party kommen, aber laut dessen Mitbewohnern, ist sie dort nicht aufgetaucht. Duke ist anderer Meinung und hat im Haus auf ihre Fährte angeschlagen. Wir warten auf Bestätigung, ob vor Ort gefundene Blutspuren von Chrissie stammen.« Er wartete einen Moment, bis Jenna alle Informationen an die Tafel geschrieben hatte. »Ihre Mitbewohnerin, Livi Johnson, hat uns bestätigt, dass Chrissie das Gebäude gegen neun Uhr verlassen hat und zuletzt gesehen wurde, wie sie in ein silbernes Auto stieg. Dieses Auto wurde identifiziert als das Fahrzeug von Hausmeister John Beck, der seine Autoschlüssel immer unbeaufsichtigt in seinem Büro herumliegen lässt. Wolfe hat forensische Beweise dafür, dass Chrissie in diesem Auto gesessen hat, aber Beck hat ein solides Alibi, also müssen wir annehmen, dass eine andere Person Chrissie zum und vom Haus gefahren hat und dafür Becks Wagen benutzt hat.« Er runzelte die Stirn. »Nach allem, was man hört, war Chrissie eine intelligente junge Frau, daher ist es höchst unwahrscheinlich, dass sie zu einem Fremden ins Auto gestiegen wäre, und das lässt vermuten, dass Seth Lyons oder vielleicht einer seiner Freunde in dem Auto saß.«

»Da die Footballspieler, die bei Lyons wohnen, so eine eingeschworene Gemeinschaft sind, haben wir Webber undercover am College eingeschleust«, berichtete Jenna. »Er hat sich um einen Platz im Footballteam beworben und hat ihn auch schon bekommen.« Sie drehte sich um und sah ihre Kollegen an. »Wenn Sie ihn also auf der Straße sehen, gehen Sie einfach an ihm vorbei und beachten Sie ihn nicht, er wird es verstehen. Nach seinen Gesprächen mit Lyons glaubt Webber, dass er immer wieder Mädchen, vor allem aus dem ersten Studienjahr, ins Haus lockt und unter Drogen setzt, um sie gemeinsam mit einigen seiner Freunde zu vergewaltigen.«

»Hat Wolfe irgendwelche Beweise dafür gefunden?«, fragte Rowley und verzog den Mund. »Chrissie Lowe war stundenlang unter der heißen Dusche. DNA hat man an ihrem Körper nicht mehr finden können, und ich bezweifle, dass jemand, der eine Vergewaltigung im Vorfeld plant, auf Kondome verzichtet.«

Kane nickte. »Stimmt, es wurden keine DNA-Spuren an ihr gefunden. Aber sie hat Handabdrücke an beiden Armen, und ein Bluterguss hat ziemlich deutlich die Form eines Rings. Wir haben einen Ring gefunden, der Alex Jacobs gehörte, und Wolfe wird untersuchen, ob er zu dem Abdruck passt.«

»Walters, könnten Sie bitte das Design des Rings überprüfen?« Jenna sah den älteren Deputy an. »Schauen Sie, ob es ein besonderer Ring ist und kein Schulring oder so etwas, wie jeder Zweite einen hat.«

»Geht klar. Aber sagen Sie mal, warum ist das Mädchen nicht hergekommen und hat die Vergewaltigung angezeigt?« Der alte Duke Walters kratzte sich an den weißen Bartstoppeln an seinem Kinn. »Die hat sich bestimmt nicht umgebracht. Nach allem, was ich über sie herausgefunden habe, war sie eine Einserschülerin. Das ergibt keinen Sinn, überhaupt keinen Sinn.«

»Dazu kommen wir später.« Jenna wandte sich wieder dem Whiteboard zu. »Unsere erste Vermutung war, dass es Mord war, und bis Wolfe Genaueres weiß, müssen wir das immer im Hinterkopf behalten. Sie hat keinen Abschiedsbrief hinterlassen, aber vielleicht hat sie versucht, jemanden anzurufen, bevor sie starb.« Sie runzelte die Stirn. »Wir konnten ihr Handy nicht finden, aber laut ihrem Telefonanbieter hat sie am Sonntagmorgen um halb drei eine SMS verschickt.«

»Wissen wir, an wen?« Rowley lehnte sich auf seinem Stuhl vor. »Das könnte der Schlüssel zu allem sein.«

Kane schüttelte den Kopf. »Nein, leider nicht. Als Wolfe die Nummer zurückverfolgen wollte, hat sich das Militär eingeschaltet. Ich nehme an, sie wollte jemandem erzählen, was passiert war, und die einzige Person, die wir mit ihr und dem

Militär in Verbindung bringen können, ist ihr Bruder. Wir wissen, dass er vor einigen Wochen mit der Navy zu einem Kampfeinsatz aufgebrochen ist. Sein Status ist unbekannt, was bedeutet, dass er als vermisst gilt. Die Navy hat die Familie in der Woche vor Chrissies Tod darüber informiert.« Er seufzte. »Wir haben keine Möglichkeit zu erfahren, was in der SMS stand.«

»Also wusste sie, dass ihr Bruder vermisst wird?« Walters schüttelte den Kopf. »Armes Kind. Das wird ihr ganz schön zugesetzt haben.«

»Vielleicht wollte sie sich von ihm verabschieden.« Rowley runzelte die Stirn. »Und dann hat sie das Handy zwischen der Party und ihrem Wohnheim verloren oder weggeworfen. Wer weiß, wo es gelandet ist ... Oder – was, wenn ihre Vergewaltiger die SMS verschickt haben?«

Kane verzog bei dem Gedanken das Gesicht. »Möglich ist alles, und wenn jemand ihrem Bruder ein paar ekelhafte Bilder geschickt hat, könnte sie das in den Suizid getrieben haben.«

»Eines noch«, sagte Jenna. »Selbst wenn Wolfe ihren Tod als Suizid einstuft, müssen wir Beweise finden und ihre Vergewaltiger vor Gericht bringen. Seth Lyons ist unser Hauptverdächtiger.« Ihr Gesicht sah aus wie versteinert. »Ob sie freiwillig mitgemacht hat, steht nicht in Frage. Laut Autopsiebericht hatte die junge Frau so viele K.-o.-Tropfen im Körper, dass sie stundenlang bewusstlos war. Ich will diese Männer überführen.«

Kane begegnete ihrem Blick. »Das ist doch klar.«

»Warum konzentrieren wir uns dann dermaßen auf Seth Lyons?« Rowley hob den Blick und schaute Jenna an. »Okay, er hat sie auf die Party eingeladen, aber letztlich könnte jeder der Männer auf der Party verantwortlich sein. Vielleicht war sie Teil eines ihrer Initiationsrituale, von denen Webber berichtet hat.«

»Das glaube ich nicht. Lyons hatte das Sagen. Er hat sie zu

der Party eingeladen, und hatte sogar ein direktes Motiv, sie zu vergewaltigen.« Jenna schrieb neben dem Namen von Seth Lyons das Wort »Motiv« auf das Whiteboard. »Der Typ, mit dem sie ein Date hatte, das sie wegen der Party abgesagt hat, Phil Stein, hat sich in der Cafeteria des Colleges mit Lyons geprügelt und ihn mit einem Schlag niedergestreckt. Einem Augenzeugenbericht zufolge hat er Lyons damit ziemlich gedemütigt. Es war kein Geheimnis, dass Stein und Chrissie schon mehrmals zusammen ausgegangen waren. Die Vergewaltigung von Steins Freundin wäre damit Lyons' Rache für die Demütigung in der Cafeteria gewesen. Wie wir wissen, nehmen Lyons und seine Freunde so etwas nicht auf die leichte Schulter.«

»Aber wir haben noch keine stichhaltigen Beweise, um Lyons wegen der Vergewaltigung dranzukriegen.« Kane blickte auf seine Notizen. »Wie aus den Akten hervorgeht, geben sich die Bewohner von Lyons' Haus für die Nacht der Vergewaltigung alle gegenseitig Alibis, und den Raum, den wir als möglichen Tatort in Betracht ziehen, haben sie – anders als den Rest des Hauses und das Auto – gründlich gesäubert. Wolfe hat Haarproben von Jacobs und Devon, aber er braucht noch Proben von den anderen Mitbewohnern, um zu sehen, ob sie mit den Spuren aus dem Auto übereinstimmen.«

»Außerdem sind ihre Schuhe weg.« Jenna drehte sich um und sah Kane an. »Eine Beschreibung ist in der Akte. An den Schuhen könnte einiges haften, was uns weiterhilft. Ich werde das in eine Pressemitteilung einbauen. Dave, ich möchte, dass du beim College nachfragst, ob sie bei der Fundstelle abgegeben wurden.«

»Werde ich tun«, sagte Kane und machte sich eine Notiz.

»Als Nächstes haben wir den ungewöhnlichen Tod von Alex Jacobs.« Jenna schrieb den Namen an die Tafel. »Wolfe ist nicht komplett davon überzeugt, dass es sich bei seinem Tod um ein Tötungsdelikt handelt. Er meint, es könnte auch ein tragischer Unfall gewesen sein.« Sie drehte sich zu ihren Kollegen um. »Der Autopsiebericht wird die Gründe nennen, warum wir diesen Fall dennoch als potenziellen Mord einstufen, und unsere Ermittlungen werden sich auf das Motiv für seine Ermordung konzentrieren. Jacobs war im Footballteam ein wichtiger Spieler, er hatte Bewunderer und war sehr beliebt, soweit wir wissen. Aber der Hausmeister hat uns einige interessante Informationen über Jacobs und einige andere aus dem Team geliefert, die an einem Plan beteiligt waren, Owen Jones aus dem Team werfen zu lassen. Jacobs ist zum Coach gegangen und hat ihm erzählt, Jones habe versucht, ihnen Drogen zu verkaufen. Es kam zum Streit zwischen Jones, Lyons und Jacobs, und anschließend setzte der Coach Jones auf die Reservebank. Bei einer Durchsuchung fand der Wachdienst eine Crackpfeife. Jones behauptet, jemand habe sie ihm untergeschoben, aber der Dekan hat ihn für das gesamte Semester suspendiert.« Sie zuckte mit den Schultern. »Jetzt ist er wieder da. Er hätte also ein Motiv gehabt, Jacobs zu töten. Nicht zu vergessen die Schlägerei bei den Stromschnellen.«

»Dann sollten wir auch Phil Stein zu den Verdächtigen hinzufügen.« Rowley sah Kane an. »Wenn er glaubt, dass Jacobs an der Vergewaltigung von Chrissie beteiligt war, ist das ein Mordmotiv.«

Kane lächelte. »Ganz meine Meinung. Und wir haben noch einen weiteren Verdächtigen: Chrissies Cousin, Steve Lowe. Schon weil er mit ihr verwandt war, hat er ein Motiv, und wir sollten herausfinden, wo er sich zu beiden Tatzeitpunkten aufgehalten hat.«

»Ja, aber bleiben wir zuerst noch bei Jacobs' Tod, sonst kommen wir durcheinander.« Jenna fügte die Namen und die Motive ihrer Liste hinzu. »Lowe ist ein großer Kerl und arbeitet Teilzeit im Futtermittelladen hier im Ort, also schleppt er den ganzen Tag schwere Säcke hin und her. Jones und Stein sind ebenfalls starke, muskulöse Typen. Beide wären in der Lage, das Gewicht zu halten, das Jacobs gestemmt hat, aber ich denke mal, von den dreien ist Stein der Einzige, dem Jacobs als Spotter vertraut hätte. Lowe ist im Moment noch eine unbekannte Größe.«

»Da bin ich mir nicht so sicher.« Rowley schüttelte den Kopf. »Vielleicht muss man im College-Footballteam sein, um das zu verstehen. Mag sein, dass sie sich nicht ganz grün waren, aber Jones gehört jetzt wieder zum Team, und wenn ich vorhätte, jemanden zu töten, würde ich dafür sorgen, dass ich demjenigen näherkomme und sein Vertrauen gewinne.«

»Guter Punkt.« Jenna nickte und fügte Jones der Liste hinzu. »Jones hat kein stichhaltiges Alibi für die Zeit, als Jacobs starb.« Sie sah Kane an. »Wir zwei werden nachher zu Stein, Jones und Lowe gehen und schauen, was sie zu sagen haben.«

Kane griff nach seinem Kaffeebecher und nahm einen Schluck, dann blickte er wieder in seine Notizen. »Weiter im Text. Für Pete Devon hat Wolfe noch keinen Autopsiebericht geschickt. Es gibt so viele Ungereimtheiten, dass er die Todesursache noch nicht bestimmen kann.« Er nannte in Stichworten die vorläufigen Ergebnisse und sah dann zu Jenna auf. Als er feststellte, dass sie alle relevanten Informationen auf das Whiteboard geschrieben hatte, wandte er sich an Rowley und Walters. »Jetzt wird es interessant. Sowohl Jacobs als auch Devon starben um die gleiche Uhrzeit im selben Gebäude, und in beiden Nächten fielen zur gleichen Zeit die Überwachungskameras aus. Leider gibt es nicht genug altes Bildmaterial, um herauszufinden, ob das öfter vorkommt, und die Wachleute am College haben nichts Ungewöhnliches bemerkt.«

»Wir haben festgestellt, dass derjenige, der die beiden Männer getötet hat, über beträchtliche Kraft verfügen muss, was wiederum auf alle unsere bisherigen Verdächtigen zutrifft.« Jenna blickte wieder zu Kane. »Wolfe meint, wir sollten bei diesen Fällen über den Tellerrand hinausschauen. Zum Beispiel sollten wir die Vergewaltigung von Chrissie in die beiden potenziellen Mordfälle miteinbeziehen, weil es eine

Verbindung zum Footballteam gibt, und uns daher auch nach Feinden des Teams oder des Coachs umsehen.«

»Ja.« Rowley nickte. »Der Coach hat sich im Laufe der Jahre zig Feinde gemacht. Der ist ein harter Knochen, unbarmherzig.«

»Und garantiert gibt es auch ein paar Leute, die gerne seinen Job hätten.« Walters zog seine grauen Augenbrauen zusammen. »Falls das Team in der Liga schlecht abschneidet, wird das College in Erwägung ziehen, ihn zu ersetzen. Das ist eine Frage der Ehre.«

»Womit wir wieder bei unseren Verdächtigen wären«, sagte Jenna. Sie setzte sich in ihren Bürostuhl und lehnte sich zurück. »Alle haben ein Problem mit dem Team. Alle wollen es ihnen heimzahlen. Sie mögen unterschiedliche Gründe haben, aber das Ergebnis ist dasselbe.«

Kane nickte. »Mir kommt das Ganze bisher zu einfach vor. Drei Verdächtige? Mein Gefühl sagt mir, dass mehr dahintersteckt und wir irgendetwas übersehen.« Er schob Jenna eine der Tüten mit Essen hinüber, da ihm aufgefallen war, dass sie bisher weder etwas gegessen noch ihren Kaffee angerührt hatte. »Weiß einer von denen zum Beispiel, wie man eine Überwachungskamera ausschaltet? Ist sonst noch etwas mit dem Team oder dem Coach passiert, von dem wir nichts wissen?«

»Okay, Rowley, Sie bleiben hier und leiten die Dienststelle, aber falls Sie etwas Zeit haben, schauen Sie mal, was Sie über die rivalisierenden Mannschaften herausfinden können. Irgendetwas, das darauf hinweisen könnte, dass jemand versucht, das Team zu zerstören. Und machen Sie sich über den Coach schlau.« Jenna nahm einen Schluck Kaffee und seufzte. »Das ist alles, was wir im Moment haben.« Sie zeigte auf die Tüten von Aunt Betty's. »Nehmen Sie sich noch etwas, und dann machen wir uns alle wieder an die Arbeit.«

Kane wartete, bis die anderen gegangen waren, dann sah er sie an. »Weißt du, was mich an der ganzen Sache stört?«

»Was?«, fragte Jenna und hob eine Augenbraue.

»Falls es jemandem darum geht, der Mannschaft zu schaden, warum sollte er dann zuerst die schwächeren Spieler ausschalten? Die können durch Spieler von der Reservebank ersetzt werden.« Kane nahm sich ein Sandwich aus einer der Tüten. »Ich würde als allererstes Lyons ins Visier nehmen, den Star-Quarterback.«

»Hmm.« Jenna lehnte sich in ihrem Stuhl zurück. »Vielleicht plant der, der die Unfälle inszeniert hat, ja für Lyons etwas ganz Besonderes.«

EINUNDDREISSIG

Immer wenn Jenna die Fakten eines Falls an das Whiteboard schrieb, ordnete sie dabei automatisch ihre Gedanken – und ihre Prioritäten. Sie starrte auf die Tafel. Alle drei Fälle hatten etwas mit dem Footballteam zu tun. Aber wenn es sich um Mord handelte, musste sie wissen, was jemanden dazu veranlasst hatte, die Spieler zu töten. Sie aß ihr Sandwich auf und nahm einen Schluck Kaffee, bevor sie den Blick von der Tafel nahm und ihre Aufmerksamkeit Kane zuwandte. »Soll ich über diese Fälle mal eine ganz verrückte Vermutung anstellen?«

»Na klar, raus damit!« Kane lehnte sich auf den Schreibtisch und begegnete ihrem Blick.

Jenna nickte. »Okay, was, wenn wir das alles falsch sehen?« Sie trommelte mit den Fingern auf den Tisch. »Diese College-Footballteams sind erbitterte Rivalen und tun seltsame Dinge, zum Beispiel die Maskottchen des anderen Teams zu stehlen. Ich weiß, dass es vor ein paar Jahren Probleme mit dem Team von Louan gab.«

»Und weiter?« Kane nahm einen Schluck Kaffee.

»Was, wenn es gar nicht Lyons und seine Freunde waren, die Chrissie vergewaltigt haben? Was, wenn es welche von einer rivalisierenden Mannschaft waren, die hofften, wir würden Lyons und seine Freunde wegen der Vergewaltigung von Chrissie festnehmen? Und als das nicht geklappt hat, ist einer von ihnen durchgedreht und hat beschlossen, die Spieler zu töten. Vielleicht sind es auch mehr als einer.«

»Hm.« Kane rieb sich den Nacken. »Möglich wäre das. Allerdings müsste dann jemand mitgehört haben, wie Lyons Chrissie zu der Party eingeladen hat. Außerdem wissen, dass Lyons schon seit einiger Zeit Mädchen ins Haus lockt, um sie zu vergewaltigen.«

Verärgert sah Jenna ihn an. »Ja, du hast wahrscheinlich recht, das ist ziemlich weit hergeholt – und nach dem, was Livi mir erzählt hat, ist es auch gar kein Geheimnis, was Lyons bei sich zu Hause treibt. Typen wie er, die Väter haben, die sie aus jedem Schlamassel herausholen, prahlen oft damit, dass sie gegen das Gesetz verstoßen. Wobei gerade deshalb die anderen Teams ja davon wissen könnten, was er da treibt. Denk mal darüber nach: Lyons hat gerade eine unschuldige junge Frau aufgetan, die bereit ist, allein auf seine Party zu kommen. Glaubst du wirklich, das würde er für sich behalten? Auf keinen Fall, er würde vor allen, die irgendwie in seine schmutzigen Spielchen verwickelt sind, damit prahlen.« Sie schob sich die Ponyfransen aus den Augen. »Alle waren eingeweiht, und jeder hätte sie belauschen können.«

»Aber wenn sie es nicht waren – warum hätten sie dann das Zimmer so gründlich sauber machen sollen? Nein, nein. Wir wissen, dass Chrissie dort war. Duke hat ihren Geruch erkannt. Also *müssen* sie es gewesen sein.« Kane lehnte sich in seinem Stuhl zurück. »Es sei denn, die Spieler von der anderen Mannschaft haben sie vor Lyons ' Haus abgesetzt, und sie ist hineingetaumelt, um Hilfe zu holen.« Er verzog den Mund. »Wobei Lyons und seine Bande so krank sind, die hätten die Situation gnadenlos ausgenutzt – du weißt ja, bei Vergewaltigung geht es um Gewalt und Macht, nicht um sexuelle Befriedigung.« Er seufzte. »Und dann ist da noch das Auto. Wir wissen, dass es dem Hausmeister gehört, und wir haben eindeutige Beweise, dass Chrissie drinsaß.«

»Ja, aber *wann*?« Jenna starrte auf das Whiteboard. »Wir *wissen*, dass sie in dem silbernen Wagen nach Hause gefahren wurde, aber das beweist nicht, dass es dasselbe Auto war, in das Livi sie einsteigen gesehen hat. Es war dunkel, und Livi war sich bei der Farbe nicht sicher.« Sie warf die Hände in die Luft. »Bis jetzt haben wir nicht viel, was uns weiterbringt, oder?«

»Du meinst, wir sollten uns mit Stein, Jones und Lowe unterhalten – das ist doch schon ein Anfang.« Kane trank seinen Kaffee aus, stand auf, sammelte die leeren Tüten ein und warf sie in den Papierkorb.

Jenna sah zu ihm auf. »Okay, ruf mal den Wachdienst vom College an. Wenn sie auf dem Campus sind, fahren wir hin und reden mit ihnen. Und ruf auch im Geschäftszimmer an und frag nach, ob jemand bei der Fundstelle Chrissies Handy und ihre Schuhe abgegeben hat. Ich werde eine Pressemitteilung zu den vermissten Gegenständen schreiben, vielleicht hat sie jemand irgendwo in der Stadt gefunden.« Sie runzelte die Stirn. »Wir könnten eine Belohnung dafür aussetzen, dass jemand Handy und Schuhe zurückgibt, und versichern, dass keine Fragen gestellt werden. Kann ja sein, dass wir in diesem Fall endlich einmal Glück haben.«

Fast sofort nachdem Jenna die Verbindung zu ihrem örtlichen Medienkontakt getrennt hatte, klingelte ihr Handy. Sie sah auf das Display. Es war Wolfe. »Hi, Shane, haben Sie gute Nachrichten für mich?«

»Geht so. Ich habe meiner Schlussfolgerung zum Tod von Devon nichts hinzuzufügen. Seine Obduktion hat nichts Interessantes ergeben. Die Schädelautopsie ergab ein Hämatom unterhalb der Kopfhaut, was aber lediglich bedeutet, dass er nach dem Schlag auf seinen Kopf noch lebte. Es könnte also auch beim Football passiert sein.«

Jenna verdrängte die unschöne Erinnerung an die Obduktion und räusperte sich. »Was ist mit den Spuren im Auto des Hausmeisters?«

»Ich habe zwei der fremden Haare in dem Wagen des Hausmeisters identifiziert, sie sind von Jacobs und Devon.« Wolfe holte tief Luft. »Jacobs könnte für die blauen Flecken an Chrissie Lowes Armen verantwortlich sein. Seine Hände passen. Ich habe einen Abdruck vom Ring angefertigt und ihn mit den Spuren auf ihrer Haut verglichen. Und es ist mir gelungen, von dem Ring eine kleine Menge DNA zu extrahieren. Der Test läuft gerade. Wenn sie mit Chrissies übereinstimmt, wissen wir, dass er beteiligt war. Die DNA befand sich in Blut rund um die Steine im Ring. Er könnte derjenige gewesen sein, der ihr die Lippe blutig geschlagen hat. Das Blut, das wir auf der Treppe gefunden haben, hat ihre Blutgruppe, und darin ist Alkohol. Es wird ein paar Tage dauern, bis wir mit Sicherheit wissen, ob es von Chrissie stammt.«

Eine Welle der Erleichterung erfasste Jenna. Endlich gab es Fortschritte in dem Fall. »Irgendetwas zu dem Blut im Auto?«

»Ja, es stimmt mit Chrissies Blutgruppe überein.« Wolfe seufzte. »Ich hoffe, der DNA-Test wird zweifelsfrei belegen, dass Chrissie nach der Vergewaltigung im Haus und im Auto des Hausmeisters war, aber wir haben keine Beweise dafür, dass das auch das Auto war, in das sie am Samstagabend eingestiegen ist.«

»Danke, dass Sie das so schnell erledigt haben. Ich weiß das wirklich zu schätzen, Shane.«

»Das ist mein Job. Aber trotzdem danke, hin und wieder ist ein wenig Lob ja ganz nett.« Er gluckste. »Ich schreibe meine Berichte und bringe sie Ihnen morgen früh vorbei.«

Er legte auf, und Jenna lächelte. Sie konnte sich wirklich glücklich schätzen, dass sie so ein tolles Team hatte.

Sie stand auf, schnappte sich ihre Jacke und verließ ihr Büro. Am Empfangstresen traf sie auf Kane. »Hattest du Glück mit der Fundstelle?«

»Nee.« Kane richtete sich auf und lehnte sich an den Tresen. »Da man beides sofort wiedererkennen würde, hat es nicht allzu lange gedauert, nachzugucken. Die Security wird danach Ausschau halten und uns Bescheid sagen, falls jemand die Sachen abgibt.« Er reichte ihr einen Becher mit Kaffee. »Aber wir haben Glück, Stein und Jones sind in der Bibliothek, wir können also gleich mit ihnen sprechen.«

»Auf dem Rückweg halten wir am Futtermittelladen und unterhalten uns mit Lowe.«

»Ich hoffe, während wir unterwegs sind, passiert nicht schon wieder etwas.« Kane setzte sich seinen Cowboyhut auf und ging voran zur Eingangstür. »Wir haben wahrlich genug zu tun.«

Jenna zog eine Grimasse. »Das hier ist Black Rock Falls. Wenn was passiert, dann hier.«

ZWEIUNDDREISSIG

Der Himmel über den Millionen Kiefern schien kein Ende zu nehmen, und schneeweiße Wolken umschwebten die Berggipfel wie Perücken aus Zuckerwatte. Er hatte schon lange keinen solchen Frieden mehr gefunden. In letzter Zeit hatte sein Verstand alles, was er erlebt hatte, zu Reihen von Bildern zusammengefügt, die ganz durcheinander und unvollständig und an den Rändern ausgefranst gewesen waren und deren Farben verblichen waren wie bei alten Fotos. Aber all das hatte sich geändert, als er zum ersten Mal auf dem Dach des Colleges gelegen hatte. Er hatte versteckt zwischen zwei riesigen Ventilatoren der Klimaanlage auf dem Rücken gelegen, und der körnige Beton hatte hart gegen seine Wirbelsäule gedrückt, während er auf den Bildschirm gestarrt hatte, der Live-Bilder von der Kamera der Drohne übertragen hatte.

Es war wie Reality-TV, sich den seltsamen, unterhaltsamen Alltag der Studenten und Dozenten anzuschauen. Alle hatten ihre Geheimnisse. Die meisten Leute logen darüber, was in ihrem Leben passierte, oder übertrieben zumindest. Als wäre ihr Alltag nicht aufregend genug, dachten sie sich Geschichten aus, um ihre Freunde zu beeindrucken. Der Klatsch und Tratsch erinnerte ihn an das Kinderspiel, bei dem man jemandem eine Geschichte erzählt, und derjenige muss sie dann der nächsten Person erzählen und so weiter. Wenn sie dann bei der letzten Person angekommen ist, ist die Geschichte so sehr ausgeschmückt worden, dass sie der Wahrheit kaum noch nahekommt.

Er war zu dem Schluss gekommen, dass sich die Menschen wie Ameisen verhielten, die alle eine Aufgabe zu erledigen hatten oder irgendwohin mussten. Einige waren so vorhersehbar, dass er die Uhr nach ihnen stellen konnte. Zum Beispiel Emily Wolfe: In diesem Semester fuhr sie jeden Nachmittag um vier zum Wald, stellte ihr Auto auf dem Parkplatz ab und joggte dann den Weg neben den Stromschnellen hinauf. Aber nahm sie die Abzweigung und kam wieder heruntergejoggt wie alle anderen? Nein. Emily joggte noch weiter hinauf und nahm einen alten Wanderpfad, der bis zum Gipfel der Black Rock Falls führte – dem Wasserfall, nach dem die Gründer ihre aufstrebende Stadt und das ganze County benannt hatten. Dort angekommen, betrachtete sie die Aussicht, die Stadt, die sich unter ihr ausbreitete, und das Weideland, das sich über viele Kilometer erstreckte, bis in das nächste County hinein. Nach einer Weile drehte sie um und joggte den gewundenen Wanderpfad wieder hinunter, vorbei an der alten, baufälligen Brücke, und nahm dann den Weg hinunter zum Parkplatz.

In letzter Zeit hatte er besonders viele Geheimnisse entdeckt. Mit der winzigen Drohne konnte er so gut wie jedes Gespräch belauschen. Wenn er mal kein passendes Fenster fand, waren die meisten Leute zu sehr damit beschäftigt, auf ihr Handy zu schauen, als dass sie bemerkt hätten, wie sein kleines Gerät über ihren Köpfen schwebte. Seine Drohne war ganz in der Nähe gewesen, als Emily Webber erzählt hatte, dass sie jeden Tag um vier Uhr bis zum Wasserfall joggen wollte. Das ergab durchaus Sinn: Sie hatte sich eine Zeit ausgesucht, zu der meistens – zumindest auf dem Weg weiter unten – noch viele weitere Studierende unterwegs waren. Hauptsache sicher.

Du bist nirgendwo sicher, Emily. Nirgendwo.

DREIUNDDREISSIG

Die vertrauten Geräusche und Gerüche des Colleges umgaben Jenna, als sie dem Wachmann in die Bibliothek folgte. Sie wartete mit Kane vor der Tür, während der Wachmann Stein holen ging. »Ist es nicht seltsam, dass der Duft eines Ortes so viele Erinnerungen wecken kann?«, fragte sie Kane. »In dem Moment, als wir den Raum betreten haben, hat mich der Geruch von Büchern und Schweiß direkt zu dem Tag zurücktransportiert, als *mich* einmal ein Wachmann aus der Bibliothek geholt hat.« Sie schob diese Erinnerung zurück in die Tiefen ihres Gedächtnisses. »Bevor du fragst – das ist ein alter Hut, okay?«

»Alles klar.« Kane nahm ihre Hand und drückte sie. »Ich bin für dich da, wenn du mich brauchst. Jederzeit. Das weißt du doch, oder?«

Sie lächelte ihn an. »Ja, und das ist schön zu wissen.« Widerstrebend ließ sie seine Hand los, holte ihr Handy heraus und suchte nach einer Datei. »Wir haben überhaupt nichts über Stein. Ein paar Schlägereien in der Schulzeit, das ist alles. Keine Vorstrafen, keine Strafanzeigen.«

»Er hat angegeben, dass er Gefühle für Chrissie hatte, also

hat er ein Motiv.« Kane zuckte mit den Schultern. »Manchmal braucht es nicht viel, um einen Menschen in den Wahnsinn zu treiben. Dass seine Angebetete von einer Gruppe Männer vergewaltigt wurde und sie deshalb Suizid begangen hat, könnte reichen.«

»Ja, und er wird davon ausgehen, dass es Suizid war, denn das erzählen Livi und bestimmt auch die meisten anderen Frauen in ihrem Wohnheim ja überall herum.« Jenna erkannte hinter der Glastür Stein, der mit verwirrtem Gesichtsausdruck in ihre Richtung kam. »Da ist er ja.« Als er durch die Tür trat und sie ansah, deutete sie in Richtung der Tür, die zum Garten führte. »Können wir uns draußen unterhalten?«

»Klar.« Stein ging neben ihr. »Haben Sie die Männer festgenommen, die Chrissie vergewaltigt haben?«

Jenna schüttelte den Kopf. »Noch nicht. Und Chrissies Todesursache ist auch noch nicht eindeutig geklärt.«

»Was wollen Sie dann von mir?« Stein sah perplex aus. »Ich habe ihr definitiv nichts angetan.«

»Das habe ich auch nicht behauptet.« Jenna musterte den jungen Mann. Er hatte den muskulösen Körperbau eines Athleten, doch er war unrasiert und hatte dunkle Ringe unter den Augen. »Sie sind gut in Form. Machen Sie Krafttraining? Schwimmen? Kampfsport?«

»Ich mache Leichtathletik und Krafttraining und gehe schwimmen, und nachmittags gehe ich meistens laufen. Ja, Kampfsport habe ich auch schon gemacht. Das ist gut für meine Beweglichkeit.« Stein schnaubte. »Großer Gott, Sie glauben, ich hätte etwas mit den Unfällen von Alex Jacobs und Pete Devon zu tun, nicht wahr?« Er schüttelte den Kopf. »Diese beiden Idioten wären meine Zeit gar nicht wert. Bei Seth Lyons wäre das etwas anderes.« Er boxte sich in die Handfläche. »Den würde ich am liebsten Stück für Stück auseinandernehmen. Aber wenn ich dem auch nur ein Haar krümme, lässt mich sein alter Herr für zehn bis zwanzig Jahre ins Gefängnis stecken. So blöd bin ich nicht.«

Jenna nickte. Er war sicherlich ein kluger Kopf, aber von seiner Unschuld hatte er sie nicht überzeugt. »Wo waren Sie am Dienstagabend, als Pete Devon starb?« Sie wartete auf eine Reaktion.

Sein ausdrucksloser Blick sagte ihr, dass er sich entweder nicht erinnern konnte oder dass er sich sehr wohl erinnerte und versuchte, sich ein Alibi auszudenken.

»Gegen halb zehn?«, hakte Jenna nach.

»Ich weiß nicht genau.« Stein kratzte sich am Kopf. »Nach dem Abendessen bin ich normalerweise eine Weile in der Bibliothek. Vielleicht war ich da oder in meinem Zimmer. Ich bin mir nicht ganz sicher. Hier oben«, er tippte sich an den Kopf, »ist alles etwas durcheinander, seit Chrissie tot ist.«

Jenna machte sich ein paar Notizen, dann schaute sie ihn wieder an. Vielleicht war ihm der Tod der jungen Frau doch nähergegangen, als sie gedacht hatte. »Haben Sie Schlafstörungen?«

»Wie – sind Sie jetzt plötzlich auch noch Ärztin?« Stein schnaubte verärgert. »Was ist das für eine Frage? Meine Freundin wurde vergewaltigt und hat sich danach umgebracht. Jeder weiß, was passiert ist, ich frage mich wirklich, wieso Sie meinen, der Fall wäre nicht eindeutig. Was glauben Sie, wie ich mich fühle, wo ich weiß, dass die Männer, die ihr das angetan haben, frei rumlaufen und sich kaputtlachen?« Er trat einen Schritt näher, die Fäuste geballt. »Sie wissen doch, dass Seth Lyons dahintersteckt, warum verhaften Sie ihn nicht?«

»Treten Sie bitte zurück, Mr Stein.« Jenna legte ihre Hand an die Waffe. »Sie können davon ausgehen, dass wir alles tun, was in unserer Macht steht, um herauszufinden, wer Chrissie vergewaltigt hat.«

»Ich habe es Ihnen doch gesagt.« Steins Gesicht war wutverzerrt. »Es müssen Seth Lyons und seine Football-

Kumpel gewesen sein. Niemand sonst hat sie allein irgendwohin gelockt.«

»Wir haben keine Beweise dafür, dass es Lyons war, aber Sie können sicher sein, dass wir hinter den Verdächtigen her sind.« Kane legte Stein eine Hand auf die Schulter. »Bei drei Todesfällen innerhalb einer Woche stellen wir jedem Fragen. Wir verfolgen die Bewegungen mehrerer Zielpersonen, und im Moment müssen wir herausfinden, wer in der Nacht, in der Pete Devon starb, im und am Schwimmbad gesehen wurde.«

»Ich kann mich nicht erinnern, dass ich da gewesen wäre.« Stein blickte Kane finster an. »Vielleicht erinnert sich mein Mitbewohner. Warum fragen Sie nicht ihn? Er heißt Paul Brown. Er sitzt gerade in der Bibliothek und lernt. Soll ich ihn kurz holen?«

Um was zu tun – ihn zu bitten, dir ein Alibi zu geben? Jenna schloss ihr Notizbuch und sah Stein an. »Nein, Sie warten hier mit Deputy Kane, und ich werde mit ihm sprechen.« Sie wandte sich der Glastür zu. »Wo sitzt er denn?«

»Drüben am Fenster.« Stein ging zurück ins Gebäude, sie folgten ihm. Er zeigte durch die Glastür auf einen Mann mit kastanienbraunem Haar. »Der mit dem schwarzen T-Shirt.«

»Okay, danke.« Jenna ging zur Tür, und der Wachmann, der sie begleitet hatte, kam ihr entgegen. »Ich bin mit Stein noch nicht fertig, aber ich muss mal eben mit Paul Brown sprechen.« Sie deutete auf den Mann am Schreibtisch. »Dauert nur eine Minute.«

Sie ging schnellen Schrittes zu Brown hinüber, stellte sich leise vor und fragte ihn: »Erinnern Sie sich, ob sie Phil am Dienstagabend gegen halb zehn gesehen haben?«

»Seit Chrissies Tod ist er ein bisschen abgedreht.« Brown rieb sich das Kinn. »Wir haben nach dem Abendessen noch eine Weile gepaukt, wie an den meisten Abenden, aber er meinte, er bräuchte frische Luft und etwas Zeit für sich. Ich bin dann zurück in unser Wohnheim und habe mit ein paar der

Jungs ferngesehen. Gegen halb elf ist er zurückgekommen. Die Sendung war zu Ende, und ich war gerade auf dem Weg zurück zu unserem Zimmer, als er durch die Vordertür hereinkam.«

Sofort kam Jenna eine weitere Frage in den Sinn. »Und hat er sich normal verhalten? War sein Haar nass oder vielleicht seine Kleidung?«

»Nicht dass ich wüsste. Er hatte eine Basecap auf, deshalb konnte ich seine Haare nicht sehen. Aber er hat sich ganz normal verhalten, glaube ich. Ich habe nicht so sehr darauf geachtet.« Brown runzelte die Stirn. »Tut mir leid, dass ich nicht hilfreicher bin.«

Jenna stand auf. »Sie waren sogar sehr hilfreich. Ich danke Ihnen.« Sie ging zu dem Wachmann und sagte zu ihm: »Wenn wir mit Stein fertig sind, können Sie uns Jones herausschicken.« Draußen auf dem Flur trat sie an Kanes Seite und sah Stein an.

Sie hoffte, dass Kane in ihrer Abwesenheit noch ein paar Informationen von ihm erhalten hatte. »Erinnern Sie sich an Ihren Spaziergang am Dienstagabend, nachdem Sie mit Paul gelernt hatten?«

»Nicht wirklich.« Stein starrte ins Leere. »Oder doch: Ich bin aus der Bibliothek gekommen und in Richtung Stadion gegangen. Aber ich weiß nicht mehr genau, wo ich entlanggegangen bin. Ich war in Gedanken vertieft.«

»Haben Sie mit irgendwem gesprochen, oder sind Sie irgendwem begegnet, der bestätigen kann, wo Sie waren?« Kane blickte ihn scharf an. »Finden Sie es nicht auch ein wenig verdächtig, dass jemand, mit dem Sie ein Problem hatten, auf dem Campus gestorben ist und Sie kein Alibi haben?«

»Ich bin längst nicht der Einzige, der ein Problem mit diesen Typen hatte. Oder der nicht beweisen kann, wo er auf dem Campus war, als sie gestorben sind.« Stein sah Kane vorwurfsvoll an. »Meine Freundin hat sich gerade umgebracht, und ich kann nicht aufhören, daran zu denken, dass sie ganz einsam und alleine gestorben ist. Es frisst mich innerlich auf.

Also, nein, ich kann mich nicht erinnern, jemandem begegnet zu sein. Wenn Ihnen das nicht reicht, verhaften Sie mich, und wir lassen das Ganze von meinem Anwalt klären.«

Jenna nickte. »Okay, das war's fürs Erste. Danke, dass Sie sich die Zeit genommen haben.«

Sie wartete, bis Stein in die Bibliothek zurückgekehrt war. »Gleich wird der Wachmann uns Jones rausschicken. Was hältst du von Stein?«

»Er hat ein Motiv, und man sieht, wie sehr ihn der Tod von Chrissie mitnimmt.« Kane lehnte sich mit der Schulter an die Wand. »Das Problem ist, dass wir nicht viele Anhaltspunkte haben. Ich habe mir seine Finger angesehen: Seine Nägel sind kurz, und er hat große Hände. Wenn beide Männer Wolfe Abdrücke von ihren Händen machen lassen, könnte er sie mit den Spuren an Devons Knöcheln vergleichen.«

»Ich weiß nicht einmal, ob das vor Gericht zulässig ist. Selbst Bisswunden sind ja heutzutage nicht mehr zulässig. Aber einen Versuch ist es trotzdem wert«, sagte Jenna. »Einen Moment, ich gehe kurz Stein hinterher und frage ihn. Falls er nichts zu verbergen hat, wird er schon kooperieren.«

Sie betrat die Bibliothek. Es dauerte ein paar Sekunden, bis sie Stein eingeholt hatte. Sie winkte ihn von den anderen Studierenden weg und flüsterte: »Wären Sie bereit, den Rechtsmediziner eine Abformung Ihrer Finger vornehmen zu lassen?«

»Warum?«, fragte Stein und runzelte die Stirn.

Jenna hob den Kopf. »Um Sie von meiner Liste der möglichen Verdächtigen in einem Mordfall zu streichen.«

»Wollen Sie damit sagen, jemand hat Chrissie ermordet?« Sein Blick wurde finster. »Ich habe sie geliebt. Ich hätte ihr niemals etwas angetan.«

»Nein, nicht Chrissie.« Jenna hatte keine andere Wahl, als ihm Wolfes Erkenntnisse mitzuteilen. »Der Rechtsmediziner hat Grund zur Annahme, dass jemand am Tod von Pete Devon beteiligt war.«

»Beteiligt? Wie meinen Sie das?«

Jenna richtete sich auf und schaute ihm direkt in die Augen. »Tut mir leid, das ist eine laufende Untersuchung.«

»Okay.« Stein zuckte mit den Schultern. »Ich gebe Ihnen meine Nummer – rufen Sie mich später an, dann machen wir einen Termin aus.« Er beugte sich vor und sah ihr tief in die Augen. »Glauben Sie mir, wenn ich Pete hätte töten wollen, hätte ich mir etwas Schmerzhafteres ausgesucht. Ihn zu ertränken wäre für diesen Mistkerl viel zu nett gewesen.«

Jenna mochte es nicht, dass er ihr so nahe kam. Sie notierte sich seine Nummer und trat einen Schritt zurück. »Danke für Ihre Zeit.«

Sie ging zurück auf den Flur. Jones stand bereits bei Kane. Sein Gesicht wies immer noch Spuren der Schlägerei auf dem Bergpfad und seines Sturzes in die Stromschnellen auf. Sie ging näher heran, um zuzuhören.

»Nein, den Coach kann ich nicht leiden.« Jones schüttelte den Kopf. »Er denkt immer nur an den nächsten Sieg. Auf die Gesundheit der Spieler nimmt er überhaupt keine Rücksicht. Nehmen Sie nur mal Pete Devon. Anstatt ihn jeden Abend seine Bahnen im Schwimmbad ziehen zu lassen, hätte er ihn lieber mal in die Physio zum Ultraschall schicken sollen. Der Mann ist ein Sadist.« Er deutete auf sein Gesicht. »Sehen Sie mich an, ich hatte nach der Sache mit den Stromschnellen Verdacht auf Gehirnerschütterung, und er hat mich trotzdem trainieren lassen. Der Mann ist ein Idiot.«

»Sie wussten also, wann Devon im Schwimmbad war?« Kane machte sich Notizen. Er tat so, als sei es bloß eine lästige Pflicht, mit ihm zu sprechen. »Haben Sie ihn dort gesehen, in der Nacht, in der er starb?«

»Nein.« Jones schaute Jenna an. »Sie wollten mit mir sprechen, Ma'am?«

Jenna wies in Richtung Garten. »Möchten Sie lieber draußen sprechen?«

»Nein, hier ist okay.« Jones rollte mit seinen muskulösen Schultern. »Wer hat diesmal Beschwerde gegen mich eingereicht? Schon wieder Lyons?«

Jenna betrachtete seine arrogante Pose und seine selbstsichere Haltung. »Mich hat keine Beschwerde erreicht, Mr Jones.« Sie klappte ihr Notizbuch auf. »Sie sprachen gerade über Pete Devon, als ich kam. Wann haben Sie ihn zuletzt gesehen?«

»Bei den Stromschnellen.« Jones zog eine Grimasse. »Wir haben nicht viel miteinander zu tun. Ich studiere Ingenieurwissenschaft, und mit seinem Ehrgeiz ist es, sagen wir mal, nicht weit her.«

»Verstehe.« Jenna sah auf seine Hände. »Dürfte der Rechtsmediziner eine Abformung Ihrer Finger vornehmen?« Sie hob den Blick und schaute ihn an. »Das dient nur zu Ihrer Entlastung, falls Devon vorsätzlich getötet wurde.«

»Sicher.« Jones grinste. »Ich hätte ihn nicht ertränkt. Ich hätte den verlogenen Mistkerl erwürgt.« Mit grimmigem Blick schaute er sie an. »Ihn und den Rest von Lyons' Jüngern.«

»Ach ja?« Kane richtete sich auf. »Wir haben zwei potenzielle Morde, und Sie haben vor zwei Polizisten zugegeben, dass Sie die beiden Opfer hätten töten wollen. Dürfen wir das als Schuldeingeständnis werten?«

»Nein«, sagte Jones und runzelte die Stirn. »Aber es stimmt trotzdem. Nur falls Sie noch nicht mitbekommen haben, was hier vor sich geht: Auf dem Campus ist allgemein bekannt, dass Lyons und seine Freunde keinen Respekt vor Frauen haben.« Er sah Kane an. »Ich habe Ihnen bei unserem letzten Gespräch erklärt, warum das so ist, Deputy Kane, und ich will nicht noch einmal darüber sprechen.«

Jenna merkte, dass Jones' Wut in alarmierendem Tempo eskalierte, und sie senkte ihre Stimme, um ihn zu beruhigen. »Hatte die Schlägerei bei den Stromschnellen irgendetwas mit Chrissie Lowes Suizid zu tun?«

»Nein.« Jones sah weg. »Lyons und seine Kumpels haben einigen der Mädchen, die da oben laufen gehen, fiese Bemerkungen hinterhergerufen, das ist alles.« Er zuckte mit den Schultern. »So was wie: ›Beweg deinen fetten Arsch‹ oder ›Geile Beine, schade mit dem Gesicht‹. Ich habe ihnen gesagt, sie sollen die Klappe halten, und das haben sie ein bisschen zu persönlich genommen.« Er schnaubte. »Ich hätte noch ein paar Schläge ausgeteilt, wenn Court mich nicht an den Armen gepackt hätte.« Er schaute Jenna verlegen an. »Danke, dass Sie Deputy Kane geholfen haben, mich zu retten.«

Jenna nickte. »Das gehört alles zu meinem Job.« Sie räusperte sich und versuchte es mit einem Schuss ins Blaue: »Dann hat Ihnen Ihre Kampfsporterfahrung bei den dreien nicht allzu viel gebracht, was?«

»Kann man so sagen.« Jones deutete auf sein Gesicht. »Dylan Court hat mich von hinten gepackt, und Devon und Lyons hatten mir schon ein paar Schläge verpasst, bevor ich überhaupt reagieren konnte. Ich denke mal, die hatten das Ganze länger geplant.«

Er hat also ebenfalls Kampfsporterfahrung. Interessant. »Hat Lyons Sie über die Kante des Wasserfalls gestoßen?«

»Wie ich schon sagte, ich bin mir nicht sicher, wer von denen es war.« Jones schnaubte. »Aber einer war es ganz bestimmt, ich bin nicht zum Spaß in die Stromschnellen gesprungen.«

»Schade, dann hätten wir einen von ihnen wegen versuchten Mordes verhaften können.« Jenna begegnete seinem wütenden Blick. »Weiter im Text. Können Sie sich erinnern, wo Sie an dem Abend, als Devon starb, zwischen, sagen wir, halb neun und elf waren?«

»Ich bin in die Stadt gefahren und habe mir bei Aunt Betty's Café etwas zu essen geholt. Dann bin ich hierher zurückgekommen und habe gelernt. Gegen elf, glaube ich, ist der Wachmann gekommen und hat mich gefragt, ob er die

Bibliothek noch weiter offen lassen soll. Aber ich hatte am nächsten Morgen Training, also bin ich in mein Wohnheim gegangen.«

Er hatte Zeiten und Orte genannt, die sich leicht überprüfen ließen. Jenna klappte ihr Notizbuch zu und lächelte. »Ich glaube, das war's für den Moment. Wenn Sie Deputy Kane Ihre Telefonnummer geben, melden wir uns, um einen Termin für die Abformung Ihrer Finger zu machen.«

»Gerne.« Jones nannte seine Nummer und ging zurück in die Bibliothek.

Jenna seufzte. »Hmm, ich bin mir bei ihm nicht so sicher, und Stein hat mich vorher ganz schön nervös gemacht. Für einen Kerl, der sonst so sanft tut, war er bei mir ziemlich dreist.«

»Und Jones wirkt ziemlich launisch«, sagte Kane und steckte sich sein Tablet in die Tasche. »Ich bin gespannt, ob bei einem von ihnen die Fingernägel mit den Spuren an Devons Beinen übereinstimmen. Eines ist sicher: Sie sind beide kräftig genug, um der Mörder von Jacobs und von Devon zu sein.«

Sie gingen zurück zum Eingang vom College. »Körperlich wären beide in der Lage gewesen, die Männer zu töten, sie haben beide ein Motiv, und keiner von beiden hat ein solides Alibi für den Tatzeitpunkt«, stellte Jenna fest und seufzte. »Wir werden sehen, ob sich jemand daran erinnert, Jones bei Aunt Betty's gesehen zu haben, aber bei den vielen Besuchern, die gerade wegen des Festivals im Ort sind, halte ich das für ziemlich unwahrscheinlich.«

»Da Rowley nicht angerufen hat, nehme ich an, dass er keine weiteren Feinde des Teams oder des Coachs gefunden hat, die besonders herausstechen, und dass sich auch niemand wegen Chrissies vermissten Gegenständen gemeldet hat.« Kane passte sich ihrem Schritt an. »Wir müssen wissen, ob Walters etwas über Jacobs' Ring herausgefunden hat. Wenn alle, die in Lyons' Haus wohnen, so einen haben, sind wir so schlau wie vorher.«

Jenna runzelte die Stirn. »Ich werde Walters anrufen und ihn fragen. Und wir sollten uns mit Lowe unterhalten.« Sie warf einen Blick auf ihre Uhr. »Wenn wir damit durch sind, wird es ganz schön spät sein. Wir sollten Rowley in Ruhe die Dienststelle abschließen lassen. Da wir ohnehin noch bei Aunt Betty's Halt machen müssen, könnten wir da eigentlich auch gleich zu Abend essen.«

»Klingt nach einem Plan.« Kane grinste sie an und rieb sich den Bauch. »Das Tagesgericht am Donnerstag ist Bison-Querrippe mit Kartoffelpüree und Butterkarotten.«

Jenna konnte sich ein Lächeln nicht verkneifen, als sie Kanes Gesicht sah, aus dem absolute Glückseligkeit sprach. »So gut, hm?«

»O ja.«

VIERUNDDREISSIG

Kane lenkte seinen SUV auf den Parkplatz hinter dem Futtermittelladen. Er sah zu Jenna hinüber. »Ich schätze, wir sollten den Burschen nicht allzu hart anpacken, immerhin hat er gerade eine Verwandte verloren.«

»Du übernimmst das Ruder, ich mache mir Notizen.« Jenna rieb sich die Stirn. »Ich habe höllische Kopfschmerzen.«

»Geht klar.«

Sie stiegen aus und näherten sich der Rückseite des Ladens, wo eine Rampe zum großen Rolltor der Lagerhalle führte. Kane hätte einen Futtermittelladen mit verbundenen Augen erkannt, die Mischung aus Heu, Pferdefutter und einem Hauch Leder war einzigartig. Auf dem Parkplatz lagen Häcksel und Heureste herum und wurden vom Wind durcheinandergewirbelt. Es herrschte reges Treiben. Männer liefen hin und her. Ein Gabelstapler, der einen Heuballen transportierte, kam die Rampe heruntergesaust. Kurz darauf erschien ein hochgewachsener junger Mann mit Kurzhaarschnitt und dunklen Bartstoppeln, der Jeans und Karohemd trug. Er schleppte einen Sack Tierfutter zu einem Pick-up und hievte ihn auf die Ladefläche.

Kane wäre beinahe über einen Jagdhund gestolpert, der

sich inmitten des Trubels zusammengerollt hatte. Er sah Jenna an: »Viel los hier.«

»Suchen Sie jemand Bestimmtes, Sheriff?«, fragte das Karohemd und kam auf sie zu.

»Ja«, sagte Jenna und schaute in Richtung der Lagerhalle, »Steve Lowe.«

»Den haben Sie schon gefunden.« Der junge Mann lächelte Jenna an. »Müssen Sie etwas an der Futterbestellung für Ihre Ranch ändern?«

»Nein, das nicht.« Jenna seufzte. »Wir möchten Ihnen unser herzliches Beileid aussprechen.«

»Danke sehr, aber ich nehme an, Sie sind nicht nur deswegen hier.« Lowe sah Kane an. »Ist noch etwas passiert? Ist Jack aufgetaucht?«

Kane trat einen Schritt vor. »Nein, sein Status ist unverändert. Wir sind gekommen, um Ihnen ein paar Fragen über Chrissie zu stellen. Können wir irgendwo ungestört reden?«

»Ja, dahinten, kommen Sie.« Lowe ging voraus, die Rampe hinauf, vorbei an den Säcken mit diversen Futtermitteln, an Salzlecksteinen und Fässern mit Melasse, bis sie zu einer Tür kamen. »Hier, das ist unser Pausenraum.«

Kane und Jenna folgten ihm hinein. Der Raum war spärlich eingerichtet. Darin standen ein Tisch mit Stühlen, ein Kühlschrank, eine Arbeitsplatte mit Spüle und eine Kaffeemaschine.

»Okay, was wollen Sie wissen?« Lowe lehnte sich gegen die Arbeitsplatte und schaute sie mit besorgter Miene an.

Kane zog einen Stuhl zu sich heran. »Warum setzen wir uns nicht?«

»Okay.« Lowe sah zur Tür. »Aber können wir bitte schnell machen? Mein Großvater kommt bald zurück, und er mag es nicht, wenn man außer der Reihe Pause macht.«

»Hat Chrissie Sie an dem Tag, an dem sie starb, kontaktiert?« Kane beobachtete seine Reaktion. »Hat sie Ihnen spät am Samstagabend eine SMS geschickt?«

»Nein, aber ich habe sie am Freitag gegen achtzehn Uhr auf dem Campus gesehen.« Lowe lehnte sich in seinem Stuhl zurück. »Da machte sie nicht den Eindruck auf mich, als würde sie sich umbringen wollen.«

Dass er das College erwähnte, machte Kane hellhörig. »Warum waren Sie auf dem Campus?«

»Ich arbeite hier nur Teilzeit«, sagte Lowe und hob eine Augenbraue. »Ich besuche am College ein paar Vorlesungen und Abendkurse. Worauf wollen Sie hinaus?«

Kane lächelte. »Das sind reine Routinefragen. Wir suchen nach Zeugen für bestimmte Tage. Wann sind Sie normalerweise am College und zu welchen Zeiten?«

»Fast jeden Vormittag und dreimal in der Woche am Abend: Montag, Dienstag und Freitag. Ich studiere BWL. Ich will den Laden übernehmen, wenn mein Großvater in Rente geht.« Lowe trommelte aufgeregt mit den Fingerspitzen auf den Tisch. »Normalerweise esse ich mit Freunden in der Cafeteria zu Abend. Die Kurse gehen immer ungefähr bis halb neun.«

Zeitlich kam das hin, aber der junge Mann hatte diese Information für Kanes Geschmack ein wenig zu leichtfertig preisgegeben. »Gehen Sie immer gegen halb neun nach Hause?«

»Nein.« Lowe breitete die Hände aus. »Da sind ein paar nette Mädchen in meinen Kursen. Manchmal bleibe ich noch etwas, und wir trinken Kaffee zusammen und schwatzen.«

»Verstehe.« Kane nickte. »Waren Sie diese Woche im Fitnessstudio oder im Schwimmbad auf dem Campus?«

»Nein.« Lowe sah erst Jenna an und dann wieder Kane. »Ich habe hier im Laden genug zu schleppen, danach brauche ich keinen extra Sport mehr.«

Kane fiel die muskulöse Statur des Mannes auf. Er war der dritte Mann, den sie befragten, der physisch in der Lage schien, Jacobs und Devon zu töten. »Kennen Sie Alex Jacobs oder Pete Devon?«

»Ich weiß, wer sie sind, aber befreundet waren wir nicht.« Lowe schnaubte. »Die geben sich nur mit reichen Leuten ab.«

»Haben Sie sie am Montag- oder Dienstagabend auf dem Campus gesehen?«

»Kann sein. Am Montag war ich in der Nähe, als einige vom Footballteam aus einem Bus gestiegen sind. Da werden die beiden dabei gewesen sein, aber beschwören kann ich das nicht.« Lowe seufzte. »Am Dienstag kann ich mich nicht erinnern, einen von beiden gesehen zu haben.«

Kane bemerkte, dass Lowe aufgewühlt war, auch wenn er es zu unterdrücken versuchte. Er musste weiter nachhaken. »Waren Sie am Montag- oder Dienstagabend in der Nähe vom Schwimmbad und vom Fitnessraum?«

»Klar, da komme ich immer vorbei, wenn ich zu meinem Auto gehe.« Lowe sah ihn misstrauisch an. »Worauf wollen Sie eigentlich hinaus?«

Manchmal wirkte es Wunder, Verdächtigen gegenüber zu bluffen. Kane räusperte sich. »Wir versuchen, die Personen zu identifizieren, die auf den Aufnahmen der Überwachungskameras aus der Nacht von Alex Jacobs' Unfalltod zu sehen sind, da wir seinen Todeszeitpunkt feststellen müssen. Wir suchen nach Leuten, die gesehen haben, wie er am Gebäude eingetroffen ist.«

»Ah, okay.« Lowe zuckte mit den Schultern. »Ich kann mich nicht erinnern, irgendeinen der Footballer gesehen zu haben. Oder dass mir sonst etwas aufgefallen wäre.«

»Können Sie mir die Namen der jungen Damen nennen, mit denen Sie an den beiden Abenden Kaffee getrunken haben?« Kane stützte seine Hände flach auf den Tisch. »Vielleicht erinnern die sich daran, wann Sie zu Ihrem Auto zurückgekehrt sind.«

»Also, eine hieß Stella.« Lowe zückte sein Handy. »Ich gebe Ihnen ihre Nummer, dann können Sie sie anrufen.« Er las die

Nummer vor, Jenna schrieb mit, dann stand sie auf und verließ den Raum.

Eine Frage hatte Kane noch. »Kennen Sie den Namen des Mannes, mit dem Chrissie sich in der Nacht getroffen hat, in der sie starb?«

»Ja.« Lowe zog eine Grimasse. »Seth Lyons, der Teflon-Quarterback. Aber wenn er sie vergewaltigt hat, werden Sie ihn nie dafür drankriegen. Sein Vater kauft ihn bei jedem Ärger frei, genau wie all die Mistkerle, die in dem Haus an der Pine Road wohnen.«

Kane erhob sich. »Keiner steht über dem Gesetz. Wenn Lyons für die Vergewaltigung von Chrissie verantwortlich ist, wird er vor Gericht gestellt werden.«

»Da bin ich gespannt.« Lowe stand auf. »Sind wir hier fertig? Ich muss wirklich zurück an die Arbeit.«

»Ja, fürs Erste schon.« Kane überreichte ihm seine Visitenkarte. »Wenn Ihnen noch etwas einfällt, das uns helfen könnte, die Männer zu finden, die Chrissie das angetan haben, rufen Sie mich an.«

»Mach ich.« Lowe steckte sich die Karte in die Brusttasche.

Kane ging hinaus und traf Jenna draußen an seinem Wagen. »Hast du Stella angerufen?«

»Ja, sie sagt, Lowe hätte sich gegen neun, halb zehn von ihr verabschiedet, was bedeutet, dass er in der Nähe beider Tatorte war, als die Überwachungskameras ausgingen.« Sie seufzte. »Drei Verdächtige und kein handfester Beweis, um einem von ihnen die Morde anzulasten. Oder wenigstens einen der Morde.«

Kane öffnete die Tür seines SUV. »Dann müssen wir halt noch gründlicher suchen.«

»Ich glaube, wir müssen unsere Suche auch noch mehr ausweiten.« Jenna starrte in die Ferne und dachte nach. »Vielleicht sollten wir uns mal die anderen Männer ansehen, die im Haus wohnen. Wer weiß, was dort hinter verschlossenen Türen vor sich geht? In einer WG wie der von Lyons gibt es garantiert ganz bestimmte Regeln, und wenn man diese Regeln bricht, hat das Konsequenzen. Wenn er schon Gruppenvergewaltigungen veranstaltet, lässt er vielleicht auch Leute umbringen, die gegen seine Regeln verstoßen.«

FÜNFUNDDREISSIG

Als er aus seinem Wagen stieg und sich Lyons' Haus näherte, wehte ihm schon auf der Treppe der Geruch von Bier und Gras entgegen, der aus der offenen Haustür kam, bevor er von einer lauen Brise davongeweht wurde. Die Härchen auf seinen Armen stellten sich auf, als wären die Geister von Jacobs und Devon direkt durch ihn hindurchgefahren. Er ging auf Court zu und rief, damit er ihn über die laute Musik hinweg hörte: »Geh nicht weg, ich muss dir was zeigen.«

»Alles klar.« Court lachte bellend. »Aber ich muss nachher noch in den Keller.«

»Meinetwegen.« Er zuckte mit den Schultern.

Er spähte um Court herum und musterte die unmittelbare Umgebung. Das Licht im Wohnzimmer war gedämpft, und die Jungs standen zu zweit oder dritt zusammen und unterhielten sich. Vielleicht zehn oder zwölf Leute waren gekommen.

»Habt ihr jemand anderen erwartet?«

»Ja«, sagte Court und schmollte. »Sieht so aus, als würde die Erstsemesterin, die ich eingeladen habe, nicht auftauchen. Schöner Mist, wir brauchen echt mal was, das uns auf andere Gedanken bringt.«

»Vielleicht kommst du auf andere Gedanken, wenn ich dir zeige, was ich mitgebracht habe.« Er wies auf eine stille Ecke, ging hinüber, und Court folgte ihm. »Guck mal, hier.«

Er schaute über Courts Schulter und sah Webber, der sich mit Josh Stevens unterhielt. Er öffnete die Hand, darin lagen zwei aufgezogene Spritzen. »Die muss ich irgendwo verstecken.« Er steckte die Spritzen zurück in seine Jackentasche, holte sein Handy heraus, rief ein Foto auf und hielt es Court vor die Nase. »Die hier ist echt scharf, oder?« Er leckte sich über die Lippen. »Letzte Woche haben Alex und ich sie in eine alte Scheune gebracht und gefesselt – aber wenn du für so was zu zimperlich bist …«

»Ihr habt sie gefesselt?« Court, der eben noch besorgt dreingeschaut hatte, sah ihn nun interessiert an. »Okay, zeig her.«

Er trat näher, blickte sich um und klickte auf eine Datei auf dem Handy. »Das Video davon wird dich umhauen«, sagte er und senkte die Stimme, »aber hier ist mir zu viel los.« Er wies mit der Hand zu den anderen im Raum. »Ich will es den anderen nicht unbedingt zeigen – zumindest noch nicht. Das machen wir nachher in Ruhe.«

»Alles klar.«

SECHSUNDDREISSIG

Immer die Tür im Blick, lehnte Colt Webber mit dem Rücken an der Wand neben dem Kamin und hörte Josh Stevens zu, der gerade über seinen Pick-up redete. Als Lyons den Raum betrat, verschwand Stevens in der Menge, und Lyons nahm seinen Platz ein, als hätten sie geplant, Webber den Abend über im Auge zu behalten. Der Gedanke machte ihn nervös. Wenn Lyons vorhatte, ihn mit vereinten Kräften in den Keller zu zerren und zu ermorden, hätte er keine Chance. Nur mit Mühe gelang es ihm, ein neutrales Gesicht zu machen, als Lyons zum x-ten Mal von einem der Spiele erzählte, die sie angeblich seinetwegen gewonnen hatten. Lyons hatte als College-Quarterback zwar durchaus Talent, aber wenn es etwas gab, das ihm sein Daddy mit all seinem Geld nicht kaufen konnte, dann den Durchbruch im Profi-Football. Er fragte sich, wie viele andere angehende Quarterbacks in den letzten Jahren schon auf der Bank gesessen und gehofft hatten, dass Seth Lyons sich mal ein Bein brechen würde.

»Warum guckst du ständig zur Tür?« Lyons drehte den Kopf und folgte Webbers Blick, dann wandte er sich ihm wieder zu. »Wartest du auf jemanden? Moment mal, hast du etwa Emily eingeladen?«

»Nein, aber ich hatte gehofft, du würdest deinem Ruf gerecht werden und hättest etwas in der Richtung organisiert.« Webber schnaubte. »Emily wäre ohnehin nicht gekommen. Nach den Vorlesungen geht sie nachmittags immer joggen, dann fährt sie nach Hause. Anscheinend ist ihre Mutter vor einiger Zeit gestorben, und sie kümmert sich um ihre Geschwister.«

»Hmm, schade, aber irgendwann wird sie ja wohl Freizeit haben«, sagte Lyons und seufzte. »Ich hatte noch keine Gelegenheit, mich mit ihr zu unterhalten, aber ich arbeite daran.« Er grinste. »Diesen Freitag sollte es eigentlich klappen.«

Webbers Magen krampfte sich bei der Vorstellung zusammen, dass Lyons Emily irgendwo auflauern würde; im Wald zum Beispiel. »Ich glaube, du verschwendest deine Zeit. Ich habe ja versucht, mich an sie ranzumachen, aber: keine Chance. Sie hat mir klargemacht, dass sie mit keinem etwas anfangen will, bevor sie mit dem College fertig ist.«

»Tja, sie hat ja auch den sprichwörtlichen Charme der Lyons noch nicht kennengelernt. Eigentlich hatte Dylan heute Abend für das Entertainment sorgen wollen, aber das Mädchen, das er eingeladen hatte, ist nicht aufgetaucht. Ich glaube, sie hat darauf bestanden, in ihrem eigenen Auto herzukommen, was ohnehin nicht ideal gewesen wäre. Er hätte es besser wissen müssen, aber ich schätze mal, er hatte keine Wahl.« Lyons schüttelte den Kopf. »Ich habe es lieber, wenn einer von uns die Mädels abholt. Dann kriegen sie unterwegs einen Drink, und wenn sie hier ankommen, sind sie schon ein wenig in Stimmung.« Er rollte mit den Schultern. »Ich habe keine Zeit, sie zu irgendwas zu überreden. Sie wissen schließlich, warum ich sie hierher eingeladen habe.«

Webber runzelte die Stirn. »Echt? Sie wissen, dass es nur um Sex geht, nicht mehr?«

»Klar.« Lyons nippte an seinem Bier. »Ich habe eine Freundin zu Hause, wir sind verlobt. Wenn wir heiraten, fusionieren die Unternehmen unserer Eltern.«

»Ehrlich, so eine arrangierte Heirat? Eine Zweckehe?« Webber hatte nicht gewusst, dass es solche archaischen Praktiken immer noch gab.

»Irgendwie schon.« Lyons zuckte mit den Schultern. »Ich liebe sie nicht, wenn du das meinst, aber ihre Familie ist reich. Sie sieht ganz gut aus, und ich werde mein eigenes Leben haben. Sobald wir ein paar Erben gezeugt haben, kann sie sich einen Liebhaber nehmen, wenn sie will. Wir haben das alles so besprochen, und sie ist einverstanden.«

»Nicht schlecht.« Webber grinste. »Einer der Vorteile, wenn man im Footballteam ist, sind die Frauen, oder? Mann, als ich das letzte Mal gespielt habe, hatte ich jede Nacht eine andere im Bett. Ich habe es echt vermisst, im Team zu sein. Wir wussten damals, wie man feiert, wenn du weißt, was ich meine.« Er ließ seinen Blick noch einmal durch den Raum schweifen. Ihm fiel auf, dass Court einen anderen Mann durch eine Tür am Ende des Flurs geleitete.

»Genau wie wir, hoffe ich.« Lyons neigte den Kopf zur Seite und musterte ihn. »Aber die meisten Typen spucken nur große Töne.« Er schnaubte. »Bist du ein Mann der Tat, Colt?«

»Soll ich's dir beweisen?« Webber zückte sein Smartphone, auf das Kane ihm glücklicherweise einige konfiszierte Fotos früherer Delikte geladen hatte. Er hielt das Display so, dass Lyons draufschauen konnte, und klickte sich kurz durch ein paar explizite Bilder, dann steckte er es wieder weg. »Glaubst du mir jetzt?«

»Irgendwie habe ich geahnt, dass wir beide zusammenpassen.« Lyons lächelte. »Genau so einen Typen wie dich brauchen wir im Team – und auch hier.«

Webber wollte weiter mit Lyons über Frauen reden, vielleicht konnte er so aus ihm herauskitzeln, ob er und seine

Freunde Chrissie Lowe vergewaltigt hatten. Es würde nicht leicht sein, seine Fragen so zu formulieren, dass er sich nicht verdächtig machte. Trotzdem, versuchen musste er es. »Ich kann gar nicht fassen, dass ich so nah dran war«, Webber hielt Daumen und Zeigefinger einen Zentimeter auseinander, »mir das Mädchen vorzunehmen, das du letzte Woche eingeladen hast.«

»Ach was, die Nächste kommt bestimmt.« Lyons zuckte mit den Schultern. »Ich werde die Jungs fragen, ob sie einverstanden sind, dass du mitmachst. Aber wir müssen uns vorsehen.« Er sah ihn mehrere Sekunden an. »Was hier im Haus passiert, das bleibt hier im Haus.«

Webber runzelte die Stirn. »Aber die Frauen *wollen* doch Party machen, oder?«

»Also beschwert hat sich noch keine.« Ein Lächeln kroch über Lyons' Gesicht. »Klar wollen die Party machen, und sie kommen immer wieder zurück und wollen mehr. Vor allem die Erstsemesterinnen – die tun immer so süß und unschuldig, aber sobald sie ein paar Drinks intus haben, werden sie zu Nymphomaninnen. Die Jungs stehen ihnen dann natürlich gern zu Diensten.«

Webber nahm einen Schluck von seinem Drink und begegnete Lyons' Blick. »Gerade die jungen Dinger ändern aber auch gerne mal ihre Meinung, wenn sie wieder nüchtern sind. Schwer zu glauben, dass sich noch keine beschwert hat.«

»Das liegt daran, dass ich eine Versicherung habe«, kicherte Lyons und zog ein Handy aus der Tasche. Webber fiel auf, dass es nicht dasjenige war, das er normalerweise benutzte, sondern ein billiges Wegwerfhandy. »Ich zeige dir ein paar Bilder, aber wir haben eine ganze Bibliothek davon, und die Fotos sind gut versteckt. Niemand kann sie finden, und falls sich doch jemand bei der Polizei beschwert, habe ich ein paar zensierte Versionen, die ich denen zeigen kann. Die habe ich so bearbeitet, dass sie beweisen, dass die Mädchen mit allem einverstanden waren, was wir mit ihnen gemacht haben.« Er öffnete den Ordner und reichte ihm das Handy. »Guck selbst.«

Beim Anblick von Chrissie Lowe in diversen expliziten Posen drehte sich ihm der Magen um. Er zoomte an ihr Gesicht heran. Unter geschminkten Augenlidern sah er riesenhaft geweitete Pupillen, und ihr leerer Gesichtsausdruck und der offene Mund verrieten ihm, dass sie kaum bei Bewusstsein war. Falls überhaupt. Er hielt den Blick gesenkt, als würde er sich die Bilder ganz genau anschauen, während er zugleich versuchte, seine Wut im Zaum zu halten. Wenn er nicht aufpasste, würde seine Tarnung noch auffliegen. Wie er jetzt reagierte, war entscheidend dafür, ob sie diesem Hurensohn das Handwerk legen würden. Er holte tief Luft und ließ sie langsam wieder ausströmen. »O Mann, die sind heiß. Schon mal zwei gleichzeitig gehabt?« Er rang sich ein Kichern ab. »Das wäre geil.«

»O ja, und wir haben sogar Videos davon.«

Jetzt hatte er Lyons so weit, dass er mit seinen Eroberungen prahlte.

Die Augen des Quarterbacks glänzten. »Sich die später noch mal anzugucken, ist auch geil, aber nichts im Vergleich dazu, es selbst zu erleben.«

Das war Webbers Chance, die alles entscheidende Frage stellen: »Wann ist denn die nächste Party?«

»Hmm.« Lyons zuckte mit den Schultern. »Kann ich nicht genau sagen, vielleicht Samstag. Die Jungs müssen nach dem Spiel runterkommen. Ich werde sehen, was ich arrangieren kann, aber diese Emily mache ich so oder so klar. Herausforderungen kann ich nie widerstehen, und ich gewinne immer.« Er hielt inne und schaute ihm direkt in die Augen. »Wenn du dir deinen Platz in unserer Gruppe verdienen willst, musst du nach dem Spiel ein Mädchen abschleppen und für die anderen mit hierherbringen. Dann werden sie auch einverstanden sein, dass du hier einziehst.« Er grinste. »Hör zu, ich habe eine Idee.

Wenn wir uns zusammentun, kann uns kein Mädchen widerstehen. Wir machen mehrere gleichzeitig klar, und weil sie nicht allein sind, werden sie sich sicher fühlen. Keine Sorge, die Jungs werden locker mit drei auf einmal fertig.«

Boah, das geht mir alles viel zu schnell. Webber runzelte die Stirn. »Okay, aber drei Stück, ist das nicht ziemlich riskant?«

»Nö.« Lyons grunzte. »Keine Sorge, sobald das Keta zu wirken beginnt, betteln sie geradezu darum, flachgelegt zu werden.«

Webber wünschte, er hätte ein Mikrofon an sich. Das Geständnis, dass Lyons seinen Opfern K.-o.-Tropfen verabreichte, wäre der einzige Beweis, den er brauchte.

Verdammt, so wird man nichts von dem, was er mir hier erzählt, vor Gericht verwenden können. Er wusste natürlich, dass mit »Keta« Ketamin gemeint war, das oft als K.-o.-Tropfen benutzt wurde, um Frauen willenlos zu machen und zu vergewaltigen. Webber zwang sich zu einem Lächeln. »Ich bin dabei.«

»Wir werden sehen, Kumpel.« Lyons grinste. »Warte hier und unterhalte dich ein bisschen mit den anderen.« Er deutete auf eine Gruppe von jungen Männern, die in der Nähe zusammenstanden und schwatzten. »Ich muss mal aufs Klo.« Er schlenderte in Richtung Flur.

Inmitten dieser Leute hatte Webber das seltsame Gefühl, er würde ertrinken. Die Männer schauten alle gleich misstrauisch, und sie starrten ihn wortlos an, als wäre er ihr persönlicher Feind. Es war offensichtlich, dass Lyons ihm noch nicht ganz vertraute, wenn seine Jungs erst ihr Okay geben mussten. Er warf einen beiläufigen Blick auf den Ring mit dem Tracker und überlegte, wie schnell wohl die Verstärkung eintreffen würde, falls sie beschlossen, ihn zu beseitigen. *Nicht schnell genug.*

SIEBENUNDDREISSIG

Dylan Court schloss die Tür zum Keller auf. Er schaute sich um, um sicherzugehen, dass ihnen niemand gefolgt war. »Ich mache Licht. Ich will meinen USB-Stick in den Safe tun.« Er betrat den Raum und betätigte den Lichtschalter.

»Sag mal.« Sein Kumpel blieb im Türrahmen stehen. »Bewahrt ihr sonst noch irgendwo Kopien auf?«

»Nein, nur im Safe.« Court ließ seinen Blick durch den Raum schweifen. Große, bequeme Sofas standen im Halbkreis vor einem riesigen Flachbildschirm. Es kam ihm vor, als würde ihr Raum hier unten mit jedem Mal, dass er hierherkam, luxuriöser. Diesmal waren die voll ausgestattete Bar und die Kaffeemaschine neu. Er ging auf ein gerahmtes Bild vom Team zu, drückte auf einen unter dem Kaminsims versteckten Knopf, und das Bild klappte auf und enthüllte einen Safe. »Siehst du, hier kommt er rein, da wird ihn keiner finden. Ich musste nur noch ein paar Sachen darauf speichern.«

»Sehr gut.« Sein Freund zückte sein Handy und zeigte Court ein paar Sekunden vom Video. »Guck mal hier – wie findest du das?«

Court hatte nicht gewusst, dass man mit einem Handy so ein professionelles Video aufnehmen konnte. »Mann, das sieht ja fast aus wie ein echter Porno.« Er sah seinen Kumpel begeistert an. »Können wir uns das nicht auf dem großen Bildschirm angucken?«

»Später. Ich will erst wissen, was du auf deinem USB-Stick hast.« Sein Blick wurde intensiv. »Zeig her. Dann lade ich dir eine Kopie davon herunter, für deine persönliche Sammlung.« Er winkte mit seinem Handy.

Court wollte sich den Film unbedingt anschauen, also griff er in den Safe und holte seinen USB-Stick wieder heraus. Er ging zu einem Schreibtisch im hinteren Teil des Raumes, fuhr den Computer hoch, gab sein Passwort ein und steckte den Stick ein. »Hier, kann ich jetzt das verdammte Video sehen?«

»Danke, ich sende die Datei rüber.« Der andere grinste ihn an. »Dann hast du etwas zu tun, während ich mir das hier angucke.«

Courts Handy zeigte an, dass ihm sein Kumpel ein Video schicken wollte. Er klickte auf »Annehmen«, wartete darauf, dass es fertig heruntergeladen war, und ließ sich aufs Sofa fallen, um es sich anzuschauen. Er war so vertieft, dass er seinen Kumpel erst wieder bemerkte, als er sich neben ihm auf das Sofa setzte. Court hielt den Clip an. Ein wenig ärgerte er sich darüber, dass der andere ihn störte. Er wandte sich zu ihm um und blickte direkt in die Mündung einer Waffe. »W...was zum Teufel?«

»Schieb den Ärmel hoch, den linken.« Das Gesicht seines Freundes war zu Granit erstarrt. »So ist es gut. Jetzt nimm den Gummischlauch und binde dir den Arm ab. Ich will die Venen sehen. Dann nimmst du die Spritze.« Er stupste ihn mit der kalten Mündung der Pistole an. »Du weißt doch, wie das geht, oder, Dylan?«

Court starrte auf die beiden Spritzen. »Was ist das?«

»Das ist ganz speziell für dich.« Er lächelte finster. »Das wird ein super Trip. Du solltest mir dankbar sein.« Er drückte die Mündung fester an Courts Schläfe. »Mach schon, ich habe nicht ewig Zeit.«

Vor Panik zitterten seine Hände, aber er nahm den Gummischlauch, band ihn mithilfe seiner Zähne um seinen Oberarm und zog ihn fest. »Dir ist klar, dass das bei einem Drogentest auftauchen wird? Dann fliege ich garantiert aus dem Team.« Court drückte sich die Nadel in die Vene. »Ist das dein Plan?«

»Ja.« Seine Stimme war nur noch ein tiefes Knurren. »Mach.«

Als die Droge in seine Vene eindrang, wurde Court schläfrig. Es war ein schönes Gefühl, als würde er davonschweben. Er hatte kein Problem damit, high zu sein. Es war nicht das erste Mal. Er war klug genug gewesen, sich nur ein kleines bisschen in den Arm zu spritzen. In spätestens einer Stunde würde er wieder aufwachen, und wenn er Seth erst einmal erzählte, was hier passiert war, würde dieser Mistkerl dafür bezahlen. Im nächsten Moment schlossen sich die Finger eines Lederhandschuhs um seine Hand, und ein ganzer Schwall kalter Flüssigkeit schoss seinen Arm empor. Die hohe Dosis würde ihn umbringen, wenn ihm niemand half! Die Angst schnürte ihm die Kehle zu. *Ich werde sterben.*

Desorientiert und zitternd öffnete er die schweren Augenlider und starrte auf die Spritze, die ihm aus dem Arm hing. Sein Freund löste gerade das Gummiband, ließ es aber an Ort und Stelle, und er beobachtete ihn mit dunklen, eiskalten Augen. Court wollte etwas sagen, um sein Leben flehen, aber sein Mund war taub, er konnte nicht sprechen. Sein Herz pochte, erst schnell, dann wurde es langsamer, setzte aus, als habe es Mühe, das Blut durch seine Adern zu pumpen. Schweiß rann ihm in die Augen und brannte, aber nicht lange. Während er nach und nach das Bewusstsein verlor, hörte er noch, wie der andere den Safe leerte. Dann versank der Raum in Dunkelheit, und das letzte Geräusch, das er wahrnahm, war das Klicken der Tür, als sein Mörder ihn zum Sterben allein ließ.

ACHTUNDDREISSIG
FREITAG

Es war wieder einer dieser Tage. Jenna spürte es in ihren Knochen. Ohne Frühstück ins Büro zu fahren, beeinträchtigte ihr Denken. Sie starrte auf das Whiteboard und schüttelte den Kopf. Sie waren bei keinem der Fälle vorangekommen, und keiner der von ihr angeforderten Berichte war bislang eingetroffen. Rowley klopfte an ihre Bürotür, und sie winkte ihn herein.

»Haben wenigstens *Sie* etwas, das uns weiterhilft?«

»Ich fürchte nein, Ma'am. Nicht wirklich.« Rowley fuhr sich mit einer Hand durch seine widerspenstigen Locken und seufzte. »Es scheint kaum jemanden zu geben, der mit dem Footballcoach von unserem College gut auskommt. Es gibt diverse Beschwerden anderer Teams über ihn, und die Spieler, die er im Laufe der Jahre auf die Bank gesetzt hat, sind auch alle sauer auf ihn.«

Verblüfft über Rowleys Informationen, räusperte sie sich. »Wieso zum Teufel ist er dann nicht schon längst abgelöst worden?«

»Ich schätze, weil jedes Team, das er trainiert, gewinnt.« Rowley runzelte die Stirn. »Es geht nur um den Ruf, Ma'am. Für das College bedeutet der Football eine Menge Prestige.

Wissen Sie, Black Rock Falls ist eine der ersten Städte, in die die Scouts kommen, um sich nach Talenten für die NFL umzuschauen.« Er lächelte. »Deshalb kommen die Kids von überallher und wollen ins Team.«

Jenna nickte. »Okay, es könnte also ein wütender Vater sein, eine rivalisierende Mannschaft, ein ehemaliger Spieler oder irgendjemand sonst, der das Team kaputtmachen will?« Sie seufzte, als Rowley entschuldigend mit den Achseln zuckte. »Niemand Bestimmtes? Oder gab es in letzter Zeit irgendwelche Drohungen?«

»Doch, schon. Aber ich habe gestern Abend und heute Morgen alle daran Beteiligten ausfindig gemacht, und keiner war zu der Zeit, als Jacobs oder Devon starben, in der Nähe. Und noch etwas: Wolfe hat angerufen und gesagt, dass die Abformungen der Hände der Verdächtigen kein schlüssiges Ergebnis erbracht haben. Er kann nicht nachweisen, dass die Fingernägel von einem der Verdächtigen die Abdrücke an Devons Knöcheln hinterlassen haben.« Rowley begegnete ihrem Blick. »Und ich habe noch mehr schlechte Nachrichten.«

Jenna wurde flau. »Was denn nun noch?«

»Walters hat herausgefunden, was das für ein Ring ist, den Jacobs getragen hat.« Rowley runzelte die Stirn. »Das Team hat es letztes Jahr bis zu den nationalen Meisterschaften geschafft, und zu dem Anlass haben alle Spieler des Teams so einen Ring bekommen. Das heißt, alle Bewohner von Lyons' Haus haben den, mit Ausnahme des Typen, der Epilepsie hat. Das ist der Bruder von Seth Lyons' Verlobter, deshalb wohnt er mit im Haus.«

Erstaunt starrte Jenna ihn an. »Lyons ist verlobt?«

»Sieht so aus.« Rowley schüttelte den Kopf. »Nicht mehr lange, schätze ich, wenn seine Verlobte herausfindet, was er getan hat.«

»Es sei denn, sie möchte ihn regelmäßig im Gefängnis besuchen.« Jenna rollte mit den Augen. »Ich hoffe, wenigstens Dave hat etwas, sonst sind wir wieder ganz am Anfang.«

»Hat jemand meinen Namen gesagt?« Kane stand in der offenen Tür, die Hände links und rechts am Türrahmen. Seine Jacke war offen und hing ihm an den Armen wie die Flügel einer Fledermaus.

»Ja, ich«, sagte Jenna und lächelte ihn an. »Hast du Jones ′ Alibi überprüft?«

»Ja.« Kane lotste Duke in den Raum. »Moment, ich habe was zu essen geholt, das ist noch im Wagen.« Er sah Rowley an. »Helfen Sie mir mal kurz?«

»Gerne.« Rowley folgte ihm zur Tür hinaus.

Jenna schaute ihnen hinterher. Irgendwie hatte sie geahnt, dass Kane unterwegs bei Aunt Betty's Café halten und Frühstück besorgen würde. Wenige Augenblicke später tauchten die zwei mit diversen Papiertüten und Kaffeebechern wieder auf. »Okay, dann setzt euch mal hin. Dave, was hast du herausgefunden?«

»Jones war in der Bibliothek, und da Aunt Betty's ein Überwachungssystem hat, konnte ich mir die Aufnahmen ansehen. Er kam um halb neun vorbei und hat sich einen Burger geholt. Ich habe mit dem Wachdienst vom College gesprochen: Jones hat sich erst um zehn wieder in der Bibliothek angemeldet. Er hatte also genug Zeit, um seinen Burger zu essen und dann Devon zu töten.«

Jenna stand auf und ergänzte die Informationen am Whiteboard. »Hmm, sieht so aus, als wären alle unsere Verdächtigen zum Zeitpunkt von Devons Tod von der Bildfläche verschwunden gewesen.« Sie schaute Kane an. »Wenn Stein spazieren gegangen ist, ist er dann auf anderen Überwachungskameras zu sehen?«

»Wahrscheinlich nicht.« Rowley runzelte die Stirn. »Die Kameras befinden sich hauptsächlich auf dem Parkplatz und an den Eingängen. Vielleicht kannst du herausfinden, wann Jones wieder auf dem Campus eingetroffen ist und wann Lowe dort weggefahren ist.«

»Ich habe schon nachgesehen.« Kane nippte an seinem Kaffee. »Jones ist um neun angekommen, dann hat er den Parkplatz verlassen und hatte nichts bei sich. Ich nehme an, er hat seinen Burger im Auto gegessen. Ich konnte ihn nirgendwo in der Nähe vom Schwimmbad aufspüren, weil da, wie du ja weißt, die Überwachungskameras nicht liefen.« Er zuckte mit den Schultern. »Lowe ist um zehn vor zehn losgefahren, er hätte also ebenfalls Zeit gehabt.«

»Okay, Jones kam also um neun zurück und wurde erst um zehn wieder in der Bibliothek gesehen. Dem Türscanner zufolge kamen sowohl Stein als auch Jones um zehn in der Bibliothek an. Schon ein seltsamer Zufall.« Jenna sah Kane an. »Du glaubst doch nicht, dass beide in diese Vorfälle verwickelt sind, oder?«

»Möglich ist das schon.« Kane zuckte mit den Schultern. »Sie haben unterschiedliche Motive, könnten sich aber zusammengetan haben.« Er stellte seinen Becher ab und runzelte die Stirn. »Eines beunruhigt mich an Jacobs' Tod aber nach wie vor: Da sich sowohl Jones als auch Stein in letzter Zeit mit Jacobs gestritten haben, hätte er bestimmt keinem der zwei als Spotter vertraut. Nicht bei einem solchen Gewicht.« Er begegnete Jennas Blick. »Bei Devon geht das Szenario vielleicht auf – wenn sie beide im Schwimmbecken waren und jeder eines seiner Beine gepackt hat, um ihn unter Wasser zu zerren ... Aber dass einer von denen über Jacobs stehen durfte und eine so schwere Langhantel über seinem Kopf balancieren durfte? Nee, auf keinen Fall.«

»Was ist mit Lowe?« Rowley überflog die Fallakte. »Benutzt der den Kraftraum?«

»Nein, er meinte, er müsse bei seiner Arbeit schon genug heben.« Jenna setzte sich und stützte ihren Kopf auf die Hände.

Sie musterte ihre Deputys. »Wem hat Jacobs mehr vertraut als allen anderen?«

»Lyons.« Kane lehnte sich in seinem Stuhl zurück. »Was, wenn er wusste, dass Jacobs Spuren an Chrissie hinterlassen hatte, die ihn verraten würden? Vielleicht sehen wir die Sache ganz falsch. Vielleicht liefen sie wegen Jacobs Gefahr, aufzufliegen.«

»Und Devon hatte Fotos auf seinem Wegwerfhandy.« Rowley runzelte die Stirn. »Falls er damit gegen die Regeln verstoßen hat, hat Lyons vielleicht beschlossen, ihn ebenfalls zu eliminieren.« Jenna sah von einem zum anderen. »Wir müssen also herausfinden, wo Lyons zur Zeit der beiden Todesfälle war. Wenn er zu einer Vergewaltigung fähig ist, dann sicher auch zu einem Mord.« Sie machte sich eine Notiz und lehnte sich in ihrem Stuhl zurück. »Wir brauchen immer noch mehr als bloß Indizien, um zu beweisen, dass Lyons und seine Freunde Chrissie vergewaltigt haben. Hat jemand etwas von Webber gehört? Ich hätte eigentlich gedacht, dass ich langsam mal einen Bericht von ihm bekomme.«

»Er ist gestern Abend zum Haus gefahren.« Kane griff in eine der Tüten und förderte ein Sandwich zutage. »Sie haben eine Trauerfeier für Jacobs und Devon veranstaltet. Vielleicht hat er dort übernachtet. Und heute Morgen hat er Training, da wird er kaum Zeit gehabt haben, uns zu kontaktieren. Er würde kaum riskieren, uns eine SMS zu schicken, falls Lyons Verdacht schöpft und sein Handy checkt.« Er blinzelte und sah Jenna an. »Schau doch mal nach, ob er sich gestern Abend noch extern in die Dateien eingeloggt hat.«

Sie sah die elektronischen Fallakten durch und fand tatsächlich einen Eintrag, den Webber in den frühen Morgenstunden gemacht hatte. Jennas Herz pochte. Sie las den Bericht laut vor und blickte dann zu ihren Deputys auf. »Webber ist nahe dran, die Beweise zu bekommen, die wir brauchen. Ich bin ganz seiner

Meinung: Dass Lyons die Bilder hat, ist das eine, aber wenn sie nicht beweisen, dass er oder einer der anderen an der Vergewaltigung von Chrissie beteiligt war, sind sie für uns wertlos. Wir können nicht nachweisen, wann die Bilder gemacht wurden, also haben sie als Beweis vor Gericht keinen Bestand. Es ist kein Verbrechen, explizite Fotos von Frauen zu haben, die über achtzehn sind.« Sie wandte sich an Kane. »Gut, dass du diese Bilder auf Webbers Handy geladen hast. Sieht ganz so aus, als hätte er sie gebraucht. Ich beneide ihn echt nicht. Er geht ein verdammt großes Risiko ein.«

»Ich wollte nur auf Nummer sicher gehen«, sagte Kane und rieb sich das Kinn. »Falls Lyons wirklich ein Killer ist, wird er nicht zögern, ihn auszuschalten.« Der Nerv in seiner Wange zuckte und verriet, wie aufgeregt er war. »Lyons hat Emily im Visier. Wir müssen jetzt ganz besonders auf sie aufpassen. Und Webber wird in Erklärungsnot geraten, wenn Lyons von ihm erwartet, dass er junge Frauen für ihre Party besorgt und selbst mitmischt.«

Jenna schüttelte den Kopf. »Das wird auf keinen Fall passieren.« Sie trommelte mit ihren Fingern auf dem Schreibtisch. »Wir könnten auf der Party eine Drogenrazzia machen. Wenn Webber mitbekommt, wie Lyons seine Drogen verabreicht, wird er es uns sagen.«

»Das wissen doch längst.« Kane runzelte die Stirn. »Sie schütten sie den Mädchen ins Getränk. Aber das einer einzelnen Person nachzuweisen, wird schwierig, vor allem, wenn sie eine Bowle haben zum Beispiel.«

»Macht man heute noch Bowle?« Rowley verzog das Gesicht. »Vor zehn Jahren vielleicht, aber jetzt doch nicht mehr.«

Jenna rieb sich die Schläfen. »Ich denke, wir sollten am Samstag zum Spiel gehen, und ich schlage vor, dass wir auch ein Auge auf Emily haben. Sie geht jeden Nachmittag gegen vier laufen. Wir sollten dafür sorgen, dass wir jemanden in der

Nähe haben, falls sie irgendwelche Probleme mit Lyons bekommt.«

Jennas Handy läutete. Sie sah auf das Display: Wolfe war dran. »Morgen, Shane. Wie geht es Ihnen?«

Sie hörte kurz zu und stellte dann den Lautsprecher des Telefons an. »Okay, Sie sind auf Lautsprecher, und Kane und Rowley sind hier.«

»Eine Putzfrau, Doris Beachwood, die in Lyons' Haus putzt, hat heute Morgen gegen halb neun den Notarzt gerufen. Sie hat im Keller die Leiche eines Mannes gefunden, der als Dylan Court identifiziert wurde. Bevor Sie fragen: Der Keller ist eher eine Art Klubraum, mit Großbildfernseher und Sofas. Sieht so aus, als würden sie da gerne unter sich sein – ich habe neben dem Fernseher ein paar Porno-DVDs gesehen.« Wolfe hielt einen Moment inne. »Der Notarzt, der mich angerufen hat, sagte, Court sei tot gewesen, als er eintraf, offenbare Todesursache: eine Überdosis Drogen.«

Ein Schauer des Entsetzens lief Jenna über den Rücken. Kane hatte alle Männer, die im Haus wohnten, einem Drogentest unterzogen, und sie waren alle sauber gewesen; und nach dem Fiasko mit Owen Jones hatte auch der Coach stichprobenartige Drogentests eingeführt. »Er war nicht drogenabhängig. Kane hat sie alle an dem Abend, als wir Jacobs gefunden haben, einen Drogentest machen lassen.«

»Ja, und einiges am Tatort sieht ohnehin ziemlich merkwürdig aus. Sie sollten mitkommen und einen Blick darauf werfen, bevor ich die Leiche abtransportiere. Der Mann teilte sich übrigens ein Zimmer mit Pete Devon.« Wolfe räusperte sich. »Ich bin nicht überzeugt, dass es sich um eine versehentliche Überdosis handelt. Abgesehen von der Putzfrau und den Sanitätern war niemand außer mir in dem Raum. Seth Lyons ist auf dem Weg, und ich habe Webber gesagt, dass er mithelfen soll, damit alles möglichst normal erscheint – immerhin denken die, dass er mein Praktikant ist. Ich erkläre Ihnen meine Bedenken, wenn Sie da sind. Man könnte mich hier belauschen.«

Jenna sah Kane besorgt an, der schaute nicht weniger besorgt zurück. »Wir machen uns sofort auf den Weg.« Sie beendete das Gespräch und stand auf. »Rowley, schauen Sie, was Sie über Dylan Court herausfinden können. Ich brauche seine nächsten Angehörigen, und wir müssen wissen, ob er früher einmal Drogenprobleme hatte.«

»Was ist mit Emily?« Rowley richtete sich auf. »Normalerweise bringt Wolfe sie zur Unterstützung mit an den Tatort, aber ich fürchte, wenn sie dort wäre, würden wir sie Lyons quasi auf dem Silbertablett servieren.«

»Stimmt. Ich werde ihn anrufen und dafür sorgen, dass sie nicht auftaucht.« Jenna dachte einen Moment lang nach. Sie musste zu viele Dinge auf einmal bedenken und hatte zu wenige Deputys. »Ach, und wenn Sie Probleme mit den Rodeo-Teilnehmern in der Stadt haben, rufen Sie Walters an, damit er den Laden schmeißt, während wir alle im Einsatz sind. Ich habe den Sheriff von Blackwater gebeten, uns Deputys zu schicken, die sich in den nächsten Tagen um die Leute auf dem Festivalgelände kümmern können. Die werden die Lage da schon unter Kontrolle haben, während wir mit unseren Ermittlungen beschäftigt sind.« Jenna schlüpfte in ihre Jacke und ging zur Tür. »Okay, Dave, du kommst mit mir.«

NEUNUNDDREISSIG

Kane wich ein paar Jugendlichen auf Skateboards aus, die über den Bürgersteig flitzten, und folgte Jenna zu seinem Wagen. In der Stadt wimmelte es von Menschen in Fransenhemden und Cowboyhüten; die Leute schienen sich richtig ins Zeug zu legen, wenn das Rodeo in die Stadt kam. Er sah nach oben und erblickte einen roten Luftballon, den der Wind über die Kronen der Bäume wehte. Als er die Tür seines SUV öffnen wollte, duftete es verlockend nach Hotdogs und Zwiebeln, die ein Stand am Straßenrand verkaufte. Zu seinen Füßen hob Duke die Nase, schnupperte und winselte. Er hob ihn auf den Rücksitz und schnallte ihn an. »Du kriegst einen, wenn wir zurückkommen.«

»Ich kriege was?«, fragte Jenna. Sie kletterte ins Auto und schnallte sich an.

»Nicht du, sondern Duke«, sagte Kane, setzte sich hinters Steuer und startete den Motor. »Einen Hotdog. Ich glaube, er wird langsam süchtig danach.«

»Die können nicht gesund für ihn sein.« Jenna runzelte die Stirn und schaute zu dem Hund hinüber. »Du verwöhnst ihn viel zu sehr.«

Kane fuhr rückwärts aus der Parklücke und bog dann in Richtung Stanton Road ab. »Ach was, die kann er ab. Ich gebe ihm ja nur die Wurst.«

»Ich glaube eher, das ist nur wieder eine Ausrede für dich, um etwas zu essen.« Jenna gluckste. »Du bist wirklich ein Fass ohne Boden.«

Kane lächelte sie an. »So hat mich noch nie jemand genannt. Annie meinte immer, ich sei wie ein Teddybär.« Die Erinnerung an seine tote Frau kam wieder hoch. »Wegen meines knurrenden Magens und so.«

»Du denkst oft an sie, nicht wahr?« Jenna starrte geradeaus. »Das geht mir mit meiner Familie auch so. Ich muss ständig an sie denken.«

Die lächelnde Annie tauchte vor seinem inneren Auge auf, aber ihr Duft war verschwunden, und ihr leises Lachen quälte ihn nicht mehr in seinen Träumen. Er schloss die Finger um Jennas Hand und drückte sie sanft. »Sie wird immer ein Teil von mir sein, Jenna, und ich versuche, darüber hinwegzukommen, aber das ist nicht leicht.«

Als er spürte, dass sie leicht zitterte, schaute er sie an. Er begegnete ihrem Blick und sah, dass ihre Augen feucht waren. Er musste sich wieder auf die Straße konzentrieren, ließ ihre Hand los und ergriff das Lenkrad. Sie war so geduldig mit ihm und verlangte nie von ihm, dass er sich ihr gegenüber zu irgendetwas verpflichtete. Er nahm an, dass sie mehr von ihm wollte als Freundschaft, aber sie gab ihm Zeit, um um seine Frau zu trauern. Verdammt, sie war seine beste Freundin, und er mochte sie sehr. »Ach Jenna, ich glaube, ich sollte nicht so viel über Annie reden.«

»Doch, das sollst du, Dave.« Jenna räusperte sich. »Ich finde es gut, dass du mir deine Vergangenheit anvertraust.« Sie drehte sich in ihrem Sitz und sah ihn an. »Du spielst ja sonst nicht gerade mit offenen Karten.«

Er wusste nicht genau, was er darauf sagen sollte, also lächelte er bloß. »Nach meiner Verletzung hast du mir gesagt, wir würden es Schritt für Schritt angehen. Ich will nicht riskieren, dich zu verletzen, Jenna.«

»In Ordnung. Aber sieh dich vor«, sagte Jenna und grinste. »Selbst wenn man einen Schritt nach dem anderen tut, hat man irgendwann einen ganzen Marathon zurückgelegt.«

»Ganz genau.« Er lächelte und bog in die Einfahrt ein. Er ignorierte das Einfahrtsverbotsschild und nahm den direkten Weg zum Haus. »Und so gern ich dieses Thema auch weiter diskutieren würde, sollten wir jetzt lieber unser Pokerface aufsetzen.«

»Klar, aber wenn um einen herum ständig Menschen ermordet werden, muss man immer mal für ein paar Minuten Abstand bekommen und an etwas Schönes denken, sonst verliert man den Verstand.« Jenna seufzte. »Und dann müssten wir unseren Job an den Nagel hängen und wie die anderen Verrückten draußen im Wald leben.«

»Ach, ich glaube, ich käme in völliger Isolation ganz gut zurecht. Fischen, jagen, unter freiem Himmel schlafen ...« Kane parkte neben Wolfes Wagen.

»Das mit dem Schlafen unter freiem Himmel müsste ich nicht unbedingt haben ... Du kannst das gerne tun, aber ich möchte eine schöne Blockhütte im Wald, mit Strom und Internet.« Jenna kicherte. »Dann würde ich überall Schilder mit der Aufschrift ›Betreten verboten‹ aufstellen, und die Leute würden mich in Ruhe lassen.«

»Hm.« Kane wandte sich zu ihr um und lächelte. »Oder vielleicht sollten wir mit all unseren Freunden hierbleiben und stattdessen einfach bald wieder Urlaub machen – vielleicht nächstes Mal Hawaii?«

Als Wolfe auf der Veranda erschien und sie hereinwinkte, fiel Kane gleich sein ernster Gesichtsausdruck auf. Der

Gedanke an einen weiteren Urlaub mit Jenna verflüchtigte sich sofort. Er drehte sich zu Jenna um und runzelte die Stirn. »Er sieht aber nicht sehr fröhlich aus.«

»Hoffen wir, dass es nicht schon wieder ein Mord ist.« Jenna stieg aus dem Wagen und ging auf das Haus zu.

Kane eilte die Treppe hinauf, Duke kam hinterher. Drinnen saß eine Frau mittleren Alters auf dem Sofa im Wohnzimmer und trank ein Glas Wasser. Seth Lyons und Colt Webber redeten gerade mit Wolfe, der sich Notizen machte. Jenna hatte sich bereits neben Wolfe gestellt, ihr Notizbuch in der Hand. Kane trat an ihre Seite und hörte dem Gespräch zu.

»Wann haben Sie Dylan das letzte Mal lebend gesehen?«, fragte Wolfe Lyons und starrte ihn seltsam intensiv an.

»Weiß ich nicht genau, irgendwann gestern Abend, vielleicht gegen acht, keine Ahnung.« Lyons nickte zu Webber herüber. »Ich habe fast den ganzen Abend mit Colt geredet, bis spät in die Nacht, und bin gegen halb zwei ins Bett gegangen, glaube ich.«

»Webber wird mir bei der Obduktion assistieren. Sie wissen doch, dass er einer meiner Assistenten ist?« Wolfe wandte sich von Lyons ab und schaute Webber an. »Es sei denn, Sie waren mit Dylan befreundet.«

»Ich kenne ihn vom Training her, aber befreundet waren wir nicht. Ich werde zur Stelle sein, Sir.« Webbers schaute Kane an und dann wieder Wolfe. »Ich habe gestern Abend gesehen, dass er in die Richtung ging, wo es in den Keller geht, wie ich inzwischen weiß. Wann genau das war, weiß ich aber nicht. Ein anderer Typ war bei ihm, aber ich konnte sein Gesicht nicht sehen. Er hatte die Kapuze seines Hoodies über die Baseballmütze gezogen, und ich habe ihn nur im Profil gesehen. Er war ungefähr so groß wie ich. Breite Schultern. Das ist alles, was mir aufgefallen ist. Es hätte jeder aus dem Team sein können.«

»Ich brauche eine Liste von allen, die auf der Party waren.« Jenna reichte Lyons ihr Notizbuch und ihren Stift. »Hatten Sie irgendjemanden eingeladen, der noch nie hier war?«

»Nein, nur Colt, und der war fast den ganzen Abend mit mir zusammen.« Lyons sah sie scharf an. »Wozu denn?«

»Ich möchte, dass Sie mir das aufschreiben, solange Sie es noch frisch im Gedächtnis haben, nur für den Fall, dass wir später mit jemandem sprechen müssen.« Jenna runzelte die Stirn. »Hat Dylan regelmäßig Drogen genommen?«

»Auf keinen Fall!« Lyons schüttelte den Kopf. »Wir werden regelmäßig getestet, so etwas Dummes hätte er niemals getan. Dafür war er gar nicht der Typ.«

Kane schaute vom einen zum anderen und tat so, als sei Webber ein völlig Fremder. »Der Mann, den Sie angeblich gesehen haben, könnte also ein Dealer sein? Vielleicht brauchte Dylan etwas, das ihm über den Schock hinweghalf, dass sein Mitbewohner gestorben war. Wenn innerhalb einer Woche zwei Freunde sterben, kann einen das schon aus der Bahn werfen.«

»Ich kenne niemanden, der mit Drogen handelt, Sir.« Webber hob eine Augenbraue und wandte sich dann an Lyons. »Du?«

»Wenn, dann wäre ich nicht so dämlich, denjenigen an die Cops zu verpfeifen.« Lyons schnaubte. »Mir von Gangstern die Beine brechen zu lassen, wäre nicht gerade förderlich für meine Karriere.«

»Warum haben Sie nicht im Keller nachgesehen, als Dylan verschwunden war?« Kane starrte Lyons an.

»Ich wusste nicht, dass er verschwunden war, bis Mr Wolfe mich anrief. Hören Sie, Mann, Dinge passieren, Menschen sterben. So ist das Leben. Es hat keinen Sinn, sich darüber groß den Kopf zu zerbrechen.« Lyons zuckte mit den Schultern, als sei es für ihn das Normalste der Welt, dass seine Freunde starben.

»Wir sind erwachsen. Wir müssen niemandem melden, wann wir wohin gehen, oder pünktlich zum Abendessen zu Hause sein.«

»Was haben Sie noch für mich, Wolfe?«, fragte Jenna.

»Ich habe die Aussage der Putzfrau aufgenommen, sie hat den Toten gefunden. Sie hat einen Schlüssel zum Keller und sagte, dort sei normalerweise abgeschlossen, aber heute Morgen nicht. Ich werde Ihnen eine Kopie mailen.« Wolfe tippte auf dem Gerät in seiner Hand herum. »Ich denke mal, sie steht unter Schock. Ihr Mann wird gleich kommen und sie abholen.«

»Okay.« Jennas Handy summte und meldete eine neue SMS. »Zeigen Sie mir die Leiche.« Sie wandte sich an Lyons. »Sie bleiben hier und schreiben die Namen für mich auf. Vielleicht habe ich später auch noch ein paar Fragen an Sie.«

»Webber, kommen Sie mit. Ich erkläre Ihnen, wie wir in einer solchen Situation vorgehen.« Wolfe marschierte voraus, und sie folgten ihm den Flur hinunter zu einer offenen Tür, hinter der es in den Keller ging.

Kane folgte ihm, und sobald sie drinnen waren, schloss er die Tür hinter ihnen ab. Er wollte mit Webber sprechen, ohne dass Lyons ihr Gespräch mithören konnte. Neben ihm stieß Duke ein klägliches Heulen aus, das Kane eine Gänsehaut verursachte, und als er die Treppe hinunterging, roch auch er den unverkennbaren Geruch von Verwesung. Am Fuß der Treppe befahl er Duke, sich zu setzen, dann holte er seinen Scanner heraus, schloss die Ohrstöpsel an und durchsuchte den Raum nach Kameras oder Abhörgeräten. Er erstellte in seinem Kopf ein Raster des Raums, damit er keine Ecke übersah.

»Alles sauber!«, verkündete er und blickte sich um. Am Rand des Teppichs lag ein Staubsauger, den zweifellos Doris Beachwood hatte fallen lassen, als sie das bleiche Gesicht und die ins Nichts starrenden Augen der Leiche entdeckt hatte. Als er die Szenerie musterte, fiel ihm auf, dass ein Bild an der Wand schief hing. Er zog Latexhandschuhe an und fand dahinter einen Wandtresor. Die Tür war nicht verschlossen, der Tresor war leer. Dieser Raum passte so gar nicht zu dem Haufen Kerle, die oben hausten wie die Schweine – er fiel genauso aus dem Rahmen wie Lyons' Zimmer, und das machte ihn misstrauisch. Er sah genauer hin, fand aber keinerlei Anzeichen eines Kampfes. Alles war ordentlich, der Teppich war nicht verrutscht. Er trat neben Jenna und zeigte auf den Safe. »Vielleicht war das das Motiv.«

»Ja, den habe ich auch gesehen«, bestätigte Wolfe. »Er stand weit offen, als ich runterkam. Ich habe ein paar Fotos gemacht und ihn dann zugedrückt, um daran vorbeizukommen. Er wurde ausgeräumt.« Er trat an Kanes Seite. »Wir können also davon ausgehen, dass Court jemanden hierhergebracht hat, um ihm etwas zu zeigen, das sich im Safe befand. Die Person hat gewartet, bis er sich einen Schuss gesetzt hat, hat den Inhalt genommen und ist verschwunden. Wenn es ein Dealer war, der ihn ausrauben wollte, hat er ihn vielleicht getötet, um seine Identität geheim zu halten.«

»Ihn umgebracht?« Jenna trat näher an die Leiche heran und zuckte mit den Schultern. »Wie kommen Sie darauf, dass es sich um Mord handelt?«

»Hier.« Wolfe drehte vorsichtig den Kopf des Opfers, um ihr dessen Wange zu zeigen. »Das sieht ganz so aus wie der Abdruck einer Pistolenmündung.« Er legte Courts Kopf respektvoll wieder ab und sah sie an. »Gut möglich, dass ihm jemand eine Waffe an den Kopf gehalten und ihn gezwungen hat, sich den Schuss zu setzen.«

»Oder es ist ein Abdruck von seinem Helm nach einem harten Tackling.« Kane kratzte sich an der Wange. »Ich frage mich, was in dem Safe war.« Er stellte seinen Koffer auf dem Teppich ab. »Ich werde ihn auf Fingerspuren untersuchen.«

»Bemühen Sie sich nicht.« Wolfe zeigte auf einen kleinen

Fleck an Courts Daumen. »Sehen Sie das? Eine Druckstelle, an der man einen Abdruck von etwas erkennt, das wie die Naht eines Lederhandschuhs aussieht.«

»Ich denke mal, wir können den Todeszeitpunkt für gestern zwischen zweiundzwanzig Uhr und Mitternacht ansetzen«, sagte Webber und sah zu der Leiche hinüber. »Da habe ich ihn mit dem Typen, den ich vorhin erwähnte, in Richtung Keller gehen gesehen. Dummerweise habe ich nicht mitbekommen, wie der Typ gegangen ist. Ich war zu sehr damit beschäftigt, was Lyons gesagt und mir gezeigt hat.« Seine Miene verfinsterte sich. »Der ist wirklich pervers.«

»Ich habe mir von Anfang an gedacht, dass er hier die Strippen zieht.« Jenna schüttelte den Kopf. »Wir werden dieses Telefon brauchen.« Sie runzelte die Stirn. »Hat er Sie im Laufe des Abends irgendwann allein gelassen?«

»Nur, um auf die Toilette zu gehen.« Webber räusperte sich. »Ich bin auch einmal auf der Toilette gewesen, habe ihn also nicht die ganze Zeit im Auge gehabt.«

»Wie lange war er weg?« Jenna hob den Kopf. »Lange genug, um Court zu töten?«

»Ich denke schon.« Webber zuckte mit den Schultern. »Ich könnte aber nicht beschwören, wie lange genau. Ich glaube, er hat dafür gesorgt, dass seine Jungs mich in Schach halten, während er weg war. Ich hatte schon Angst, dass sie mir an den Kragen wollen.«

»Okay, ich will alle Einzelheiten darüber, was Sie und Lyons besprochen haben.« Jenna sah ihn scharf an. »Lassen Sie nichts aus.«

Abscheu und Wut überkamen Kane, als Webber ihnen sein Gespräch mit Lyons vom Vorabend schilderte. »Wenn Sie auf den Bildern niemanden außer ihr erkennen konnten, ist er schlau genug, die Fotos, die er anderen zeigt, vorher zu beschneiden«, sagte Kane. »Mit Sicherheit hat er das Wegwerfhandy nicht immer bei sich.«

»Ich glaube nicht, dass die Bilder, die ich von Chrissie Lowe gesehen habe, beschnitten waren.« Webber rieb sich das Kinn. »Aber sie wurden möglicherweise nach der Vergewaltigung aufgenommen, und sie hatte geweitete Pupillen, obwohl es im Raum hell war. Ich vermute, sie war stark sediert worden.«

»Fällt Ihnen noch etwas ein, was er gesagt hat?« Jenna sah ihn interessiert an. »Noch irgendetwas über die Bilder?«

»Ja.« Webber musterte den offenen Safe. »Er erwähnte, dass sie eine Menge ungeschnittener Videos und Fotos haben, die weggeschlossen sind.«

Kane warf Wolfe einen wissenden Blick zu. »Denken Sie, was ich denke?«

»Ja.« Wolfe runzelte die Stirn. »Das rückt die vermeintlichen Unfälle in ein ganz neues Licht.«

»Inwiefern?« Jenna schaute vom einen zum anderen.

»Erpressung«, sagte Kane. Auch für ihn schienen sich die Teile des Puzzles ineinanderzufügen. »Genau wie wir es uns gedacht haben.« Er wies in Richtung Safe. »Lyons benutzt die Fotos und Videos, um zu verhindern, dass die Mädchen, die er vergewaltigt hat, zur Polizei gehen. Ich wette, auf dem Computer da drüben«, er deutete auf einen Schreibtisch an der Wand, »gibt es eine Bildbearbeitungssoftware. Er bedroht seine Opfer, um sie zum Schweigen zu bringen, und er bearbeitet die Dateien so, dass es aussieht, als hätten sie freiwillig mitgemacht.«

»Ich schaue mir das mal an.« Wolfe ging zum Computer und hatte in Sekundenschnelle das Passwort ausgetrickst. Er starrte auf den Bildschirm und verzog den Mund. »Ja, er hat hier alle notwendige Software, aber keine Bilddateien. Er muss sie kopiert und danach gelöscht haben.« Er schaltete den Computer aus und stand auf.

»Glauben Sie denn, es könnte eines der Vergewaltigungsopfer sein, das sich rächen will?«, fragte Wolfe.

Webber nickte. »Kann sein. Aber auf der Party habe ich keine Frauen gesehen.«

»Nein. Wir wissen, dass es ein Mann war, der mit Court hierherkam, und Lyons war lange genug verschwunden.« Jenna runzelte die Stirn.

»Er scheint ein wenig zu offensichtlich verdächtig«, sagte Wolfe. »Aber vielleicht lädt Lyons ja andere Männer zu seinen verkommenen Partys ein, um sie zu erpressen. Dass er jetzt schon Webber eingeladen hat, kommt mir auch komisch vor, schließlich haben die zwei sich gerade erst kennengelernt.« Der Rechtsmediziner hatte Courts Leiche fertig untersucht und richtete sich auf. »Wenn wir davon ausgehen, dass es sich bei allen Unfällen in Wirklichkeit um Morde handelt, dann muss der Mörder gewusst haben, dass sich im Safe die ungeschnittenen Videos befanden. Er könnte mit Court einen Deal gemacht haben, um die Dateien, auf denen er zu sehen ist, zu bekommen. Während er hier war, hat er sich die Beweise geschnappt und ihn dann umgebracht.« Er sah Jenna an. »Falls es sich um Rache handelt, ergibt es Sinn, dass er alle ausschaltet, die an seiner Erpressung beteiligt waren.«

»Ja.« Jenna nickte. »Rache wäre ein solides Motiv und würde auch die fast schon saubere Art und Weise erklären, wie er seine Opfer tötet. Wer aus Hass tötet, zum Beispiel wenn er oder sie körperlich misshandelt oder gedemütigt wurde, geht in der Regel viel gewalttätiger vor.«

»Klingt nachvollziehbar.« Webber rieb sich das Kinn. »Der Mörder hat sich wahrscheinlich auf der Liste nach unten vorgearbeitet, bis er jemanden gefunden hat, der mit ihm verhandeln wollte. Die, die das nicht taten, hat er getötet.«

Kane ließ sich die neue Theorie durch den Kopf gehen. »Hmm, ergibt Sinn. Dass Lyons eingeknickt wäre und jemandem dessen Dateien gegeben hätte, kann ich mir nicht vorstellen. Dazu behält er viel zu gern die Kontrolle. Er erpresst die Leute aus einem bestimmten Grund. Die Männer, die er sich aussucht, müssen etwas haben, das er benutzen kann, oder er erpresst sie, um sie unter Kontrolle zu halten.«

»Diese Theorie macht ein ganz neues Fass auf.« Wolfe zog die Augenbrauen zusammen. »Sie passt zu keinem unserer Verdächtigen, vor allem nicht zu Steve Lowe. Die beiden anderen sind Sportler und haben prominente Familien.«

Kane schüttelte den Kopf. »Da bin ich mir nicht so sicher. Ein eindeutiges Motiv haben wir trotzdem nicht. Woher wissen wir, dass Jones nicht Lyons mit Drogen versorgt hat und ausnahmsweise vorbeikam, um auch einmal mitzumischen?«

»Okay, sprich weiter«, bat Jenna.

»Wir wissen, dass Jones wütend darüber war, dass er aus dem Team geworfen worden war. Aber dass man ihm Drogen untergejubelt hat, könnte auf Lyons zurückgehen, der ihm eine Lektion verpassen wollte. Dasselbe gilt für die Prügel, die er bei den Stromschnellen einstecken musste.« Kane sah Jenna an. »Genauso mit Stein. Woher wissen wir, dass Stein nicht an früheren Vergewaltigungen beteiligt war? Vielleicht wollten Jones und Stein aussteigen. Und Lyons hat sie dafür bestraft. Stein hat er bestraft, indem er tatenlos zusehen musste, wie er Chrissie zu der Party einlud. Vielleicht hat Lyons auch Chrissie vergewaltigt, um Stein zu drohen – quasi als Vorgeschmack darauf, wozu er fähig war.«

»Das ist alles möglich.« Webber seufzte. »Stein scheint sich nicht allzu große Sorgen darüber gemacht zu haben, dass Chrissie mit Lyons auf die Party gehen wollte.«

Kane nickte. »Ja, vielleicht ging es ihm nicht schnell genug mit Chrissie, und er hoffte, nach der Party würde sie sich bei ihm ausheulen.« Er räusperte sich. »Mir scheint, dass nach diesen Vergewaltigungspartys jede Menge Drohungen ausgesprochen werden. Ich glaube, Lyons hat alle unter seiner Fuchtel.«

»Bei diesem Tempo werden wir nie jemanden verhaften. Wir haben alle unterschiedliche Theorien über die Verdächtigen und ihre Motive.« Jenna starrte auf den offenen Safe. »Es ist schon Stunden her, und wer auch immer die Dateien gestohlen hat, wird sie inzwischen vernichtet haben.«

»Es sei denn, er versucht, Lyons ebenfalls zu töten und es wie einen Unfall aussehen zu lassen.« Wolfe ließ seinen Blick über die anderen wandern. »Wenn er den Rädelsführer ausschaltet, würde er dem Ganzen sicherlich ein Ende bereiten.«

»Dann finden Sie doch mal heraus, was Lyons für die nächsten Tage für Pläne hat«, sagte Jenna zu Webber. »Am Samstagvormittag ist kein Footballtraining, oder? Finden Sie heraus, wo er sich aufhalten wird. Der Killer weiß das bestimmt auch – vielleicht heftet er sich an seine Fersen.«

»Wo er nachmittags sein wird, weiß ich schon«, berichtete Webber und verschränkte die Arme vor der Brust. »Da will er bei den Stromschnellen laufen gehen. Er ist regelmäßig da oben, und gestern in der Cafeteria hat er verkündet, dass er um vier Uhr dort sein wird. Und auf der Party hat er mir erzählt, dass er vorhat, Emily auf den Berg zu folgen. Er glaubt, wenn er sie allein erwischt, wird er sie überreden können, morgen Abend zu einer Party hierherzukommen. Wenn das nicht klappt, meinte er, hätte er nach dem Spiel noch genug Zeit, ein paar andere Mädchen anzubaggern. Wobei ich bezweifle, dass er da Glück haben wird – am Samstag findet das Rodeo statt und danach ist das Herbstfest mit Tanz, das ist *das* Ereignis der Saison. Ich schätze mal, die meisten Frauen haben dafür schon ein Date.«

»Wenn ich diesen Mistkerl auch nur in Emilys Nähe sehe«, Wolfe sah plötzlich ziemlich gefährlich aus, »breche ich ihm alle Knochen.«

Obwohl der Gedanke, dass Emily in die Schusslinie geraten könnte, Kane ebenso wenig behagte, sah er eine Möglichkeit, die sie bislang nicht in Betracht gezogen hatten. Er trat neben Wolfe. »Emily weiß, was Sache ist, und falls Lyons ihr zu nahe kommt, wird er nicht damit rechnen, dass sie eine Nahkampfausbildung hat.« Er sah ihn durchdringend an. »Erklären Sie ihr die Situation, und sagen Sie ihr, sie soll ganz normal laufen gehen. Ich werde sie mit Jenna beschatten. Ich wette, wenn der Mörder nicht Lyons ist, dann wird er wissen, dass er zu dem abgelegenen Teil des Berges unterwegs ist, wo Emily normalerweise läuft. Ich schätze, er wird warten, bis sie vorbeigelaufen ist, und sich dann Lyons schnappen.« Er zuckte mit den Schultern. »Das würde ich zumindest tun, und dieser Kerl scheint ja zu wissen, wann sich wer wo aufhält, und seine Morde entsprechend zu planen. Er hat immer ein Auge auf seine Opfer, also ist er vielleicht näher an ihnen dran, als wir denken.«

»Sie wollen meine Tochter als Köder benutzen?« Wolfe schüttelte den Kopf. »Auf keinen Fall. Ich habe es satt, dass meine Töchter es mit Serienmördern zu tun bekommen.«

»Emily soll ja kein Köder für den Mörder sein«, beschwichtigte Kane ihn. »Sie soll dafür sorgen, dass Lyons allein auf den Berg geht. Es gibt keinen Grund, warum der Mörder sie ins Visier nehmen sollte – falls er überhaupt auftaucht.« Er sah Wolfe eindringlich an. »Das ist eine Win-win-Situation. Wenn Lyons sich an Emily vergreifen will, schnappen wir ihn uns; wenn der Mörder versucht, Lyons auszuschalten, nehmen wir ihn fest.« Er seufzte. »Wenn nichts von alledem passiert und Lyons sie einfach nur zur Party einlädt, sollte sie hingehen. Dann ist sie direkt vor Ort, mit Webber als Verstärkung. Sie weiß, was Sache ist. Sobald Lyons ihr etwas zu trinken anbietet, muss sie nur mit dem Glas in der Hand zur Vordertür hinausspazieren. Da warten wir auf sie, und wenn das Getränk K.-o.-Tropfen enthält, verhaften wir ihn wegen Vergewaltigung von Chrissie und allem anderen, was wir ihm vorwerfen können. Seine Fingerspuren werden an dem Glas sein, und Webber ist unser Zeuge.«

»Sie ist bestimmt bereit dazu«, sagte Jenna. »Sie ist jetzt ein

Teil des Teams. Mit uns beiden als Unterstützung und Rowley und Walters in der Nähe – was kann da schon schiefgehen?«

»Grau ist alle Theorie.« Wolfes Gesichtsausdruck war düster wie ein Himmel, an dem sich gerade ein Gewitter zusammenbraut. »Wie die Erfahrung lehrt, läuft in Black Rock Falls selten etwas so, wie man sich das vorgestellt hat.«

VIERZIG

Er hatte einen gemütlichen Vormittag unter einem Baum vor der Collegebibliothek verbracht. Er legte den Kopf in den Nacken und starrte in den wolkenlosen blauen Himmel. Eine leichte Brise wehte von den Bergen herab und brachte den unverkennbaren Geruch von Schnee mit sich. Noch würde er nicht kommen, erst in einigen Wochen. Er war darauf angewiesen, dass das Wetter mitspielte und seine Pläne nicht durchkreuzte, aber Mutter Natur schien ein Einsehen zu haben und dafür zu sorgen, dass sich der Sommer noch ein wenig hinzog. Bislang waren erst wenige Anzeichen zu erkennen, dass der Herbst nahte. Die Natur war zu dieser Zeit im Jahr wirklich spektakulär; manche sahen nur, wie die Blüte des Sommers verblasste, aber für ihn war es ein Fest der Sinne. Das Farbspektrum veränderte sich ebenso wie die Gerüche, die so typisch waren für eine Stadt am Rande der Berge. Die Kiefern waren immer gleich, hoch und majestätisch, aber wenn das Grün im Unterholz verblasste und der Rauch von Holz die Luft erfüllte, kam es ihm vor, als hätte die Natur die Sommerlandschaft im Wald und auf den Wiesen durch etwas Besseres ersetzt.

In letzter Zeit hatte er ausführlich die Menschen und ihr

faszinierendes Verhalten beobachten können. Die Studentinnen und Studenten liefen wie Ameisen von Vorlesung zu Vorlesung, alle mit einem bestimmten Ziel, alle auf einem vorgezeichneten Pfad, darauf programmiert, beim Ertönen einer Glocke aufzustehen, zu gehen, zu essen, sich hinzusetzen. Sie trotteten in Reih und Glied durch die Gänge, schleppten ihre Laptops und Bücher. Offenbar wurden die Menschen schon in jungen Jahren einer ordentlichen Gehirnwäsche unterzogen und darauf trainiert, allen Autoritäten zu gehorchen. Wenn man sie zusammenpferchte und eine Glocke läutete oder ihnen Befehle zubrüllte, taten sie so gut wie alles. Verdammt, beim Militär befahl man Männern sogar zu töten, und sie taten es, ohne zu zögern.

Er mochte Black Rock Falls. Erstaunlicherweise hielt die Tatsache, dass das Städtchen für so viele Untaten berüchtigt war, die Leute nicht etwa fern, sondern schien sie sogar anzuziehen. Es wimmelte im Ort von Besuchern, aber die meisten waren wegen des Rodeos hier und kamen nicht in die Nähe des Colleges – auf dem Campus, in dieser Blase der Normalität, ging alles seinen gewohnten Gang.

Die Leute hier schienen nicht einmal sehr überrascht, dass mehrere Mitglieder des Footballteams so plötzlich ums Leben gekommen waren. Er hatte keine verheulten Gesichter gesehen, keine trauernden Mädchen, die einander trösteten, keine nächtlichen Totenwachen für die Verstorbenen. Er seufzte. Vielleicht musste ein wenig mehr Blut fließen, damit sie aus ihrer Lethargie erwachten. Er grinste in den Sonnenschein. Vielleicht hätte er sie bei lebendigem Leib häuten und über einem Ameisenhaufen aufhängen sollen. Das hätte für Aufmerksamkeit gesorgt.

EINUNDVIERZIG

Jenna hatte nicht gedacht, dass ihr Tag noch schlimmer werden könnte, bis sie aus Kanes Wagen stieg und ein gehetzt wirkender Rowley sie begrüßte, der gerade auf dem Weg zu seinem SUV war. »Was ist passiert?«, fragte sie ihn.

»Es kam ein Anruf von einem der Deputys aus Blackwater, die Sie angefordert hatten, um ein Auge auf die Leute auf dem Festivalgelände zu haben.« Rowley stieß ein unzufriedenes Grunzen aus. »Offenbar ist da drüben einiges aus dem Ruder gelaufen. Mehrere Schlägereien sind ausgebrochen. Bestätigt ist es noch nicht, aber anscheinend wurde der Ticketschalter überfallen und die Angestellten wurden mit einer Waffe bedroht. Einige sind auf der Jagd nach den Tätern, und dann sind auch noch die Stiere ausgebrochen und demolieren die Autos auf dem Parkplatz. Ich wollte gerade los, um zu helfen. Walters ist im Büro.«

»Okay, fahren Sie schon mal vor, ich folge in meinem Wagen.« Sie winkte Kane zu sich. »Du legst bitte eine Fallakte zu Dylan Court an und sagst Walters, er möge bitte die Angehörigen benachrichtigen. Sobald Wolfe anruft, fährst du in die Rechtsmedizin und nimmst an der Obduktion teil. Ich komme dorthin, sobald ich mich um die Vorfälle beim Rodeo gekümmert habe.«

»Bist du sicher, Jenna?« Kane sah sie besorgt an. »Diese Jungs werden schnell handgreiflich, vor allem, wenn sie etwas getrunken haben, und Wolfe hat doch Webber, der braucht mich da nicht.«

»Mag sein, aber ich habe ja immer einen Freund dabei, der sich um solche Situationen kümmert.« Jenna tippte auf den Griff ihrer Glock. »Und neben den Deputys vor Ort habe ich noch Rowley als Verstärkung. Wir können nicht zulassen, dass hier in der Stadt wegen unserer Arbeitsbelastung irgendwelche Verbrechen unter den Tisch fallen. Die Bürgerinnen und Bürger verdienen unseren Schutz – *meinen* Schutz. Als ihr Sheriff ist das meine Pflicht. Es ist nur eine kleine Ablenkung vom Fall. Mach dich an die Arbeit, Dave. Wir müssen diese Morde aufklären. Ich bin zurück, bevor du überhaupt merkst, dass ich weg war.«

»Alles klar, Jenna.« Er öffnete die Hintertür seines SUV, damit Duke herausspringen konnte. »Ruf mich an, wenn du mich brauchst.«

Sie winkte ihm zu, ging zu ihrem Streifenwagen und suchte dabei in ihrer Tasche nach dem Schlüsselbund. Eigentlich fuhr sie lieber bei Kane als Beifahrerin mit. Abgesehen davon, dass sie seine Gesellschaft genoss, hatte sie so Zeit zum Nachdenken und konnte auf dem Weg zum und vom Büro an den aktuellen Fällen weiterarbeiten. Sie wunderte sich, wie sauber ihr Streifenwagen aussah, bis ihr wieder einfiel, dass einige Kids aus der Nachbarschaft eine Autowäsche veranstalteten, um Geld für ihre Band zu sammeln, und sie ihnen erlaubt hatte, den Parkplatz vor dem Sheriff's Department dafür zu benutzen. Maggie hatte bei den Deputys den Hut herumgehen lassen, und für ihre großzügige Spende waren alle ihre Autos besonders gründlich geputzt worden. Sie stieg ein, öffnete das Fenster und fuhr langsam durch die Stadt und dann auf den Highway, der zum

Festivalgelände führte. Sie schaltete das Funkgerät ein, und kurz darauf knisterte es. Es war Rowley. »Verstanden. Sprechen Sie, Rowley. Kommen.«

»Verstanden. Ma'am, ich verfolge einen roten GMC Canyon, auf dem Highway Richtung Norden. Darin sitzt ein Verdächtiger eines Überfalls auf dem Festivalgelände. Die Deputys aus Blackwater haben dort alles unter Kontrolle. Sanitäter sind vor Ort und behandeln die Verletzten, die vor den Stieren geflohen sind. Kommen.«

Jenna trat das Gaspedal durch und schaltete Blaulicht und Sirene ein, als sie an der Auffahrt zum Festivalgelände vorbeifuhr. In der Ferne konnte sie Rowleys Blaulicht ausmachen. »Verstanden. Ich bin direkt hinter Ihnen. Haben Sie Details für mich? Schießen Sie los.«

»Verstanden. Es handelt sich um zwei Verdächtige, die beide auf dem Festivalgelände aufgetaucht sind. Sie hatten Streit mit dem Veranstalter, der ihnen angeblich Geld schuldet. Der eine, den ich verfolge, konnte in seinem Wagen entkommen. Der andere Verdächtige ist in der Menschenmenge auf dem Festivalgelände untergetaucht, aber die Deputys haben eine Beschreibung von ihm. Sie sind gerade auf der Suche nach ihm. Kommen.«

Jenna zwang sich, sich auf die Straße vor ihr zu konzentrieren. Als sie die langsameren Autos überholte, spürte sie einen ungewohnten Adrenalinstoß. Plötzlich verstand sie, warum Kane so gerne so schnell fuhr. Es hatte Suchtpotenzial. Sie nahm das Mikrofon ihres Funkgeräts auf und meldete Maggie die Verfolgung.

»Verstanden, Sheriff. Deputy Kane weiß schon Bescheid.«

»Danke, Maggie. Ende.« Jenna packte das Lenkrad und trat aufs Gaspedal. Sie schaute auf den Tacho, der hundertdreißig Stundenkilometer anzeigte. Obwohl sie mit ihrem Streifenwagen noch nie hundertdreißig gefahren war, trat sie weiter aufs Gas.

Trotzdem schien Rowley in der Ferne immer noch schneller zu sein als sie. Sie warf einen Blick in den Rückspiegel und dachte einen Moment lang, Kane sei hinter ihr. Ein großer schwarzer Pick-up mit getönten Scheiben, der fast so aussah wie sein SUV, den er liebevoll das »Biest« nannte, schloss rasend schnell zu ihr auf. Doch Kane konnte das nicht sein, in der kurzen Zeit hätte er sie nie und nimmer einholen können. Sie griff nach dem Funkgerät, aber bevor sie das Mikrofon erreichte, rammte der schwarze SUV mit unglaublicher Geschwindigkeit ihr Heck. Der Streifenwagen tat einen Satz nach vorne, und in heller Panik schrie Jenna auf.

Ihr Angreifer fiel zurück, doch da auf ihrem Wagen in großen Lettern *Sheriff* stand, ging sie davon aus, dass es ihm ernst war. Dass er sie umbringen wollte. Sie setzte alles auf eine Karte, beschleunigte weiter und überholte einen Sattelschlepper, um Abstand zu dem Verrückten hinter ihr zu gewinnen. Sie schaute in den Rückspiegel, verlangsamte ihr Tempo ein wenig und setzte sich direkt vor den Laster. Sie nutzte die Gelegenheit, griff zum Funkgerät und meldete die Situation. Sofort erklang Kanes ruhige Stimme durch den Lautsprecher. »Verstanden. Versuch am besten, den Sattelschlepper auszubremsen, und bring ihn dazu, hinter dir rechts ranzufahren. Wahrscheinlich wird der Typ im schwarzen Pick-up nichts tun, wenn du einen Zeugen hast. Wenn das nicht geht, nimmst du die nächste Ausfahrt und fährst in die nächste Stadt. Kommen.«

Bevor sie antworten konnte, hörte sie den Sattelschlepper hupen und sah, dass der schwarze Pick-up auf der linken Spur fast neben ihr fuhr. Mit klopfendem Herzen behielt sie beide Hände am Lenkrad, atmete tief durch und blickte nach vorn. Sie war diese Strecke schon tausendmal gefahren, und weiter vorne konnte sie das Schild der Abzweigung nach Louan erkennen.

Der Fahrer des schwarzen Pick-ups ließ den Motor aufheulen, als ob er sie einschüchtern wollte. Sie zwang sich, ruhig zu bleiben und nicht in Panik zu geraten. Die Ausfahrt tauchte vor ihr auf wie eine Oase in der Wüste. Sie umklammerte das Lenkrad und trat das Gaspedal bis zum Boden durch. Der Streifenwagen beschleunigte, und sie schoss mit hundertfünfzig Sachen die Ausfahrt hinunter, aber zu ihrem Entsetzen war der schwarze Pick-up sofort wieder hinter ihr. Die enge Kurve vor ihr zwang sie, zu bremsen, aber ihr Verfolger schien die Straße ebenfalls zu kennen, und der Pick-up wurde langsamer, doch Sekunden später klebte er wieder an ihr dran.

Die Angst hatte sie fest im Griff, und Schweiß rann ihr über die Handflächen, während sie das Lenkrad umklammerte. Vor ihr war die Straße frei, und sie fuhr geradeaus auf Louan zu. Sie hätte auf die Bremse treten und ihn überholen lassen können, aber der Streifen zwischen Fahrbahn und Straßengraben war nicht breit genug, um das Risiko einzugehen, bei einer solchen Geschwindigkeit rechts ranzufahren. In drei Kilometern kam eine Tankstelle – wenn sie es bis dahin schaffte, wäre sie sicherer als allein auf dem Highway.

Sie beschleunigte, doch im nächsten Moment rammte der schwarze Pick-up wieder ihr Heck, und diesmal geriet ihr Auto durch den Aufprall außer Kontrolle. In einem schwindelerregenden Meer von Grün und Blau zog die Welt an ihr vorbei. Verzweifelt versuchte sie, wieder geradeaus zu lenken, und schrie vor Frustration, während ihr Wagen seitwärts über den Highway rutschte.

ZWEIUNDVIERZIG

»Jenna, bitte kommen.« Kane starrte in Maggies große, runde, besorgte Augen.
Nichts.
»Jenna, bitte kommen.«
Nichts.
»Rowley, kommen.« Kanes Magen krampfte sich vor Sorge zusammen.
»Verstanden.« Rowleys Stimme erklang laut und deutlich durch das Funkgerät. »Ich bin nördlich von Louan. Die örtlichen Deputys haben den Insassen des roten Pick-ups an einer Straßensperre festgenommen. Ich nehme ihn in Gewahrsam und komme zurück. Keine Spur von Sheriff Alton. Die Beschreibung des Autos, das sie verfolgt, passt zu dem des anderen Verdächtigen. Ich wüsste aber nicht, warum der Fahrer es auf sie abgesehen haben sollte. Das ergibt keinen Sinn. Kommen.«

Kane schluckte schwer. Was war bloß passiert? »Verstanden. Sie wollte die nächste Ausfahrt nehmen. Vielleicht hat sie es bis zur Tankstelle vor Louan geschafft? Kommen.«

»Da wären Sie schneller als ich vor Ort. Kommen.«

»Verstanden. Bin schon weg. Ende.« Kane warf Maggie das Mikrofon zu, holte sein Handy hervor und rief Jenna an. Als sie nicht abnahm, lief er aus der Dienststelle. Der verwirrte Duke blieb bellend hinter der Glastür zurück.

Wenige Augenblicke später fuhr er mit Blaulicht und heulender Sirene durch den Ort. Die Häuser entlang der Straßen verschwammen, als er mit halsbrecherischer Geschwindigkeit durch den Verkehr raste. Er ließ die Stadt hinter sich und erreichte den Wald, wo die Schatten der Bäume wie Zebrastreifen auf den Highway fielen. Er nahm die Auffahrt zum Highway und war beeindruckt, wie mühelos sein Pick-up die enge, geschwungene Kurve nahm. Auf dem Highway dahinter war kaum ein Auto zu sehen. Er trat das Gaspedal durch. »Komm schon, mein Mädchen, zeig mir, was du drauf hast.«

Der Motor des »Biests« heulte auf, als er das Gaspedal bis ans Bodenblech durchtrat. Die Kolben pumpten wie wild, und die Front des SUV hob sich, als er bis zum Maximum beschleunigte und über den schwarzen Asphalt jagte. Kane sah nur noch das schwarze, gewundene Band vor sich, in der Mitte unterbrochen von einer gelben Linie.

Er hatte nur eines im Kopf: Jenna zu finden. Er fuhr an zwei Sattelschleppern vorbei, hinter denen eine Kurve kam, die er in unvermindertem Tempo nahm. Danach wurde die Strecke wieder gerade, und er hatte freie Sicht nach vorn. In der Ferne konnte er eine hässliche dunkle Wolke erkennen, die hoch am Himmel schwebte. Er biss die Zähne zusammen, als er erkannte, was das war: schwarze Rauchschwaden, die von einem brennenden Auto aufstiegen. In seinem Kopf blitzte das Gesicht von Annie, seiner Frau, auf – eine Erinnerung an den Tag, an dem sie bei einem Bombenanschlag auf sein Auto gestorben war. Der Gedanke, Jenna tot in einem verbrannten Haufen Blech zu finden, versetzte ihm einen Stich ins Herz. »Lieber Gott, bitte nicht!«

Er folgte der Wolke, nahm die Ausfahrt nach Louan und

fuhr in Richtung Stadt. Als er ein schwarzes Autowrack sah, das sich um einen Strommast gewickelt hatte, wurde ihm angst und bange. War das Jennas Streifenwagen? Er fuhr langsamer. Flammen züngelten aus dem verkohlten Metall empor, und im nächsten Moment erschütterte eine Explosion die Stille und ließ Metallsplitter in alle Richtungen fliegen. Über Funk wies er Maggie an, die Feuerwehr zum Einsatzort zu schicken. Er schluckte schwer. »Ich sehe mich mal um, aber es sieht nicht so aus, als hätte jemand überlebt. Kommen.«

»Verstanden. Ach, du lieber Gott.« Maggie stieß einen verzweifelten Schluchzer aus. »Ich werde Wolfe kontaktieren. Ende.« Sie verstummte.

Eine schreckliche Einsamkeit überkam Kane, als er den Pick-up über die verlassene Straße manövrierte und langsam durch den dichten schwarzen Rauch fuhr. Es waren keine anderen Wracks zu sehen. Nur wenige Menschen benutzten die Nebenstraße nach Louan; um Zeit zu sparen, fuhren die meisten ein Stück weiter auf dem Highway und nahmen die neue Ausfahrt. Er suchte die Straße ab und umkurvte die Trümmer der Explosion. Beim Gedanken, Jenna oder Teile von ihr auf dem Asphalt verstreut zu finden, wurde ihm flau im Magen.

Als er ein Stück vom Wrack entfernt durch das hohe Gras den unversehrten Kofferraum von Jennas Streifenwagen erblickte, trat er abrupt auf die Bremse. Sie schien mit der Front voran im Straßengraben zu stecken. Da er seinen Wagen nicht weiter durch das verbogene, verkohlte Metall manövrieren konnte, stieg er aus und rannte durch das Gras neben dem Graben, wobei er immer wieder über Teile des zerstörten Autos springen musste.

Die Erleichterung, dass Jenna am Leben war, überwältigte ihn, und für einen Moment stand er einfach nur da und schaute zu, wie sie mit dem Messer auf die Airbags des Autos einstach und dabei so laut und ungehobelt fluchte, dass jeder Priester errötet wäre. Die Emotionen durchfluteten ihn mit solcher Wucht, dass ihm die Knie weich wurden. Am liebsten hätte er vor Freude gejubelt, aber stattdessen setzte er sein Pokerface auf. Ihrem Gesichtsausdruck nach zu urteilen, war sie nicht gerade in der Stimmung für Gefühlsausbrüche. Er sprang in den Graben, watete durch das schlammige Wasser und ging zum offenen Fenster. »Kann ich Ihnen behilflich sein, Ma'am?«

»Dave! Gott sei Dank, dass du es bist. Irgendein Verrückter hat mich von der Straße gedrängt.« Jenna wandte sich zu ihm um, Wut blitzte in ihren Augen auf. »Die blöden Türen haben sich beim Aufprall verriegelt, und ich stecke in den Airbags fest.«

Kane verkniff sich ein Lächeln und sah sie an. Ihr errötetes Gesicht sah zornig aus, und ihr Haar war zerzaust, aber die Art und Weise, wie sie empört den Mund verzog, verriet ihm, dass sie in Ordnung war. »Bist du verletzt?«

»Nur mein Stolz.« Sie atmete langsam und tief ein und wieder aus, als wolle sie ihre Nerven beruhigen. »Ich nehme an, die Explosion war der Pick-up, der mich von der Straße gedrängt hat? Er hat mich von hinten gerammt und ist dann an mir vorbeigeschlittert. Im nächsten Moment habe ich einen gewaltigen Knall gehört. Wahrscheinlich fing sein Wagen daraufhin an zu brennen – ich konnte Rauch riechen.« Sie zuckte zusammen. »Dann gab es eine Explosion. Der ganze Boden hat gezittert, und ich hab mir gedacht: immer noch besser hier im Auto im Straßengraben als da draußen.« Sie sah ihn an. »Ich hoffe, er ist sonst in niemanden hineingefahren? Kannst du erkennen, ob es der schwarze Pick-up ist, der mir auf den Fersen war?«

Kane staunte über ihre Gelassenheit. Er zuckte mit den Schultern. »Schwer zu sagen, welche Marke oder welches Modell das ist, es ist ja kaum etwas übrig. Der Fahrer hat die Karre um einen Mast gewickelt, und sie ist in Flammen aufgegangen. Ich habe noch nicht nach den Insassen geschaut, aber wenn jemand diesen Unfall überlebt hätte, wäre das ein Wunder.« Er versuchte, die Tür von Jennas Wagen zu öffnen, aber sie war fest verriegelt. »Ich sehe mir das gleich genauer an, aber erst einmal befreie ich dich. Kommst du an deinen Schlüssel?«

Alle Streifenwagen des Black Rock Falls Sheriff's Department verfügten über ein schlüsselloses Schließ- und Zündsystem, damit die Polizisten in Notfallsituationen schneller einsteigen und losfahren konnten, und man musste immer den Funkschlüssel dabeihaben.

»Damit müsste ich die Tür von hier aus öffnen können.«

»Glaube ich auch. Ich versuche mal, ob ich in meine Tasche greifen kann.« Jenna wand sich und reichte ihm schließlich das Schlüsselbund.

Er richtete den Funkschlüssel auf das Auto, und die Lampen blinkten und zeigten an, dass das automatische Verriegelungssystem außer Kraft gesetzt war. »So, jetzt sollte es gehen.« Er öffnete die Tür, löste Jennas Sicherheitsgurt und half ihr heraus.

»Ich dachte, ich wäre erledigt.« Sie sah zu ihm auf. »Gott sei Dank habe ich den neuen Streifenwagen genommen. Die Airbags haben gut funktioniert.« Sie sah sich die Szenerie an, war in Gedanken schon wieder bei der Arbeit. »Ich schätze, wir sollten nachsehen, ob der Fahrer überlebt hat, aber nach dem üblen Geruch zu urteilen, ist er wohl verbrannt.«

»Wolfe ist schon unterwegs, und Maggie hat die Feuerwehr verständigt.« Sie entfernten sich von der Unfallstelle, sie ging voraus, er hinterher. Er hatte seine übliche Ruhe wiedergewonnen – eben noch hatte er geglaubt, sein Leben sei aus der Bahn geraten, doch jetzt kehrte alles wieder zur alten, beruhigenden Normalität zurück. In der Ferne war eine Polizeisirene zu hören. »Das wird Rowley sein. Er hat den Verdächtigen in dem roten Pick-up festgenommen und ist auf dem Weg hierher.« Er nahm ihre Hand. »Komm, ich helfe dir aus dem Graben.«

Zu seiner Überraschung sträubte sie sich nicht. Kane kletterte aus dem Straßengraben und zog sie hinter sich hoch, dann drehte er sich um und sah sie an. »Bist du sicher, dass du dich nicht eine Weile ausruhen willst? Gut möglich, dass du einen Schock erlitten hast.«

»Ich ruhe mich schon seit zwanzig Minuten aus. Mir geht's gut.« Jenna klopfte den Schlamm von ihren Stiefeln und sah zu ihm auf. »Ich bin nur wütend auf mich selbst, weil ich die Situation nicht besser gemeistert habe. Aber verglichen mit dem, was ich in letzter Zeit durchgemacht habe, war das ein Kinderspiel.« Sie zog ihr Smartphone aus der Tasche und schaute auf das Display. »Mein Handy ist auch in Ordnung.« Sie ging im Slalom um die verbogenen Metallteile auf dem schwarzen Asphalt herum. »O Mann, riechst du den Gestank? Ich hatte recht. In dem Wrack liegt ganz sicher eine Leiche.«

Kane ging hinter ihr her. Der Geruch von verbranntem Gummi und Fleisch war nichts Neues für ihn. Er schloss zu ihr auf, und sie gingen näher an das Wrack heran. Aus zehn Metern Entfernung konnten sie deutlich den verkohlten Leichnam des Fahrers sehen, der über das Lenkrad gebeugt war.

Er ergriff ihrem Arm. »Ich denke mal, wir sollten die Umgebung absuchen, falls er nicht allein war, und den Rest Wolfe überlassen.«

»Tu das, ich werde sehen, ob wir zur Unterstützung die Deputys von Louan herbekommen, um das Areal abzusperren, bis wir hier fertig sind.« Jenna starrte wie gebannt auf die schwelenden Trümmer des Autos. »Warum hat er mich von der Straße gedrängt? Ich habe ihn doch gar nicht verfolgt. Das ergibt keinen Sinn.«

Kane blickte in den Straßengraben und zuckte mit den Schultern. »Ich nehme an, das ist der zweite Verdächtige von dem Überfall auf das Festivalgelände, und als er das Gelände verließ, dachte er, du seiest seinem Komplizen auf den Fersen. Er wird nicht gewusst haben, dass Rowley vor dir war. Ich würde sagen, der Fahrer des schwarzen Pick-ups wollte dich von der Straße drängen, damit der andere entkommen konnte. Wahrscheinlich dachte er, sobald er dich beseitigt hätte, hätten sie beide freie Bahn.«

»Hmm, kann sein, aber er hat das klassische Manöver gemacht, das wir selbst benutzen, um fliehende Fahrzeuge zu stoppen.« Sie sah zu ihm auf. »Um das PIT-Manöver korrekt anzuwenden, braucht man eine Menge Übung. Vielleicht war der Typ Polizist.«

Kane runzelte die Stirn. »Na ja, er hat es vielleicht versucht. Aber Polizisten enden nach dem PIT-Manöver meistens nicht gegrillt an einem Mast.«

»Auch wenn er kein Polizist war«, sagte Jenna und starrte auf das verbrannte Autowrack, »hat es mit diesem Kerl vielleicht mehr auf sich, als wir denken.«

DREIUNDVIERZIG

Jenna fragte sich, ob sie den Gestank jemals aus ihren Kleidern und ihrem Haar herausbekommen würde. Der ölige Rauch hatte alles um sie herum mit einem schmierig-rußigen Film überzogen, das bräunliche Gras sah aus wie nach einem Steppenbrand. Als Rowley mit seinem Festgenommenen eintraf, setzte sie sich in Kanes SUV und hörte sich durch die offene Beifahrertür Rowleys Bericht über die Verhaftung an. »Sie haben also den Verdächtigen in Gewahrsam genommen und das bei dem Überfall erbeutete Geld sichergestellt? Hatte er die Waffe bei sich, die er benutzt hat?«

»Ja, aber als er an der Straßensperre ankam und in vier Gewehrläufe starrte, hat er seine Pistole aus dem Fenster geworfen und sich sofort ergeben. Er hat so schnell ausgepackt, dass ich ihn erst mal zum Schweigen bringen musste, um ihn über seine Rechte zu informieren. Er heißt Joey Turner.« Rowley deutete in Richtung des Autowracks. »Ich habe auch den Namen des Mannes, der Sie von der Straße gedrängt hat. Das war sein großer Bruder, Jimmy. Der Festgenommene hat mir alles genau erzählt. Anscheinend hat sein Bruder während der Verfolgungsjagd mit ihm telefoniert. Er sagte, er würde Sie aufhalten, damit die beiden davonkämen. Er hatte Vorstrafen und war kein Ex-Cop.«

»Kane dachte sich so etwas schon.« Jenna sah hinter ihm, dass Wolfe in ihre Richtung kam. »Gute Arbeit, Rowley. Nehmen Sie den Gefangenen mit und buchten Sie ihn ein. Setzen Sie sich mit dem Staatsanwalt in Verbindung, der wird Turner ins County-Gefängnis bringen lassen, da kann er dann auf seine richterliche Anhörung warten. Wir kommen zurück, sobald wir hier fertig sind.« Sie sah zu Wolfe auf. »Was meinen Sie, wie ist das Ganze abgelaufen?«

»Ich kann die bisherigen Angaben nur bestätigen.« Wolfe zog seine rußverschmierten Einmalhandschuhe aus und rollte sie zu einem Ball zusammen. »Er ist zu schnell gefahren und hat telefoniert. Hat die Kontrolle verloren und ist gegen den Mast geknallt.« Er runzelte die Stirn. »Wie viele Menschen werde ich wohl noch tot hinter dem Steuer eines Autos mit einem Mobiltelefon in der Hand finden? Die Leute begreifen einfach nicht, dass beim Autofahren SMS zu schreiben oder zu telefonieren gefährlicher ist als russisches Roulette. Man braucht nur ein paar Sekunden lang die Augen von der Fahrbahn zu nehmen, und schon kommt man von der Straße ab oder schlimmer noch: tötet einen unschuldigen Fahrer bei einem Frontalzusammenstoß.« Er lehnte sich gegen Kanes Wagen. »Ich habe so viele Blutproben entnommen, wie ich konnte, aber es haben sich bereits Zeugen vom Festivalgelände gemeldet, die ausgesagt haben, er hätte in der Bar Bourbon getrunken. Ich schicke seine Leiche direkt zum Bestatter. Eine Obduktion brauche ich in diesem Fall nicht.«

Jenna seufzte. »Ich werde Walters bitten, die Angehörigen zu benachrichtigen.« Sie sah Wolfe an, der ungewöhnlich angespannt aussah. »Dieser Unfall hat genug von Ihrer Zeit in Anspruch genommen. Die Aufräum-Crew ist hier, warum fahren Sie nicht zurück in die Stadt? Ich sehe Ihnen doch an, dass Sie es kaum erwarten können, mit der Obduktion von Court weiterzumachen.«

»Mit der bin ich schon fertig«, sagte Wolfe und starrte ins Leere, als würde er über etwas Wichtigeres nachdenken. »Im Moment sieht es so aus, als könnte es Mord gewesen sein. Ich müsste noch nachweisen, dass die Hämatome im Gesicht und an der Schläfe von der Mündung einer Waffe stammen, und den Handschuh finden, von dem die Abdrücke an seinem Daumen sind. Ich habe bei ihm keine Hinweise darauf gefunden, dass er vorher harte Drogen konsumiert hätte. Keine Einstichspuren oder andere physische Schäden, die ich normalerweise bei einem Süchtigen oder sogar einem gelegentlichen Konsumenten erwarten würde. Ich habe mich auch mit dem College in Verbindung gesetzt und nachgefragt, wie sie ihre Spieler testen. Sie nehmen stichprobenartig Urinproben, und das Labor hat bestätigt, dass alle Drogentests von Court negativ waren. Der letzte war erst vor einer Woche. Ich weiß, dass er einen Termin bei der Beratungsstelle vereinbart hatte und über den Tod seiner Freunde sehr erschüttert war.«

Jenna kaute auf ihrer Unterlippe. Nichts passte so recht zusammen. »Woran genau ist er denn gestorben?«

»Ich habe sein Blut auf die üblichen harten Drogen getestet, Kokain, Heroin und so weiter. Ich muss mir das noch bestätigen lassen, aber ich hatte ein positives Ergebnis für Morphium.« Wolfe lehnte sich mit einer Hand gegen die Tür und beugte sich vor, um mit ihr zu sprechen. »Die Messwerte des Morphiums scheinen zu rein zu sein, als dass es bei einem x-beliebigen Dealer auf der Straße gekauft worden wäre. Ich denke, da steckt mehr dahinter, als es den Anschein hat.«

Jenna runzelte die Stirn. »Wie meinen Sie das?«

»Ich werde bald mehr wissen. Ich habe die Blutproben an ein Spezialabor geschickt. Wenn ich richtig liege, hat jemand Court mit einer gewaltigen Dosis Morphium umgebracht.«

Wolfe sah sie einige Sekunden lang an. »Wie kommt ein College-Kid in Black Rock Falls an reines Morphium?«

»Hmm, ungewöhnlich ist das schon.« Jenna dachte einen Moment lang nach. »Vielleicht ist sein Vater Arzt oder arbeitet in einer Apotheke?«

»Mag sein«, sagte Wolfe, »aber Ärzte und Apotheker lassen ihre Medikamente nicht einfach herumliegen, und sie führen Buch über ihr Inventar. Die merken sofort, wenn etwas fehlt.« Er sah auf die Uhr und fuhr sich unwirsch mit der Hand durchs Haar. »Ich halte Sie über die Ergebnisse auf dem Laufenden.«

Sie kannte Wolfe lange genug, um zu wissen, wann ihn etwas bedrückte. Er war immer bei der Arbeit, aber irgendetwas stimmte nicht. »Vergessen Sie unsere Mordfälle mal für einen Moment, und sagen Sie mir, was los ist.«

»Nichts.« Wolfe richtete sich auf. »Mir geht's gut.«

»Es ist doch nicht etwa wegen des Ponys, das Kane Anna zum Geburtstag schenken will, oder?« Jenna stieß die Tür auf und stieg aus dem Wagen. »Ich mache mir ein wenig Vorwürfe, dass wir das über Ihren Kopf hinweg beschlossen haben.«

»Nein, das ist es nicht, Jenna, ganz und gar nicht.« Wolfe sah sie an und lächelte. »Wenn ihr zwei euch um meine Mädchen kümmert, ist es immer, als wären wir eine richtige Familie. Julie und Anna reden dauernd von Onkel Dave, Onkel Jake und Tante Jenna.« Er drückte ihren Arm. »Es bedeutet mir sehr viel, meine Mädchen wieder lächeln zu sehen, und Emily sieht zu Ihnen auf wie zu einer großen Schwester.«

Jenna kamen die Tränen. Für sie waren Wolfe und seine Töchter, Kane und Rowley ebenfalls zu der Familie geworden, die sie verloren hatte. Sie tätschelte seine Hand. »Uns geht es genauso, Shane. Wir haben alle so viel Schreckliches durchgemacht, seit wir nach Black Rock Falls gekommen sind, da ist es schön, etwas Normalität in unserem Leben zu haben.«

»Und genau deshalb möchte ich nicht, dass Sie Emily in Gefahr bringen. Klar, es besteht eine geringe Chance, dass der

Mörder die Gelegenheit ergreift, Lyons auszuschalten, und sie das gar nicht mitbekommen würde. Aber relativ sicher wissen wir eigentlich nur eines: Wenn Emily heute Nachmittag den Berg hinaufläuft, wird Lyons versuchen, sich an sie heranzumachen. Wir wissen nicht, ob er vorhat, sie zu vergewaltigen. Wir können nicht ausschließen, dass er der Mörder ist, der drei seiner Freunde und möglicherweise Chrissie ermordet hat. Es ist ziemlich einsam dort oben, besonders am späten Nachmittag, und Sie wissen selbst, wie groß die Wahrscheinlichkeit ist, dass so etwas schiefgeht, Jenna.« Wolfe ließ ihren Arm los. »Es ist schon nach eins, und Sie sind kaum in der Verfassung, einen Bergpfad hochzujoggen. Ich rufe Emily an und sage ihr, sie soll es sein lassen und nach der Uni direkt nach Hause fahren. Ich kann gar nicht glauben, dass sie sich überhaupt auf Ihren Plan eingelassen hat. Das war von vornherein irre. Ich muss verrückt gewesen sein, ihr zu erlauben, es auch nur in Betracht zu ziehen.«

Jetzt verstand Jenna, was Wolfe umtrieb. Sie schaute ihn an. »Mir geht es gut. Sie haben mich untersucht und wissen, dass ich keinen Kratzer abbekommen habe. Um mich müssen Sie sich wirklich keine Sorgen machen. Ich fühle mich prima.« Sie stützte eine Hand auf ihre Waffe und nahm eine entspannte Pose ein. »Glauben Sie wirklich, ich würde zulassen, dass Emily etwas passiert?«

»Na ja, das nicht. Aber die Mädchen sind alles, was ich habe, Jenna.« Wolfes Augen verengten sich zu Schlitzen. »Wenn es Ihre Tochter wäre, würden Sie ihr das erlauben?«

Jenna begegnete seinem Blick. »Sie könnte Lyons ja auch so jeden Nachmittag begegnen, wenn sie laufen geht. Sie kann ihm sogar jederzeit begegnen, im College oder in Aunt Betty's Café. Der Unterschied ist, dass wir heute Nachmittag die Situation selbst kontrollieren: Ich werde in der Nähe sein und Kane auch. Warum kommen Sie nicht auch mit?«

»Sie und Kane werden reichen. Wenn ich auch noch

mitmache, werden der Mörder und Lyons ahnen, dass etwas nicht stimmt.« Wolfe rieb sich das Kinn. »Aber ich könnte auf dem Parkplatz am Fuße des Berges in meinem Auto warten. Wenn ich die magnetischen Rechtsmedizin-Schilder von den Seiten abnehme, erkennt mich keiner.«

»Das klingt doch gut.« Jenna stieg zurück in Kanes SUV. »Wenn Sie mit dem Wrack fertig sind, bitte ich die Deputys aus Louan, die Aufräumarbeiten zu übernehmen. Ich rufe einen Abschleppwagen, der den Streifenwagen abholt, und wir sind spätestens um zwei wieder in der Stadt. Dann haben wir genug Zeit, uns frisch zu machen und umzuziehen.«

»Okay, aber wenn das funktionieren soll, müssen wir es auf die Sekunde genau planen. Sie müssen immer nah genug dran sein, um sie zu beschützen.« Wolfe sah sie lang an. »Dann werde ich Emily vorerst nicht absagen. Aber kontaktieren Sie mich, sobald Sie in der Stadt sind, damit wir das Timing festlegen können.«

»Ich werde eine ganze Reihe möglicher Varianten einplanen, keine Sorge«, beschwichtigte Jenna ihren Kollegen. »Ich werde Rowley bei Ihnen lassen, und da Webber auch noch Lyons beschattet, haben wir alle Aspekte abgedeckt.«

»Versprechen Sie mir, dass Sie gut auf sie aufpassen, Jenna.« Ein Anflug von Sorge huschte über Wolfes Gesicht.

Jenna lächelte. »Sie haben mein Wort.«

VIERUNDVIERZIG

Eine starke Windbö blies die ersten Blätter des Herbstes in die Luft und ließ sie in Spiralen auf dem Bürgersteig tanzen, als Kane und Jenna die paar hundert Meter zum Präsidium zu Fuß gingen. Er hatte seinen Seesack und sein Forensik-Set aus dem Kofferraum geholt und seinen SUV dann den jungen Leuten dagelassen, die noch immer Autos wuschen, um Geld zu sammeln. Er schaute Jenna an, die neben ihm ging und den medizinischen Einsatzkoffer trug. »Zum Glück weht ein starker Wind«, sagte Kane. »Die Leute sehen uns schon ganz komisch an und halten sich die Nase zu. Ich hoffe, beim Autowaschen bekommen sie den Geruch weg.«

»Gut, dass wir in der Dienststelle Kleidung zum Wechseln haben und duschen können, aber eigentlich hätten wir auch gleich nach Hause fahren können.« Sie sah ihn von der Seite an, als sie sich trennen mussten, um einer Mutter mit drei kleinen Kindern Platz zu machen. »Wir müssen doch sowieso nach Hause, um uns unsere Laufsachen anzuziehen, bevor wir losfahren, um an der Strecke auf Emily zu warten.«

Kane passierte eine Frau, die angewidert die Nase rümpfte, und beschleunigte seinen Schritt. »Glaub mir, wenn wir uns umgezogen und dann wieder in meinen SUV gesetzt hätten, ohne dass der gereinigt worden wäre, hätten wir gleich wieder genauso gestunken wie vorher. Außerdem sieht er aus, als wären wir in eine Grillparty hineingerast.«

»Ach, Dave, so was sagt man nicht.« Jenna wich ein paar Kindern aus, deren Zuckerwatte im Wind gefährlich hin und her schwankte. »Selbst wenn der Mann versucht hat, mich zu töten – auf diese Weise sollte niemand sterben müssen. Kannst du dir vorstellen, wie es wäre, bei lebendigem Leibe zu verbrennen?«

»Nein, kann ich nicht. Andererseits hätte der Typ ja auch nicht die Kasse vom Festivalgelände überfallen und dich von der Straße drängen müssen.« Kane starrte sie an; er konnte nicht verstehen, wie sie Mitgefühl mit jemandem haben konnte, der sie hatte umbringen wollen. »Oder beim Fahren das Handy benutzen müssen.«

»Kann schon sein.« Sie schaute ihn an. »Ich frage mich, wie viele Autounfälle passieren, weil jemand eine SMS verschickt.«

Kane stieß einen Seufzer aus. Er wünschte sich, er hätte nicht genau das erst kürzlich recherchiert. »Als ich mir das letzte Mal die Statistik angeschaut habe, wurden in den USA 1,6 Millionen Autounfälle durch Handybenutzung verursacht, das ist einer von vier. Offensichtlich ist es manchen Leuten wichtiger, ihr Telefon zu benutzen, als wohlbehalten ans Ziel zu kommen.«

»Genug davon. Meine Hauptsorge ist im Moment Emilys Sicherheit.« Jenna atmete tief ein und aus. »Ich muss mir noch einen Plan B für heute Nachmittag ausdenken, vielleicht auch einen Plan C. Ich werde unter der Dusche darüber nachdenken.«

Er ging voraus die Treppe hinauf ins Präsidium, Jenna dicht hinter ihm. Als sie an den Leuten vorbeigingen, die am Empfangstresen warteten, winkte Deputy Walters sie zu sich.

Kane ging auf ihn zu, während Jenna schon in Richtung Dusche verschwand. »Was gibt's?«

»Das hier sind die Schuhe von Chrissie Lowe.« Walters hielt einen Beweismittelbeutel hoch. »Ein Mann, der mit seinem Hund Gassi ging, hat sie in der Nähe vom College neben der Straße im Gras gefunden.« Er nickte Kane wissend zu. »Ich bin sofort hingefahren. Niemand hat sie angefasst, und ich habe sie direkt in diese Tüte hier gesteckt. Alle Einzelheiten stehen im Bericht.«

Kane stellte seine Taschen ab und inspizierte die Schuhe. Jemand hatte sie wahrscheinlich aus dem Auto geworfen, nachdem er Chrissie vor ihrem Wohnheim abgesetzt hatte. »Schicken Sie die bitte zu Wolfe«, bat er Walters. »Mit etwas Glück findet er Fingerspuren darauf. Immer noch nichts Neues von ihrem Handy?«

»Nein, gegen viertel vor drei Uhr morgens ging es offline, ein paar Stunden, bevor ihre Mitbewohnerin sie tot aufgefunden hat.« Walters zuckte mit den Schultern. »Vielleicht hat es jemand im Klo hinuntergespült?«

»Tja, wer weiß.« Kane zuckte mit den Schultern. »Ich muss mir jetzt erst mal diesen furchtbaren Geruch abwaschen. Wir sehen uns später.« Er nahm seine Taschen und machte sich auf den Weg zur Personalumkleide.

Als Kane fertig geduscht und umgezogen ins Büro kam, fand er Duke schlafend unter seinem Schreibtisch vor, und auf dem Tisch standen Tüten mit Essen von Aunt Betty's Café. Nach dem wunderbaren Duft von frischem Kaffee zu urteilen, hatte Maggie dort etwas zum Lunch bestellt – sie hatte sicher mitbekommen, dass er und Jenna seit dem Frühstück auf den Beinen waren. Er setzte sich und aß, während er auf Jenna wartete, immer ein Auge auf der Uhr; als sie nach frischen Blumen duftend und mit glänzendem Haar aus der Dusche kam, hatte er aufgegessen. »Maggie hat dir was bestellt.«

»Prima, ich esse es auf dem Heimweg.« Sie schnappte sich die Tüten und ging voraus zur Tür, hielt dann inne und sah ihn über eine Schulter hinweg an. »Kommst du?«

Er schnappte sich seinen Kaffeebecher und folgte ihr mit Duke auf den Fersen. Draußen schloss er zu ihr auf. »Ich glaube nicht, dass wir jemals einen Mordfall mit drei möglichen Tatverdächtigen hatten, bei dem es nicht das geringste Indiz gegen einen von ihnen gab. Wir können sie nur verdächtigen, sind aber nicht einmal in der Lage, zweifelsfrei zu beweisen, dass einer von ihnen an einem der Tatorte war. Das macht es nicht gerade leichter.«

»*Noch* nicht«, sagte Jenna und nahm im Gehen einen Schluck von ihrem Kaffee. »Aber irgendetwas werden wir schon finden. Keiner hat so viel Glück. Sie waren alle in der Nähe der Tatorte. Ich weiß, dass Emily überall herumfragt, ob jemand einen von ihnen zur Zeit der Morde gesehen hat, Webber ebenso. Wir können das schlecht in eine Pressemitteilung schreiben, man würde uns sofort verklagen.« Sie reckte einen Arm in die Luft. »Wenn sich der Mörder heute Nachmittag nicht rührt, werden wir weiterhin im Trüben fischen, was Indizien und Verdächtige angeht. Immerhin hat sich Lyons als Rädelsführer im Fall der Vergewaltigung von Chrissie Lowe herauskristallisiert. Im Moment wäre ich schon froh, wenn wir diese Woche wenigstens einen Fall lösen könnten.«

»Rowley hat den Dieb vom Festivalgelände geschnappt«, sagte Kane, als sie seinen frisch gewaschenen SUV erreichten. »Es ist also nicht so, als hätten wir keinen Fall gelöst. Aber es stimmt schon, wenn heute Nachmittag nichts passiert, sind wir bei den Morden wieder ganz am Anfang. Ich schätze, wir können nur weiter das Netz auswerfen und sehen, wen wir noch alles einfangen. Denn wenn es sich wirklich um Mord handelt, dann hat der Täter noch nicht aufgehört zu morden. Das ist so sicher wie das Amen in der Kirche.«

Nachdem er sich umgezogen hatte, steckte Kane ein paar nützliche Dinge in die Taschen seiner Jacke und wartete in seinem Wagen darauf, dass Jenna die Verandatreppe ihres Ranchhauses herunterkam. Er hatte sich für verschiedene dunkle Grüntöne entschieden, um optisch mit dem Wald zu verschmelzen, dazu trug er eine schwarze Baseballkappe und eine Sonnenbrille. Jenna war gut getarnt – mit ihrer legeren Joggingkleidung, Baseballkappe und Sonnenbrille würde sie sich unbemerkt unter die anderen Läufer mischen können. Für Kane war das nicht so einfach: Bei ihm war es egal, was er trug, er fiel immer auf wie ein bunter Hund. Dass er einen Kopf größer war als die meisten anderen Leute, war etwas, das er niemals eingetauscht hätte, aber in einer Menschenmenge unterzutauchen gelang ihm damit einfach nicht. Er zog sich den Schirm der Kappe über die Augen und sah Jenna an, als sie auf den Beifahrersitz rutschte. »Ich denke, wir sollten uns aufteilen. Wer uns zusammen sieht, wird uns mit Sicherheit erkennen.« Er ließ den Motor an und fuhr die mit Laub bedeckte Auffahrt hinunter und auf den Highway hinaus.

»Ja, das habe ich ohnehin schon beschlossen, und ich habe drei mögliche Szenarien durchgespielt, aber ich bin mir noch uneins, ob wir Duke mitnehmen oder im Auto lassen sollten.« Jenna kaute auf ihrer Unterlippe. »Er könnte dich warnen, falls jemand im Wald lauert.«

Kane zuckte mit den Schultern. »Mag sein, aber andererseits weiß jeder, dass ich ihn immer bei mir habe. Wer mich nicht auf Anhieb erkennt, der erkennt mich spätestens dann, wenn er Duke sieht.«

Er bog mit dem SUV auf die Hauptstraße nach Black Rock Falls ein. Nachdem sie die Stadt wieder hinter sich gelassen hatten, beschloss er, die Nebenstraßen zur Stanton Road zu nehmen, um dem Verkehr zu entgehen; so würden sie mindestens eine halbe Stunde vor Emilys Ankunft den Parkplatz am Anfang des Wanderwegs erreichen. Er hatte ein paar eigene Ideen dazu, wie sie es handhaben könnten, Emily zu überwachen, aber erst einmal wollte er wissen, was Jenna vorhatte. Er sah sie an und richtete den Blick dann wieder auf die belebte Straße vor ihnen. »Und, was hast du dir überlegt?«

»Wir sind früh genug vor Ort, um uns aufzuteilen und uns oben an den Stromschnellen auf beiden Seiten des Weges in die Büsche zu schlagen. Dort werden wir auf sie warten.« Jenna sah auf die Uhr. »Mit Webber hinter Lyons und uns beiden vor ihr sollte eigentlich alles gut gehen.« Sie drehte sich in ihrem Sitz um. »Wolfe holt Rowley in der Dienststelle ab, sie postieren sich als Back-up auf dem Parkplatz am Fuß des Berges. Wir sind alle verkabelt, auch Emily.«

»Okay.« Kane hielt den Blick auf die Straße gerichtet.

»Ich denke mal, wenn Lyons sich an sie heranmacht, warten wir erst einmal ab, was passiert.« Sie sah ihn an. »Wir können ja über Funk mithören, was er zu Emily sagt. Wenn er sie nur zu einer Party einlädt, halten wir uns zurück und lassen Plan A seinen Lauf nehmen. Ich habe Emily angewiesen, seine Einladung anzunehmen, aber sie soll darauf bestehen, mit ihrem eigenen Auto zur Party zu fahren.« Sie rückte ihre Baseballkappe zurecht und schob sich eine Haarsträhne hinters Ohr. »Ich habe ihr gesagt, wenn er mit ihr laufen gehen will, soll sie ihm sagen, dass sie etwas Zeit für sich haben möchte, und darauf bestehen, dass er schon einmal zum Parkplatz vorausläuft.«

Kane lächelte. »Dann ist sie nicht in Gefahr, falls ihm der Mörder auflauert.«

»Genau, und wenn der Mörder nicht auftaucht und Lyons später versucht, sie auf der Party unter Drogen zu setzen, hat sie Webber als Unterstützung, wie wir besprochen haben, und wir haben den Beweis, den wir brauchen, um ihn festzunehmen – wenn auch nur wegen Verabreichens illegaler Drogen.« Sie seufzte. »Wenn wir sein Wegwerfhandy in die Finger bekommen, können wir ihn vielleicht auch wegen der Vergewaltigung von Chrissie drankriegen.«

»Möglich ist das. Ich würde wetten, dass er es immer ganz in seiner Nähe aufbewahrt.« Kane beschleunigte auf der Stanton Road, und der Geruch von Kiefernholz drang durch sein offenes Fenster. »Und was ist Plan B?«

»Ich glaube kaum, dass er versuchen wird, sie da oben auf dem Berg zu vergewaltigen, aber falls er sie doch anfasst, kann ihn derjenige von uns, der gerade am nächsten dran ist, zur Strecke bringen.« Jenna öffnete ihre Jacke und ließ ihr Schulterholster aufblitzen. »Beim Laufen nicht sehr praktisch, aber für den Notfall bin ich bewaffnet.«

Kane grinste. »Ich auch.«

»Klar, ich weiß ja, dass du nie ohne deine Pistole aus dem Haus gehst. Manchmal glaube ich, du nimmst die sogar mit unter die Dusche.« Jenna kicherte, doch als er nicht antwortete, stupste sie seinen Arm an. »Gütiger Himmel, du nimmst sie wirklich mit unter die Dusche, oder?«

»Sagen wir mal so: Sie ist nie komplett außer Reichweite.« Er zuckte mit den Schultern. »Habe ich mir halt so angewöhnt.« Er bog von der Stanton Road ab und fuhr durch das Spalier hoher Kiefern in Richtung des Parkplatzes am Fuß des Wanderwegs. »Wie sieht Plan C aus?«

»Wenn Plan A funktioniert, halten wir uns zurück und beobachten nur. Falls der Mörder versucht, Lyons auszuschalten, wird er das tun, bevor er zu dem bekannteren Weg kommt, also irgendwo zwischen dem oberen Ende der Stromschnellen und der alten Brücke. Wir haben Funkkontakt und können ihn ohne allzu große Schwierigkeiten einkreisen.«

Kane schaute skeptisch drein. »Dieser Mörder ist stark und superschlau. Er wird uns ganz sicher entdecken, wenn wir ihm zu nahe kommen, und er bräuchte nur eine Sekunde, um Lyons zu töten. So nahe an den Stromschnellen könnte er ihn einfach hochheben und in die Schlucht werfen.« Er sah sie an. »Ich denke, am sichersten ist es für Emily, wenn sie nicht bis zur Abzweigung läuft, sondern die Abkürzung nimmt oder vielleicht wieder hochgeht und oben wartet.«

»Dann ist sie zu weit weg von Webber. Er ist ja Lyons auf den Fersen.« Jenna schüttelte den Kopf. »Ich will nicht, dass sie sich in Gefahr begibt. Ich habe ihr gesagt, dass sie Lyons vorausgehen lassen und dann etwa fünf Minuten später nachkommen soll. Wir sollten uns an den Plan halten, sonst verzetteln wir uns. Sie kann jederzeit zurückfallen oder zu dir hinüberlaufen, falls etwas schiefgeht.« Sie bogen auf den Parkplatz ein, und Kane hielt ganz hinten im Schatten. Sein schwarzer SUV war in der Dunkelheit kaum zu sehen. Er blickte sich um. Sechs andere Autos standen auf dem Parkplatz, aber darunter war weder Emilys silberner Jeep Cherokee noch Wolfes weißer Van. »Sieht so aus, als wären wir früh dran.« Er befestigte sein Funkgerät am Gürtel, fädelte das Kabel des Ohrhörers durch den Halsausschnitt seines T-Shirts und steckte sich die Waffe in sein Holster hinten am Rücken. Ihm fiel auf, dass Jenna die Umgebung aufmerksam musterte, bevor sie ausstieg. Er folgte ihr und umrundete die Motorhaube. »Bereit?« Er reichte Jenna eine Flasche Wasser. »Pass auf dich auf.«

»Na klar.« Jenna ging den Weg hinauf und war nach ein paar Sekunden zwischen den Bäumen am Wegesrand auf der Seite der Stromschnellen verschwunden.

Kane suchte noch einmal die Gegend ab und ging dann quer über den Parkplatz, um den Wanderweg zu nehmen, der durch den dichten Wald führte und den die meisten Jogger bevorzugten. Am Ende dieses Wegs hatte man drei Möglichkeiten: Man konnte entweder die Abzweigung nehmen und am Rande der Stromschnellen wieder hinunterlaufen oder auf halber Strecke abkürzen und den kürzeren Weg neben den

Stromschnellen einschlagen. Die dritte Möglichkeit war, weiter bergauf zu laufen, bis zum Anfang der Stromschnellen. Die meisten Jogger nahmen den Weg durch den Wald, um der kalten Gischt zu entgehen und nicht gegen den Wind laufen zu müssen, aber auf dem Weg nach unten konnte der kühle Wind im Rücken eine erfrischende Abwechslung sein, während man beim Laufen die Sonne im Gesicht hatte. Er lief in gleichmäßigem Tempo und achtete auf jeden Schatten. Der Weg war auf unheimliche Weise still, und er traf auf keine anderen Läufer. Die Einsamkeit machte ihm nichts aus. Die Stille konnte ein Vorteil sein, und obwohl ihm der Wind einen durchdringenden Kiefernduft ins Gesicht blies, ging er davon aus, dass er es wittern würde, wenn sich jemand in der Nähe versteckte.

FÜNFUNDVIERZIG

Eine Mischung aus Unbehagen und Aufregung überkam Emily, als sie ihren Jeep in eine Parklücke am Eingang der Laufstrecke lenkte und ausstieg. Sie schaltete ihr tragbares Funkgerät ein, steckte sich den Knopf ins Ohr und nickte mit dem Kopf, als würde sie gerade ihre Lieblingsmusik hören. Ihr Vater hatte die Idee gehabt, dass sie, wenn Lyons sie ansprach, so tun würde, als würde sie die Musik ausschalten, und dabei das Mikrofon aktivieren könne. Webbers Auto war noch nicht in Sicht. Sie wusste, dass er ihr in einigem Abstand vom College gefolgt war, aber er hielt sich weit zurück. Nicht so Lyons, dessen roter Mustang unüberhörbar aufheulte, als er auf den Parkplatz einbog. Sie drückte auf ihr Mikrofon und griff nach ihrer Wasserflasche, die noch im Jeep lag. »Los geht's.«

»Verstanden.« Jennas Stimme war laut und deutlich zu hören. »Kane hat sich am Weg im Wald positioniert – geh bitte in die Richtung. Ich werde oben in der Nähe der Stromschnellen sein und dir nach unten folgen, wenn du oben fertig bist. Webber wird Lyons auf den Fersen sein. Du kannst jetzt loslaufen.«

Emily machte ihre üblichen Dehnungsübungen, dann

schluckte sie schwer und sah zu den drei unbekannten Autos auf dem Parkplatz hinüber. Sie sog die frische, nach Kiefern duftende Luft ein, und dann joggte sie den Weg hinauf. Seltsam, dass sie sich solche Sorgen machte, wo sie doch fast jeden Tag denselben Weg lief, aber heute Nachmittag fehlten die üblichen Mitstreiter. Sie wusste, warum: Die meisten Leute verzichteten heute auf Sport, um sich beim Rodeo zu amüsieren. Am Freitag wurde bis spät in die Nacht gefeiert, unter anderem wurde die Herbstfest-Königin gekrönt, und die Leute nutzten die Gelegenheit, um mal wieder auszugehen. Als sie in ihrem gewohnten Tempo weiterlief, fiel ihr auf, dass das Wetter umgeschlagen war; der Sommer verabschiedete sich, die herbstliche Kühle der Berge hielt Einzug. Eine frische Brise, die den Geruch von Schnee mit sich brachte, pfiff durch die hohen Kiefern und erzeugte ein leises Heulen, und absterbende Blätter knirschten im Unterholz unter ihren Füßen.

In ihrem Ohrhörer hörte sie die Stimme von Kane, der mit Jenna kommunizierte: »Phil Stein ist auf dem Berg, etwa zwanzig Meter vor der Serpentine. Er geht langsam. Ich befinde mich in verdeckter Position zehn Meter vor der Serpentine.«

»Ich lasse mir Zeit. Ich glaube, ich habe die Hälfte der Serpentinen erreicht und werde bis zum Wasserfall weitergehen.« Jennas Stimme in ihrem Ohr hatte eine beruhigende Wirkung. »Folgt dir jemand, Emily?«

Emily warf einen Blick über die Schulter und drückte auf ihr Mikrofon. »Noch nicht. Lyons ist kurz nach mir auf den Parkplatz gefahren, aber als ich losgelaufen bin, war er noch nicht ausgestiegen.«

»Ich sehe ihn.« Das war Webber, er klang ganz aufgeregt. »Er ist auf dem Weg zu Emily. Keine Spur von Jones.«

»Verstanden.« Jenna holte tief Luft. »Geh weiter in Richtung Kane, Emily, und nimm dann den Weg zum oberen Ende der Stromschnellen. Ich bleibe in der Nähe.«

Emily berührte wieder ihr Mikrofon. »Verstanden.«

Emilys Herz pochte, und ihr wurde ein wenig bange, als sie sich klarmachte, dass Lyons hinter ihr war und irgendwann zu ihr aufschließen würde. Was würde er tun? Instinktiv erhöhte sie ihr Tempo; näher an Kane heranzukommen wäre die sicherste Option. Allerdings wäre sie dann bald in Sichtweite von Stein – einem potenziellen Mörder. Sie lief weiter auf dem gewundenen Wanderweg und sprang über die knorrigen Baumwurzeln am Wegesrand. Sie konzentrierte sich darauf, dass sie von guten Menschen umgeben war. Kane befand sich ein Stück voraus, und bald würde der Weg wieder gerade werden – falls jemand versuchte, ihr etwas anzutun, hätte er dort freies Schussfeld. Sie war mit ihm auf dem Schießstand gewesen und hatte ihn schießen sehen. Er war ein bemerkenswerter Schütze. Gegen ihn hatte keiner eine Chance. Sie umgaben sie von allen Seiten, und Webber bildete die Nachhut. Er würde sich so nah wie möglich an Lyons halten, ohne dass der ihn entdeckte. Unbewusst betastete sie die Dose mit Bärenspray an ihrem Gürtel.

Während sich der Weg dahinschlängelte, schob sich eine Wolke vor die Sonne. Es wurde dunkel, und die kühle Brise verwandelte sich in einen arktischen Windstoß, der ihr den Atem raubte. Der Wald, der eben noch wunderschön geschienen hatte, wurde von einer Sekunde auf die andere unheimlich. Im schwachen Licht sah sie die Baumwurzeln nicht mehr, und schon stolperte sie auf dem unebenen Boden. Zweige verhedderten sich in ihrer Kleidung und zerkratzten ihr die nackten Beine, aber sie biss die Zähne zusammen und lief weiter, und schon erreichte sie die gerade Strecke. Der Weg wurde breiter, und weiter vorne konnte sie die Serpentine und den Weg zu den Stromschnellen ausmachen.

Schwer atmend, erreichte sie in Rekordzeit das Ende der Geraden und blieb stehen, um zu verschnaufen. Das Rauschen der Stromschnellen wurde immer lauter. Bald wäre es so laut, dass man sie nicht mehr hören würde, falls sie um Hilfe schrie.

Sie nahm einen Schluck von ihrer Wasserflasche und sah sich um. Wenn Kane sich hier irgendwo versteckte, war er wie ein Geist. Ein dumpfes Geräusch hinter ihr ließ sie herumfahren. Sie erblickte eine Gestalt, die auf sie zukam. Es war Lyons. *Er kommt.*

SECHSUNDVIERZIG

Bis vor wenigen Minuten hatte Jenna geglaubt, sie hätte sich bei dem Autounfall nicht verletzt, aber jetzt auf dem Wanderweg taten ihr der Rücken und die Beine weh. Sie würde kämpfen können, wenn es sein musste, aber den Berg hinaufzulaufen, während ihr ein eiskalter Wind ins Gesicht blies, war nicht gerade die beste Vorbereitung auf einen Kampf. Als sie den Weg am Rande des Flusses entlanglief, der sich durch den Stanton Forest schlängelte, schmerzte ihre Lunge bei jedem Atemzug kühler Bergluft, und sie musste feststellen, dass sie nicht so schnell vorankam, wie sie gedacht hatte.

Vor sich hörte sie Stimmen, und dann kam ein junges Paar mit rosigen Wangen und leuchtenden Augen um die Kurve gerannt. Die zwei winkten ihr freundlich zu und kicherten, als sie vorbeiliefen. Sie winkte zurück, hielt aber den Kopf gesenkt. Als sie die letzte Steigung zum oberen Ende der Stromschnellen bewältigte, lief ein weiterer junger Mann an ihr vorbei. Wenig später beschleunigte sich ihr Puls, als sie Owen Jones erblickte, den Verdächtigen Nummer zwei, der auf einem Felsen saß und in das tosende Wasser starrte. Sie drückte auf ihr Mikrofon. »Dave, Jones ist oben an den Stromschnellen. Er sieht aus, als warte er auf jemanden.«

»Hat er dich gesehen?«

Jenna verlangsamte ihren Schritt und beugte sich vor, als ob sie nach Luft schnappen wolle. »Ich glaube schon. Ich glaube aber nicht, dass er mich erkannt hat.«

Sie versteifte sich, als Jones aufstand und den Berg hinunter zur Serpentine lief, ohne sie anzusehen. Sie drehte sich um und sah ihm hinterher, und er bog um die Ecke und verschwand. »Er hat mich nicht erkannt. Er ist direkt an mir vorbeigerannt und um die erste Kurve gelaufen. Ich kann seine Position jetzt nicht mehr ausmachen.«

»Was ist mit Stein?« Kane räusperte sich. »Er müsste jetzt direkt vor dir sein.«

Jenna musste an den anderen Jogger denken, der eben an ihr vorbeigelaufen war. War das Stein gewesen? Sie war sich nicht hundertprozentig sicher, durch die Gischt der Stromschnellen hindurch hatte sie ihn nicht genau sehen können. Der junge Mann hatte eine Baseballkappe über dem kurzen Haar gehabt und eine Sonnenbrille getragen. Vielleicht war es doch Stein gewesen? »Ich bin mir nicht sicher. Vor ein paar Minuten ist ein Mann vorbeigelaufen, aber ich habe mehr auf Jones geachtet.«

»Verstanden. Das muss Stein gewesen sein. Es ist sonst niemand vorbeigekommen. Emily ist jetzt in der Nähe und Lyons ist ihr auf den Fersen. Sie wird bald bei dir sein.« Kane wartete einen Moment. »Ich kann Webber sehen. Wir haben Emily jetzt eingekreist.«

Jenna ging den Wanderweg wieder hinunter, schlug sich am Wegesrand in die Büsche und versteckte sich hinter einem moosbewachsenen Felsen. »Okay, ich bin in Position.« Während sie an ihrer Wasserflasche nippte und darauf wartete, dass Emily vorbeikam, musste sie an die Mordfälle denken. Sie schaute den Weg hinunter, und ihr wurde flau im Magen.

Konnte es Zufall sein, dass sich hier auf dem Berg zwei der Verdächtigen genau zur selben Zeit und am selben Ort wie Lyons befanden? Es war kein Geheimnis, dass er hier war; am Nachmittag hatte er in der Cafeteria vor allen Anwesenden angekündigt, dass er joggen gehen würde. Sie drückte den Knopf am Mikrofon. »Dave, ich hoffe, Jones und Stein sind nicht beide in die Morde verwickelt.«

»Ich denke mal, das werden wir noch früh genug herausfinden.«

»Webber?« Jenna behielt weiterhin den Wanderweg im Auge. »Einer muss Jones und Stein beobachten. Am besten tun Sie das. Kane und ich übernehmen Lyons. Kommen Sie nicht zu meiner Position. Nehmen Sie die Abkürzung, und warten Sie, bis sie zu Ihnen kommen. Sie sollten dort genug Deckung durch die Bäume haben. Sagen Sie uns Bescheid, falls sie kehrt machen.«

»Verstanden.« Webber klang außer Atem. »Ich bin schon auf dem Weg.«

Jenna kauerte sich hin und wartete darauf, dass die Scharade ihren Lauf nahm. Versteckt im Schatten zwischen den hohen Kiefern und dem Felsbrocken, fand sie ihre professionelle Ruhe wieder und wurde eins mit der Umgebung. Unter ihren Füßen war der satte, mit Blättern bedeckte Boden, das Unterholz war mit Tannenzapfen übersät. Sie atmete tief ein. Der Wald hatte zu jeder Jahreszeit einen anderen Duft. Als ihr der beißende Wind in die feuchte Kleidung fuhr, wusste sie, dass sie in diesem Jahr einen kurzen Herbst haben würden, dem der Winter dicht auf den Fersen war.

Das Tosen der Stromschnellen wurde vom Schrei eines Rotschwanzbussards übertönt, der sich von einem Baum aus in den Himmel erhob. Sie beobachtete den majestätischen Vogel und verfolgte seine Silhouette vor einer vorbeiziehenden Wolke, bis die Wipfel der Kiefern ihr die Sicht versperrten. Sie hatte schon immer über die interessante Vogelwelt von Black

Rock Falls gestaunt; der Wald war zugleich ein angsteinflößender und ein magischer Ort. Wie ihr guter Bekannter Atohi Blackhawk einmal gesagt hatte: Egal, was für schreckliche Dinge im Stanton Forest geschahen, es änderte nichts an seiner Schönheit. Der Regen reinigte den Waldboden, Wildblumen und Kletterpflanzen bedeckten die Gräber. Und was auch immer heute auf dem Berg passieren würde – das Leben ging weiter. Fragte sich nur, wessen Leben.

Von ihrem Standort aus hatte Jenna klare Sicht auf den oberen Teil der Stromschnellen. Die Lichtung war ein beliebter Ort für Picknicks. Hier waren sie Zeuge der Schlägerei zwischen Lyons, Court, Devon und Jones geworden. Sie würde nie vergessen, wie Jones in die eiskalten Stromschnellen gestürzt war und wie er zwischen den Felsen um sein Überleben gekämpft hatte, als der Fluss ihn mit sich gerissen hatte. Die Erinnerung daran war noch so frisch, dass ihr ein Schauer über den Rücken lief. Als sie Schritte hörte, richtete sie ihre Aufmerksamkeit wieder auf den Weg. Sie seufzte erleichtert auf, als Emily in Sicht kam. Wie geplant, ging Emily zu dem flachen Felsen und setzte sich hin. Sie nahm einen großen Schluck aus ihrer Wasserflasche und starrte dann auf die Stromschnellen. Ein paar Minuten vergingen, dann kam Seth Lyons in Sicht. Jenna musterte ihn. Er sah aus, als wäre er kaum ins Schwitzen gekommen.

Jenna konnte nicht hören, was die beiden sagten. Als hätte Emily ihre Gedanken gelesen, drückte sie auf den Knopf ihres Mikrofons, und schon wurde das Gespräch über Jennas Ohrhörer übertragen.

»Dich kenne ich doch.« Seth Lyons trat näher an Emily heran. »Du bist mit Colt befreundet, oder? Colt Webber?«

»Ach, befreundet würde ich nicht sagen. Wir machen beide am selben Ort ein Praktikum«, sagte Emily und stand auf. Sie runzelte die Stirn. »Wieso, soll ich dich ihm vorstellen oder so?«

»Nee. Ich kenne ihn schon.« Lyons grinste. »Wir sind beide

in der Footballmannschaft. Ich bin der Quarterback.«

»Echt?« Emily löste ihr Haarband und ließ sich ihr langes blondes Haar über den Rücken fallen, dann strich sie ihren Pferdeschwanz glatt und band ihn wieder zusammen.

»Wir – also ich und Colt – dachten, du hast vielleicht Lust, morgen Abend nach dem Spiel zu einer Party zu kommen?«

»Klar doch.« Emily setzte ein begeistertes Lächeln auf, das sogar Jenna fast überzeugt hätte. »Wo und wann?«

»Um neun bei mir in meinem Haus, Pine Road sechs.« Lyons grinste noch breiter. »Ich schicke jemanden, der dich abholt.«

»Nicht nötig, ich fahre lieber selbst.« Emily nippte an ihrem Wasser und setzte sich wieder auf den flachen Felsen. »Sorry, ich komme hier eigentlich zum Meditieren hoch. Also bis morgen dann.«

»Super.« Lyons berührte ihre Wange und wandte sich zum Gehen. »Ich freu mich auf dich.«

Als er an Jenna vorbeigelaufen war, funkte sie Kane an. »Lyons ist jetzt auf dem Weg zurück nach unten. Emily ist in Sicherheit. Wenn der oder die Mörder zuschlagen wollen, ist jetzt der Zeitpunkt.«

»Gib nicht eure Position preis, sie könnten sich überall am Wegesrand verstecken. Haltet euch an den Plan. Sie wissen, dass Emily hier ist, und sie ist keine Bedrohung für die Mörder. Sie soll gleich wie geplant den Berg hinunterlaufen, wir übernehmen die Nachhut.«

»Verstanden.« Jenna wartete gute fünf Minuten, dann drückte sie die Taste an ihrem Mikrofon. »Okay, Emily, du kannst jetzt loslaufen. Dein Dad wartet auf dem Parkplatz. Auf Höhe der kaputten Brücke nimmst du den Weg durch den Wald, und dann läufst du weiter zum Anfang des Wanderweges. Damit gehst du allen aus dem Weg, die auf dem kurvenreicheren Teil des Weges eventuell Lyons auflauern.«

»Bin schon unterwegs«, meldete Emily und rannte den

Weg hinunter.

Jenna sah ihr nach und drückte dann auf ihr Mikrofon. »Dave, offenbar ist nichts passiert, sonst hätten wir schon von Webber gehört. Ich gebe Emily einen kleinen Vorsprung und folge ihr dann.«

»Lyons müsste jeden Moment an der großen Kurve auftauchen.« Kane holte tief Luft. »Wenn die beiden zuschlagen wollen, ist das Gebiet gegenüber der alten Hängebrücke am abgelegensten, und sie können die Abzweigung als Fluchtweg nutzen. Sieht so aus, als ob wir uns an Plan A halten können, aber ich gehe zurück in den Wald und sorge dafür, dass Emily wohlbehalten hier vorbeikommt, dann gehe ich querfeldein und treffe euch auf dem Weg bei den Stromschnellen.«

Jenna seufzte. »Verdammt! Langsam sollten sich unsere Verdächtigen mal rühren.«

»Der Mörder wird sicher zuschlagen, wenn nicht heute, dann ein andermal. Vielleicht hat er uns entdeckt. Wenn ja, dann ist dieser Kerl noch schlauer, als wir dachten.« Kane klang ruhig wie immer. »Webber, wie ist Ihre Position?«

Keine Antwort.

Jenna runzelte die Stirn. Sogar über den Lärm des Wasserfalls hinweg müsste Webber die Stimme im Ohrhörer hören können. »Webber, hier Alton. Hören Sie mich?«

Eine schreckliche Vorahnung überkam sie. »Ich breche gleich auf und laufe Emily hinterher. Emily, hörst du mich? Dreh um und komm zurück. Wir treffen uns auf dem Wanderweg.« Jenna trat aus ihrem Versteck und rannte den Berg hinunter.

»Mir geht's gut. Es ist niemand hier. Die alte Brücke ist nur ein paar Meter entfernt, und dann bin ich gleich bei der Abzweigung.«

Jenna drückte auf ihr Mikrofon. »Webber meldet sich nicht, vielleicht ist etwas passiert. Bleib, wo du bist, und warte auf mich, Emily.«

SIEBENUNDVIERZIG

Er steckte sich den Ohrhörer ins Ohr, den er Webber abgenommen hatte, schnallte sich das tragbare Funkgerät an den Gürtel und lächelte. Er hatte sich lautlos wie ein Geist durch den Wald bewegt. Natürlich war ihm die Anwesenheit von Sheriff Alton und ihren Deputys nicht entgangen. Einen Mann von Deputy Kanes Format konnte man kaum übersehen, wenn er einen Waldweg entlanglief. Wo auch immer Sheriff Alton war, Kane war nie weit entfernt. Sie hatten unterschiedliche Wege genommen, und er hatte einen Moment lang bedauert, dass er ihre Versuche, den Anführer der Vergewaltigerbande zu schnappen, vereiteln musste, aber er hatte nun einmal seine eigenen Pläne für den verwöhnten, reichen Quarterback. Er blickte hinunter auf den reglosen Webber. Die Stromschnellen waren so laut, dass er kein Problem gehabt hatte, sich von hinten anzuschleichen und ihm einen Arm um den Hals zu legen. Webber war stärker gewesen, als er erwartet hatte, aber beileibe nicht so stark wie er, und schon bald hatten Webbers Knie nachgegeben.

Er zerrte Webber tiefer in den Wald hinein, und anschließend trat er Laub über die Spuren, die dessen Absätze im

Waldboden hinterlassen hatten. Er hatte keine Ahnung gehabt, dass er mit der Polizei zusammenarbeitete. Er verzog das Gesicht. Wie hatte ihm das bloß entgehen können? Als er sich dem Ende des Weges näherte, hörte er die Stimme von Alton, die Emily befahl, umzukehren. Er sah Emily: Sie war keine zehn Meter von Lyons entfernt, der an einem Holzpfosten der alten Brücke lehnte und aussah, als würde er auf sie warten. Er drückte den Sprechknopf am Mikrofon und hoffte, dass er sich wie Webber anhörte. »Ich bin an der Abzweigung. Ich konnte mich nicht früher melden. Lyons war in der Nähe.«

»Verstanden.« Sheriff Alton klang erleichtert. »Ich bleibe außer Sichtweite und greife erst einmal nicht ein. Emily, du gehst weiter zur alten Brücke und nimmst dann die Abzweigung.«

Er grinste. Sie hielt ihn tatsächlich für Webber.

»Verstanden.« Emilys Stimme drang durch seinen Ohrhörer. »Bin schon unterwegs.«

Er schlüpfte zwischen den Bäumen hindurch, und als Emily vorbeirannte, trat er aus dem Schatten, packte sie am Arm und hielt ihr mit einer geschickten Bewegung den Mund zu. Er drückte sie fest an sich, riss ihr das Funkgerät von der Hüfte und schleuderte es in die Stromschnellen, dann zog er die Pistole aus dem Hosenbund und drückte ihr die Mündung an die Schläfe. »Keinen Mucks, sonst landet dein Gehirn auf meiner Jacke.« Er fühlte ihr Herz pochen, ihr Atem ging schnell. »Wenn du tust, was ich sage, ist alles im Nullkommanichts vorbei.«

ACHTUNDVIERZIG

Im ersten Moment war Emily nur wütend auf sich selbst. Wie dämlich war sie, dass sie direkt in die Gefahr gelaufen war? Andererseits war der Weg vor ihr völlig frei gewesen. Woher war der Typ bloß gekommen? Dann kam die Angst, gepaart mit der schrecklichen Erkenntnis, dass sie sich aus dieser Lage nicht aus eigener Kraft würde befreien können. Die behandschuhte Hand drückte sich so fest auf ihren Mund, dass ihr die Zähne wehtaten. Sie konnte Leder und Schießpulver riechen. So, wie der Mann sie festhielt, und nach seiner enormen Kraft zu schließen, würde er ihr sofort das Genick brechen, wenn sie eine falsche Bewegung machte. Die kalte Mündung der Pistole an ihrer Schläfe versetzte sie endgültig in Angst und Schrecken. Sie erstarrte und hörte sich seine Anweisungen an.

»Ich bin nicht deinetwegen hier, Emily, sondern wegen Seth Lyons.« Der Mann drückte den Stahl noch fester gegen ihre Schläfe. »Ich lasse dich jetzt los, aber wenn du schreist oder zu fliehen versuchst, werde ich dich erschießen. Hast du mich verstanden? An meiner Waffe ist ein Schalldämpfer, Sheriff Alton wird den Schuss nicht hören, und Webber habe ich ausgeschaltet. Ich sage dir jetzt, was du tun sollst.« Er hielt ihr weiterhin die Waffe an den Kopf. »Du gehst jetzt gleich rüber zu Lyons. Halte deine Hände an den Seiten, wo ich sie sehen kann. Ich bleibe im Gebüsch und ziele auf deinen Kopf, und ich schieße nie daneben. Ich möchte nur, dass du ihn für ein paar Augenblicke ablenkst, damit ich mich ihm unbemerkt nähern kann. Dann lasse ich dich gehen. Verhalte dich ganz natürlich. Hast du das verstanden?«

Sie zitterte vor Angst, trotzdem nickte sie leicht. Der Druck der Hand auf ihrem Mund ließ ein wenig nach. Sie hatte kein Funkgerät mehr, und wenn sie die Hände an den Seiten halten musste, konnte sie ihren Tracker-Ring nicht aktivieren. Sie hatte keine andere Wahl, als sich zu fügen. Dennoch arbeitete ihr Verstand auf Hochtouren. Webber hatte er ausgeschaltet. Bei dem Gedanken, dass irgendwo in der Nähe seine Leiche lag, wurde ihr flau im Magen. Sie würde tun, was ihr Vater ihr beigebracht hatte: erst kooperieren und dann, sobald er abgelenkt war, versuchen zu fliehen. »Gut, verstanden.«

Mit leicht abgewinkelten Armen ging sie um die Kurve, und da tauchte Lyons aus dem Gebüsch auf, das die alte Holzbrücke umgab. Das ausgefranste Banner, auf dem in roter Schrift »Gefahr« stand, hing von den morschen Holzlatten, die den Eingang zur Brücke versperrten, und flatterte im Wind. Dahinter führte das halb verfallende Bauwerk in etwa zehn Metern Höhe über die reißenden Stromschnellen. Als sie sich Lyons näherte, spritzte ihr Gischt ins Gesicht. Sie wollte sich das Wasser aus den Augen wischen, aber wenn sie ihre Hände bewegte, würde der Mann sie bestimmt erschießen.

»Hi, Emily.« Lyons lächelte. »Ich dachte, ich warte auf dich, damit wir uns noch ein bisschen besser kennenlernen können.«

Bringe etwas zwischen dich und den Angreifer. Diese Worte ihres Vaters hatten sich in Emilys Gedächtnis eingebrannt. Mit pochendem Herzen näherte sie sich dem Eingang der alten Brücke, dann ging sie zu einer der Kiefern, die den Rand des reißenden Flusses säumten, und lehnte sich dagegen. Jetzt befand sich Lyons direkt zwischen ihr und dem Bewaffneten. Das Gebüsch hinter ihm bewegte sich leicht, und ein Mann, der sich die Krempe seiner Baseballkappe ins Gesicht gezogen hatte, bewegte sich auf sie zu, aber sie sah keine Waffe in seiner Hand. *Ist das der Mörder?* Sie schluckte den Kloß in ihrem Hals hinunter und schaute in Lyons' lächelndes Gesicht. »Ich habe doch gesagt, wir sehen uns auf der Party. Ich habe gerne meinen Freiraum.«

»Ach, sei doch nicht so.« Lyons trat einen Schritt näher. »Komm her, ich beiße nicht.« Adrenalin pumpte durch Emilys Adern, und die blinde Panik ließ nach, jetzt wusste sie, was sie zu tun hatte. Sie tat einen Schritt zur Seite. Ihre einzige Option war, wegzulaufen. »Hinter dir steht ein Mann mit einer Pistole.«

»Was?« Lyons drehte sich um und starrte den Mann an. »Was zur Hölle wollen Sie?« Er ging auf den Mann zu und stieß ihn hart in die Brust.

»Das war der letzte Fehler deines Lebens.« Der Mann holte aus und schlug Lyons ins Gesicht.

Emily aktivierte den Notrufsender an ihrem Tracker-Ring, wandte sich um und sprang mit einem Satz über das Schild mit der Aufschrift »Gefahr«. Sie rannte auf die klapprige, alte Hängebrücke, die sofort zu schwanken begann. Unter ihren Füßen knarrten die morschen Bretter, der Wind peitschte ihr entgegen, und einige Gischt spritzte von den Stromschnellen hoch, sodass sie im Handumdrehen durchnässt war. Sie rutschte aus, und dann beging sie einen großen Fehler: Sie schaute hinunter zu den tückischen Felsen und dem wirbelnden Wasser unter ihr. Mit einem Mal war sie unfähig, sich zu bewegen. Sie kauerte am Geländer, klammerte sich fest und holte ein paarmal tief Luft, um ihre Nerven zu beruhigen. Der Lärm der Stromschnellen dröhnte in ihren Ohren. Es war so laut, dass sie bezweifelte, dass ihr Vater sie über ihren Tracker hören konnte, aber sie musste es dennoch versuchen.

»Dad, wenn du mich hören kannst, ich stecke auf der alten Hängebrücke fest. Mein Funkgerät ist weg. Lyons und ein anderer Typ kämpfen miteinander. Er hat eine Waffe.« Sie knirschte mit den Zähnen. »Ich habe echt Angst, aber ich versuche trotzdem, auf die andere Seite zu kommen, weg von den beiden.«

Sie war wie versteinert vor Angst. Trotzdem zwang sie sich, weiterzugehen, ganz langsam. Sie schaute hinüber zur anderen Seite der Schlucht, die meilenweit entfernt schien. Mehrere Bretter fehlten, sie waren wahrscheinlich längst in den Fluss gefallen. Sie schlang einen Arm um das Geländer und richtete sich auf. Die Brücke stöhnte auf und schwankte zu einer Seite. Sie musste es schaffen! Sie ging weiter, Schritt für Schritt, prüfte jedes Brett, bevor sie darauf trat. Hinter sich hörte sie Kampfgeräusche, die durch das Rauschen des Wassers drangen. Sie schaute zurück und sah, wie Lyons von dem Fremden verprügelt wurde.

Als sie wieder nach vorn blickte, schaukelte die Hängebrücke gefährlich, ihre Hände fanden an dem mit Moos und Schleim überzogenen Geländer kaum Halt. Ihr Herz pochte so heftig, dass sie glaubte, es würde zerspringen, aber sie arbeitete sich weiter vor und balancierte über die fehlenden Bretter. Je näher sie der Mitte kam, desto stärker schlug ihr der Wind entgegen, als wolle er sie von der Brücke reißen und in den Fluss werfen. Es war so kalt, dass sie ihre Finger nicht mehr spüren konnte und ihre Knie bei jedem Schritt zitterten.

Im nächsten Moment zerriss ein lautes Knacken die Luft. Holzsplitter schossen an ihr vorbei und wurden vom Wind fortgetragen. Die Brücke rüttelte. Sie fiel auf die Knie, und als sie den Halt verlor, rutschte sie unkontrolliert auf ein klaffendes Loch zu. Sie schnappte nach Luft, als die Stützen des Geländers vorbeirauschten, und dann gab es ein weiteres Knacken. Wieder bewegte sich die Brücke, und sie wurde von einer Seite auf die andere geschleudert. Sie knallte gegen das Geländer.

Wenige Zentimeter vom Loch und dem sicheren Tod entfernt gelang es ihr, sich an dem eiskalten Metall festzuhalten.

Schluchzend schaute sie über die Schulter. Ein Messer glitzerte im Sonnenlicht, als der Mann Lyons auf die Brücke drängte. Blut floss aus Lyons' Nase, und er schien kaum auf seine Schritte zu achten, als sei er lebensmüde. Sie rief so laut wie möglich: »Hört auf zu rennen! Die Brücke stürzt ein!«

Lyons, der einen Laut des Schreckens ausstieß, schien sie nicht gehört zu haben. Er sprang über die fehlenden Bretter hinweg und kam auf sie zu. Emily klammerte sich an der bebenden Brücke fest. Das Holz unter ihren Füßen zitterte und knarrte. Der Idiot würde sie beide umbringen. Sie starrte durch die Nebelschwaden hinter Lyons. Der Mann war verschwunden. Sie rief wieder, in der Hoffnung, dass Lyons sie diesmal hören würde: »Alles okay. Niemand ist hinter dir her.«

Er würdigte sie keines Blickes. Mit irrem Blick stürmte er weiter. Blut tropfte von seinem durchnässten Gesicht, rote Tropfen flogen durch die Luft. Verfaulte Holzlatten lösten sich und schwebten wie Konfetti im Wind, bevor sie in das rauschende Wasser unter ihm fielen. Sie streckte ihm eine Hand entgegen. »Stopp!«

Die Hängebrücke heulte auf, und sie konnte nur entsetzt zuschauen, wie sich eines der rostigen Stahlseile, an denen die Bretter befestigt waren, zu dehnen schien. Das Seil kreischte und knackte, als seine Metallfasern vor ihren Augen eine nach der anderen rissen. Einen Moment lang war sie starr vor Schreck, doch dann gewann ihr Überlebensinstinkt die Oberhand. Sie schlang beide Beine um einen hölzernen Pfosten und klammerte sich an dem rutschigen Geländer fest, als das Stahlseil unter ihren Füßen riss. Der mächtige Knall übertönte das Tosen der Stromschnellen. Sie duckte sich gerade noch rechtzeitig, als das Seil knapp über ihrem Kopf wie eine Peitsche durch die Luft zischte. Ein gewaltiges Stöhnen erschütterte die Hängebrücke. Es klang, als würde ein riesiger Baum gefällt, und dann war die eine Seite der Brücke plötzlich weg. Ein Schrei tönte durch den Wind, und sie blickte zitternd nach unten. Seth Lyons hing in der Luft. Er hielt sich nur mit einer Hand fest und versuchte verzweifelt, sich in Sicherheit zu bringen. Emilys Arme und Beine schmerzten. Sie hielt den Kopf dicht an ihren Tracker-Ring: »Hilfe!«

NEUNUNDVIERZIG

Als Wolfes Stimme durch Jennas Ohrhörer drang, blickte sie sich sofort um, weil sie befürchtete, jemand sei in der Nähe. »Verstanden. Wolfe, was ist passiert?«

»Emily ist in Schwierigkeiten. Sie ist auf der alten Hängebrücke, und das Letzte, was von ihr kam, war nur: ›Hilfe!‹ Anscheinend hat sie ihr Funkgerät verloren, und über den Lärm der Stromschnellen war sie kaum zu verstehen. Ich laufe den Berg hoch und bringe ein Seil mit. Rowley ist immer noch in Position.«

Jenna verließ ihr Versteck und lief den Berg hinunter. »Ich bin auf dem Weg.«

»Ich auch.« Kane atmete schwer, während er rannte. »Ich bin fast an der Abzweigung.«

Jenna drückte auf ihr Mikrofon. »Verstanden. Webber, begeben Sie sich zu Emilys Position.«

Keine Antwort. Was war denn nun schon wieder? Sie rannte die Gerade hinunter, sprang über knorrige Baumwurzeln und wich Felsen aus. Als sie um die Kurve kam, sah sie einen Mann, der am Eingang zur alten Brücke stand. Sie wurde langsamer, legte eine Hand an die Waffe in ihrem

Schulterholster und ging auf ihn zu. Er war Mitte bis Ende zwanzig, hatte kurzes blondes Haar und wirkte wie ein College-Student, aber gesehen hatte sie ihn noch nie. »Was tun Sie hier?«

»Ich überlege, wie man die zwei da retten kann.« Er zeigte auf Emily und Lyons, die auf der kaputten Brücke baumelten. »Mein Handy ist im Auto, sonst hätte ich schon 911 angerufen.«

»Bleiben Sie zurück, ich bin von der Polizei.« Jenna trat näher an den Rand der Schlucht und nahm die Situation in Augenschein. »Hilfe ist unterwegs.«

»Der Typ hat die hier fallen lassen.« Er reichte Jenna mehrere USB-Sticks.

Jenna steckte sie in ihre Jackentasche. »Danke, treten Sie bitte zur Seite.«

»Gerne.« Der Mann wandte sich ab und ging den Wanderweg hinunter.

Im nächsten Moment kam Kane aus dem Wald gestürmt. »Ich habe Webber gefunden«, meldete er, als er sie erreichte. »Er kam gerade aus dem Wald gekrochen. Jemand hatte ihn bewusstlos geschlagen, aber es geht ihm so weit gut. Ich habe ihm gesagt, er solle sich eine Weile ausruhen und dann herkommen. Wo ist Emily?« Er sah jetzt erst, was auf der Brücke los war. »Mein Gott.«

Jenna wandte sich zu ihm um. »Wir müssen Emily gut zureden, damit sie versucht, wieder zurückzukommen, aber wie wir Lyons helfen können, bis Wolfe mit einem Seil hier ist, weiß ich nicht.« Sie runzelte die Stirn. »Ich rufe die Feuerwehr an.« Sie tat es, und dann ging sie an den Rand der Schlucht, legte die Hände an den Mund und rief Lyons zu: »Wir kommen, halten Sie durch!«

Sie hatten keine Zeit zu verlieren. Jenna zog ihre Jacke aus, nahm ihr Schulterholster ab und reichte es Kane. »Gib mir deinen Gürtel. Ich gehe sie holen.« Sie schlang Kanes Gürtel durch den ihren. »Damit werde ich Emily an mir befestigen, dann hat sie nicht so viel Angst.«

»Bist du von allen guten Geistern verlassen?«, fragte Kane und verzog das Gesicht. Trotzdem reichte er ihr seinen Gürtel, und dann holte er ein kleines Fernglas hervor und betrachtete die Szenerie. »Sie hat sich schon in eine ganz gute Position gebracht, und bald wird Wolfe hier sein.« Er richtete seine Aufmerksamkeit auf Lyons. »Beide gleichzeitig werden wir kaum retten können.«

Das laute Knarren der Brücke half Jenna, eine Entscheidung zu treffen. Sie blickte zu Kane auf. »Ich habe Wolfe versprochen, auf sie aufzupassen, und ich halte meine Versprechen.« Sie holte tief Luft und trat über den Abgrund hinaus.

»Dann versprich mir wenigstens, dass du ganz langsam und vorsichtig vorgehst. Hol Emily her, danach versuchen wir, Lyons zu helfen. Riskier nicht euer aller Leben, indem du allein versuchst, beide zu retten.« Kane war anzusehen, welche Angst er um sie hatte. »Versprich es mir, Jenna.«

»Okay, okay, versprochen.« Sie klammerte sich an das rutschige Geländer und setzte vorsichtig einen Fuß vor den anderen, während sie auf der Metallstange balancierte, an der die schwankenden Bretter der Brücke befestigt waren. Die rostige, nasse, geschwärzte Stange trug nicht gerade dazu bei, ihr die Höhenangst zu nehmen, aber sie hatte schon unter schlimmeren Bedingungen trainiert. Sie verdrängte ihre Zweifel und ging mit präzisen, gleichmäßigen Schritten weiter. Eiskalt und feucht, fuhr der Wind in ihre Kleidung und zerrte an ihr, als wolle er sie unbedingt umstoßen. Sie hielt ihren Blick auf Emily gerichtet, aber die junge Frau bewegte sich nicht mehr. Sie starrte wie gelähmt vor Angst in das rauschende Wasser unter ihnen. »Emily, ich komme.«

Sie rief Emily zu, sie solle sich aufrichten und auf sie zubewegen, aber der Wind trug ihre Worte fort. Die Brücke ächzte und bebte bei jedem gefährlichen Schritt, und Jenna musste gegen ihre eigene aufsteigende Panik ankämpfen. Ohne Vorwarnung überkam sie die Erinnerung an Owen Jones und seinen Sturz in die Stromschnellen. Sie sah ihn vor sich, wie er in das eiskalte Wasser fiel, gegen Felsbrocken gestoßen wurde und ums Überleben kämpfte – die Erinnerung war so real, als würde es jetzt gerade geschehen. Sie schnappte nach Luft. Sie würde sterben, ganz sicher würde sie sterben. Ihre Knie wackelten, und ihr Griff um das Geländer wurde schwächer. Kanes Stimme in ihrem Ohrhörer holte sie aus ihrer Halluzination zurück.

»Jenna. Jenna, hör auf meine Stimme. Halte durch. Mach die Augen auf. Du bist fast bei ihr. Schau, Emily hat dich schon entdeckt. Antworte mir nicht, geh einfach weiter, einen Schritt nach dem anderen. Komm schon, Jenna, du schaffst das.«

Sie wandte den Kopf, um ihn anzusehen, sammelte ihre Gedanken und nickte. Ihre Hände waren taub von der eiskalten Gischt, die immer wieder aufspritzte, aber sie ging weiter. Mit Kanes ermutigender Stimme im Ohr konnte sie sich ihrer Angst stellen und sich voll und ganz konzentrieren. Nach einem Drittel des Weges hörte sie ein Wimmern und sah nach unten. Lyons baumelte unter ihr, seine Augen waren geweitet vor Angst. Das Wasser der reißenden Stromschnellen hatte ihn vollkommen durchnässt, sein Gesicht war blutverschmiert, und er befand sich außerhalb ihrer Reichweite. Im Moment konnte sie ihm nicht helfen; ob er überlebte, hing davon ab, wie lange er sich noch an dem halb verrotteten Holz festhalten konnte. Sie konnte kaum mehr tun, als ihm Mut zu machen. »Halten Sie durch. Hilfe ist unterwegs.«

Jenna fiel in einen Rhythmus – einen Fuß vor, den anderen nachziehen, einen Fuß vor –, während sie sich zur Mitte der Brücke vorarbeitete. Emily hatte endlich ihr Rufen gehört und schaute sie an. Sie konnte ihr blasses Gesicht sehen, die großen blauen Augen und das durchnässte blonde Haar. Wolfes Tochter hatte solche Angst – es würde einiges an Überredungskunst erfordern, sie dazu zu bringen, sich aus ihrer Schockstarre zu lösen. Als sie direkt über den Stromschnellen war, wurden die Böen so heftig, als wäre sie in einen Windkanal getreten. Ihr Herz raste. Das Schwanken der Brücke war schon schlimm genug, aber zu sehen, wie sich Holzlatten lösten und in das reißende Wasser stürzten, machte ihr zusätzlich Angst. Sie sah Emily an und musste an Wolfes besorgtes Gesicht denken, und dieser Gedanke bestärkte sie in ihrer Entschlossenheit. Er gehörte zur Familie, und sie würde nicht zulassen, dass er noch einen geliebten Menschen verlor.

Zehn weitere Schritte, dann war sie bei Emily. »Du legst jetzt ganz langsam einen Arm über das Geländer, und dann ziehst du dich daran hoch.« Sie machte es mit ihrem Arm vor, dann griff sie einen von Emilys Armen. »Hab dich!« Jenna stieß einen Seufzer der Erleichterung aus, als Emily wortlos gehorchte. »Okay, jetzt ziehe ich Kanes Gürtel durch deinen, dann sind wir miteinander verbunden.« Das war eher dazu gedacht, Emily zu beruhigen; falls eine von ihnen fiel, würde der Gürtel ihr Gewicht nie und nimmer tragen. »Okay, wir gehen jetzt zurück. Da wartet dein Vater auf dich. Schau, dass deine Hände und Füße die ganze Zeit Kontakt mit der Brücke haben. Du schiebst abwechselnd eine Hand vor, dann einen Fuß, dann die andere Hand und so weiter.«

»Es schaukelt so.« Emilys Lippen waren vor Kälte blau angelaufen. »Alle paar Minuten gibt es einen gewaltigen Ruck. Vorhin ist nach so einem Ruck das eine Seil gerissen.«

Jenna fühlte die Beklemmung in ihrem Magen, versuchte aber trotzdem, so gut sie konnte, Emily die Angst zu nehmen. »Ich schätze, es ist das morsche Holz, das wegbricht, aber diese Seite der Brücke ist in Ordnung.« Sie tat die ersten paar Schritte und war froh, dass Emily ihr folgte. »Du wirst sehen, wir sind im Nullkommanichts auf festem Boden.«

»Wolfe ist hier, Webber auch. Die Feuerwehr braucht noch etwa zehn Minuten. Von hier aus sieht es gut aus, geht einfach langsam und vorsichtig weiter.« Kane räusperte sich. »Lass nicht los, um dein Mikro zu aktivieren, um mit uns zu sprechen. Wolfe hat die Übertragung von Emilys Tracker-Ring auf seinem Handy.«

Jenna wandte ihren Kopf und sah Emily an. »Kane spricht mit mir über mein Funkgerät, und dein Vater kann dich über deinen Tracker hören. Kane sagt, alles sieht gut aus, keine weiteren Schäden. Kannst du ein bisschen schneller gehen?«

»Ich werd's versuchen.« Emily sah sie verbissen an.

Die Brücke zitterte und ächzte, wenn sie auftrat, und der heulende Wind zerrte an ihrer Kleidung. Obwohl Jenna wusste, dass jeder Schritt der letzte sein könnte, redete sie mit Emily, und ihre Anwesenheit machte ihr Mut. Sie kamen an der Stelle vorbei, wo sich Lyons befand. Er hatte aufgehört zu wimmern und hatte es geschafft, sich so weit hochzuziehen, dass er einen Arm über eine Metallstrebe legen konnte. Über ihm waren ein Spalt und verbogenes Metall; er konnte nirgendwohin und hing buchstäblich in der Luft. Sie blickte zum Eingang der Brücke. Ein Schauer lief ihr über den Rücken. Dort stand Wolfe mit einem Seil in der Hand, aber er machte keine Anstalten, auf sie zuzukommen; offensichtlich war er der Meinung, dass die Brücke das Gewicht einer weiteren Person nicht aushalten würde.

Noch zwanzig Meter. Sie konnte die Gesichter der anderen bereits deutlich erkennen. Kane und Wolfe standen am Rand der Brücke, bereit, sie zu ergreifen, sobald sie in Reichweite kamen. Jenna seufzte vor Erleichterung. »Es ist nicht mehr weit, Emily, du machst das toll.«

Im nächsten Moment erklang ein markerschütterndes Kreischen, das das Donnern des Wasserfalls übertönte. Die Brücke bebte, und ein Geräusch, als käme der Teufel höchstpersönlich aus der Hölle gesprungen, hallte durch die Berge. »Halt dich fest, Emily!« Jenna schlang ihre Arme um das Geländer und die

Beine um die Metallstange. Sie schaute sich um und sah, dass Emily es ihr gleichtat.

Mit einem gewaltigen Knall riss das zweite Stahlseil, und sie wurden durch die Luft katapultiert. Sie klammerten sich verzweifelt fest, als sie der Wand der Schlucht entgegengeschleudert wurden; Jenna hörte Emily hinter sich schreien. Die Stromschnellen kamen immer näher. Sie konnten sich nicht mehr halten und fielen in das dichte Gestrüpp, das die Schlucht säumte. Ein stechender Schmerz schoss durch Jennas Arm. Sie prallten mehrmals von Felsen ab, als sie auf den reißenden Fluss zustürzten. Boden und Himmel verschwammen zu einem bunten Durcheinander. Die Luft wurde aus ihrer Lunge gepresst, und dann wurde die Welt schwarz.

FÜNFZIG

Kane schaute entsetzt zu, wie die Brücke mit einem Kreischen von berstendem Metall zusammenbrach. Jenna und Emily waren nirgends zu sehen, aber Lyons war an eine Stelle am Ufer geschleudert worden, die sie erreichen konnten. Als Wolfe zu ihm aufschloss, verzog Kane den Mund. »Ich kann Lyons erreichen. Ich gehe hinunter. Werfen Sie mir das Seil hinunter und ziehen Sie ihn dann hoch.«

»Erst einmal sollten wir uns ja wohl um Emily und Jenna kümmern.« Wolfe starrte in die Stromschnellen hinunter.

»Wir können ihn nicht dort lassen, und ich vermute, dass die zwei ein Stück flussabwärts an der Felswand neben dem Fluss gelandet sind.« Kane klopfte Wolfe auf den Rücken. »Ich habe nicht gesehen, dass sie ins Wasser gefallen wären, und Emily war mit meinem Gürtel an Jenna geschnallt. Die zwei sind also wenigstens zusammen.«

»Jenna, hörst du mich?« Wolfe klang verzweifelt. Nichts.

»Beeilen Sie sich.« Wolfe sah Kane finster an. »Dieser Hurensohn ist es nicht wert, gerettet zu werden.«

Kane war im Prinzip der gleichen Meinung, aber als Polizist war er verpflichtet, die Bürgerinnen und Bürger vor Gefahren zu schützen, und Lyons war nun einmal ein Bürger. Er ließ sich am Seil über die Felswand gleiten. Sofort fand er Lyons, der vergeblich versuchte, nach oben zu klettern. Er war übel zugerichtet. Kane stellte sich hinter Lyons und schob ihn vor sich nach oben. Als sie beide wieder oben angekommen waren, bedeutete er ihm, sich auf einen Felsbrocken zu setzen. Er musste geheim halten, dass Webber mit ihm zusammenarbeitete. Er sah Lyons streng an. »Ruhen Sie sich ein wenig aus, dann folgen Sie uns mit Webber. Wenn Sie abhauen, lasse ich Sie beide festnehmen. Verstanden?«

Als Lyons nickte, wandte sich Kane an Wolfe. »Nehmen Sie das Seil mit. Webber, Sie rufen den Notruf an und lassen Sanitäter herschicken. Sie warten hier, während wir hinuntergehen und suchen. Wenn die Feuerwehrleute da sind, zeigen Sie ihnen unsere Position.« Er bedachte Webber und Lyons mit einem langen Blick. »Ich vertraue darauf, dass Sie das Richtige tun. Es stehen Menschenleben auf dem Spiel – kann ich mich auf Sie verlassen?«

»Ja, Sir.« Webber zückte sein Handy. »Wir tun alles, was Sie sagen.«

»Ich gehe nirgendwohin.« Lyons hielt sich den Kopf.

Kane hob Jennas Jacke und ihre Pistole auf und rannte los, Wolfe dicht hinter ihm. Sie stürmten den Weg hinunter und brachen durch die Büsche, die den Rand der Schlucht säumten. Die Wand der Schlucht fiel stufenweise ab, und an einigen Stellen wuchsen Kiefern und Wacholderbüsche zwischen den Felsblöcken. Die moosbedeckten Felsen und die feuchte Vegetation machten den Boden rutschig. Er wurde langsamer und hielt in allen Richtungen Ausschau nach Jenna und Emily.

»Da!« Wolfe zeigte auf einen riesigen Felsbrocken, der bedrohlich instabil auf einem Vorsprung am Rande der Stromschnellen balancierte. »Sehen Sie sie?«

Kane konnte einen Arm ausmachen, der schlaff in einem

Wacholderbusch hing. Er drückte auf sein Mikrofon. »Jenna. Jenna, kannst du mich hören?«

Nichts.

»Emily, Jenna!« Wolfe legte die Hände an den Mund. »Meldet euch!«

Doch von unten war nur das Rauschen des Wassers zu hören. Kane ließ Jennas Sachen fallen und sah sich nach einem geeigneten Baum um. Er schnappte sich Wolfes Seil, band es fest und warf das Ende in die Schlucht. »Ich gehe zuerst. Oder soll ich vorher noch die medizinische Ausrüstung holen?«

»Nein.« Wolfe warf ihm einen Blick zu, bei dem die Stromschnellen hätten zufrieren können. »Verschwenden Sie keine Zeit.«

»Okay.« Kane holte seine Handschuhe aus der Jackentasche und zog sie an. »Ich hoffe, Sie haben Handschuhe.« Er schnappte sich das Seil und stieg rückwärts in die Schlucht hinab.

»Ich gehe nie ohne aus dem Haus.« Wolfe schaute ihm hinterher. »Ich komme auch sofort.«

Auf dem Weg nach unten wuchs Kanes Angst mit jedem Meter. Weder Schmerzensschreie noch Hilferufe drangen zu ihm herauf, nur das Tosen des Wasserfalls. In seinem Ohrhörer herrschte ebenfalls Funkstille. Natürlich war es möglich, dass Jenna beim Sturz ihr Funkgerät verloren hatte, aber verdammt noch mal, sie war zäh und hätte garantiert gerufen, wenn sie sie gesehen hätte. Jenna war in dieser Woche schon einmal dem Tod entronnen, und er würde sie auch diesmal nicht sterben lassen. Er ließ sich auf einem Felsvorsprung nieder und kroch an den Rand, um hinüberzuspähen. »Scheiße.«

Kanes Magen zog sich zusammen, als er sah, wie Jenna und Emily zwischen der Felswand und einem gewaltigen Felsbrocken eingekeilt waren, der bedrohlich über dem reißenden Wasser hing. Auf beiden Seiten des Felsbrockens war der Boden erodiert und bot kaum Halt. Er schätzte blitzschnell die

Lage ein und wandte sich zu Wolfe um, als der an seine Seite trat. »Ich weiß, Sie würden am liebsten so schnell wie möglich dort hinunter, aber wir können es nicht riskieren, dass sich der Felsbrocken löst und sie in die Tiefe reißt. Wir müssen uns aufteilen und ganz behutsam vorgehen.« Er suchte das Gebiet ab und schaute, wo man hintreten und sich abstützen konnte. »Wir begeben uns auf das flache Gestein, der Bereich scheint stabil zu sein. Dorthin sollte ich sie hochziehen können, bevor sich der Felsbrocken löst. Wenn Sie rechts gehen und sich an den jungen Bäumen festhalten, steige ich links die Felsen hinunter, das geht schneller.«

»Da geht es fast senkrecht runter!« Wolfe starrte ihn an, dann nickte er. »Na gut, ich schätze, wenn jemand da hinunterklettern und es überleben kann, dann Sie.« Er hievte sich seinen Rucksack auf die Schultern und kletterte los.

Kane ließ sich über den Rand der Schlucht gleiten, fand Halt an der Felswand und bewegte sich in gleichmäßigem Tempo abwärts. Er würde die Frauen zuerst erreichen und musste schwer schlucken, als er sich vorstellte, dass er beide tot vorfinden würde. Sein Herz raste, und Schweißperlen standen ihm auf der Stirn, aber ängstliche Gedanken konnte man sich bei einer Rettungsaktion nicht leisten. Er holte tief Luft, verdrängte seine Gefühle in die hintersten Winkel seines Bewusstseins und konzentrierte sich auf die Aufgabe. Zu seiner Rechten rief Wolfe alle paar Minuten Jennas und Emilys Namen. Von oben hörte er Stimmen; die Feuerwehrleute waren eingetroffen. Ein Blick nach oben zum Rand der Schlucht verriet ihm, dass sie Tragen vorbereiteten, um sie hinunterzulassen.

Erleichtert, dass Hilfe in Sicht war, kletterte er weiter und ignorierte die ständige kalte Gischt, die zu ihnen hochspritzte. Die Wurzeln, an denen der sich festhielt, gaben leicht nach, und seine Stiefel kamen auf den moosbedeckten Felsen ins Rutschten. Er blickte nach unten, hielt sich an einem Wacholderbusch fest und ließ sich das letzte Stück hinunter. Er befand sich nun fünf Meter von Jenna und Emily entfernt auf einem flachen Plateau. Um näher an die Lücke zu gelangen, in der sich Jenna und Emily befanden, musste er das Plateau aber wieder verlassen und über einen schmalen Vorsprung balancieren. Wenn er jetzt nicht cool und professionell blieb, würde er ganz unmittelbar das Leben der zwei Frauen gefährden. Er inspizierte die unmittelbare Umgebung und tat dann ein paar vorsichtige Schritte in ihre Richtung. Lose Steinchen unter seinen Stiefeln verschoben sich mit jedem Schritt, und einige prasselten wie Schrotkugeln auf Jennas Rücken nieder. Ihr Arm bewegte sich, dann ihr Kopf. »Jenna, kannst du mich hören? Nicht bewegen!«

»Scheiße.« Jenna drehte ihren Kopf in seine Richtung. »Ich glaube, mein Arm ist gebrochen. Was ist passiert?«

»Ich krieg keine Luft«, war Emilys gedämpfte Stimme hinter Jenna zu hören. Kane überkam eine Welle der Erleichterung, als er ihre beiden Stimmen vernahm. Er schlidderte noch etwas näher und sagte laut: »Nicht bewegen! Ihr hängt direkt über den Stromschnellen. Wartet auf mich, ich ziehe euch da raus.«

»Wartet!« Wolfe kam von rechts auf allen vieren angekrochen. »Bewegt euch nicht, ihr könntet Verletzungen an der Wirbelsäule haben.«

»Ich habe überall Schmerzen, aber mein Rücken und mein Nacken scheinen in Ordnung zu sein.« Jenna drehte ihren Kopf und sah Emily an. »Geht's, Emily?« Jenna blickte wieder zu Kane, ihr Gesicht war voller Sorge. »Sie hat eine Kopfverletzung. Sie blutet stark.«

»Ich kann meine Finger und Zehen bewegen«, meldete sich Emily. »Ein Knöchel tut mir weh, und ich habe Blut in den Augen.« Sie klang erstaunlich ruhig. »Mein Steißbein schmerzt, aber es scheint alles in Ordnung zu sein, Dad.«

Kane kam näher und blickte zu Wolfe hinüber. Seine

nächste Bewegung konnte über Leben und Tod entscheiden. Direkt vor ihm fiel die Felswand ab, er hatte nur eine schmale Kante, auf der er stehen konnte. Um beide Frauen in Sicherheit zu bringen, musste er sie gleichzeitig festhalten und sich dann auf den flachen Felsen zurückrollen und sie dabei mit sich ziehen. Ihm blieb keine Zeit für Erklärungen, und der Gesichtsausdruck von Wolfe verriet ihm, dass er sich der Gefahr voll bewusst war. »Jenna, seid ihr immer noch an den Gürteln zusammengebunden?«

»Keine Ahnung.« Jenna runzelte die Stirn. »Ich bin ganz fest an Emily gepresst.«

»Okay.« Kane sah entsetzt zu, wie Steine herabregneten, als das Gestein unterhalb des Felsblocks nachgab. »Emily, du legst jetzt bitte ganz langsam beide Arme um Jennas Taille und hältst dich fest. Jenna, du hältst dich an Emily fest. Ich werde euch herausziehen müssen. Das wird nicht ganz einfach sein.«

Mit klopfendem Herzen wartete er auf das Signal von Jenna. »Okay, los geht's. Halt dich fest.«

Eine Windbö kam auf, und eisige Gischt prasselte Kane ins Gesicht, als er auf den schmalen Felsen trat, die Füße spreizte und in die Knie ging. Er griff mit einer Hand nach Jennas Gürtel und legte die andere um ihren Oberschenkel. Der Felsbrocken bewegte sich und rutschte einen weiteren Zentimeter in Richtung der wirbelnden Stromschnellen. Jetzt oder nie! Er holte tief Luft, und unter Aufbietung all seiner Kräfte zog er die Frauen aus der Felsspalte. Einen Schritt rückwärts, noch einen und dann noch einen, und sie fielen alle übereinander auf das Plateau. Er rollte Jenna zu sich heran und packte Emilys Arm, damit sie nicht wegrutschte. Er zuckte zusammen, als er ihr blutüberströmtes junges Gesicht zu sich aufblinzeln sah. Wolfe war ebenfalls sofort zur Stelle und half, und dann saßen sie alle vier schwer atmend auf dem Plateau. Mit einem Mal zerriss ein Knirschen die Luft, als sich der riesige Felsbrocken löste und dann wie eine außer

Kontrolle geratene Bowlingkugel in die Schlucht stürzte. Der gewaltige Aufprall erschütterte den ganzen Berg und ließ Felsstaub und Kiesel auf sie regnen. Kane sah auf Jenna hinab und schüttelte sich den Staub aus den Haaren. »Das war ganz schön knapp.«

»Ist bei euch da unten alles in Ordnung?«, kam eine Stimme von oben. »Wir sind auf dem Weg zu euch.«

Kane schaute hoch, sah die Gesichter der Feuerwehrleute und winkte ihnen zu. Dann sagte er zu Jenna: »Hilfe ist auf dem Weg.«

Während Wolfe sich um seine Tochter kümmerte, brachte Kane Jenna in eine sitzende Position und löste den Gürtel, der sie mit Emily verband. Jenna zitterte. Er zog sich die Jacke aus und legte sie ihr behutsam um die Schultern. Sie hatte Schürfwunden und Blutergüsse, und in ihrem Haar steckten Gras und Zweige, aber sie hatte den Sturz überlebt. »Ich frage mich langsam, wie viele Leben du hast. Das ist das zweite Mal heute, dass du dem Tod von der Schippe springst.«

»Sagt der Mann, der gerade eine senkrecht abfallende Felswand hinuntergeklettert ist.« Wolfe grinste ihn an, während er ebenfalls seine Jacke auszog und Emily damit zudeckte.

»Wie viele Male bist du denn schon dem sicheren Tod entronnen, Dave?«, fragte Jenna. »Die Zahl ist inzwischen doch bestimmt dreistellig.«

Kane zuckte mit den Schultern. »Über so was denke ich gar nicht nach.«

»Ich auch nicht.« Jenna runzelte die Stirn. »Mir ständig Sorgen zu machen, ob ich vielleicht verletzt werde, kann ich mir als Sheriff gar nicht leisten. Das ist Berufsrisiko.« Sie holte tief Luft und sah Wolfe an. »Ohne Schmerzmittel schaffe ich es nicht zurück nach oben. Ansonsten bin ich okay, keine Kopfschmerzen oder Schwindel.«

»So schlimm?«, fragte Wolfe, der Emily gerade einen Verband um den Kopf wickelte. »Dave, in meiner Tasche ist

Morphium. Prüfen Sie ihre Pupillen. Wenn sie okay aussieht, geben Sie ihr eine Spritze.« Er schob ihm die Tasche hinüber.

Kane ließ Jenna ein paarmal in die Sonne und wieder zurück schauen. Ihr war kalt, aber sie wirkte nicht verwirrt, und ihre Pupillen reagierten normal. »Sieht gut aus.« Er holte den Plastikbehälter mit der Aufschrift »Morphium« hervor und nahm eine Fertigspritze heraus. Der Anblick weckte Erinnerungen. Während seiner aktiven Zeit beim Militär hatte er die gleiche Packung bei sich gehabt. Ohne große Vorrede zog er das Bein von Jennas Shorts hoch und stach ihr die Nadel in den Oberschenkel.

Sie stieß einen Protestschrei aus, und Wut blitzte in ihren Augen auf.

»Okay, welcher Arm tut weh?«

»Der linke.« Jenna lehnte sich zitternd an ihn. »Wahrscheinlich habe ich damit unseren Sturz gebremst.« Sie stützte mit der anderen Hand ihr Handgelenk und zog eine Grimasse. »Fühlt sich an, als wäre es gebrochen.«

»Hmm, sieht schmerzhaft aus. Ich verbinde es, aber die Sanitäter sind schon unterwegs. Bis die Feuerwehr dich hochgezogen hat, sind die bestimmt hier.« Kane musterte sie. »Du kommst ins Krankenhaus, keine Widerrede.« Ein paar Steinchen prasselten auf sie herunter, und er schaute hoch »Das ist die Feuerwehr. Sie werden dich auf einer Trage nach oben ziehen.«

»Die Dinger hasse ich.« Sie deutete zum Rest der Brücke, der über ihnen in der Schlucht baumelte. »Hat Lyons überlebt?«

Kane, der gerade ihr Handgelenk verband, hielt inne, sah zu ihr auf und nickte. »Ja, er wartet oben mit Webber.«

»Da war so ein Typ, der hat mir ein paar USB-Sticks gegeben und gesagt, Lyons hätte sie fallen lassen.« Jenna sah zu ihm auf. »Das könnten die Beweise sein, die wir brauchen, um ihn zu verhaften. Vielleicht war er ja doch der Mörder.«

Es war bereits dunkel, als Kane mit Rowley und Wolfe den Berg hinunterstieg. Er hatte darauf bestanden, dass Webber mit ins Krankenhaus fuhr, nachdem er die blauen Flecke an dessen Hals bemerkt hatte. Wolfe war widerwillig zurückgeblieben, als Emily darauf bestanden hatte, dass es ihr gut ging und ihr Vater nicht mit in die Klinik kommen müsse. Ein Grüppchen Schaulustiger hatte sich versammelt, um den Feuerwehrleuten bei der Arbeit zuzusehen. Nachdem die Sanitäter alle den Berg hinuntergebracht hatten, hatten sie sich wieder zerstreut. Vorher hatte Kane noch herumgefragt, ob einer der Anwesenden Jenna die USB-Sticks gegeben hatte, aber Fehlanzeige.

»Warum ist dieser Typ so wichtig?«, wollte Rowley wissen.

Kane zog im Gehen einen der USB-Sticks aus der Tasche. »Er ist Zeuge. Als Lyons hinter Emily auf die Brücke gerannt ist, hat er dabei ein paar USB-Sticks fallen lassen. Und Lyons behauptet, ihn hätte da oben jemand bedroht und sich mit ihm geprügelt. Ich war nur ein paar Sekunden später vor Ort, habe aber niemanden gesehen.«

»Hat Jenna ihn wiedererkannt?«, fragte Wolfe von der Seite.

»Nein.« Kane steckte den USB-Stick wieder ein. »Sie hat nicht gesehen, wohin er gegangen ist, sie war zu beschäftigt damit, was auf der Brücke passierte.«

»Emily wird etwas gesehen haben«, sagte Wolfe, »aber da sie sich am Kopf verletzt hat, können Sie sie auf keinen Fall befragen, bevor ich nicht sichergestellt habe, dass es ihr gut geht.« Er hob eine Augenbraue. »Haben Sie mich verstanden, Kane?«

»Klar doch.« Kane zuckte mit den Schultern. »Und ich schätze, die Ärzte werden uns auch nicht in die Nähe von Lyons lassen. Ich wüsste zu gerne, ob er die USB-Sticks aus

Versehen hat fallen lassen oder ob er versucht hat, sie in der Schlucht zu entsorgen.«

Wolfe runzelte die Stirn. »Aber falls das die verschwundenen Sticks aus dem Tresor im Studentenhaus sind – wieso hatte Lyons sie dann? Dann müsste er sie ja selbst gestohlen haben.«

Kane sah Rowley an. »Haben Sie alle Leute beobachtet, die den Wanderweg heruntergekommen sind?«

»Ja, und ich habe alle geknipst.« Rowley holte sein Handy aus der Tasche und öffnete die Fotos. »Kann es einer von denen sein?«

Kane blieb stehen und sah sich die Fotos an. »Nee. Jenna meint, der Mann, mit dem sie gesprochen hat, war groß und muskulös und hatte einen Bürstenschnitt. Er hatte eine blaue Baseballmütze aus der Gesäßtasche seiner Jeans hängen und trug ein schwarzes T-Shirt.« Bei den Fotos von Jones und Stein hielt er inne. »Wo sind unsere zwei Verdächtigen hin?«

»Sie sind mit etwa fünf Minuten Abstand auf den Parkplatz gekommen, zu ihren Autos gegangen und weggefahren.« Rowley steckte sein Smartphone wieder ein. »Zurückgekommen sind sie nicht. Ich nehme an, sie sind nach Hause gefahren.«

Kane rieb sich das Kinn. »Ich fahre auch heim und ziehe mir etwas Trockenes an. Ich muss Duke füttern und die Pferde versorgen, danach bringe ich Jenna ein paar Sachen ins Krankenhaus. Mehr können wir heute nicht tun«, sagte er zu Rowley, als sie den Parkplatz betraten. »Sie fahren zur Dienststelle und machen alles dicht. Morgen früh werden wir uns mit Lyons unterhalten. Ich denke mal, er wird über Nacht im Krankenhaus bleiben müssen.«

»Verstanden.« Rowley lächelte ihn an. »Können Sie mich zur Dienststelle mitnehmen?«

Kane nickte. »Klar.« Er drehte sich zu Wolfe um, der ihn wie versteinert anstarrte. »Was ist los?«

»Was los ist? Sie haben da oben Emilys und Jennas Leben riskiert. Aber für Sie ist das ja ein ganz normaler Arbeitstag, was, Kane?« Wolfes Augen bohrten sich in ihn hinein. »Nur damit Sie es wissen: Das war das letzte Mal, dass Sie eine meiner Töchter in Ihre verrückten Pläne miteinbezogen haben. Emily hätte heute sterben können. Damit ist ein für alle Mal Schluss, Kane, oder ich kündige. Habe ich mich klar ausgedrückt?«

»Glasklar.« Kane begegnete seinem Blick. »Trotzdem haben wir gut auf sie aufgepasst. Damit, dass sie auf die morsche Brücke läuft, konnte ich nicht rechnen. Sie haben über Funk zugehört, Jenna hatte ihr befohlen, zu mir zu kommen.« Er seufzte. »Es tut mir leid, Shane. Aber Sie sollten wissen, dass ich nie absichtlich eines Ihrer Kinder in Gefahr bringen würde. Sie alle sind wie eine Familie für mich, und Jenna würde mich in der Luft zerreißen, wenn Sie aus Black Rock Falls wegziehen würden. Sie hat die Mädchen so gern, als wären sie ihre Schwestern.«

Es kam nicht oft vor, dass Kane nicht wusste, wie er mit einer Situation umgehen sollte. Er wartete ab, während Wolfe eine halbe Ewigkeit lang wütend ins Leere starrte. Neben ihm stand Rowley, der ungläubig von einem zu anderen schaute. Kane räusperte sich. Er musste noch etwas sagen, um Wolfe zu beruhigen. »Sie haben mein Wort, Shane. Das hat früher einmal etwas bedeutet.«

»Okay.« Wolfe nickte ihm knapp zu. »Aber bevor Sie ins Krankenhaus fahren, um nach Jenna zu sehen, müssen Sie noch etwas für mich erledigen.«

»Kein Problem«, sagte Kane. »Sagen Sie einfach, was.«

»Schauen Sie sich die USB-Sticks an, und rufen Sie mich dann an. Ich möchte nicht bis morgen warten, um zu erfahren, ob das die Beweise sind, die wir im Fall Chrissie Lowe benötigen.« Wolfe verzog den Mund. »Wenn das die vermissten USB-Sticks sind, hat Lyons uns ganz schön reingelegt.«

Das Pflegepersonal im Krankenhaus war wie immer großartig. Nachdem Jenna geröntgt worden war, half man ihr aus den feuchten Kleidern. Sie duschte und wusch sich den Dreck aus den Haaren. Ihr Handgelenk war angebrochen und tat höllisch weh, aber sie würde mit einer Schiene auskommen; der Bluterguss an einer Hüfte und die Schürfwunden fügten der Liste der Blessuren, die sie im Laufe der Woche gesammelt hatte, noch ein paar hinzu. Sie bewunderte die Krankenschwestern dafür, was für diskrete Fragen sie ihr stellten und wie sie Kane kritisch anschauten, als er endlich mit ihren Kleidern eintraf. Wäre sie eine Ehefrau gewesen, die von ihrem Mann misshandelt wurde – im Black Rock Falls General Hospital wäre sie in guten Händen gewesen.

Sie warf einen Blick in die Tasche, die er ihr reichte, und sah Toilettenartikel, ein Nachthemd, Hausschuhe und einen Bademantel. »Ich bleibe nicht hier. Sobald ich mich angezogen habe, darf ich gehen.« Sie hielt eine Tablettenpackung hoch. »Sie haben mir sogar Schmerzmittel gegeben.«

»Ja, ich weiß, aber man hat mir gesagt, dass du Bettruhe brauchst. Zieh die Sachen an, dann fahr ich dich nach Hause und du kannst direkt ins Bett.« Kane setzte sich auf die Kante des Bettes. »Da du noch nichts gegessen hast, habe ich Chinesisch bestellt, das hole ich auf dem Heimweg ab.« Er schaute sie mehrere Sekunden an. »Ich bleibe über Nacht bei dir, falls du etwas brauchst.«

Jenna lächelte ihn an. »Ich komme bestimmt zurecht, aber morgen früh wird mir wahrscheinlich alles wehtun.«

»Das glaube ich auch.« Kane strich ihr das Haar aus der Stirn, auf der ein Hämatom prangte. »Ich werde trotzdem heute Nacht alle paar Stunden nach dir sehen. Eine Gehirnerschütterung hat es an sich, dass man die Folgen erst spät bemerkt.« Er seufzte. »Ich kann immer noch nicht glauben, dass du und

Emily den Sturz überlebt habt. Ich hatte mit dem Schlimmsten gerechnet.«

»Das glaube ich. Ich hatte auch nicht gedacht, dass wir das überleben. Wir sind zuerst in den Büschen gelandet, die haben uns gebremst, aber ich konnte nicht verhindern, dass wir weiter in Richtung Fluss gerollt sind.« Jenna lehnte sich zurück und musterte ihn. »Du hattest dein Kampfgesicht aufgesetzt, als du die Schlucht hintergekraxelt kamst. Das ist ziemlich einschüchternd, weißt du? Ich dachte, du schlägst gleich alles kurz und klein, aber dann hast du uns in aller Seelenruhe in Sicherheit gebracht.«

»Wie geht es Emily?« Kane runzelte die Stirn. »Ich weiß, dass Wolfe sie schon abgeholt hat.«

»Der geht's gut. Sie ist schon vor ein paar Stunden entlassen worden, aber Wolfe besteht darauf, dass wir sie erst morgen früh befragen. Sie hat einen verstauchten Knöchel, und ihre Platzwunde am Kopf musste mit drei Stichen genäht werden. Sie hat überall blaue Flecke, aber sie beschwert sich nicht. Und sie meint, ihr Gipsbein wäre ein neues Modeaccessoire.« Jenna lächelte. »Webber ist auch schon da gewesen, ihm geht es ebenfalls okay. Er wird allerdings eine Zeit lang Halsschmerzen haben und heiser sein.«

»Sehr gut. Ich bin echt erleichtert, dass es den beiden gut geht.« Kane schüttelte den Kopf. »Wolfe hat mir allerdings ziemlich die Hölle heiß gemacht, dass wir Emily heute Nachmittag in unseren Plan eingebunden haben.«

»Sie wollte doch ohnehin dort laufen gehen, das tut sie an den meisten Nachmittagen. Es war nur eine Frage der Zeit, bis Lyons sich an sie heranmachen würde. Wenn Wolfe sich wieder eingekriegt hat, wird ihm schon klarwerden, dass sie ohne uns dort oben vielleicht ganz allein auf ihn getroffen wäre.« Jenna musterte sein Gesicht. »Aber dich bedrückt doch noch irgendetwas anderes als Wolfe, oder? Bist du irgendwie sauer auf mich?«

»Nein, gar nicht. Es ist wegen der USB-Sticks, die der Typ dir gegeben hat. Die, die Lyons hat fallen lassen.« Kane schaute weg, schluckte schwer und starrte auf seine Hände. »Das sind die ungeschnittenen Videos von den jungen Frauen, die Lyons und seine Kumpels unter Drogen gesetzt und vergewaltigt haben. Zwanzig verschiedene Frauen, vielleicht sogar mehr. Wir haben jetzt den unwiderlegbaren Beweis, wer daran beteiligt war: Lyons, die drei Mordopfer und Josh Stevens.«

»Dann werden wir die heute Abend verhaften?« Jenna runzelte die Stirn. »Hast du Lyons gesehen, seit er hier in der Klinik eingetroffen ist?«

»Nein. Man hat mich nicht zu ihm gelassen. Sie behalten ihn über Nacht zur Beobachtung hier. Anscheinend hat er sich bei seiner Ankunft wie ein Tobsüchtiger aufgeführt.« Kane schnitt eine Grimasse. »Vielleicht ist es besser so. Ich bin mir nicht sicher, ob ich im Moment der Richtige wäre, ihn zu befragen.«

Jenna sah ihn an. Er schaute nicht zurück, und sein Rücken war so starr, als wäre er kurz davor, die Beherrschung zu verlieren. Sie berührte seinen Arm und spürte, wie angespannt seine Muskeln waren. »Du siehst aus, als würdest du gleich explodieren. Was zum Teufel ist denn auf den Videos zu sehen?«

»Ich habe mich nur in ein paar hineingeklickt, aber das reichte schon.« Er fuhr sich mit beiden Händen über das Gesicht. »Ich habe mich geschämt, ein Mann zu sein.«

Er wollte ihr immer noch nicht in die Augen sehen, daher drückte sie seinen Arm. »Du bist der respektvollste und netteste Mann, den ich je getroffen habe, und bei dir fühle ich mich immer sicher. Verdammt noch mal, bei dir fühlt sich die ganze Stadt sicher.«

»Tut sie das?« Kane hob den Kopf und sah sie an, aber in seinen Augen fand sie nichts als tiefe Trauer. »Danke für die Blumen, aber im Moment wünschte ich, ich wäre kein Deputy.«

Jenna seufzte. »Wieso?«

»Ich denke die ganze Zeit: Lyons hat garantiert einen hochkarätigen Anwalt und wird am Ende freigesprochen.« Kane räusperte sich. »Das müssen wir irgendwie verhindern.«

»Wir müssen in erster Linie das Gesetz durchsetzen.« Jenna beugte sich vor und sah ihn an. »Sobald er vor Gericht kommt – und das wird er –, liegt es nicht mehr in unserer Hand.«

»Schon, aber in diesem Moment denke ich nicht wie ein Polizist, Jenna.« Kane warf ihr einen tödlichen Blick zu. »Ich kämpfe gegen den Urinstinkt an, dieses Großmaul raus auf den Parkplatz zu zerren und ihm nach Kane-Manier beizubringen, wie man Frauen respektiert.«

EINUNDFÜNFZIG

SAMSTAG

Nachdem Jenna über alles nachgedacht hatte, was oben auf dem Berg passiert war, konnte sie nicht ausschließen, dass Lyons für mindestens einen der vermeintlichen Unfälle verantwortlich war, bei denen seine Freunde ums Leben gekommen waren. Sie ignorierte die Anweisung des Arztes, sich auszuruhen, und beschloss, ins Büro zu fahren. Obwohl sie erhebliche Beschwerden hatte und todmüde war, weil Kane sie in der Nacht alle zwei Stunden aufgeweckt hatte, um sicherzustellen, dass sie nicht ins Koma gefallen war, hatte sie bereits zwei Haftbefehle organisiert. Wie üblich war Kane bei Tagesanbruch hinausgegangen, um die Pferde zu versorgen, hatte dann sein Trainingsprogramm absolviert, und um sieben hatte er ihnen Frühstück gemacht. Nicht, dass sie sich darüber beschwert hätte, ihr gefiel es, wie fürsorglich und aufmerksam er war.

Sie blieb in ihrem Büro, aktualisierte die Fall-Dateien und überließ es Kane und Rowley, Josh Stevens und Seth Lyons festzunehmen. Da es sich um eine Serienvergewaltigung handelte, hatte sie das hiesige FBI-Büro verständigt. Solche Fälle lagen jenseits dessen, wofür sie zuständig waren, und das FBI hatte Leute, die sich auf angemessene Weise um die Opfer kümmern konnten. Sie sah auf, als Kane ihr Büro betrat. Er zeigte keinerlei Anzeichen von Müdigkeit. »Wie ist die Lage, Dave?«

»Ich habe Stevens und Lyons in Gewahrsam.« Kane trat neben sie und zeigte ihr das Foto eines jungen Mannes mit dunklem, lockigem Haar. »Stevens ist zur Befragung in Verhörraum eins. Er hat nicht nach einem Anwalt gefragt. Ich nehme an, er will einen Deal machen.« Er seufzte. »Wir haben Lyons zu Hause abgeholt, er sagt nicht viel. Er ist in Raum zwei, aber ich denke mal, er wird sich einen Anwalt holen, sobald wir ihm die Beweise vorlegen.«

»Ich werde zuerst mit Stevens reden.« Jenna lehnte sich auf ihren Schreibtisch. »Ich habe mit dem Staatsanwalt gesprochen, er wird später vorbeikommen. Er will Kopien der USB-Sticks, und dann wird sein Büro die Funde an das FBI übergeben. Er ist zuversichtlich, dass sich genug Frauen bereit erklären werden, auszusagen. Denn ganz abgesehen davon, dass sie sicherlich wollen, dass die Täter ihre gerechte Strafe erhalten, sind die Familien von Lyons und seinen Komplizen steinreich. Wahrscheinlich wird es eine ganze Reihe Zivilprozesse mit Schadenersatzforderungen geben.« Jenna strich sich die Haare aus den Augen und sah zu ihm auf. »Ich bin unsere Beweise durchgegangen, um zu prüfen, ob wir etwas haben, das Lyons mit Jacobs' Tod in Verbindung bringt, aber der Staatsanwalt hält sie bestenfalls für Indizien. Da haben wir nicht genug, um ihn anzuklagen.«

»Wir haben die Vergewaltigungen und Erpressungen.« Kane runzelte die Stirn. »Wenn Josh Stevens unseren Verdacht bestätigt, werden beide für lange Zeit ins Gefängnis wandern.«

Jenna stemmte sich auf die Beine und unterdrückte ein schmerzerfülltes Stöhnen. »Okay, mal sehen, was er zu sagen hat.«

Sie folgte Kane zum Befragungsraum, wartete, bis er seine Karte durch den Kartenleser neben dem Türrahmen gezogen hatte, und ging hinter ihm hinein. Nachdem sie Platz genommen hatte, schaltete sie das Aufnahmegerät ein und nannte ihren Namen, Kane tat dasselbe. »Mr Stevens«, sagte Jenna, »Sie wurden über Ihre Rechte belehrt und sind mit der Befragung einverstanden, ist das korrekt? Bitte nennen Sie Ihren Namen, bevor Sie antworten.«

»Josh Stevens, und ja, ich bin einverstanden. Ich verzichte auf mein Recht, einen Anwalt hinzuzuziehen, behalte mir aber das Recht vor, falls es notwendig werden sollte.«

Jenna blickte kurz Kane an und richtete ihre Aufmerksamkeit dann wieder auf Stevens. »Studieren Sie Jura?«

»Nein, aber ich schaue fern.« Stevens lehnte sich in seinem Stuhl zurück. »Okay, fangen Sie an.«

Jenna rief den digitalen Notizblock in der Fallakte auf. »Wir haben die Vergewaltigungsvideos, die ungeschnittenen Versionen, die Lyons in seinem Haus im Safe aufbewahrt hat. Deshalb sind Sie verhaftet worden. Wir haben Sie als einen von mehreren Männern identifiziert, die darauf zu sehen sind.« Sie betrachtete ihn genau. »Wir wissen, dass Drogen im Spiel waren, und zwar in einem Ausmaß, das keinen Zweifel daran lässt, dass die beteiligten Frauen nicht in der Lage waren, ihre Zustimmung zum Sex zu geben.«

»Können Sie denn beweisen, dass sie die Drogen nicht freiwillig genommen haben?« Stevens' Mund verzog sich fast zu einem süffisanten Lächeln. »Das glaube ich kaum.«

»Wir haben den Autopsiebericht von Chrissie Lowe.« Jenna starrte ihn an, ohne zu blinzeln. »Bis heute Abend werden wir Aussagen von anderen Frauen auf den Bändern haben. Wissen Sie, jetzt, wo wir Sie und Seth Lyons in Gewahrsam haben und die anderen beteiligten Männer tot sind, fühlen sich die Frauen sicher genug, um sich zu melden und auszusagen. Das Gericht wird die Identität der Frauen schützen. Aber im Moment geht es mir gar nicht darum. Ich möchte wissen, ob Seth Lyons die Opfer erpresst hat, um sie zum Schweigen zu bringen.«

»Bekomme ich einen Deal, wenn ich ihn über die Klinge springen lasse? Ich habe nämlich keine Lust, dass mein Name überall in den Medien auftaucht.« Stevens lehnte sich vor und legte die Hände auf den Tisch. »Wenn sein Vater das herausfindet, ist mein Leben vorbei.«

»Ihr Leben ist so oder so vorbei, Josh.« Kane starrte ihn an. »Glauben Sie wirklich, wenn Sie reden, lässt der Staatsanwalt Sie laufen? Sie werden wegen serieller Vergewaltigung angeklagt werden, wir haben alle Beweise, die wir dafür brauchen.« Er beugte sich vor. »Aber da Lyons der Rädelsführer war, können die Informationen, die Sie uns jetzt liefern, vielleicht dazu beitragen, dass Sie eine mildere Strafe bekommen.«

Jenna sammelte ihre Gedanken. »Hat Lyons die Frauen erpresst?«

»Ja, mit den Fotos und Videos hat er die Mädchen davon abgehalten, ihn anzuzeigen. Aber er hat sie auch dazu benutzt, *uns* in Schach zu halten.« Stevens fuhr sich mit der Hand durchs Haar. »Deshalb habe ich nach den ersten sechs Mal oder so nicht mehr mitgemacht. Ich habe Seth gesagt, ich hätte mir dabei was eingefangen. Er hat die Videos benutzt, um zu verhindern, dass wir irgendwem von den Partys erzählen, und er hat Alex und Dylan benutzt, um Mädchen, die uns zu verraten drohten, auch körperlich einzuschüchtern.«

Ein Schauer lief Jenna über den Rücken. »Und was genau hat er Ihnen angedroht? Er hätte die Bilder ja schlecht öffentlich machen können, dann hätte er sich doch selbst belastet.«

»Er meinte, er würde uns umbringen.« Stevens sah sie einen Moment lang an. »Die Mädchen waren leicht zu überzeugen. Er hat ihnen gedroht, ihre Videos überall in den sozialen Medien zu posten und dabei darauf zu achten, dass man keines unserer Gesichter erkennt. Das kann Seth wirklich gut, Fotos und Videos manipulieren.«

»Okay.« Jenna machte sich ein paar Notizen. »Haben Sie jemals gesehen, dass er einen der Männer, die kürzlich gestorben sind, bedroht hat?«

»Klar, ständig.« Stevens runzelte die Stirn. »Das heißt aber doch nicht, dass er sie getötet hat.«

Jenna sah ihn scharf an. »Woher hatte er die Drogen?«

»Ich weiß nicht genau.« Stevens zuckte mit den Schultern. »Er hatte immer etwas dabei, das er den Mädchen in den Drink gemischt hat. Manchen Mädchen hat er erst auf halber Strecke etwas gegeben, je nachdem, wie lange wir sie brauchten.« Er grinste. »Eine Erstsemesterin hatten wir drei Tage lang in seinem Zimmer.«

»Sie finden das wohl witzig, was?« Kanes Faust knallte auf den Tisch. »Und dass sich Chrissie Lowe lieber das Leben nehmen wollte, als mit der Schande dessen zu leben, was Sie ihr angetan haben, ist das genauso witzig?«

»Dafür kann ich nichts.« Stevens hob beide Hände. »Ich habe sie nicht angefasst.«

Jenna sah Kane an. Er hatte in Sekundenschnelle seine Fassung wiedergewonnen, aber sein Blick blieb tödlich. Sie beugte sich vor, nahm eine geradezu verschwörerisch wirkende Pose ein und senkte die Stimme: »Wie genau hat sich der Abend mit Chrissie Lowe abgespielt?«

»Alex Jacobs und Pete Devon sind zum College gefahren und haben sich das Auto des Hausmeisters geschnappt. Damit haben sie Chrissie abgeholt.« Stevens zuckte mit den Schultern. »Seth hat nie Mädchen in seinem Wagen mitgenommen. Er hat immer einen der Jungs geschickt. Als sie bei uns ankam, hat er ihr ein paar Drinks gegeben und sie dann mit auf sein Zimmer genommen. Ich habe sie nicht angerührt. Er hat ihr ein paar Pillen gegeben, und dann hat Jacobs sie festgehalten. Ich habe nur gefilmt.«

Jenna unterdrückte den Drang, seinem arroganten Gesicht eine Ohrfeige zu verpassen, und machte sich weiter Notizen.

Streng genommen brauchte sie die gar nicht, denn die Vernehmung wurde ja ohnehin auf Band aufgenommen, aber es half ihr, sich zu konzentrieren. »Und hinterher?«

»Sie haben später erzählt, dass sie sie gegen zwei Uhr morgens zu ihrem Wohnheim gefahren haben, sie dort auf dem Rasen abgesetzt haben und dann das Auto zum Parkplatz zurückgebracht und den Schlüssel wieder ins Büro vom Hausmeister gelegt haben. Das Mädchen hatte seine Schuhe im Auto vergessen, und auf dem Rückweg hat Alex sie aus dem Fenster geworfen.« Stevens lehnte sich in seinem Stuhl zurück.

»Haben die beiden sie bedroht oder geschlagen?«, fragte Kane und sah ihn finster an.

»Jacobs hat ihr eine Ohrfeige gegeben, damit sie wach wird, und dann hat Seth sie gewarnt, bevor sie gegangen ist. Er hat ihr gesagt, wenn sie irgendwem davon erzählt, holt er sich am nächsten Wochenende ihre Schwester.«

»Ihre Schwester?« Jenna hob ihren Blick. »Von der Highschool?«

»Ich denke schon.« Stevens lächelte sie an. »Seth hat genau hingeschaut, wen er aussucht. Er sagte immer, er nimmt nur welche, die etwas oder jemanden zu verlieren haben. Die wären am leichtesten zu kontrollieren.«

»Chrissies Handy haben die beiden nicht erwähnt?« Kane trommelte mit den Fingern auf dem Tisch herum.

»Nein, nur ihre Schuhe.«

»Okay. Ich lasse das Protokoll abtippen, das Sie bitte unterschreiben, und dann rufe ich den Staatsanwalt an.« Jenna stand auf. »Sie werden einen Anwalt brauchen. Wollen Sie, dass ich jemanden anrufe?«

»Okay, rufen Sie mir einen Anwalt, aber bitte nicht Sam Cross.« Stevens schien nicht im Geringsten besorgt zu sein, dass er ins Gefängnis wandern könnte. »Am besten unseren Familienanwalt. Ich kann Ihnen die Nummer geben.«

Jenna nickte ihm zu, beendete das Gespräch und schaltete

das Band ab. Sie folgte Kane auf den Flur und lehnte sich an die Wand. »Wie hat Lyons reagiert, als du ihn verhaftet hast?«

»Er ist durchgedreht«, sagte Kane und lächelte. »Wir mussten ihn zu zweit zu Boden drücken, um ihm Handschellen anzulegen. Rowley wollte ihn mit dem Elektroschocker betäuben, und ich gebe zu, mir kam der gleiche Gedanke. Aber ich wollte vermeiden, dass sein Anwalt später Grund hat, sich über uns zu beschweren.«

»Vielleicht solltest du das nächste Gespräch aussetzen und dich ein wenig beruhigen.« Jenna räusperte sich. »Ich weiß, du bist wütend, aber das ist nicht der Kane, den ich kenne. Kannst du vielleicht einen Systemneustart einlegen? Ich brauche bei den Vernehmungen einen möglichst professionellen Kane.«

»Klar.« Kane stieß einen langen Seufzer aus. »Ich bin ja bloß froh, dass wir Lyons in Gewahrsam haben. Ich werde den Fall nicht gefährden, Jenna. Du hast mein Wort.«

»Okay.« Jenna hob den Kopf. »Glaubst du, dass er fähig ist, einen Mord zu begehen?«

»Definitiv. Wer diese Art von Gewalt ausüben kann, schreckt auch vor Mord nicht zurück.« Kane zuckte mit den Schultern. »Vielleicht wollte Jacobs nach Chrissies Tod aufhören. Vielleicht wollten sie alle aufhören, und das hat ihn erst recht wütend gemacht. Er hat gern das Sagen. Menschen zu kontrollieren und Frauen zu dominieren ist sein Ding. Er glaubt, seine Freunde würden ihm Loyalität schulden. Ja, ich traue ihm zu, dass er ausgerastet ist und Jacobs getötet hat. Ich glaube, Lyons ist der Einzige, dem er genug vertraut hätte, um sich von ihm bei den Langhanteln assistieren zu lassen.«

»Stimmt.« Jenna runzelte die Stirn. »Und dass Lyons die USB-Sticks hat, bedeutet gar nichts. Im Nachhinein betrachtet, könnte Lyons sie auch aus dem Safe genommen haben, bevor Court eine Überdosis nahm. Er würde das ja kaum zugeben, oder? Wir werden nie herausfinden, ob er an einem der Tatorte war, seine Freunde werden ihn decken. Trotzdem fehlt mir für den Mord an Jacobs das Motiv. Lyons brauchte ihn im Team, um es in die NFL zu schaffen. Das war eines der wenigen Dinge, die sein Vater ihm nicht kaufen konnte.«

»Kann sein – allerdings sitzen viele gute Spieler auf der Bank. Solange er selbst als Spieler glänzte, waren die anderen entbehrlich. Es muss also etwas anderes gewesen sein.« Kane zuckte mit den Schultern. »Im Moment können wir ihn nur wegen Erpressung und Serienvergewaltigung drankriegen.«

»Ich muss wissen, mit wem er sich oben an der alten Brücke geprügelt hat.« Jenna schob sich ihr Haar hinters Ohr. »Wer kann das bloß gewesen sein?«

»Wir werden Emily bitten, sich die Bilder anzusehen, die Rowley an diesem Tag gemacht hat.« Kane zuckte mit den Schultern. »Vielleicht kann sie denjenigen ja identifizieren.«

Jenna drehte sich um und ging zum nächsten Befragungsraum. »Wolfe wird bald mit den endgültigen Ergebnissen der Obduktionen hier sein.« Sie sah über die Schulter zu Kane. »Ich hoffe, er hat Beweise gegen Seth Lyons oder Steve Lowe gefunden. Ich kann mein Bauchgefühl nicht ignorieren, dass einer der beiden ein ziemlich cleverer Mörder ist.«

ZWEIUNDFÜNFZIG

Jenna hätte nicht in Worte fassen können, wie schwer es ihr fiel, einen Raum zu betreten, um einen Mann zu vernehmen, den sie so sehr verachtete, und dabei trotzdem professionell zu bleiben. Jemandem gegenüberzusitzen, der so viele Leben ruiniert hatte, verursachte ihr eine Gänsehaut. Seth Lyons war ein Monster. Sie setzte ihre Sheriff-Maske auf und hoffte inständig, dass sie Kane davon abhalten konnte, über den Tisch zu springen und ihn totzuprügeln. Sie nickte Rowley zu, der im Nebenraum stand und durch den Einwegspiegel in Verhörraum zwei schaute. Lyons war mit den Handgelenken an einen Ring in der Tischmitte gefesselt. Er ließ den Kopf hängen und hechelte wie ein in die Enge getriebenes Tier.

Hoch erhobenen Hauptes ging Jenna hinein, Kane folgte ihr. Ohne Vorrede schaltete sie das Aufnahmegerät und die Kamera ein. »Mr Lyons, hat man Sie über Ihre Rechte informiert, und haben Sie sie verstanden?«

»Ja, Sheriff«, Lyons' Blick wanderte zu Kane. »Ihr Deputy hat sie mir erklärt, und ich habe mich bereit erklärt, mit Ihnen zu sprechen, okay? Ich brauche keinen Anwalt. Ich habe nichts getan. Ich bin das Opfer.« Er drehte seinen Kopf langsam zu ihr, und der Blick, den er ihr zuwarf, war voller Verachtung. »Sie verschwenden meine Zeit. Kommen Sie zur Sache.«

Bevor sie mit der Vernehmung beginnen konnte, klingelte ihr Handy. »Entschuldigen Sie mich.« Jenna hielt das Band an, als sie sah, dass es der Staatsanwalt war. »Sheriff Alton.«

»Ein Agent vom FBI hat angerufen. Die ersten vier Frauen, die man kontaktiert hat, haben sich bereit erklärt, gegen Lyons und seine Freunde auszusagen. Ich gebe Ihnen gleich ihre Namen durch. Und das ist erst der Anfang, Sheriff. Bis Feierabend sind es bestimmt noch mehr.«

Jetzt ist er erledigt. Jenna versuchte erfolglos, die Aufregung zu unterdrücken, die sie durchströmte. Sie sah Kane an und erlaubte sich die Andeutung eines Lächelns. »Danke.« Sie notierte sich die Namen, und dann blätterte sie in ihrer Mappe und wählte mehrere Fotos aus. Sie legte sie als Stapel mit der Vorderseite nach unten vor sich auf den Tisch und begann die Vernehmung noch einmal. Nachdem sie die Uhrzeit und die anwesenden Personen genannt und sich erneut vergewissert hatte, dass Lyons über seine Rechte informiert worden war, begegnete sie dem mürrischen Blick des jungen Mannes. »Ich hätte gerne mehr Informationen über die Auseinandersetzung, in die Sie auf dem Pfad bei der alten Brücke verwickelt waren.«

»Ach, da war doch nichts.« Lyons sah auf seine Hände.

»Emily Wolfe hatte einen ganz anderen Eindruck. Sie sagt, Sie hätten Angst um Ihr Leben gehabt.« Jenna lehnte sich in ihrem Stuhl vor. »Kennen Sie den Mann, und hat er Sie mit einer Waffe bedroht?«

»Vergessen Sie's einfach, okay?« Lyons wand sich in seinem Stuhl. »Es ist nichts passiert. Ich bin auf die Brücke gegangen, um Emily zu helfen, das ist alles.«

Jenna schaute in ihre Notizen. Sie brauchte eine Beschreibung oder einen Namen. »Kommen Sie schon, Sie müssen diesen Kerl doch kennen. Warum hat er Sie angegriffen? Wer ist das? Wir werden ihn wegen Körperverletzung festnehmen.«

»Ich habe ihn angegriffen.« Lyons grinste sie an. »Er wollte den Helden spielen und Emily hinterherlaufen. Er wollte nicht verschwinden, also habe ich ihm eine verpasst. Ende der Geschichte. Kann ich jetzt gehen?«

»Die Vernehmung ist noch nicht zu Ende, Herr Lyons.« Jenna starrte ihn an. »Mir ist zu Ohren gekommen, dass Sie die Angewohnheit haben, Studentinnen in Ihr Haus einzuladen, um sie dort zu vergewaltigen.«

»Ich?« Lyons wandte den Blick nicht von ihr ab. »Das muss wohl eine Verwechslung sein.«

»Ach ja?« Jenna breitete die Ausdrucke der kompromittierenden Fotos vom USB-Stick vor ihm aus. »Das sind Sie und Ihre Freunde, wie sie Frauen vergewaltigen, oder etwa nicht?«

»Sie können von diesen Fotos halten, was Sie wollen, aber ich kenne die Wahrheit.« Lyons' Mund verzog sich zu einem sadistischen Grinsen. »Die waren alle freiwillig bei uns, und keine hat sich je beschwert. Manche Frauen mögen Gruppensex, oder sind Sie zu frigide, um das zu verstehen, Sheriff?«

Neben sich hörte sie Kane leise knurren; Jenna tauschte einen bedeutungsvollen Blick mit ihm aus, bevor sie ihre Aufmerksamkeit wieder Lyons zuwandte. »Wie man mir gemeldet hat, machen die vier Frauen hier in eben diesem Moment eine Aussage beim FBI.« Sie sah die rohe Wut in seinen Augen. »All diese Zeuginnen werden aussagen, dass Sie und Ihre Freunde sie auf einer Party in Ihrem Haus unter Drogen gesetzt und vergewaltigt haben und sie dann erpresst haben, damit sie schweigen.« Sie zuckte mit den Schultern. »Und im Fall Chrissie Lowe hat Ihr Freund Josh Sie schwer belastet. Wir haben alle Einzelheiten über die Nacht, in der sie starb, und handfeste Beweise, die seine Aussage bestätigen. Wir haben alle USB-Sticks und genug Zeugen, um Sie für den Rest Ihres Lebens hinter Gitter zu bringen.«

»Wollen Sie uns Ihre Sicht der Dinge schildern?« Kane beugte sich vor. »Dazu hätten Sie jetzt Gelegenheit.«

»Ich habe keine Sicht der Dinge.« Lyons starrte ihn an. »Ich brauche keine Frauen zu vergewaltigen – die kommen freiwillig zu mir. Ich bin der Quarterback, alle lieben mich.«

»Na sicher.« Kane verschränkte die Arme vor der Brust. »Und wahrscheinlich hat sich Chrissie Lowe nach Ihrem Date umgebracht, weil Sie so hin und weg von Ihnen war.«

»Machen wir weiter mit der Nacht, in der Alex Jacobs starb.« Jenna brauchte noch viel mehr von Lyons. »Haben Sie ihm im Kraftraum assistiert?«

»Nee.« Lyons zog an den Handschellen und ließ sie gegen den am Tisch befestigten Stahlring klirren. »Wenn Sie mich jetzt auch noch beschuldigen, ihn umgebracht zu haben, will ich einen Anwalt.«

Jenna zuckte mit den Schultern. »Na gut.« Sie ließ sich von Lyons die Telefonnummer des Anwalts geben und beendete die Vernehmung. Als sie aufstand, sah sie ihn an und lächelte. »Na, wie fühlt es sich an, in der Verlierermannschaft zu sein?«

DREIUNDFÜNFZIG

Wolfe kratzte sich an den Stoppeln an seinem Kinn; seit zwei Tagen war er nicht mehr dazu gekommen, sich zu rasieren. Er starrte auf die Ergebnisse der Bluttests von Chrissie Lowe und Dylan Court. Nichts passte zusammen, die Ergebnisse schienen sich sogar zu widersprechen. Er hatte seine endgültigen Schlussfolgerungen getroffen, und er wusste jetzt schon, dass sie Jenna nicht gefallen würden. Aber er hatte die Ergebnisse mehrmals überprüft und war jedes Mal zu demselben Schluss gekommen. Um völlig sicherzugehen, war er zum College gefahren und hatte mit dem Coach und den Mitgliedern des Lehrkörpers gesprochen, die die Footballspieler auf ihrer Fahrt begleitet hatten. Alle hatten dasselbe ausgesagt und bestätigt, dass Pete Devon in den Tagen vor seinem Tod eine Reihe heftiger Zusammenstöße eingesteckt hatte. Sie hatten auch erwähnt, dass der Tod seiner Freunde Dylan Court so sehr mitgenommen hatte, dass er sich professionelle Hilfe gesucht hatte. Er unterzeichnete die Sterbeurkunden und stieß einen langen Seufzer aus. Dann wandte er sich Lyons' Testergebnissen aus dem Krankenhaus zu.

Obwohl Lyons bei seiner Ankunft im Krankenhaus außer

Rand und Band gewesen war, hatte er laut den Tests weder Alkohol noch Drogen im Körper. Weshalb er wie ein Irrer auf die halb verfallene Brücke gestürmt war, blieb ein Rätsel, und bisher hatte er dazu nichts sagen wollen. Der arrogante junge Mann schien nicht der Typ zu sein, der sich vor einer Schlägerei drückt, und nach der Aussage von Josh Stevens, die Jenna ihm zuvor gemailt hatte, hatte Lyons alles und jeden in seinem Haus unter Kontrolle.

Wolfe sammelte seine Ergebnisse zusammen und steckte alles in einen Aktenordner. Er verließ das Labor. Emily saß am Empfangstresen und unterhielt sich mit Webber. Er hatte mit ihr noch nicht über die Tortur des Vortages geredet, damit sie sich erst mal im Ruhe ausschlafen konnte. Es würde reichen, über das Vorgefallene zu sprechen, wenn das ganze Team versammelt war. »Wollen wir los?«

»Soll ich mich hinter den Tresen setzen?«, fragte Webber, während er aufstand und Emily auf die Beine half.

Wolfe schüttelte den Kopf. »Nicht nötig, ich schließe ab. Sie kommen mit. Sie werden gebraucht, um Ordnung in dieses Chaos zu bringen.«

»Dad«, sagte Emily und sah ihn besorgt an, »bist du böse auf mich?«

Wolfe schloss die Tür und wandte sich ihr zu. »Du bist eine erwachsene Frau, und ich respektiere deine Entscheidungen, aber dass du nach allem, was wir durchgemacht haben, für eine Ermittlung dein Leben riskiert hast, hat mich ziemlich mitgenommen.« Er atmete lange aus. Alleinerziehender Vater zu sein, wurde von Jahr zu Jahr schwieriger. Früher hatte ein Blick von ihm gereicht, und seine Töchter waren in ihre Zimmer geflüchtet, aber jetzt, wo sie zu jungen Frauen heranwuchsen, erforderten vor allem Emily und Julie mehr Taktgefühl als früher. Mit einem wütenden Knurren kam er meist nicht mehr weit. »Kane hätte dich da nicht mit hineinziehen sollen. Das war unprofessionell, und das habe ich ihm auch gesagt.«

»Du weißt genau, dass Dave für jeden von uns durchs Feuer gehen würde.« Emily wurde blass. »Du hast doch über Funk seine Befehle gehört. Jenna hat ihn auf den hinteren Wanderweg geschickt, und dann hat er die Abkürzung genommen, um zu mir zu gelangen. Er hat alle seine Befehle befolgt, und dachte, ich wäre sicher, weil Colt mich deckt. Ich kann echt nicht glauben, dass du ihm jetzt die Schuld gibst, Dad. Er ist wie dein Bruder. Verdammt, er gehört zur Familie.« Sie kaute auf ihrer Unterlippe. »Und Jenna hat ihr Leben riskiert, um mich zu retten. Sie hätte auf die Feuerwehr warten können, aber nein, sie ist auf die Brücke gekommen, um mir zu helfen, genau wie Dave. Er hat keine Sekunde gezögert, die Felswand hinunterzuklettern, um uns zu retten. So macht man das als Familie, Dad.« Ihre Augen füllten sich mit Tränen. »Früher warst du auch mal so.«

Wolfe sah zu ihr hinunter und umfasste ihr Kinn. »Ich weiß, dass ich jetzt nicht mehr so viele Risiken eingehe, weil ihr außer mir niemanden mehr habt. Ich habe eurer Mutter versprochen, immer für euch da zu sein.« Er ließ seine Hand sinken. »Wisch dir die Tränen aus den Augen, sonst kommen wir zu spät zur Lagebesprechung. Und falls du dir noch Sorgen machst, mit Kane habe ich alles geklärt.« Er ging voran zu seinem Wagen. *O Mann, meine Mädchen wissen genau, wie sie mich weichkriegen.*

Als sie Jennas Büro betraten, begrüßte sie der Duft von Kaffee und Zimtschnecken. Alle drängten sich um ihren Schreibtisch und redeten gleichzeitig durcheinander. Es klang, als beträte man einen Stall voller Truthähne. Wolfe legte seinen Aktenordner zwischen Becher, Kaffeekannen und Brötchentellern auf dem Schreibtisch ab und half dann Emily zu einem Stuhl. Er sah Jenna an. »Morgen, Ma'am. Wie geht's dem Arm?«

»Geht schon.« Jenna sah blass und abgespannt aus. Sie stand auf und ging zum Whiteboard. »Okay, gestern sind so viele Dinge geschehen, dass wir das, was jedem einzelnen Beteiligten passiert ist, in einer Zeitleiste zusammenfassen sollten.« Sie blickte wieder zu Wolfe. »Gibt es irgendwelche neuen Erkenntnisse, die wir berücksichtigen müssen, bevor wir weitermachen?«

Wolfe tippte auf den Aktenordner auf dem Schreibtisch. »Ich bin in allen Fällen zu einer Entscheidung gekommen. Sie ist nicht so ausgefallen, wie ich es erwartet habe, und die Gründe dafür sind jeweils recht komplex. Ich schlage vor, dass wir jeden Fall einzeln behandeln, auf die Todesursache werde ich dann jeweils zu sprechen kommen. Als Erstes sollten wir uns mit der Vergewaltigung von Chrissie Lowe befassen. Ich werte ihren Tod als Suizid, warum, werde ich später näher erläutern.«

»Okay.« Jenna schrieb Stichworte auf das Whiteboard. »Heute Morgen haben wir Josh Stevens und Seth Lyons befragt. Die Protokolle ihrer Aussagen müssten alle haben, die hatte ich in den Verteiler getan. Stevens hat unsere Annahmen über den Ablauf der Nacht, in der Chrissie starb, bestätigt. Wie man aus der Zeitleiste ersehen kann, verließ sie das Studentenwohnheim um einundzwanzig Uhr. Wir wissen jetzt, dass sie mit Jacobs und Devon zur Party gefahren ist, dort unter Drogen gesetzt und vergewaltigt wurde und dann gegen zwei Uhr zu ihrem Wohnheim zurückgebracht wurde. Dann schrieb sie eine SMS an eine unbekannte Nummer.« Sie blickte wieder zu Wolfe. »Konnten Sie herausfinden, wem die gehört?«

Wolfe schüttelte den Kopf. »Vielleicht hat sie versucht, ihren Bruder zu kontaktieren, aber es kam keine Antwort. Ich habe alle meine Kontakte angezapft, aber nur erfahren, dass das Team ihres Bruders über feindlichem Gebiet abgestürzt ist. Falls jemand den Absturz überlebt hat, dann nicht sehr lange.«

Er starrte Webber und Rowley an. »Diese Information ist streng geheim und darf diesen Raum nicht verlassen.«

»Ich vertraue meinen Deputys.« Jenna fügte auf dem Whiteboard einige Notizen hinzu. »Okay, weiter im Text. Lyons redet gerade mit seinem Anwalt, aber er wird nicht ungestraft davonkommen. Wir haben Videos, die beweisen, dass er einer der Täter ist, die Chrissie und viele andere vergewaltigt haben. Ich habe der Staatsanwaltschaft Kopien aller Dateien übergeben. Das FBI hat mit mehreren Opfern aus den Videos gesprochen und einige gefunden, die bereit sind, auszusagen. Der Staatsanwalt will keinen Deal mit Josh Stevens machen, der junge Mann befindet sich derzeit auf dem Weg ins Bezirksgefängnis und wird dort auf seine Anhörung warten. Ich glaube, er hat sich aufgrund der Beweise entschieden, sich der Vergewaltigung schuldig zu bekennen, und er wird sicherlich gegen Lyons aussagen, um eine mildere Strafe zu bekommen.« Sie blickte wieder zu Wolfe. »Haben wir handfeste Beweise, die Stevens' Aussage untermauern?«

Wolfe öffnete einen seiner Aktenordner und blätterte in den Unterlagen. Er war ein alter Hase, wenn es um Berichte ging, und er mochte es, den Papierkram in den Händen zu halten. »Ja, ich habe Alex Jacobs' Fingerspuren an Chrissie Lowes Schuhen gefunden. Die Haare, die ich im Auto gefunden habe, sind von Jacobs und Devon. Die Schuhe wurden an der Stelle gefunden, die Stevens in seiner Aussage erwähnt hat.« Er blätterte zurück. »Die K.-o.-Tropfen, die Lyons Chrissie Lowe verabreicht hat, wie Webber berichtet – das passt alles zusammen. Es besteht kein Zweifel, dass Lyons bei jedem seiner Opfer dieselbe Methode angewendet hat. Ich bin sicher, dass das FBI jetzt, da keine Bedrohung mehr besteht, mehr Frauen ermutigen wird, sich zu melden, um auszusagen und ihn zu verklagen.«

»Okay, wir können Chrissies Eltern also mitteilen, dass außer Lyons und Stevens alle beteiligten Männer tot sind. Ich werde mit ihnen sprechen, sobald gegen Lyons offiziell Anklage erhoben worden ist.« Jenna sah Wolfe an. »Okay, kommen wir zu den anderen Fällen. Bis jetzt hatten wir drei mögliche Verdächtige, aber ich glaube, auch hier könnte Lyons seine Finger im Spiel haben.«

»Ich denke mal, wir sollten alle neuen Erkenntnisse von gestern zusammentragen.« Kane sah die anderen nacheinander an. »Auch wenn Lyons die Schlägerei mit dem Kerl an der Brücke heruntergespielt hat, müssen wir wissen, wer das war. Und: Wie hat er Lyons solche Angst eingejagt, dass der auf eine offensichtlich morsche Brücke gelaufen ist?«

»Das weiß ich«, sagte Emily und holte tief Luft.

VIERUNDFÜNFZIG

Besorgt sah Jenna, wie Emily blass wurde. »Nimm dir so viel Zeit, wie du brauchst, Emily.« Sie setzte sich hinter ihren Schreibtisch und schaute sie aufmerksam an. »Was ist passiert, als du auf die alte Brücke zugegangen bist?«

»Ein Mann hat mich von hinten gepackt und mir eine Pistole an den Kopf gehalten. Er sagte, er würde mich erschießen.« Emily schluckte schwer. »Aber wenn ich genau das täte, was er sagt, würde er mich gehen lassen. Ich sollte nur Seth für ihn ablenken.«

»Oh, Emily, warum zum Teufel hast du mir das gestern Abend nicht gesagt?« Wolfe sah plötzlich ganz mitgenommen aus. »Bist du sicher, dass du das jetzt erzählen willst?«

»Ja, Dad.« Emily drückte seinen Arm. »Alles gut.«

»Hast du den Mann erkannt?« Kane beugte sich vor, als Emily den Kopf schüttelte. »Wie hat er ausgesehen?«

»Ich habe sein Gesicht nicht gesehen, er hat mich von hinten gepackt.« Emily blickte Wolfe an. »Ich konnte nichts tun, Dad, er war stark und hatte mir beide Arme an den Seiten eingeklemmt.«

»Das macht nichts.« Wolfe nahm ihre Hand. »Du hast überlebt, das ist alles, was jetzt zählt.«

Jenna nickte Emily zu. »Ganz ruhig, Emily. Nimm dir Zeit, das ist völlig in Ordnung. Wir wollen nur herausfinden, was passiert ist.«

»Also, ich bin auf Seth zugegangen, der bei der Brücke auf mich gewartet hat. Als ich da ankam, habe ich mich so hingestellt, dass ich den anderen Kerl sehen konnte, aber die Pistole hatte er da nicht mehr in der Hand.« Sie sah Kane an. »Er war groß und muskulös, hatte eine blaue Baseballkappe auf und ein schwarzes T-Shirt und Jeans an. Er hatte sich die Mütze so über die Augen gezogen, dass sein Gesicht komplett im Schatten war. Ich konnte es nicht erkennen.« Emily seufzte. »Bevor Sie fragen: Ja, es könnte Stein oder Jones gewesen sein – die haben die gleiche Statur, und er war eben ein Stück entfernt.«

»Was ist mit dem hier?« Kane hielt ein Foto von Steve Lowe hoch. »War es vielleicht der hier?«

»Vielleicht.« Emily sah Jenna an. »Die sehen sich alle ziemlich ähnlich.«

»Okay.« Jenna lächelte. »Erzähl weiter, was ist dann passiert?«

»Ich konnte nur noch an das denken, was Dad mir für Gefahrensituationen beigebracht hat: ablenken und weglaufen. Also habe ich Seth gesagt, dass ein Mann mit einer Waffe hinter ihm steht, und dann bin ich auf die Brücke gerannt. Ich dachte, er würde es nie und nimmer riskieren, mir zu folgen.« Sie stieß einen langen Seufzer aus. »Ich hörte, wie Seth den Kerl anbrüllte, aber ich konnte nicht zurückschauen. Als Nächstes fing die Brücke an zu schwanken und zu zittern. Ich habe mich umgedreht, und Seth kam hinter mir her, mit blutigem Gesicht. Der Mann war nicht mehr da, und das habe ich ihm auch gesagt, aber er kam immer näher. Im nächsten Moment brach die Brücke zusammen, und er hing da. Dann habe ich Jenna und Dave gesehen. Was dann geschah, wisst ihr ja.«

Kane sah Jenna an. »War das vielleicht der Typ, der dir an der Brücke die USB-Sticks gegeben hat?«

»Gut möglich.« Jenna seufzte. »Andererseits sah der nicht aus, als wäre er gerade in eine Schlägerei verwickelt gewesen, und so wie Lyon drauf ist, hätte der andere zumindest ein paar Treffer einstecken müssen. Ich habe auch keine Waffe an ihm gesehen.« Sie sah Webber an. »Haben Sie gesehen, wer Sie überwältigt hat?«

»Nö.« Webber rieb sich die blauen Flecke am Hals. »Der hat mich in Sekundenschnelle ausgeschaltet. Ich habe nicht einmal einen Zweig knacken hören.«

»Der Mann, der mir die USB-Sticks gegeben hat, könnte Zeuge des Kampfes gewesen sein. Falls es ein College-Student war, sollte es nicht allzu schwierig sein, ihn ausfindig zu machen.« Jenna seufzte. »Ein großer Kerl mit militärischem Kurzhaarschnitt. Eventuell jemand vom Footballteam?«

»Im Team gibt es vier oder fünf große Typen mit so einem Haarschnitt.« Webber verengte die Augen. »Wenn ich es mir recht überlege, war der Typ, mit dem Court in den Keller gegangen ist, auch ziemlich groß. Ich habe sein Gesicht nicht gesehen, aber er trug eine blaue Baseballkappe. Ich weiß noch, dass sie unter der Kapuze seines Hoodies hervorlugte. Hellblau.«

»Vielleicht hat er seine Kappe abgenommen und ganz lässig getan, um dich zu täuschen.« Kane rieb sich das Kinn und sah Jenna an. »Er wollte nicht, dass man ihn sieht, wie er wegläuft, also blieb er noch kurz da, um dir die USB-Sticks zu geben.« Er schüttelte den Kopf. »Rowley hat Fotos von allen gemacht, die den Weg runtergekommen sind, und du hast gesagt, er war nicht darunter.«

Jenna sträubten sich die Haare im Nacken. »Aber wo ist er dann hin?«

»Vielleicht hat er sich eine Stelle gesucht, von der aus er unbemerkt die Rettungsaktion beobachten konnte«, gab Wolfe zu Bedenken. Er stieß einen langen Seufzer aus. »In so einer Situation würde kaum jemand dableiben, um den Polizisten zu helfen. Haben Sie eine Waffe gesehen, Jenna?«

»Nein.« Sie zuckte mit den Schultern. »Und ich war zu sehr mit mir selbst beschäftigt, als dass mir aufgefallen wäre, wohin er ging.«

»An mir ist er auf jeden Fall nicht vorbeigekommen.« Webber füllte sich einen Becher mit Kaffee. »Wenn er nicht den Weg hinuntergegangen ist, muss er weiter hinaufgegangen sein. Vielleicht hat er von der Stelle aus zugesehen, wo man Kajaks zu Wasser lassen kann, und ist dann später hinuntergegangen.«

»Im Dunkeln?« Jenna schüttelte den Kopf. »Zu dem Zeitpunkt, als wir alle vom Berg herunter waren, war es schon stockdunkel. Nur ein Verrückter würde versuchen, im Dunkeln den Weg am Wasserfall hinunterzugehen, und letzte Nacht war es außerdem ganz schön kalt. Er muss sich vorher irgendwie an uns vorbeigeschlichen haben.«

»Er hat aber keinen der beiden Wanderwege genommen.« Rowley sah beleidigt aus. »Ich hatte beide genau im Auge, bis Kane und Wolfe eintrafen.«

»Schön und gut, aber es gibt ja noch tausend andere Wege hinaus aus dem Stanton Forest. Nur um sicherzugehen: Rowley, besorgen Sie eine Liste und Fotos aller männlichen Studenten zwischen zwanzig und, sagen wir, achtundzwanzig, wir sehen uns die dann mal an.« Jenna seufzte, richtete sich auf und deutete auf das Whiteboard. »Wir haben keine eindeutigen Beweise dafür, dass Stein oder Jones in einen der potenziellen Morde verwickelt waren. Sicher hätten sie allen Grund gehabt, sich auf dem Berg mit Lyons zu prügeln, aber nach den Fotos, die Rowley an dem Tag gemacht hat, trug keiner der beiden Jeans, damit können sie es nicht gewesen sein, und keiner von uns hat Lowe auf dem Berg gesehen.« Sie blickte in die Gesichter vor ihr. »Kann mir jemand einen stichhaltigen Grund nennen, warum einer dieser Männer der Täter sein könnte? Alles, was wir haben, sind bestenfalls Indizien.«

»Verdachtsmomente reichen leider nicht für einen Haftbefehl.« Kane seufzte. »Womit wir wieder bei Lyons wären.«

»Er war nicht mehr so mutig, als seine Freunde nicht dabei waren.« Emily rieb sich die Hüfte und zog eine Grimasse. »Ich habe sein Gesicht gesehen. Wer auch immer dieser Mann war, er hat ihn zu Tode erschreckt.« Sie erschauderte. »Seth ist um sein Leben gerannt.«

Jennas Telefon klingelte, und sie kehrte an ihren Schreibtisch zurück, um den Anruf entgegenzunehmen. »Ja? Okay, ich bin gleich da.« Die anderen hatten angefangen, sich zu unterhalten, und Jenna hob eine Hand, um sich Gehör zu verschaffen. »Livi Johnson ist draußen, Chrissies Mitbewohnerin. Ich gehe und rede mit ihr.«

Jenna verließ ihr Büro und ging zum Eingangsbereich. Die junge Frau stand am Tresen, Jenna lächelte sie an. »Was kann ich für Sie tun, Livi?«

»Wir haben in meinem Wohnheim das Schwarze Brett aufgeräumt, und dabei habe ich das hier gefunden.« Livi reichte ihr einen Zeitungsausschnitt mit einem Foto vom Footballteam. »Sehen Sie, jemand hat Kreise um die Gesichter einiger Spieler gemalt. Ich fand das ziemlich gruselig, weil drei von denen ja jetzt tot sind.« Sie reichte Jenna das Stück Papier. »Und hier unten auf der Seite? Das hat bestimmt Chrissie geschrieben – bei SMS hat sie auch immer ein Emoji und ihre Initialen hinzugefügt. Ich nehme an, das waren die Typen, die sie vergewaltigt haben.«

Jenna schluckte schwer, als sie das traurige Emoji und daneben »CL« sah. Chrissie Lowe hatte sich noch einmal aus dem Grab erhoben, um der Welt mitzuteilen, wer sie vergewaltigt hatte. Wie hatte ihr Team dieses wichtige Beweisstück bloß übersehen? »Das war am Schwarzen Brett?« Sie runzelte die Stirn. »Ist das weit entfernt von eurem Zimmer?«

»Vom Eingang aus geht man direkt daran vorbei. Es hängt im Flur.« Livi schüttelte den Kopf. »Darüber hing irgendeine Anmeldeliste. Die wurde an dem Tag aufgehängt, als ich sie fand. Offenbar gleich morgens. Das hier hing darunter.«

Jenna drückte Livi die Schulter. »Es muss ein Schock für Sie gewesen sein, das zu finden.«

»Seltsam, dass drei von ihnen bei Unfällen gestorben sind, nicht wahr?« Livis Augen musterten aufmerksam ihr Gesicht. »Kommt einem vor, als hätte Chrissie einen Racheengel.«

Jenna sah sie einen Moment lang an. Natürlich hatte Wolfe die Todesursachen nicht an die Presse weitergegeben, aber Gerüchte und Klatsch verbreiteten sich wie ein Lauffeuer auf einem College-Campus. Er würde erst dann eine offizielle Erklärung abgeben, wenn er in jedem einzelnen Fall seine Entscheidung gefällt hatte. Sie nickte. »Das ist schon seltsam, ja.« Sie führte Livi zur Tür. »Danke, dass Sie uns das gebracht haben.«

Das simple Emoji machte Jenna traurig. Sie starrte auf den Zeitungsausschnitt und fuhr sich dann mit der Hand durchs Haar. Dann nahm sie sich zusammen, ging zurück in ihr Büro und reichte Kane das Stück Papier. »Eine Stimme aus dem Reich der Toten. Das hing am Schwarzen Brett im Wohnheim von Chrissie Lowe. Wie konnten wir das übersehen?«

»Ich war ja vor allem auf der Suche nach einem Abschiedsbrief.« Wolfe runzelte die Stirn. »Das Schwarze Brett habe ich mir auch angesehen, aber wohl nur oberflächlich. Einen Zeitungsausschnitt habe ich nicht gesehen. Wahrscheinlich hatte jemand etwas anderes darübergehängt.« Er zückte sein Smartphone und durchsuchte seine Fotos. »Hier ist ein Bild vom Schwarzen Brett an dem Morgen. Sehen Sie, kein Zeitungsausschnitt.«

»Ich habe auch auf das Schwarze Brett geschaut.« Rowley runzelte die Stirn. »Ich habe eine Ausgabe der College-Zeitung mitgenommen, die sie in ihrem Zimmer hatte und in der ein

Artikel über Seth Lyons stand. Sie ist in einer Tüte in der Asservatenkammer, aber da hatte sie nichts reingeschrieben.«

Jenna nahm Wolfes Handy, zoomte in das Foto hinein und schaute sich das ganze Schwarze Brett an. Sie fand die Anmeldeliste, am Rand lugte ein anderer Zettel hervor. »Livi sagte, sie hätte den Zeitungsausschnitt unter einer Anmeldeliste gefunden, hier ist es.« Sie ließ sich in ihren Stuhl fallen und spürte plötzlich jeden einzelnen blauen Fleck an ihrem geschundenen Körper. »Im Moment können wir wenig anderes tun, als den mysteriösen Mann vom Berg ausfindig zu machen. Ich will wissen, warum er sich mit Lyons angelegt hat und warum Lyons solche Angst vor ihm hatte.« Sie seufzte. »Besorgen Sie mir einen Namen, Rowley.«

Ihr Telefon klingelte wieder. Sie nahm ab. »Okay, Maggie, schicken Sie ihn rein.«

Die Tür schwang auf, und der Staatsanwalt trat ein. Er blickte sich in dem überfüllten Raum um und begrüßte die Anwesenden.

Jenna lächelte ihn an. »Wir gehen gerade die Beweise durch.«

»Ich habe mit dem Anwalt von Seth Lyons gesprochen und ihn mit den Beweisen vertraut gemacht, die wir gegen seinen Mandanten haben.« Der Staatsanwalt sah zufrieden mit sich aus. »Hinzu kommen die belastenden Angaben von Josh Stevens und die vielen Zeuginnen, die gegen ihn aussagen werden. Sein Anwalt wird Lyons dazu raten, sich schuldig zu bekennen.«

Jenna lächelte. »Das sind ja tolle Neuigkeiten.«

»Haben Sie inzwischen etwas, das ihn mit den Todesfällen in Verbindung bringt?« Der Staatsanwalt schaute sie erwartungsvoll an.

»Bis jetzt haben wir für alle möglichen Verdächtigen nur Indizien.« Jenna seufzte. »Alles deutet auf Lyons als Täter hin, aber wir haben keine Beweise.«

»Ich habe seinen Anwalt gefragt, ob Lyons den Namen des mysteriösen Mannes preisgeben würde, und er hat sich geweigert und gesagt, der Streit sei persönlich gewesen und habe nichts mit irgendwelchen anderen Dingen zu tun.« Der Staatsanwalt lächelte. »Falls Lyons in irgendeiner Weise für die Todesfälle verantwortlich ist, werden wir das unmöglich beweisen können. Er hatte ein Motiv, und er war schlau genug, zu töten, ohne Spuren zu hinterlassen. Er wäre auch in der Lage gewesen, sich seinen Opfern zu nähern, ohne dass sie Verdacht schöpften.« Er zuckte mit den Schultern. »Vielleicht werden wir nie beweisen können, dass er sie getötet hat. Aber er wird wegen Vergewaltigung in fünfundzwanzig Fällen und wegen Erpressung angeklagt, und ich werde bei der Verhandlung einen Präzedenzfall anführen, einen aktuellen Fall in Billings, bei dem ein Serienvergewaltiger zu zwanzigmal lebenslänglich verurteilt wurde. Ich bezweifle, dass einer der beiden jemals wieder auf freien Fuß kommt.«

Jenna stand auf und schüttelte ihm die Hand. »Das sind großartige Neuigkeiten. Kane und ich werden heute Nachmittag mit den Eltern von Chrissie sprechen. Ich bin sicher, das wird ihnen ein wenig Trost spenden. Danke, dass Sie vorbeigekommen sind.«

»War mir ein Vergnügen. Einen schönen Tag noch, Sheriff, Deputys.« Der Staatsanwalt verließ den Raum.

Jenna blickte in die Runde und sah in lauter Gesichter, die sie anschauten. »Ich wünschte, wir hätten mehr Beweise.«

»Ich weiß, dass Sie Antworten wollen, Jenna, aber manchmal haben wir halt nicht genug in der Hand, um jemandem einen Mord nachzuweisen.« Wolfe sah sie an und zuckte mit den Schultern.

»Jaja, ich weiß.« Jenna seufzte. »Wir haben die Vergewaltigung von Chrissie Lowe aufgeklärt und zwei Verdächtige wegen Serienvergewaltigung und Erpressung angeklagt. Wir haben den Mann gefasst, der für den bewaffneten Überfall auf das Festivalgelände verantwortlich ist, und das Geld zurückgebracht. Wir haben viel geschafft in dieser Woche. Aber wir haben immer noch vier ungeklärte Todesfälle.«

»Nein, wir haben einen Tod mit unbekannter Ursache, einen Unfall und zwei Suizide.« Wolfe verengte seinen Blick. »Ich habe bei jedem Fall auf Basis der Beweislage eine Entscheidung getroffen.« Er blickte auf seine Notizen. »Wie ich bereits erwähnt habe, hat Chrissie Lowe Suizid begangen. Ich war nicht überzeugt, bis ich die Schnitte an ihren Handgelenken unter dem Mikroskop untersucht habe. Der Winkel deutet darauf hin, dass sie sich selbst geschnitten hat.«

Jenna stieß einen Seufzer aus. »Das war zu erwarten. Fahren Sie fort.«

»Ich habe Grund zu der Annahme, dass die Spuren an Devons Knöcheln nicht aus dem Schwimmbad stammten. Sie hatten zuvor Gruppensex, und nachdem ich mir die Videos angesehen habe, kann ich zumindest nicht ausschließen, dass er sich dabei die Spuren zugezogen hat. Nach Aussagen mehrerer Zeugen könnte er sich seine Kopfverletzung beim Footballtraining zugezogen haben. Er könnte eine Gehirnerschütterung erlitten haben, bevor er schwimmen ging, ist ausgerutscht und gestürzt.« Er schaute auf seine Notizen. »Der einzige Todesfall, bei dem ich die Ursache offen lassen muss, ist der von Jacobs. Ich kann nicht beweisen, ob ihm aus Versehen die Hantel auf den Hals gefallen ist oder ob jemand sie auf ihn hat fallen lassen, ob versehentlich oder absichtlich. Da ich für keine der beiden Möglichkeiten einen schlüssigen Beweis habe, muss ich den Befund offen lassen.«

Jenna traute kaum ihren Ohren. »Und Court?«

»Ich habe keinen Beweis dafür, dass Court seine Gesichtsverletzungen nicht während des Kampfes auf dem Berg oder auf dem Footballplatz erlitten hat. Ich habe jedoch Hinweise auf seine Gemütsverfassung an dem Abend, an dem er starb. Zwei seiner Freunde waren gerade gestorben, und er hatte sich professionelle Hilfe gesucht. Er war allein, und die Nadel steckte noch in seinem Arm – alle Befunde deuten auf Suizid durch Überdosis hin. Der Mann, mit dem er in den Keller ging, könnte sein Dealer gewesen sein. Ich habe keine stichhaltigen Beweise, die gegen dieses Szenario sprechen.«

Jenna war einen Moment sprachlos und starrte ihn an. »Wie bitte? Sie wollen sagen, jetzt, nach der ganzen Zeit, haben Sie bei allen Fällen Ihre Meinung geändert?«

»Nein, meine Meinung habe ich nicht geändert. Bisher hatte ich ja bloß Vermutungen angestellt – wie wir alle. Es ist meine Aufgabe, Todesursachen nachzuweisen, und ich treffe niemals eine Entscheidung, bevor ich nicht alle Beweise miteinbezogen habe. Bevor ich vor Gericht aussage, um einen Mann wegen Mordes zu verurteilen, brauche ich einen unwiderlegbaren Beweis dafür, dass es sich um Mord handelt.« Wolfe schaute sie grimmig an. »Es ist erst eine Woche vergangen, und ich bin heute hier, um Ihnen meine Entscheidung aufgrund der aktuellen Beweislage mitzuteilen. Sollten Sie neue Beweise finden, kann ich die Fälle ja neu aufrollen.« Wolfe sammelte seine Unterlagen zusammen und hob eine Augenbraue. »Manchmal reden die Toten nicht.«

FÜNFUNDFÜNFZIG

Wolfes Schlussfolgerungen gingen Jenna auf der Fahrt zu Lowe immer wieder durch den Kopf. Sie sah Kane an. »Er hat recht.«

»Hm?« Kane warf ihr einen verwirrten Blick zu, dann richtete er seine Aufmerksamkeit wieder auf die Straße. »Womit?«

Jenna seufzte. »Was Wolfe gesagt hat: dass man jemanden nicht wegen Mordes verurteilen kann, wenn nicht klar ist, dass es überhaupt Mord war. Ich war mir halt bloß so sicher!«

»Ich mir auch, aber es gibt einfach nicht genug Beweise gegen unsere Verdächtigen, die für eine Anklage reichen würden.« Ein Nerv in Kanes Wange zuckte. »Übersehen haben wir nichts, da bin ich mir sicher.«

Jenna kaute auf ihrer Unterlippe. »Shane sah ganz schön erschöpft aus. Garantiert hat er bis spät in die Nacht gearbeitet, um jedes kleinste Detail aufzuspüren, das für eine Verurteilung helfen könnte.«

»Er hat Dreifach-Schichten in der Rechtsmedizin geschoben und uns bei den Observationen unterstützt – kein Wunder, dass er erschöpft ist.« Er parkte vor dem Haus der Lowes und wandte sich zu ihr um. »Wir dürfen seine Mädchen auf keinen Fall noch einmal in einen unserer Fälle verwickeln, Jenna. Er ist ganz kurz davor, hier wegzuziehen.«

Jenna sah ihn an. »Ich weiß.« Sie richtete die Schlinge, in der ihr lädierter Arm steckte. »Ich denke mal, nachdem wir uns alle ein Stück nähergekommen sind, ist Emily ganz automatisch zu einem Teil des Teams geworden.«

»Vergessen wir das Thema mal kurz, wenn wir mit den Lowes sprechen.« Kane musterte ihr Gesicht. »Du siehst sauer aus, und im Moment brauchen sie vor allem Mitgefühl. Ein Kind zu verlieren ist schon schlimm genug, aber nicht zu wissen, was ihr Sohn gerade durchmacht, oder ob er lebt oder tot ist, muss schrecklich sein.«

Jenna nickte. Bestimmt wusste Kane genau, wie schrecklich es war, mit einem Militärhubschrauber hinter den feindlichen Linien abzustürzen. »Warst du schon einmal in einer ähnlichen Situation?«

»Ja.« Kanes Augen schienen einen Punkt in weiter Ferne zu fixieren. »Falls sie in Gefangenschaft geraten sind, werden sie gefoltert. Wolfe hat mir im Vertrauen gesagt, dass die Regierung hofft, verhandeln zu können, aber die Chancen sind gering. Es gibt kaum Kommunikation zwischen den einzelnen radikalen Gruppen, wenn sie also einen von unseren Soldaten gefangen nehmen, hat er kaum eine Chance.«

Jenna fummelte an ihrem Sicherheitsgurt herum und stöhnte. »Okay, lass uns hineingehen und mit den Lowes reden. Die Tatsache, dass die Männer, die ihrer Tochter etwas angetan haben, tot sind oder für lange Zeit im Gefängnis landen werden, gibt ihnen hoffentlich ein wenig Trost.«

»Ob sie das wirklich tröstet, bezweifle ich, Jenna. Dazu ist alles noch zu frisch.« Kane lehnte sich über sie und stieß die Beifahrertür auf. »Ist alles okay mit dir? Du bist kreidebleich.«

»Ach, es geht schon.« Sie zwang sich zu einem Lächeln. »Ich werde ein paar Schmerzmittel nehmen, wenn wir hier fertig sind.«

Auf dem Weg zur Haustür der Lowes ordnete Jenna ihre Gedanken. Für sie gab es kaum etwas Schlimmeres, als einer Familie gegenüberzustehen, die ein Kind verloren hatte. Sie würde ihnen die traurige Nachricht überbringen müssen, dass Chrissies Tod als Suizid eingestuft worden war. Sie würde ihnen eine knappe und klare Erklärung geben, in der sie kurz schildern würde, was ihrer Meinung nach geschehen war. Wolfe hatte alle seine Erkenntnisse an die Rechtsmedizinische Behörde des Bundesstaates weitergeleitet, und dort würde man entscheiden, ob eine Untersuchung notwendig war. Falls ja, würden die Lowes vom dortigen Rechtsmediziner über alle entsetzlichen Details rund um den Tod ihrer Tochter informiert werden. Im Moment hoffte sie, dass es nicht dazu kommen würde. Zwei Autos parkten in der Einfahrt, was hoffentlich bedeutete, dass beide Elternteile von Chrissie zu Hause waren. Sie hatte die Eltern absichtlich nicht über ihr Kommen informiert; diese Art von Informationen übermittelte sie lieber von Angesicht zu Angesicht. Ein Telefonanruf bedeutete in der Regel, dass man schon im Vorfeld einige Informationen preisgeben musste.

Sie blickte zu Kane auf, der an der Haustür des altmodischen Backsteinhauses auf den Klingelknopf drückte.

Von drinnen war ein Glockenspiel zu hören. Ein großer, hagerer Mann in legeren Jeans und Pullover öffnete die Tür.

»Mr Lowe?«, fragte Jenna.

»Das bin ich.« Mr Lowe schaute erst sie und dann Kane besorgt an. »Gibt es etwas Neues von meinem Sohn?«

»Nein, Sir.« Kane schüttelte den Kopf. »Wenn es etwas Neues gäbe, würde jemand aus seiner Einheit vorbeikommen, um mit Ihnen zu sprechen.«

Jenna räusperte sich. »Ist Ihre Frau auch da? Wir haben Ihnen einiges mitzuteilen.«

»Ja, kommen Sie doch herein.« Der Mann hielt die Tür auf und trat zur Seite. Ein Mädchen im Teenageralter betrat den

Flur und machte große Augen. »Hol deine Mutter und geh dann auf dein Zimmer«, sagte Mr Lowe zu ihr. »Wir haben etwas mit der Polizei zu besprechen.«

Das Mädchen lief davon, und Jenna folgte Mr Lowe ins Wohnzimmer, dicht gefolgt von Kane. Sie warteten, bis Mrs. Lowe, eine hagere Frau mit blassem Teint, den Raum betrat. Sie nahmen alle auf zwei Sofas Platz, die einander gegenüberstanden. Jenna wollte möglichst mitfühlend wirken. »Wir sind gekommen, um Ihnen mitzuteilen, dass wir in Chrissies Fall eine Verhaftung vorgenommen haben.«

»Nur eine? Der Rechtsmediziner hat mir gesagt, sie wäre von mehr als einem Mann vergewaltigt worden.« Mr Lowe sah Kane zornig an. »Wie heißt er?«

»Wir haben Grund zur Annahme, dass vier Männer beteiligt waren«, sagte Jenna. Sie senkte die Stimme, um den Mann zu beruhigen. »Einer wird sich schuldig bekennen, und die anderen drei sind tot. Ein weiterer Mann, den wir in Gewahrsam haben, hat gestanden, dass er gefilmt hat. Aufgrund dieser Aufnahmen haben wir die Täter identifiziert. Er befindet sich derzeit im Bezirksgefängnis und wartet auf seine Anhörung. Er wird sich schuldig bekennen und lange Zeit hinter Gittern bleiben.«

»Du lieber Gott. Mein liebes, unschuldiges Mädchen.« Mrs. Lowe hob den Blick, ihre Augen waren voll Trauer. »Hatte Seth Lyons etwas damit zu tun? Neulich war Chrissies Mitbewohnerin Livi hier und hat uns erzählt, dass sie in der Nacht, in der sie starb, mit ihm verabredet war.«

Jenna nickte. »Ja, ganz genau. Wir haben eine Weile gebraucht, um ihn festzunageln.« Sie seufzte. »Aber Seth Lyons wird den Rest seines Lebens im Gefängnis verbringen. Die anderen beteiligten Männer sind bei verschiedenen Unfällen gestorben und einer offenbar an einer Überdosis.«

»Ich hätte mir den Mistkerl am liebsten selbst vorgeknöpft, aber ich komme in letzter Zeit nicht mehr so oft raus.« Mr Lowe keuchte und hustete, dann fasste er sich an die Brust. »Ich hab's an der Lunge.«

»Das tut mir leid. Es ...« Jenna fehlten plötzlich die Worte. Sie schluckte schwer. »Es tut mir leid, Ihnen das mitteilen zu müssen, aber der Rechtsmediziner hat den Tod von Chrissie als Suizid eingestuft.«

»Das haben wir uns schon gedacht, nachdem wir mit Livi gesprochen haben.« Mrs. Lowe schüttelte den Kopf. »Ich wünschte, sie hätte mit uns geredet.«

»Ist das Ihr Sohn?« Kane stand auf und ging zum Kaminsims. »Er ist bei den Navy Seals? Sie müssen sehr stolz sein, Sir.«

»Ja, das ist Jack.« Mr Lowe richtete sich auf und schnappte nach Luft. »Das Foto wurde in der Woche aufgenommen, als er zu seinem Einsatz aufgebrochen ist. Er war ein paar Tage auf Urlaub zu Hause, dann kam der Anruf, und er war wieder weg.« Er schüttelte den Kopf. »Er liebt das Leben, und er lebt für sein Team. Ich hoffe so sehr, dass er es nach Hause schafft.« Er wandte sich an Jenna. »Ich werde die Hoffnung nie aufgeben.«

»Das ist eine gute Einstellung.« Kane nickte. »Wenn er nach Hause kommt, werden wir vorbeikommen und uns bei ihm für seinen Dienst bedanken.«

Jenna war froh über die Ablenkung, stand auf und schaute sich das Foto an. Sie sah noch einmal hin und schluckte schwer. Der Anblick des lächelnden Gesichts traf sie wie ein Schlag in den Nacken, widerstreitende Gedanken wirbelten ihr durch den Kopf. Mit klopfendem Herzen rang sie nach Worten, unfähig, den Blick abzuwenden. »Er ist ... äh ... ein gut aussehender junger Mann.« Sie reichte Mr Lowe das Foto. Sie musste hier raus, und zwar schnell. »Wir müssen jetzt leider zurück ins Büro. Wenn Sie etwas brauchen, zögern Sie bitte nicht, mich anzurufen.« Sie reichte Mr Lowe ihre Karte.

Mrs. Lowe ergriff ihren Arm. »Danke, dass Sie dafür gesorgt haben, dass Chrissie Gerechtigkeit widerfährt.«

Jenna war nicht in der Lage, zu antworten. Sie nickte stumm, ging zur Tür hinaus und zurück zur Straße. Wortlos stieg sie in Kanes Wagen und wartete ungeduldig darauf, dass er sich endlich hinter das Steuer setzte. »Ich habe den Mann auf dem Bild wiedererkannt«, platzte sie heraus.

»Aha?« Kane lehnte sich in seinen Sitz und runzelte die Stirn. »Ich wusste gar nicht, dass du irgendwelche Navy Seals kennst.«

Mit klopfendem Herzen starrte sie ihn an. »Er war der mysteriöse Mann an der Brücke. Oder ich habe einen Geist gesehen.«

»Er wird nach einem Kampfeinsatz vermisst, Jenna.« Kane seufzte. »Da musst du dich irren.«

Die Euphorie erfasste Jenna wie eine Flutwelle. Plötzlich ergab alles Sinn! »Denk mal nach, Dave. Was, wenn Jack Lowe am Leben ist? Nachdem sie Opfer einer furchtbaren Vergewaltigung geworden ist, schickt Chrissie ihm eine SMS, in dem sie die Namen der Täter nennt und ihm mitteilt, was sie vorhat. Dann zerstört sie ihr Handy. Vielleicht hat sie es die Toilette hinuntergespült, das können wir nicht mehr feststellen. Und falls er die SMS erhalten hat, konnte er sie nicht mehr kontaktieren. Ihr letzter Stand war, dass er nach einem Kampfeinsatz verschollen war, und nach fast einer Woche wird sie die Hoffnung aufgegeben haben, ihn lebendig wiederzusehen. Vielleicht dachte sie, er würde im Jenseits auf sie warten. Sie konnte es nicht ertragen, dass Lyons sie erpresste, und nahm sich das Leben.« Sie starrte einen Moment lang ins Leere. »Ich nehme an, Jack ist zurückgekommen und hat angefangen, die Vergewaltiger zu ermorden. Er hat uns die Beweise für ihre Schuld direkt in die Hände gespielt. Er war es auch, der Court umgebracht hat – wie sonst hätte er in den Besitz der USB-Sticks kommen sollen? Ich kann mir nicht vorstellen, dass Lyons es riskieren würde, derart belastende Beweise einfach so zum Joggen mitzunehmen.« Sie starrte ihn an. »Jack hat es riskiert, erkannt zu werden, um mir die Beweise zu geben, die Lyons ans Messer geliefert haben.«

»Du kannst nicht beweisen, dass Jack Lowe noch lebt, und falls er das tut, hast du keine Beweise, dass er jemanden getötet hat, Jenna. Ich vertraue auf Wolfes Ergebnisse. Er hat nicht genug, um zu beweisen, dass die Männer ermordet wurden.« Kane sah sie ungläubig an. »Es hat auch niemand versucht, Lyons zu töten, sonst hätte er es garantiert direkt herumerzählt. Es ist kaum dasselbe, jemandem Angst einzujagen und ihn zu töten. Und glaub mir, für einen Mann mit Jack Lowes Fähigkeiten wäre es ein Kinderspiel gewesen, Lyons zu töten. Falls er sich die Dateien auf den USB-Sticks angesehen hat, hätte er allen Grund dazu gehabt.«

»Er hat es geschafft, seine Schwester zu rächen.« Jenna sprach leise und kontrolliert. »Das spüre ich einfach.«

»Wenn du meinst, dass du Jack Lowe gesehen hast, dann glaube ich dir. Aber wir haben keine Beweise, Jenna. Nichts, *nada*, und der Wolfe kann nicht einmal nachweisen, dass es Morde waren. Falls er das auf dem Berg war, haben wir nichts gegen ihn in der Hand.« Kane runzelte die Stirn. »Wolfe sagt, dass sich Jack Lowe am anderen Ende der Welt befindet und sein Leben für unser Land riskiert, und ich kann mir nicht vorstellen, dass er uns anlügt. Damit ist er entweder tot oder wird in irgendeinem gottverlassenen Gefängnis gefoltert.« Kane ließ den Motor an. »Soldaten in Uniform sehen alle irgendwie gleich aus. Aber wir werden mal bei Wolfe vorbeischauen. Er wird dir ein besseres Foto von Lowe heraussuchen.«

SECHSUNDFÜNFZIG

Nachdem Kane und Jenna bei Wolfe zu Hause angekommen waren und die Mädchen darüber informiert hatten, dass Anna ihren Geburtstag auf Jennas Ranch feiern durfte, erklärte Kane Wolfe knapp, warum sie ihn nach Feierabend zu Hause bei seiner Familie störten. Er folgte Jenna in Wolfes gesichertes Büro. Eine fünfzehn Zentimeter dicke Stahltür, die eher zu einem Tresorraum gepasst hätte, schützte die vielen Geheimnisse im Inneren. Kane durfte zum ersten Mal Wolfes Allerheiligstes betreten. Er betrachtete die diversen Computer und Militärtelefone. Eine Wand bedeckte ein Regal voll streng geheimer Codebücher. Er stieß einen anerkennenden Pfiff aus. »Wow, kein Wunder, dass Sie so ein großes Haus mit separater Unterkunft für eine Haushälterin verlangt haben. Wann haben Sie sich das alles einbauen lassen?«

»Als Jenna mich angefordert hat, ist ein Team angerückt, und als ich eintraf, war alles schon fertig. Sie haben auch die ganze Elektronik und die Bücher aus meinem alten Haus mitgebracht. Das FBI wollte unbedingt dafür sorgen, dass Sie beide in Sicherheit sind, und das gilt nach wie vor. Ich schicke wöchentlich einen Bericht nach Washington.« Wolfe tippte auf ein weißes Festnetztelefon. »Das hier ist eine Direktleitung zum Pentagon.« Er setzte sich auf einen Stuhl hinter dem Schreibtisch und sah sie fragend an. »Also, was ist so streng geheim, dass Sie meinen schallsicheren Raum benutzen müssen?«

Kane legte die Lage dar, und sofort machte sich Wolfe an die Arbeit. Innerhalb von Sekunden hatte er ein Bild von Jack Lowe auf dem Bildschirm.

»Das muss er sein«, stellte Jenna fest. Sie lehnte sich vor und starrte auf den Bildschirm. »Der sieht haargenau aus wie der Mann auf dem Berg. Auf ihn passt sowohl die Beschreibung der Person, die Emily gesehen hat, als auch des Mannes, den Webber mit Court in den Keller gehen sah. Und Jack Lowe hätte ein eindeutiges Motiv.« Sie lehnte sich in ihrem Stuhl zurück und verschränkte die Arme vor der Brust. »Sie wollten neue Fakten – hier sind sie. Das ist doch ein begründeter Zweifel, oder nicht?«

»Das sind keine Fakten, das ist bestenfalls Hörensagen. Zumal ihn sonst niemand identifiziert hat.« Wolfe sah sie an. »Sind Sie sich jetzt, wo Sie ein besseres Foto von ihm gesehen haben, wirklich hundertprozentig sicher?«

»Ich habe mich auf Emily konzentriert und habe ihn nur kurz gesehen, aber soweit ich mich erinnere, sah er aus wie Jack Lowe.« Sie starrte auf das Bild. »Reicht das nicht aus, um den Fall neu aufzurollen?«

»Nein, ich bräuchte mehr Beweise und der Staatsanwalt auch. Ich bleibe bei meiner Einschätzung, Jenna. Selbst wenn Sie ihn auf dem Berg gesehen haben, beweist das gar nichts. Sie könnten vor Gericht nicht einmal behaupten, dass er irgendwen bedroht hat – der Mann, den Sie gesehen haben, trug keine Waffe und wies keinerlei Anzeichen eines Kampfes auf. Das deckt sich mit Lyons' Aussage. Und da ich die Todesfälle als Unfall oder Suizid eingestuft habe, wird es ohnehin keinen Mordprozess geben.« Wolfe tippte auf seinem Laptop herum und drehte den Bildschirm zu ihr. »Sehen Sie selbst: Jack Lowe ist immer noch als vermisst gemeldet, und ich finde auch keine Anhaltspunkte dafür, dass er in die USA eingereist ist, seit er zu seinem Einsatz aufgebrochen ist. Soweit mir bekannt ist, hat sich seit dem Absturz des Hubschraubers niemand von seinem Team gemeldet. Wir müssen davon ausgehen, dass sie alle tot sind.«

»Dann habe ich also einen Geist gesehen?« Jenna hob den Kopf und starrte Kane an.

Kane zuckte mit den Schultern. »Ich glaube nicht an Geister. Ich glaube, dass du an der Brücke jemandem begegnet bist, der aussah wie Jack Lowe.« Seine Augen wurden schmal. »In der Pressemitteilung, um die du Rowley gebeten hast, versprechen wir doch demjenigen, der dir die USB-Sticks ausliefert, eine Belohnung. Vielleicht meldet er sich ja, und alles klärt sich auf.«

»Hoffentlich.« Jenna schüttelte den Kopf. »Aber wenn ich recht habe, wird er sich nie melden.«

SIEBENUNDFÜNFZIG

Es blitzte und donnerte um sie herum, während der Hubschrauber mitten durch das Unwetter flog. Jack Lowe schaute in die schwarzen Wolken. Es war, als würde der Himmel aufschreien vor Wut über die Qualen, die seine Schwester ertragen hatte. Starke Windböen ließen den Hubschrauber herumwirbeln, aber das war ihm ganz egal. Er starrte wieder auf die SMS auf seinem Handy. Sie würde ihn für den Rest seines Lebens verfolgen.

Jack, ich weiß, du kriegst das bestimmt nie zu lesen, aber ich muss es irgendwem erzählen. Vorhin haben mich vier Spieler vom Black Rock Falls Footballteam unter Drogen gesetzt und vergewaltigt. Du kennst sie: Lyons, Court, Devon und Jacobs. Seth Lyons hat gedroht, wenn ich zur Polizei gehe, machen sie das Gleiche mit unserer kleinen Schwester. Sie haben Fotos und ein Video von mir. Mom und Dad würden sich so schämen, wenn die das in den Social Media verbreiten. Sie terrorisieren die Frauen auf dem Campus, Lyons meinte, ich wäre nicht die Erste, mit der sie das gemacht haben. Meine Mitbewohnerin hat mich noch vor denen gewarnt. Ich war so dumm.

Es ist das Beste, wenn ich Schluss mache. Ich habe keine Angst vor dem Tod, genau wie du. Wir sehen uns auf der anderen Seite, großer Bruder. xxx

Jack spürte einen Stich im Herzen. Er umklammerte das Handy so fest, dass es ihm in die Handfläche schnitt. Zehn Minuten lang war ihre Nachricht unbeantwortet geblieben – Chrissie hatte sie geschickt, kurz bevor er nach einem höllischen Einsatz zur Basis zurückgekehrt war. Sein Hubschrauber war einige Tage zuvor abgestürzt, aber die meisten Mitglieder des Teams waren unversehrt davongekommen. Er hatte nach dem Absturz mehrere Tage lang keinen Kontakt zur Basis gehabt, bis er schließlich mit einem dezimierten Team zur Basis zurückgekehrt war. Bei der Nachbesprechung hatte Jack erfahren, dass er offiziell als vermisst gemeldet war; diesen Status würde er so lange innehaben, bis seine Einheit die restlichen Mitglieder seines Teams geborgen hatte.

Als er sein Handy eingeschaltet und Chrissies SMS gesehen hatte, hatte er ihr sofort geantwortet, aber seine Nachricht war ohne Antwort geblieben. Er war am Boden zerstört gewesen. Sein Gefühl hatte ihm gesagt, wenn er nur eine Viertelstunde früher zurückgekommen wäre, hätte er sie noch retten können. Wie viele junge Frauen würden diese Männer noch vergewaltigen? Wie viele Leben zerstören? Immer wieder war ihm das Bekenntnis durch den Kopf gegangen, nach dem er lebte: *Demütig diene ich meinen amerikanischen Mitbürgern als Beschützer und bin stets bereit, diejenigen zu verteidigen, die nicht in der Lage sind, sich selbst zu verteidigen.*

Er hatte ein paar Gefallen eingefordert, und innerhalb einer Stunde war er mit einem auf einen fremden Namen ausgestellten Pass auf dem Weg in die USA gewesen. Nach seiner Ankunft in Black Rock Falls war er direkt zu Chrissies Wohnheim gefahren, und die Gerüchte rund um ihren Suizid hatten ihn fast umgehauen. Er hatte sich in seinen persönlichen

Kampfmodus begeben, sein mentales Schutzschild aktiviert, damit der Schmerz ihn nicht erreichte, und sich dann mithilfe seiner Drohne daran gemacht, Informationen zu sammeln. Die Leute hatten keine Ahnung, wie leicht es war, sie auszuspionieren und ihre intimsten Geheimnisse in Erfahrung zu bringen. Er hatte sich unter die neuen Studierenden gemischt, die zum Wintersemester ans College gekommen waren. Die Footballspieler hatte er schon im Semester zuvor kennengelernt. Das war reiner Zufall gewesen. Als er im Urlaub seine Eltern besucht hatte, hatte ein Freund ihn gebeten, ihn für ein paar Wochen als Sanitäter des Footballteams zu vertreten, immerhin war er ausgebildeter Feldsanitäter. Sein technisches Fachwissen hatte ihm geholfen, die Überwachungskameras am College zu deaktivieren und seine Zielpersonen zu jagen wie ein Geist. Es hatte nur ein paar Tage gedauert, bis er den menschlichen Müll entsorgt hatte.

Der Mord an Jacobs, Devon und Court hatte ihm keine Genugtuung verschafft, und ihre Gesichter hatte er fast schon vergessen. Aber an Seth Lyons würde er sich noch lange erinnern. Der widerliche Kerl hatte sich in die Hose gemacht, als er ihm erzählt hatte, dass er Chrissies Bruder war und warum er in Black Rock Falls war. Er hatte ihm die USB-Sticks vor die Nase gehalten und gegrinst. Nachdem er ihm sein hübsches Gesicht blutig geschlagen hatte, hatte er ihm gedroht, ihn auszuweiden und an seinen Gedärmen am nächsten Baum aufzuhängen, sollte er der Polizei seinen Namen nennen. Lyons hatte den Weg des Feiglings gewählt und war auf die morsche Brücke gerannt. Leider war er nicht in den Tod gestürzt.

Ja, er war ein hohes Risiko eingegangen, indem er in der Nähe geblieben war, um sicherzustellen, dass Sheriff Alton alle Beweise bekam, die sie brauchte, um Lyons für den Rest seines erbärmlichen Lebens im Gefängnis verrotten zu lassen, aber das war es wert gewesen. Sekunden später hatte er sich in Luft aufgelöst und sein Team angerufen, um ihn zu evakuieren. Als sie dann später eine Belohnung für denjenigen ausgelobt hatten, der Alton die USB-Sticks gegeben hatte, hatte er einen seiner Kumpel ins Präsidium geschickt, der ihm so ähnlich sah, dass sie auf der Basis immer wieder verwechselt wurden. Sein Kumpel hatte die Belohnung einer Wohltätigkeitsorganisation gespendet, die sich um misshandelte Frauen kümmerte. Da sein Freund für die Morde ein hieb- und stichfestes Alibi hatte – er war erst an dem Tag, als die Brücke eingestürzt war, in Black Rock Falls angekommen –, hatte seine List funktioniert.

Jack erlaubte sich noch einmal eine menschliche Regung, als er ein letztes Mal Chrissies Nachricht las. Er wischte sich die Tränen aus den Augen und drückte auf »Löschen«. Seine Mission war beendet, es war höchste Zeit, zur Basis zurückzukehren. *Ruhe in Frieden, kleine Schwester. Meine Arbeit hier ist getan.*

EPILOG

EINE WOCHE SPÄTER

Jenna spürte einen Anflug freudiger Erregung, als sie auf die Veranda trat und über das Gelände ihrer Ranch blickte. Es war ein unglaublich schöner Tag. Die Sonne schien, und kein Wölkchen war am blauen Himmel zu sehen. Eine überraschend warme Brise wehte ihr entgegen, als wüsste die Natur, dass heute ein ganz bestimmtes kleines Mädchen Geburtstag hatte. Jenna freute sich immer, wenn sie Zeit mit Wolfes Töchtern verbringen konnte, aber Anna, seine Jüngste, hatte einen ganz besonderen Platz in ihrem Herzen erobert. Emily und Julie waren gute Freundinnen geworden, und es war schön, jemanden zu haben, mit dem sie shoppen gehen und mal für einen Tag vergessen konnte, dass sie Polizistin war. Dieses Jahr hatte sie Wolfe dazu überredet, ihr und Kane zu gestatten, Annas Geburtstagsfeier zu organisieren. Erstaunlicherweise hatte Anna nur drei Freundinnen aus ihrer Klasse eingeladen, aber darauf bestanden, dass Rowley, Webber und Atohi mitfeierten. Das kleine Mädchen hatte Jenna ganz schüchtern gefragt, ob sie ein Grillfest wie für Große machen und danach ausreiten könnten. Wie hätte sie ihr das abschlagen können?

Es war eine anstrengende Woche gewesen. Sie hatten noch

einige offene Fragen klären und diverse Berichte schreiben müssen. Das FBI hatte keine Zeit verloren und weitere junge Frauen kontaktiert, die Lyons und seine Freunde vergewaltigt hatten. Fünfzehn Opfer waren nun bereit, vor Gericht auszusagen, und da die Beweise für die Verbrechen unanfechtbar waren, wurde der Anwalt Samuel Cross von Anfragen überhäuft, die Vergewaltiger zusätzlich auf Schadensersatz zu verklagen. Da die meisten der Täter stinkreich waren, hatte er sich bereit erklärt, alle Opfer in mehreren Sammelklagen zu vertreten. Lyons hatte sich bei seiner Anhörung schuldig bekannt und wartete auf seinen Urteilsspruch. Wie Stevens würde er den Rest seines Lebens im Gefängnis verbringen.

Das Tüpfelchen auf dem i war der Mann mit dem militärischen Kurzhaarschnitt gewesen, der das Präsidium betreten hatte, um die Belohnung zu kassieren. Endlich hatte Jenna alle losen Enden verknüpfen können. Der Mann war Soldat und hatte angegeben, er sei auf Urlaub nach Hause gekommen und spazieren gegangen, als er Lyons und Jenna begegnet war; von einer Schlägerei habe er nichts mitbekommen. Lyons sei bereits auf der Brücke gewesen, die USB-Sticks hätte er am Rande der Schlucht gefunden. Nachdem Kane ihm die Hand geschüttelt und ihm für seinen Dienst gedankt hatte, hatte Jenna sich den Mann einen Moment lang genau angeschaut, und dann hatte sie seine Angaben überprüft. Er war bei den Navy Seals, wie Jack Lowe, und die beiden Männer sahen einander erstaunlich ähnlich.

»Ich bin wirklich froh, dass er vorbeigekommen ist«, hatte sie zu Kane gesagt, als er wieder gegangen war. »Du musst zugeben, der sieht genau aus wie Jack Lowe.«

»Ich habe nie an dir gezweifelt, Jenna«, hatte Kane geantwortet und sie angelächelt. »Mir wäre es genauso gegangen.«

Die Besucher des Rodeos waren zum Glück wieder abgereist, und nach der traditionellen Tanzveranstaltung am Samstagabend war das Städtchen wieder zur Normalität zurückgekehrt. Bald würde der Winter Einzug halten, und Kane hatte sich erboten, für ein Wochenende mit Jenna in das neue Ski-Resort von Black Rock Falls zu fahren – natürlich nur als gute Freunde. Das würde ein Luxus werden! Heißer Kakao, Skifahren und Abende vor dem Kaminfeuer … Herrlich!

Das warme Gefühl von Freundschaft umfing sie, als Kane zurück zur Veranda geschlendert kam. Er hatte eine ganze Weile gebraucht, um die vielen Luftballons entlang der Auffahrt zu befestigen, und nun kam er zurück und plauderte dabei mit Atohi, Rowley und dessen Freundin Sandy. Jenna lächelte sie an. »Ihr habt tolle Arbeit geleistet.«

»Die Ponys sind extrem brav.« Kane klopfte beiden Männern auf den Rücken. »Danke, dass ihr sie mitgebracht habt. So können alle Kinder reiten. Und Anna wird große Augen machen, wenn sie ihr Geschenk sieht.«

Jenna öffnete die Haustür und ging hinein. »Das Pony für sie ist so hübsch. Vielen Dank, Atohi.«

»Die Stute ist ganz sanft. Ich habe die Woche über lange mit ihr gearbeitet, um sicherzustellen, dass sie keine gefährlichen Marotten hat.« Atohi sah sie an. »Sie ist perfekt für Anna. Sie heißt Raweno und wird gut auf die Kleine aufpassen.«

Jenna betrachtete die Geschenke, die sich auf dem Couchtisch stapelten, und ging voran in die Küche. Sie hatte eine Geburtstagstorte gebacken, und obwohl sie sich leicht zu einer Seite neigte und Kane ihr bei der Glasur hatte helfen müssen, fand sie es eine ziemliche Leistung von sich, zumal sie einen Arm in der Schlinge hatte. Während Kane in der Küche herumlief und Schüsseln mit diversen Knabbereien und Süßigkeiten füllte, reichte Jenna Rowley, Sandy und Atohi Getränke aus dem Kühlschrank heraus. »Und, wer geht an den Grill?«

Sie sahen einander an, und Rowley grinste breit. »Wolfe.«

»Gut, dann ist Wolfe also der Grillmeister«, verkündete Kane. »Er ist halt ein Tausendsassa.« Er hielt den Kopf schief, als würde er lauschen. »Ich höre Autos.«

Emily und Wolfe brachten alle anderen Gäste mit, und nachdem sie noch einen kurzen Blick in die übrigen Zimmer geworfen hatte, ging Jenna zur Haustür. Die Kinder sprangen aus dem Pick-up, und sie ging die Treppe hinunter, um sie zu begrüßen. »Alles Liebe zum Geburtstag, Anna!« Sie beugte sich hinunter und nahm das kleine Mädchen in den Arm.

»Ich habe Ponys auf dem Paddock gesehen. Sind die für uns? Dürfen wir auf denen reiten?« Anna sah Kane an und strahlte, als er nickte. »Jetzt gleich, Onkel Dave? Daddy kann beim Grillen helfen.«

»Willst du nicht erst deine Geschenke auspacken?« Kane ging in die Hocke und sah sie an. »Und Jenna hat dir extra eine Torte gebacken.«

»Ich glaube kaum, dass die dafür lange genug still sitzen können.« Wolfe gluckste. »Im Auto gab es nur ein Thema: Pferde.«

»Au Mann, ich kann es nicht mehr hören«, sagte Julie und verzog das Gesicht. »Pferde, Pferde, Pferde.«

Jenna lachte. »Die Torte kann warten. Die schmeckt umso besser, wenn man sich erst beim Reiten ausgetobt hat.« Sie zwinkerte Atohi zu, und der machte sich auf den Weg zum Stall.

»Klasse!« Emily grinste. »Ich helfe Jenna. Julie hilft mit den Mädchen.«

»Ach so? Na gut.« Julie sammelte Annas Freundinnen ein, und sie gingen in Richtung Paddock.

Jenna nahm Anna an die Hand, und sie folgten ihnen.

Das kleine Mädchen blickte mit großen blauen Augen zu ihr auf: »Darf ich mit Onkel Dave reiten? Meine Freundinnen können alle reiten, die können die Ponys nehmen.«

»Diesmal nicht«, sagte Kane. »Du bleibst mit deinen Freundinnen auf dem Reitplatz.« Kane nahm Annas andere Hand. »Aber ich gehe neben dir, wenn du willst.«

»Ich darf dein Pferd reiten, ganz allein?« Anna sah ihn erstaunt an.

»Nicht nötig, schau mal.« Er zeigte auf den Eingang zum Stall, aus dem Atohi gerade ein prächtiges Pony herausführte. »Das ist für dich, Anna. Alles Gute zum Geburtstag.«

Das Mädchen strahlte so sehr vor Freude, dass Jenna Tränen in die Augen stiegen. Wolfe trat neben sie, und sie drehte sich zu ihm um, um seine Reaktion zu sehen. »Ich glaube, ihr Geschenk gefällt ihr.«

»Es ist lange her, dass ich sie so glücklich gesehen habe. Ich danke euch. Ich weiß das mehr zu schätzen, als ihr glaubt.« Wolfe rieb sich die Hände. »Dann heize ich langsam mal den Grill an.«

Unter der Führung von Julie, Atohi, Rowley und Sandy bewegte sich die Prozession um den Reitplatz herum. Jenna stellte sich neben Kane. Sie musste lächeln, als sie sah, wie Duke sich mit geschlossenen Augen an sein Bein lehnte. Die Kinder hatten den Hund bereits müdegetobt. Sie nahm Kanes Haltung ein, der mit einem Fuß auf der untersten Sprosse stand. Gemeinsam sahen sie den Mädchen zu. »Als ich heute Morgen aufgewacht bin, wusste ich, dass es ein ganz besonderer Tag sein würde. Es ist, als hätte ich eine richtige Familie.«

»Finde ich auch.« Kane legte einen Arm um ihre Taille. »Dafür, dass es immer heißt, man könne sich seine Familie nicht aussuchen, hat sich unsere doch ganz prima entwickelt.«

MEHR VON BOOKOUTURE DEUTSCHLAND

Für mehr Infos rund um Bookouture Deutschland und unsere Bücher melde dich für unseren Newsletter an:

deutschland.bookouture.com/subscribe/

Oder folge uns auf Social Media:

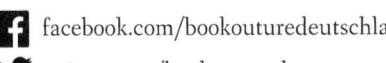 facebook.com/bookouturedeutschland
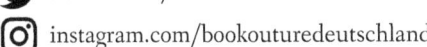 twitter.com/bookouturede
instagram.com/bookouturedeutschland

EIN BRIEF VON D.K. HOOD

Liebe Leser:innen,

vielen Dank, dass ihr euch für meinen Roman entschieden und mich in *Endloses Schweigen* auf ein weiteres spannendes Abenteuer mit Kane und Alton begleitet habt. Wenn euch das Buch gefallen hat und ihr euch über alle meine neuesten Veröffentlichungen informieren möchtet, könnt ihr euch gerne unter dem folgenden Link in meine Mailingliste eintragen. Eure E-Mail-Adresse wird nicht an Dritte weitergegeben, und ihr könnt euch jederzeit abmelden.

deutschland.bookouture.com/subscribe/

Ich wäre euch sehr dankbar, wenn ihr eine Rezension hinterlasst und mein Buch Freund:innen und Familie empfehlt. Ich freue mich sehr, von meinen Leser:innen zu hören, also zögert bitte nicht, mir jederzeit Fragen zu stellen. Ihr könnt über meine Facebook-Seite, Twitter oder meinen Blog gerne Kontakt zu mir aufnehmen.

Vielen Dank für eure Unterstützung.

D. K. Hood

BLEIB IN KONTAKT MIT D.K. HOOD

www.dkhood.com

facebook.com/dkhoodauthor
twitter.com/dkhood_author
instagram.com/d.k.hood

DANKSAGUNG

Vielen Dank an all die wunderbaren Leser:innen, die sich die Zeit genommen haben, so tolle Rezensionen über meine Bücher zu schreiben, und an die wunderbaren Menschen, die die auf ihren Blogs Beiträge über mich und meine Arbeit veröffentlicht haben.

www.ingramcontent.com/pod-product-compliance
Ingram Content Group UK Ltd.
Pitfield, Milton Keynes, MK11 3LW, UK
UKHW042000230426
12048UKWH00009B/444